W9-BLZ-727

George Sand

Indiana

Édition présentée par

Béatrice Didier
Professeur
à l'Université de Paris VIII

Gallimard

Indiana
ou
la Naissance d'un écrivain

I

Indiana *est le premier roman de George Sand. Non certes qu'elle n'ait jamais écrit avant. Elle a déjà jeté sur le papier maints fragments dès l'adolescence ; elle a déjà écrit beaucoup de lettres, des souvenirs, des relations de voyage. Mais tout cela n'était pas destiné à l'impression. Elle a aussi collaboré avec Jules Sandeau. Mais* Indiana *est le premier roman qu'elle écrit intégralement seule et qu'elle publie sous un nom qui va devenir définitivement le sien.*

*L'*Histoire de ma vie, *même s'il s'agit d'une autobiographie où l'on peut contester l'exactitude de tel ou tel fait, reconstitue cependant assez bien les conditions psychologiques de la genèse de l'œuvre. Après quelques orages, Aurore Dudevant est parvenue à établir avec son mari un* modus vivendi *qui semble satisfaire les deux époux. Elle passera à Paris deux fois trois mois par an, et le reste du temps à Nohant, dans cette maison qui a été et redeviendra la sienne, mais où pour le moment elle se sent étrangère, n'ayant guère vraiment à elle que la chambre des enfants et ce minuscule bureau où elle travaille.* Valentine, *comme* Indiana, *a été écrit, nous dit-elle, « le nez dans la petite armoire qui me servait de*

bureau[1] ». Indiana *est donc né à ce moment de la vie de
George Sand où, tant bien que mal, elle s'organise une
existence d'écrivain. Existence précaire entre la mansarde parisienne et la petite « armoire » de Nohant.
Existence qui s'inscrit dans des lieux, mais aussi et
surtout par une affirmation d'indépendance à l'égard
d'un certain nombre d'êtres qui entravaient cette liberté
indispensable à l'écriture. Il fallut donc mettre au point
l'organisation de vie avec Casimir. Mais ce n'était peut-
être déjà plus l'individu qui pesait le plus sur l'existence
d'Aurore. Il fallait aussi se libérer de Jules Sandeau. Non
pas tant de l'homme — la rupture aura lieu après*
Indiana *— mais d'une collaboration qui l'empêchait
d'être vraiment elle-même, après lui avoir cependant
permis ses premières tentatives littéraires. A Nohant où
elle avait non pas exactement une « chambre pour soi »,
mais une « armoire » pour soi ce qui est déjà quelque
chose, elle put écrire à son gré. Jules Sandeau, honnêtement, et malgré la pression de l'éditeur qui désirait
conserver la signature de Jules Sand (elle avait servi
pour* Rose et Blanche, *fruit de leur collaboration, et le
roman avait rencontré un certain succès), « par modes-
tie, ne voulut pas accepter la paternité d'un livre auquel
il était complètement étranger[2] ». Mais il y eut aussi un
troisième homme dont il fallait que la jeune romancière
se libère, parce qu'il lui servait de tuteur littéraire, et que
s'il est souvent nécessaire d'avoir un maître en littérature, comme en peinture ou en musique, il est nécessaire
aussi, et peut-être plus vite en littérature que dans les
autres arts, de voler de ses propres ailes. Ce maître,
c'était Henri de Latouche. Auteur de comédies, de poè-
mes, de romans :* Lettres de deux amants de Barcelone

1. *Histoire de ma vie*, in George Sand, *Œuvres autobiographiques*, éd.
Georges Lubin, Gallimard, « Bibliothèque de la Pléiade », t. II, 1971,
p. 146.
2. *Ibid.*, t. II, p. 138.

*(1821) et surtout d'*Olivier *(1826) et de l'étrange* Fragoletta. *Journaliste, il ne manquait pas de critiquer les
articles qu'il faisait écrire à Aurore, et il fut bien étonné
— peut-être un peu jaloux — de la réussite d'*Indiana.

Il lui reviendrait, à en croire l'Histoire de ma vie,
d'avoir baptisé la romancière : « *Delatouche, consulté,
trancha la question pour un compromis :* Sand *resterait
intact et je prendrais un autre prénom qui ne servirait
qu'à moi. Je pris vite et sans chercher celui de* George *qui
me paraissait synonyme de Berrichon.* Jules *et* George,
*inconnus au public, passeraient pour frères ou cou-
sins*[1]. » *Jules Sandeau reprit d'ailleurs la totalité de son
nom, se distinguant ainsi plus nettement de son ancienne
coéquipière. Et voilà comment naquit George Sand.*

Mais si ce nom avait été donné par un autre — comme
d'ailleurs les noms d'état civil qui nous sont toujours
donnés par d'autres — elle eut conscience, et l'Histoire
de ma vie *le relate, d'avoir seule et par son propre travail
« fait » ce nom. Tel Vigny, fier d'avoir rendu célèbre le
nom que lui avaient transmis ses aïeux. « On m'a bapti-
sée, obscure et insouciante, entre le manuscrit d'*Indiana,
*qui était alors tout mon avenir, et un billet de mille
francs qui était alors toute ma fortune. Ce fut un contrat,
un nouveau mariage entre le pauvre apprenti poète que
j'étais et l'humble muse qui m'avait consolée de mes
peines. Dieu me garde de rien déranger à ce que j'ai laissé
faire à la destinée. Qu'est-ce qu'un nom dans notre
monde révolutionné et révolutionnaire ? Un numéro
pour ceux qui ne font rien, une enseigne ou une devise
pour ceux qui travaillent ou combattent. Celui qu'on m'a
donné, je l'ai fait moi-même et moi seule après coup, par
mon labeur [...]. Aujourd'hui, comme il y a vingt ans, je
vis, au jour le jour, de ce nom qui protège mon travail et
de ce travail dont je ne me suis pas réservé une obole. Je*

3. *Ibid.*, t. II, p. 138-139. Voir aussi lettre de G. Sand à Ch. Duvernet,
Correspondance, éd. Georges Lubin, Garnier, t. II, p. 89-90.

*ne sens pas que personne ait un reproche à me faire, et,
sans être fière de quoi que ce soit (je n'ai fait que mon devoir), ma conscience tranquille ne voit rien à changer dans
le nom qui la désigne et la personnifie*[4]. » Cette longue
déclaration — presque un acte de foi — est importante.
Peut-être d'ailleurs, au moment d'Indiana, George Sand
n'est-elle pas encore consciente de toute l'importance de
ce choix d'un nom. Néanmoins il est certain que dès cette
époque elle en ressentit les effets. Ce nom en devenant
célèbre (et le succès d'Indiana fut grand et immédiat) lui
assurait cette indépendance économique dont elle se
réjouit encore vingt ans plus tard, cette indépendance
sans laquelle le désir de liberté n'a pas de sens et peu
d'effet. Ce nom surtout — et bien sûr tout cela est lié —
lui constituait une identité nouvelle et définitive. Ce
n'était plus le nom de son mari ou de son père qu'elle
portait : c'était le sien. Écrire ce premier roman, ce fut
donc pour elle, non seulement conquérir une liberté
intellectuelle et économique, mais acquérir un nom, et,
par là même, être soi.

Or ce nom est essentiellement ambigu. Habitués que
nous y sommes, nous ne sommes plus très conscients de
cette ambiguïté. Les lecteurs crurent d'abord que l'auteur
était un homme, et certainement Henri de Latouche et la
romancière elle-même avaient spéculé sur le bon effet de
cette supercherie. Bien des années après, dans l'Histoire
de ma vie, elle s'amusera des quiproquos, et de la
sagacité des critiques mise en cause. « Les journaux
parlèrent tous de M. G. Sand avec éloge, insinuant que
la main d'une femme avait dû se glisser çà et là pour
révéler à l'auteur certaines délicatesses du cœur et de
l'esprit, mais déclarant que le style et les appréciations
avaient trop de vérité pour ne pas être d'un homme*[5]. »
Elle se réjouit d'être parvenue « à garder assez bien

---

4. *Histoire de ma vie*, t. II, p. 140.
5. *Ibid.*, t. II, p. 174.

l'incognito pour que les journaux [lui] accordassent toujours le titre de monsieur [6] ». *Mais cet incognito fut de brève durée et les journalistes découvrirent alors dans ce style qu'ils avaient considéré d'abord comme masculin toutes les caractéristiques et les défauts du style féminin, s'indignèrent de l'immoralité de ses romans, acceptables sous la plume d'un homme, non d'une femme, etc. Si toutes ces anecdotes ne manquent pas d'être assez comiques, elles prouvent aussi à quel point il est difficile de découvrir une spécificité de l'écriture féminine [7], et à quel point est profonde l'androgynie de l'artiste.*

*Car enfin personne n'obligeait Aurore Dudevant à prendre un pseudonyme d'homme. Hasard ? suggestion de Henri de Latouche ? considérations commerciales ? certes ; mais en définitive la décision n'appartenait qu'à elle et beaucoup de femmes avaient déjà écrit sous leur nom ou sous un pseudonyme féminin. A vrai dire, George Sand ne s'est guère expliquée sur ce changement de sexe. Peut-être voulait-elle marquer sa distance par rapport aux faiblesses d'un certain style féminin de l'époque, désirait-elle aussi conquérir le droit de parler de questions sérieuses et considérées comme du registre masculin, par exemple la politique. Nul doute aussi que ce soit une des joies de la création de pouvoir prendre le point de vue de l'autre. Et l'on n'oubliera pas que le « narrateur » d'*Indiana, *qui se confond plus ou moins avec l'auteur —*

---

6. *Ibid.*, t. II, p. 182.
7. Cf. mon *Écriture-femme*, P.U.F., 1981.
On s'amusera à retrouver, dans cette deuxième phase, le thème exactement inverse du premier, entonné par plusieurs critiques : « seule une femme » (lettre de Tissot, *in* G. Sand, *Correspondance*, t. II, p. 200, n. 2) et : « Jamais un homme n'eût pu s'en rendre compte et ne l'eût osé dire » (article de Sainte-Beuve, *Le National*, 5 oct. 1832).
Avec beaucoup de réalisme, G. Sand écrit à Ch. Duvernet, le 21 mai 1832 : « Un nom (...) c'est une marchandise, une denrée, un fonds de commerce » (*Correspondance*, t. II, p. 90).

ce « George » donc — est un homme. Cela est d'ailleurs peut-être plus sensible encore dans la version originale que dans la version définitive. Il y a en effet, en 1832, de nombreuses interventions d'auteur qui ont été supprimées par la suite.

*On peut d'ailleurs regretter ces passages où la romancière s'exprime librement au masculin. Comme il est, en général, de bonne méthode de donner la dernière édition revue par l'auteur, nous nous sommes conformés à cette tradition, mais nous avons cité en note les fragments supprimés de la version de 1832 chaque fois qu'ils étaient d'une certaine ampleur. L'*Indiana *de 1832 doit beaucoup au ton de Diderot et ces interventions d'auteur, nombreuses, pittoresques, ironiques, font songer mainte fois à* Jacques le fataliste. *Elles donnent corps, si l'on peut dire, à la voix masculine du narrateur-romancier qui fait preuve d'une insolente liberté à l'endroit de son lecteur et de ses personnages. Or si George Sand parle quelque part directement, en son propre nom, c'est bien davantage dans ces interventions d'auteur que par la bouche d'Indiana.*

*On a toujours tendance à croire que le premier roman d'une femme est une confidence, une autobiographie déguisée. A vrai dire, ici, les critiques ont beau jeu de retrouver, dans le personnage brutal du mari, l'ombre de Casimir, et dans le personnage de l'amant, le souvenir encore bien vivant d'Aurélien de Sèze. Certes. De là à dire qu'Indiana est George Sand, il y a un grand pas et que l'on a peut-être un peu trop allégrement franchi jusqu'ici. Pourtant l'*Histoire de ma vie *contenait une vigoureuse mise en garde : « On n'a pas manqué de dire qu'*Indiana *était ma personne et mon histoire. Il n'en est rien. J'ai présenté beaucoup de types de femmes, et je crois que quand on aura lu cet exposé des impressions et des réflexions de ma vie, on verra bien que je ne me suis* *jamais mise en scène sous des traits féminins*[8]. » *George Sand sait bien qu'elle possède une nature trop complexe pour pouvoir se plier à la cohérence linéaire d'un héros de roman. Elle est tout, elle n'est rien* « *nec vir, nec mulier* », *et un personnage de fiction doit être bien défini.* « *J'étais d'une étoffe trop bigarrée pour me prêter à une idéalisation quelconque. Si j'avais voulu montrer le fond sérieux, j'aurais raconté une vie qui jusqu'alors avait plus ressemblé à celle du moine* Alexis [*dans le roman peu récréatif de* Spiridion] *qu'à celle d'*Indiana *la créole passionnée. Ou bien, si j'avais pris l'autre face de ma vie, mes besoins d'enfantillage, de gaieté, de bêtise absolue, j'aurais fait un type si invraisemblable, que je n'aurais rien trouvé à lui faire dire et à lui faire faire qui eût le sens commun*[9]. » *Mais habituellement on ne prend pas en compte ce genre de déclarations des écrivains, et l'on a vite fait d'y voir un désir de camouflage. Le critique croit toujours être le plus fin.*

*Or si l'on peut dire qu'*Indiana *a quelques traits de ressemblance avec Aurore Dudevant amoureuse d'Aurélien de Sèze, elle n'en a plus, mais plus du tout, avec George Sand devenue romancière. Quelle différence entre* Indiana*-Aurore, tentant timidement, pour toute écriture, un naïf journal destiné à l'amant et objet de la fureur du mari*[10], *et la romancière désormais libre d'écrire d'abondance, et ne se privant guère de cette liberté ! Quelle distance d'*Indiana *réduite à la misère de l'hôpital parce qu'elle n'a aucun moyen de vivre, à George décidant de vivre de sa plume, et d'acquérir par elle le droit à l'indépendance ! La romancière, dans le texte même, marque ses distances à l'égard de son personnage. Elle se plaît à souligner la faiblesse d'*Indiana *envers Raymon et sa crédulité.* « *Voilà ce que je vous répondrais si vous me*

8. *Histoire de ma vie*, t. II, p. 160.
9. *Ibid.*, t. II, p. 160-161.
10. Cf. *infra*, *Indiana*, p. 269.

disiez qu'Indiana est un caractère d'exception, et que la femme ordinaire n'a, dans la résistance conjugale, ni cette stoïque froideur ni cette patience désespérante. Je vous dirais de regarder le revers de la médaille, et de voir la misérable faiblesse, l'inepte aveuglement dont elle fait preuve avec Raymon. Je vous demanderais où vous avez trouvé une femme qui ne fût pas aussi facile à tromper que facile à l'être ; qui ne sût pas renfermer dix ans au fond de son cœur le secret d'une espérance risquée si légèrement un jour de délire, et qui ne redevînt pas, aux bras d'un homme, aussi puérilement faible qu'elle sait être invincible et forte aux bras d'un autre[11]. » Certes, c'est le narrateur masculin qui parle, mais précisément la romancière parle par sa voix. Plus loin, elle dénoncera les illusions d'Indiana qui rêve d'aller à Madagascar pour échapper à la tyrannie du mari qui la retient à l'île Bourbon, et s'imagine qu'elle pourra vivre libre au milieu d'une tribu sauvage. George Sand prête peut-être à Indiana la naïveté de ses propres rêves d'adolescente, mais c'est pour mieux marquer la distance qu'elle ressent à leur égard, maintenant qu'elle est parvenue à l'âge adulte.

Indiana annonce Emma Bovary ; elle a la beauté de ces héroïnes qui souffrent du contraste entre l'infini du rêve et la pauvreté de leur existence de femmes esclaves, confinées dans l'univers étroit de la vie quotidienne. Mais on a senti davantage, et mêlée à tant de sympathie, l'intention critique chez Flaubert. Et l'on peut se demander pourquoi. Peut-être parce que l'on ne croit pas absolument, et quoi qu'en ait dit Flaubert, à « Madame Bovary, c'est moi », tandis que l'on croit, quoi qu'en ait dit, au contraire, George Sand, qu' « Indiana c'est moi ». Or le jeu de distanciation et d'identification est à peu près le même parce que, comme George Sand le dira — bien après Indiana, après Madame Bovary, lorsqu'elle aura

---

11. *Indiana*, p. 251-252.

noué avec son « vieux troubadour » une amitié qui durera jusqu'à la mort —, pour l'artiste, « au fond, il n'y a qu'un sexe ». La romancière n'est, ni plus ni moins que le romancier, son héroïne.

A partir du moment où elle écrit, George Sand n'est plus Indiana. Elle a trouvé en elle une force insoupçonnée. Ces malaises de jeune femme qui s'ennuie se sont dissipés, et la correspondance de cet hiver-là montre quelle vigueur elle a désormais conquise. Indiana ? Ce que Aurore Dudevant serait devenue, peut-être, si elle n'était pas née, à l'approche du printemps 1832 : George Sand.

II

Et vogue la galère. Indiana, *comme on sait, est le premier roman d'une longue série, et, jusqu'à la dernière heure, elle ne cessera plus d'écrire et d'être désormais et pour toujours George Sand. Elle reviendra à plusieurs reprises avec une certaine tendresse vers cette création de ses commencements, l'interprétant de façon parfois très différente. Le signe même de la richesse d'une œuvre, c'est qu'elle puisse se prêter, de la part des lecteurs et des critiques, et même de la part de ce premier lecteur qu'est l'écrivain lui-même, à des interprétations multiples. On n'en finit pas de lui découvrir des sens : elle était déjà riche de tout un devenir qui ne s'explicite que peu à peu. Rien n'est plus éclairant que les changements que l'on peut découvrir dans les préfaces de George Sand d'une édition à une autre.*

La préface de l'édition originale insiste essentiellement sur deux aspects que l'on pourrait désigner selon ces deux pôles fondamentaux du romantisme : réalité et mythe. La romancière a voulu peindre la réalité, dit-elle. On la sent nourrie de Balzac. On peut aussi penser qu'elle se souvient de Stendhal et qu'elle connaît bien Le

Rouge et le Noir. *Pour elle, comme pour Stendhal, le romancier est un miroir.* « *L'écrivain n'est qu'un miroir* » *et George Sand utilise aussi l'expression : une* « *machine* » *qui* « *décalque* ». *Elle n'a pas voulu écrire un livre qui aurait adouci la réalité.* « *Ce livre-là eût fait l'office des lunettes bleues pour les yeux malades*[12]. » *Et George Sand veut voir et faire voir. Mais là se borne, pense-t-elle, le rôle du romancier ; elle n'a pas la prétention de transmettre un message. Elle n'a pas voulu faire un plaidoyer contre le mariage, ni détruire les fondements d'une société qu'elle croit malade, certes, mais qu'elle se juge incapable de guérir. A quoi s'ajoutent, bien entendu, les protestations d'innocence et de moralité, traditionnelles dans toutes les préfaces. Indiana n'est pas un* « *livre dangereux* » *: l'auteur, en tout cas, ne l'a pas voulu tel*[13].

Cette peinture si fidèle de la réalité prend cependant une dimension mythique, dans la mesure où chaque personnage se trouve chargé de représenter des forces antagonistes. Les trois hommes figurent « *la loi* », « *l'opinion* », « *l'illusion* ». *Quant à Indiana,* « *c'est un type ; c'est la femme, l'être faible chargé de représenter* les passions *comprimées, ou, si vous l'aimez mieux, supprimées par les lois ; c'est la volonté aux prises avec la nécessité ; c'est l'amour heurtant son front aveugle à tous les obstacles de la civilisation*[14] ». *Indiana n'est donc pas uniquement le reflet de la situation des femmes dans la société, elle représente* « *les forces de l'âme* [qui] *s'épuisent à vouloir lutter contre le positif de la vie*[15] ». *En cela, elle est une sœur de Lélia qui va naître l'année suivante et incarne la distance, dont l'homme peut souffrir aussi bien que la femme, entre le rêve et la*

12. *Indiana*, p. 38.
13. *Indiana*, p. 41.
14. *Indiana*, p. 40.
15. *Indiana*, p. 40.

réalité. *Indiana c'est Oberman*[16], *c'est le malaise de l'âme romantique, en proie au spleen qui suit l'exaltation de l'idéal, c'est l' « histoire du cœur humain, le récit de la destinée humaine*[17] *», des illusions perdues.*

La préface de l'édition de 1842, chez Perrotin, donne à l'œuvre des significations nouvelles. En dix ans, la personnalité de George Sand s'est affirmée, sa pensée sociale et politique a profondément évolué, à la fois vers le féminisme et vers le socialisme. Ce féminisme, les Lettres à Marcie (1837) l'expriment, sans déclamation, mais avec fermeté, et George Sand, qui a désormais une vue plus claire des problèmes que pose l'organisation de la société, veut travailler à sa transformation. Michel de Bourges a contribué à cette évolution. Cet avocat de grand talent, nourri dès l'enfance dans les idées républicaines (son père avait été massacré par les royalistes), avait participé très activement aux insurrections de Bourges en 1830 et, en 1835, il avait été incarcéré pour avoir assisté, à Nantes, à un banquet de l'opposition dont il était par son « éloquence sauvage », comme disait Louis Blanc, une des figures les plus marquantes. On sait également le rôle qui fut le sien dans la vie sentimentale de George Sand.

On peut penser à d'autres influences. Ainsi celle de Lamennais que George rencontra en mai 1835, c'est-à-dire après que sa rupture avec Rome (et sa condamnation) eut fait de lui « un apôtre de la démocratie, aussi ardent qu'il avait été celui de la théocratie[18] *». Si George Sand lui portait une véritable vénération, l'abbé, qui se méfiait des femmes, semble n'avoir pas été sans préjugés à l'endroit de la romancière qui d'ailleurs lui pardonna de grand cœur. Mais certainement la rencontre qui fut la*

16. Sur l'influence de Senancour, cf. *infra, Notice, « Sources », p. 371.

17. *Indiana*, p. 40 et variante (Iʳᵉ édition) de la p. 284.

18. G. Lubin, *Correspondance* de G. Sand, t. III, p. 880.

plus importante dans l'évolution de la pensée de George Sand est celle de Pierre Leroux[19]. *Journaliste au* Globe, *il avait adhéré au saint-simonisme, dont il s'était séparé, comme Bazard. En 1840 il publie, chez Perrotin qui allait être l'auteur de l'édition de 1842 d'*Indiana : De l'humanité, de son principe et de son avenir, *somme de sa pensée en même temps que manifeste socialiste et mystique.*

Relisant alors son roman de jeunesse, pour en donner une réédition, George Sand se découvre parfaitement d'accord avec elle-même, avec le sentiment d'indignation contre l'oppression dont sont victimes les femmes ; mais elle formule dans sa préface de 1842 de façon claire et nette ce qui était un sentiment diffus dans le roman de 1832. Elle a défendu en écrivant Indiana *et elle défend encore une cause importante, celle de la femme.* « C'est celle de la moitié du genre humain, c'est celle du genre humain tout entier ; car le malheur de la femme entraîne celui de l'homme, comme celui de l'esclave entraîne celui du maître[20]. » *Il y a là une belle analyse de la dialectique du maître et de l'esclave que l'on retrouve chez Marx et Engels dont on connaît la dette à l'égard des premiers socialistes français. Ce qui était sentiment instinctif est devenu chez elle une volonté de lutte contre* « l'injustice » *et la* « barbarie des lois qui régissent encore l'existence de la femme dans le mariage[20] ».

Du coup, la conception que la romancière se fait de l'écrivain et de sa mission a changé. Il n'est plus, pour elle, un simple miroir, il doit être un avocat, « le véritable avocat des êtres abstraits qui représentent nos passions et nos souffrances devant le tribunal de la force

19. L'influence de P. Leroux sur G. Sand a été très bien étudiée par Jean-Pierre Lacassagne, *Histoire d'une amitié, Pierre Leroux et George Sand*, Klincksieck, 1973.

20. *Infra*, p. 46.

et le jury de l'opinion[21] ». *Ce qui suppose, évidemment, un*
régime politique où la liberté de la presse soit établie, et
la préface se termine sur un manifeste en faveur de la
liberté de l'expression, sous toutes ses formes[22] : « *Liberté*
de la pensée, liberté d'écrire et de parler, sainte conquête
de l'esprit humain ! » *On voit combien la portée d'In-*
diana s'est élargie. Il serait d'ailleurs un peu arbitraire
d'en attribuer la responsabilité uniquement aux amitiés
que nous venons d'évoquer. La romancière, dans sa
préface, évoque, au contraire, le rôle bienfaisant de ses
ennemis : leurs attaques l'ont fait progresser en l'obli-
geant à défendre ses idées. Mais la création littéraire, qui
amène l'écrivain à exprimer ce qu'il portait en lui, a
peut-être été l'élément déterminant. En écrivant ses
autres romans, George Sand a mieux perçu le sens du
premier.

   La préface de 1852 peut sembler limiter la portée de
celle de 1842, dans la mesure où George Sand s'en prend
aux journalistes qui lui reprochent de prétendues atta-
ques contre les institutions (le mariage en particulier),
mais elle n'y redéfinit pas le sens de l'œuvre, même si elle
insiste sur la naïveté qui était la sienne en 1832 : « On
voulut y voir un plaidoyer bien prémédité contre le
mariage. Je n'en cherchais pas si long, et je fus étonné au
dernier point de toutes les belles choses que la critique
trouva à dire sur mes intentions subversives[23]. » *On*
invoquera les déceptions de George Sand en 1848, son
recul devant les audaces des féministes et des saint-
simoniens. Est-ce un reniement ? Je ne le pense pas. A
preuve le fait qu'elle reproduit, dans l'édition de 1853, la
préface de 1842. C'est une façon de se reconnaître à elle-

---

21. *Infra*, p. 44.
22. *Infra*, p. 47. La collection Lovenjoul de Chantilly (E.830, folios 42
à 45) possède la première ébauche de cette préface. Elle est très
différente de la version finale, moins ferme. P. Salomon la reproduit
dans son édition d'*Indiana*, p. 362-366.
23. *Infra*, p. 35.

*même, et de reconnaître à tout lecteur, le droit à une
lecture qui, chaque fois, renouvelle et nuance le sens
d'une œuvre.*

III

*A notre tour, donc. Nous voudrions inciter le lecteur à
ne pas négliger le contexte historique, politique, dans
lequel George Sand a tenu à situer son texte. Car, s'il
s'agissait d'un drame purement psychologique, elle
aurait pu s'en tenir à l'intemporalité qui caractérise tant
de romans féminins de l'époque romantique. Or il n'en
est rien. Qu'on ne se laisse pas décourager par la
longueur des discussions où Delmare, Raymon et Ralph
opposent leurs opinions. Ils ne sont pas seulement
chargés de représenter des figures mythiques, mais aussi
des partis politiques qui, dans la France de la Restauration, s'affrontent, résumant, assumant le passé, forgeant
le présent. Ce n'est pas un hasard si la romancière a
décidé ainsi de les situer par rapport à des partis
antagonistes dont ils sont les porte-parole.* « *Ralph allait
donc toujours soutenant son rêve de république d'où il
voulait exclure tous les abus, tous les préjugés, toutes les
injustices ; projet fondé tout entier sur l'espoir d'une
nouvelle race d'hommes. Raymon soutenait sa doctrine
monarchique héréditaire, aimant mieux, disait-il, supporter les abus, les préjugés et les injustices, que de voir
relever les échafauds et couler le sang innocent*[24]. » *Ralph
représente donc la république idéale, celle du* Contrat
social, *mais non celle de la Terreur, et exprime l'espoir
du retour à un ordre républicain qui est encore vivant
sous la Restauration. Raymon est partisan de la monarchie héréditaire, mais avec une certaine souplesse : il
n'est pas de ces fanatiques qui voudraient faire comme si*

24. *Indiana*, p. 167.

1789 n'avait pas eu lieu. Il s'attache « religieusement à la Charte[25] *» de Louis XVIII, susceptible de diverses interprétations et élargissements, et il est atterré par l'arrivée au pouvoir de Polignac qui marque un retour bien inopportun à l'absolutisme. « Il s'était flatté que le roi, en entrant dans la voie des concessions adroites, maintiendrait longtemps encore l'équilibre qui assurait l'existence des familles nobles. Mais l'apparition du prince de Polignac détruisit cette espérance. » Cette évolution de la monarchie apporte un « démenti » à ses propos de « publiciste renommé*[26] *», et il se retirera quelque temps de la scène. Quant à Delmare, il représente la troisième partie de l'opinion publique, celle qui est restée fidèle à l'Empereur. « Il n'avait pas fait un pas depuis 1815 [...] Vieil enfant, il n'avait rien compris dans le grand drame de la chute de Napoléon [...] Il accusait les Bourbons de tyrannie et regrettait les beaux jours de l'Empire où les bras manquaient à la terre et le pain aux familles. Il déclamait contre la police de Franchet et vantait celle de Fouché. Cet homme était toujours au lendemain de Waterloo*[27] *». Ainsi les discussions qui animent les soirées du petit castel de Brie ont-elles pour fonction de figurer les partis qui s'affrontent en France à la veille de la révolution de juillet.*

Charger un personnage de représenter une classe sociale, procédé romanesque qui est évidemment de tous les temps, semble particulièrement utilisé par les romanciers en ces années où la France est si divisée, où chaque groupe d'opinion est si typé, où le romancier sent si fortement la nécessité d'intégrer l'Histoire à son récit : on en trouverait encore maint exemple dans les années

---

25. *Ibid.*, p. 129. Sur les modèles qui ont servi à l'élaboration de ce personnage (A. de Sèze, Salvandy, Chateaubriand) cf. *infra*, notre Notice, p. 364-366.

26. *Indiana*, p. 261.

27. *Ibid.*, p. 169.

1830, avec Balzac, avec le Volupté *de Sainte-Beuve, avec les romans de Vigny. Ici, on sentira, encore une fois, la distance entre Indiana et George Sand : l'héroïne ne participe pas à ces discussions ; elle se contente d'écouter affectueusement Ralph, amoureusement Raymon, non sans agacement Delmare. Mais la romancière, quant à elle, en profite pour porter un jugement très lucide sur la situation politique de la France, jugement dans lequel aucun des partis en présence n'est épargné.*

A la fin du roman, en limitant l'image de la révolution de 1830 au point de vue de son personnage, la romancière peut ne pas prendre parti sur une révolution qui ne l'a pas complètement satisfaite et qui s'est déjà soldée depuis longtemps par un échec, lorsqu'elle écrit son roman. Indiana voit la révolution depuis Bordeaux où elle débarque : « *Quels furent sa surprise et son effroi, en débarquant, de voir le drapeau tricolore flotter sur les murs de Bordeaux ! Une violente agitation bouleversait la ville ; le préfet avait été presque massacré la veille ; le peuple se soulevait de toutes parts ; la garnison semblait s'apprêter à une lutte sanglante, et l'on ignorait encore l'issue de la révolution à Paris*[28]. »

Ce ne sont pas seulement les événements et les opinions politiques qui sont présents dans le roman, mais aussi la situation économique de la France. La toute-puissance de l'argent y est inscrite, et les péripéties des personnages sont directement liées à leur richesse ou à leur pauvreté. La France entre dans l'ère industrielle, et la « fabrique » de Delmare a une valeur, elle aussi, symbolique. Delmare est d'abord « un industriel heureux dans ses spéculations[29] ». Certes le désir de savoir les secrets de cette fabrique est un prétexte dont use Raymon pour s'introduire auprès d'Indiana, mais on y verra aussi le reflet d'une situation où l'industrie française naissante est

28. *Indiana*, p. 290.
29. *Indiana*, p. 50.

soucieuse de modernisme et où la propriété des découvertes industrielles n'est pas encore codifiée. Enfin la ruine de Delmare est brutale, totale, ne lui laisse pas d'autre solution que la vente de sa maison, la fuite vers la Réunion où il devient un exploitant colonial — autre réalité économique de ce début du XIXe siècle. Ces vicissitudes permettent à la romancière de figurer les diverses échelles d'une société très contrastée. Dans le salon de Mme de Carvajal règne le plus grand luxe. Mme de Carvajal adhère à n'importe quel parti politique, pourvu qu'elle puisse tenir une position brillante à Paris « où, précise la romancière, par je ne sais quelles spéculations de bourse, elle s'était créé une aisance nouvelle sur les débris de sa splendeur passée[30] ». Car la Bourse fait (et défait) alors les fortunes d'une façon qui fascine les romanciers, bien avant Zola. L'aisance de Mme de Carvajal est bien différente de celle des Delmare qui vivent dans leur petit castel de Brie du fruit de leur « fabrique » et le roman nous montre encore bien d'autres milieux. Ainsi la noblesse totalement ruinée et presque réduite à la misère qui a été celle de Laure de Nangy dans sa petite enfance. Quant au fond de la misère, celle du prolétaire réduit à l'hôpital, Indiana va le connaître lorsqu'elle arrive à Bordeaux dépourvue de tout. Une fois sortie de l'hôpital, elle se retrouve à la rue « sans argent, sans linge, sans effets », passe la nuit « dans les décombres d'une maison abattue ». « Enfin le jour vint ; la faim se fit sentir poignante et implacable. Elle se décida à demander l'aumône[31]. »

Par opposition avec ce tableau si précis de la situation sociale en France, la partie du roman qui se passe à la Réunion paraît tout à fait intemporelle. « Indiana vivait, d'ailleurs, presque toujours seule. Son habitation était située dans les montagnes, au-dessus de la ville, et,

30. *Ibid.*, p. 85.
31. *Ibid.*, p. 292.

*chaque matin, M. Delmare, qui avait un entrepôt de
marchandises sur le port, allait pour tout le jour
s'occuper de son commerce avec l'Inde et la France. » Sir
Ralph « s'occupait de l'étude de l'histoire naturelle ou
surveillait les travaux de la plantation [32] ». On peut
supposer que Ralph se comporte avec humanité, mais on
ne sait rien de plus sur cette plantation. Certes l'on
apprendra plus tard que, dans le vallon où Ralph et
Indiana passent des jours si tranquilles, probablement
pour imiter Paul et Virginie, ils ont porté secours à des
esclaves fugitifs. Néanmoins, on peut dire sans exagération que la réalité économique et sociale de la Réunion
est complètement gommée au profit des considérations
géographiques et atmosphériques, ce qui n'est pas sans
contribuer au sentiment d'irréalité et d'invraisemblance
qui plane sur toute la partie du roman située à la
Réunion. Et comme si la Réunion n'était pas encore
assez irréelle, ni assez sauvage, George Sand a imaginé
— île dans l'île — cette oasis qu'est la vallée bienheu-
reuse. Il y a en fait trois images de la Réunion qui ne
coïncident pas tout à fait. L'image mythique de l'enfance : l'île est une sorte de paradis lointain. Le retour
avec Delmare qui empoisonne la vie d'Indiana, même
dans cette île, et, dernier aspect de ce mythe ternaire : le
retour au bonheur primitif, après l'épreuve, après la
tentation du suicide, un bonheur qui est une sorte
d'enfance retrouvée. Mais on voit que la Réunion —
même si les descriptions géographiques sont assez exactes — est de l'ordre du mythe, non de l'histoire.*

*On peut se demander pourquoi George Sand a éprouvé
le besoin de construire son roman sur une aussi forte
antithèse. Beaucoup de critiques ne l'ont pas compris et
ont parlé d'invraisemblance. Disons d'abord que les
vastes constructions antithétiques sont de nature à plaire
au romantisme, que George Sand les pratiquera encore*

32. *Indiana*, p. 252.

bien davantage dans d'autres textes, ainsi dans
Consuelo. On se reportera aussi, encore une fois, à
l'Histoire de ma vie : « Je ne pus me défendre de faire un
peu voyager Indiana et Ralph d'un bout du monde à
l'autre, et de commettre peut-être quelques erreurs de
géographie sur leur oasis finale. Je n'y tenais guère :
j'étais si mal à l'aise dans la réalité que j'abordais. »
Confession intéressante. Certes la page dont elle est
extraite en explicite le contenu. George Sand, après avoir
rêvé de romans purement imaginaires, tel Corambé, en
est venue maintenant à écrire, à « évoquer volontaire-
ment des êtres persistants dans la logique d'un livre [33] »,
et c'est cette réalité qui la gêne. Pourtant on peut se
demander si lors du dénouement d'Indiana, elle n'a pas
aussi éprouvé une autre gêne. Indiana arrive à Paris
en 1830. Il fallait donc ou raconter la révolution et son
échec, ou s'évader dans le mythe, et c'est la seconde
solution que la romancière a choisie. La Réunion permet
d'éviter de se prononcer sur ce moment difficile et capital
de l'Histoire. Elle permet aussi à l'écrivain de s'enchanter
des mots et d'eux seuls. A-t-on remarqué avec quel
bonheur elle s'enivrait de mots exotiques, combien elle
cédait à la fascination des formes et des couleurs, quel
plaisir elle prenait à décrire les plantes et les oiseaux,
elle, descendante d'oiseliers ? Elle fuit, comme Indiana,
vers une enfance mythique, vers la joie à découvrir les
mots.

Et la revendication féministe ? Que devient-elle alors ?
Il faut bien convenir que dans la vie paradisiaque du
vallon final elle s'estompe quelque peu. Il y a peu de
place pour la lutte dans le paradis, et c'est peut-être sur
ce point aussi que le dénouement a désappointé certains
lecteurs. Il ne faut cependant pas oublier que cette
évocation finale, George Sand la situe non seulement
hors du temps, mais en quelque sorte hors du roman,

---

33. *Histoire de ma vie*, t. II, p. 167.

*dans une lettre-conclusion, qui propose un rebondisse-
ment assez invraisemblable d'une aventure qui a failli se
terminer tragiquement. Mais il est bien vrai que, s'il n'est
pas le sujet exclusif d'Indiana, l'esclavage de la femme en
est cependant un thème majeur. Peut-être en a-t-on limité
le sens en y voyant uniquement une attaque contre le
mariage. La portée de l'œuvre est beaucoup plus vaste.
Certes le mariage d'Indiana et de Delmare est sinistre.
Elle n'y jouit d'aucune liberté, elle est contrainte à une
dissimulation perpétuelle, n'y connaît ni la faculté d'agir
et de penser, ni même celle d'écrire. Mais son esclavage
est tout aussi grand, sinon pire, avec Raymon. L'amant,
dans ce roman, est encore plus décevant que le mari,
dans la mesure où l'héroïne attendait plus de lui. Et la
société a fait que lorsqu'elle est sans mari et sans amant,
vraiment seule, la femme est réduite à rien, et c'est un des
sens du tragique épisode du retour à Bordeaux. Indiana
sans argent, sans papier, a perdu connaissance. « Elle
avait été inscrite sous la désignation d'inconnue sur les
registres de l'administration[34]. » Privée d'homme, elle
n'a plus rien, pas même un nom : elle n'est plus rien.*

*George Sand a parfaitement montré comment l'esclave
peut être totalement aliénée au point d'aimer son esclavage. Le portrait qu'elle donne d'Indiana est, somme
toute, assez sévère. Elle la dénonce avide de changer un
esclavage contre un autre, prête, une fois libérée du mari,
à subir toutes les humiliations de la part de l'amant,
incapable de vivre sa liberté, comme le feront Lélia ou
Consuelo. Le sursaut d'indignation qu'Indiana manifeste dans la scène avec Raymon est probablement dû à
la présence de Mme de Ramière. Seule avec lui, elle
n'en eût peut-être pas été capable. L'énergie d'Indiana
pendant tout le roman provient de sa passion pour
Raymon plus que d'un véritable désir de libération. Des
féministes intransigeantes seraient pourtant mal venues*

34. *Indiana*, p. 293.

*de le reprocher à George Sand : la romancière n'a pas
créé avec Indiana un porte-drapeau d'idées (qu'elle
n'avait d'ailleurs pas encore nettement formulées à cette
date de 1832), elle en a fait un être vivant, complexe,
lourd de tout un imaginaire.*

L'intérêt d'Indiana provient peut-être de ce que l'héroïne y est le lieu d'un conflit, d'une tension entre un
désir de liberté et des fantasmes de servitude, à tel point
qu'il n'est pas difficile de trouver dans le texte tout un jeu
d'images sadomasochistes[35]. La scène du début où est
évoquée la violence de Delmare à l'encontre de sa
chienne est évidemment symbolique ; elle annonce les
violences futures dont Indiana sera la victime, jusqu'au
jour où « il la saisit par les cheveux, la renversa, et la
frappa au front du talon de sa botte[36] ». Dans tout le
roman, on notera la fréquence des images du fouet, de la
torture, du cachot, de l'emprisonnement pour figurer
l'esclavage moral d'Indiana, « femme esclave qui n'attendait qu'un signe pour briser sa chaîne[37] ».

A côté de ce réseau d'images de violence, fonctionne
tout un autre réseau : celui de la passivité désespérée, de
la noyade. On touche là à une obsession profonde de
l'écrivain. Elle raconte dans l'Histoire de ma vie :
« C'était l'eau surtout qui m'attirait comme par un
charme mystérieux. Je ne me promenais plus qu'au bord
de la rivière, et, ne songeant plus à chercher les sites
agréables, je la suivais machinalement, jusqu'à ce que
j'eusse trouvé un endroit profond. Alors, arrêtée sur le
bord et comme enchaînée par un aimant, je sentais dans
ma tête une gaieté fébrile en me disant : Comme c'est

---

35. Cf. mon étude : « Ophélie dans les chaînes. Étude de quelques
thèmes d'*Indiana* » (*Bibliographie*, p. 376).
36. *Indiana*, p. 269.
37. *Indiana*, p. 90.

aisé ! Je n'aurais qu'un pas à faire[38]. » *Le thème du suicide par noyade est le leitmotiv profond du roman. Dès
la fin de la première partie, le lecteur aperçoit, à travers
le regard de Mme Delmare, flotter le cadavre de Noun.
Cette image est d'autant plus obsédante qu'Indiana et
Raymon se sentent responsables de cette mort. Indiana
songe à plusieurs reprises à se noyer :* « ... *elle se disait
que, si Raymon la traitait comme Noun, il ne lui resterait
plus d'autre ressource, pour échapper à un avenir
insupportable, que de rejoindre Noun. Cette sombre pensée la suivait en tout lieu, et elle s'y plaisait*[39]. » *Elle
aurait glissé dans la Seine, sans l'intervention de Ralph ;
enfin le roman s'achève sur un projet de double suicide
dans la cascade de l'île Bourbon. Mais il y a soudain un
renversement. L'eau n'est plus mortelle ; elle devient
baptismale. Ralph et Indiana finalement ne se tuent pas,
et décident de vivre une vie nouvelle.*

*Ce premier roman livre déjà toute une thématique, une
organisation narrative que l'on retrouvera dans les
romans suivants, parce qu'elles sont fondamentales dans
l'univers de George Sand. C'est ce système romanesque
qui jusqu'ici a été trop peu étudié, du moins dans son
ensemble. La répartition des personnages est très caractéristique. George Sand a tendance à opérer une duplication de l'héroïne. Noun est une sœur d'Indiana ; elle lui
ressemble ; elle a la même origine qu'elle ; mais sa
situation sociale est différente, son attitude psychologique aussi : plus résignée, plus passive ; son abandon par
Raymon préfigure l'abandon d'Indiana. Or cette duplication se retrouvera avec des variations dans d'autres
romans de George Sand. Ainsi Lélia a une sœur :
Pulchérie qui est son vivant contraste et représente la
sensualité, tandis que Lélia représente l'intelligence (ce*

---

38. *Histoire de ma vie*, quatrième partie, chapitre 6, Pléiade, t. II,
p. 1095.
39. *Indiana*, p. 213.

qui n'exclut pas qu'il y ait aussi chez elle un drame de la chair). Dans Consuelo *encore on retrouvera cette duplication contrastée. On peut évidemment émettre des hypothèses. La romancière sent en elle des virtualités contradictoires, et éprouve la nécessité de les incarner en deux personnages qui se répondent et se complètent. Mais, et jusque-là rien que de très ordinaire, elle imagine un lien entre elles, une sorte de sororalité. Pulchérie et Lélia seront bien des sœurs ; Noun est une sœur de lait d'Indiana ; le théâtre a fait de Consuelo et de Corilla deux sœurs. Même s'il arrive qu'il y ait rivalité entre les deux femmes, on observe qu'il règne entre elles des moments de complicité, d'affection passionnée. Et l'on sera tenté d'y voir une transposition de pulsions homosexuelles latentes. Mais il faut aussi comprendre l'intérêt romanesque de cette duplication. Elle structure le roman, permet de raconter l'histoire de deux femmes, et d'établir entre ces deux aventures tout un système de références, de rappels, de symétries et de dissymétries. La psychologie du personnage s'enrichit autant que l'action. Lélia est tentée d'être Pulchérie. Indiana est fascinée par ce reflet de Noun que lui présente toujours le miroir des eaux. Deux images mythiques se disputent Indiana : celle d'Ophélie et celle de Diane. Indiana est chasseresse, et avec une ardeur qui inquiète Raymon. « Raymon se sentit épouvanté de tout ce qu'un esprit si intrépide promettait de hardiesse et de ténacité en amour. Ce n'était pas le cœur résigné de la pauvre Noun, qui aimait mieux se noyer que de lutter contre son malheur[40]. » Ainsi le parallélisme contrasté de deux caractères et de deux destinées ou trajectoires du récit crée un horizon d'attente chez le lecteur qui, instruit par l'exemple de Noun, et par les rappels fréquents que contient le texte, se demande si finalement Indiana choisira le rôle de Diane ou celui d'Ophélie. La romancière le surprend encore en*

---

40. *Indiana*, p. 162.

*inventant une solution à laquelle il ne s'attendait pas.
Indiana décide de se noyer comme Noun : mais c'est un
suicide à deux, et un suicide manqué ; elle s'assimile
alors à Diane, puisqu'elle se montre éprise de nature
sauvage et prête à renoncer, à tout jamais, à l'amour-
passion.*

Si Indiana est une réussite, c'est que d'emblée la jeune
romancière y fait preuve d'une grande maîtrise dans la
technique du récit, et il faut le souligner, car l'on a eu
trop tendance à se fier aux propos de George Sand elle-
même qui, avec une certaine coquetterie, a insisté sur la
spontanéité de son écriture : « J'ai écrit Indiana durant
l'automne de 1831. C'est mon premier roman ; je l'ai fait
sans aucun plan, sans aucune théorie d'art ou de philosophie dans l'esprit[41]. » Peut-être est-ce un art tout
spontané (quoique cette notion même soit contradic-
toire), mais on ne peut nier qu'il y ait beaucoup d'art
dans la façon dont George Sand conduit le récit. En
particulier par l'utilisation du leitmotiv que constitue le
souvenir de Noun. En supposant ses personnages sensibles aux pressentiments, hantés par ce souvenir tragique,
elle s'autorise ces procédés de rappel qui sont du plus
heureux effet pour la narration. « Le hasard voulut que
cette nuit-là fût blanche et opaque comme l'avaient été
les nuits correspondantes du printemps précédent. »
Raymon passe devant le kiosque du jardin. « Il jeta un
regard sur la porte et son cœur battit malgré lui à l'idée
extravagante qu'elle allait s'ouvrir peut-être et laisser
sortir une femme enveloppée d'une pelisse... Raymon
sourit de cette faiblesse superstitieuse, et continua son
chemin. Néanmoins le froid l'avait gagné, et sa poitrine
se resserrait à mesure qu'il approchait de la rivière[42]. »
George Sand est parvenue admirablement à intérioriser
le fantastique, et, si l'on peut trouver que la scène où

41. *Indiana*, p. 35.
42. *Indiana*, p. 185.

Indiana présente à Raymon la chevelure de Noun est un peu trop pathétique, on conviendra cependant qu'elle s'est interdit les facilités du romantisme frénétique, préférant aux apparitions et aux revenants l'analyse de l'angoisse et du remords chez Indiana et chez Raymon.

C'est mal comprendre le roman que de penser que la fin de la première partie offrait déjà un dénouement. C'eût été vrai si l'héroïne était Noun. Mais l'héroïne est Indiana et son histoire se poursuit selon une trajectoire moins rapide, moins directe, avec des alternances de bonheur et de désespoir. Il eût peut-être été difficile d'éviter la monotonie, si la romancière n'avait usé avec beaucoup d'art de la possibilité que lui donnent les changements de lieux pour rythmer le récit. Elle use avec beaucoup d'habileté de l'alternance. La Brie, Paris, La Réunion. A chaque voyage correspond une évolution, une transformation des psychologies.

La présence des lieux est sensible parce que la romancière possède un art de la description déjà consommé. Elle a su s'assimiler l'influence de Bernardin ou de Senancour, pour l'évocation de la nature, de Balzac, pour celle des intérieurs. Et si l'on peut toujours rechercher des influences, elle possède un art qui est bien à elle. On admirera en particulier les évocations des paysages de Brie, qui doivent beaucoup à ceux de Nohant. La description n'est jamais gratuite, elle est toujours un moyen d'évoquer un état d'âme, et, s'il y a une incontestable cohérence psychologique des personnages, il y a aussi des variations quasi météorologiques de leurs âmes. Les brumes de la Brie, la misère des hôtels meublés de Paris, le calme ensoleillé de la vallée finale sont toujours évoqués à travers un point de vue, et c'est ce qui assure la continuité du texte, la profonde liaison de la description du paysage et de la psychologie du personnage. A ce sujet, toute la première scène, l'évocation d'une soirée dans le « petit castel de la Brie », est un chef-d'œuvre. La romancière parvient à la fois à décrire *le salon et à présenter les personnages sans immobiliser le récit. Il ne se passe pas grand-chose pendant cette soirée, et pourtant elle est lourde de tout le passé des personnages que le lecteur va connaître, elle est chargée aussi de figures et de symboles (par exemple la chienne Ophélia) qui annoncent le développement futur du roman. Les quelques paroles des personnages, les fragments de dialogues alternent, de façon très subtile, avec la description des lieux.*

Indiana mérite d'être lu non seulement dans une perspective historique, comme le premier roman de George Sand, comme une œuvre lourde aussi de la présence de l'Histoire, des luttes de la femme contre la société, mais encore comme un chef-d'œuvre de l'art romantique. D'emblée la jeune romancière a su allier un certain réalisme dans la description des lieux, des situations à une poésie chargée de symboles. On n'aurait pas de peine à retrouver dans ce texte les grands axes du romantisme, sa thématique, ses aspirations, sa dialectique aussi entre le moi et l'Histoire, entre la nature et l'âme, sa poétique de la passion tragique. Mais ce qui frappe peut-être davantage, c'est l'art avec lequel George Sand fait fonctionner cette thématique dans un récit, finalement très simple, quasi linéaire, inéluctable, emporté par la force de ce destin qu'elle crée à son personnage, et qui retient, sans qu'il faiblisse, l'intérêt du lecteur.

Béatrice Didier

Indiana

NOTICE

J'ai écrit *Indiana* durant l'automne de 1831[1]. C'est mon premier roman ; je l'ai fait sans aucun plan, sans aucune théorie d'art ou de philosophie dans l'esprit. J'étais dans l'âge où l'on écrit avec ses instincts et où la réflexion ne nous sert qu'à nous confirmer dans nos tendances naturelles. On voulut y voir un plaidoyer bien prémédité contre le mariage[2]. Je n'en cherchais pas si long, et je fus étonné au dernier point de toutes les belles choses que la critique trouva à dire sur mes intentions subversives. La critique a beaucoup trop d'esprit, c'est ce qui la fera mourir. Elle ne juge jamais naïvement ce qui a été fait naïvement. Elle cherche, comme disent les bonnes gens, midi à quatorze heures, et a dû faire beaucoup de mal aux artistes qui se sont préoccupés de ses arrêts plus que de raison.

Sous tous les régimes et dans tous les temps, il y a eu, d'ailleurs, une race de critiques qui, au mépris de leur propre talent, se sont imaginé devoir faire le métier de dénonciateurs, de pourvoyeurs du ministère public ; singulière fonction pour des gens de lettres vis-à-vis de leurs confrères ! Les rigueurs des gouvernements contre la presse n'ont jamais suffi à ces critiques farouches. Ils voudraient qu'elles portassent non seulement sur les œuvres, mais encore sur les personnes, et, si on les écoutait, il serait défendu à certains d'entre nous d'écrire quoi que ce soit. Du temps que je fis *Indiana*, on criait au saint-simonisme à propos de tout. Plus tard, on cria à toutes sortes d'autres choses. Il est encore défendu à certains écrivains d'ouvrir la bouche, sous peine de voir les sergents de ville de certains feuilletons s'élancer sur leur œuvre pour les traduire devant la police des pouvoirs constitués. Si cet écrivain fait parler noblement un ouvrier, c'est une attaque contre la bourgeoisie ; si une fille égarée est réhabilitée après expiation, c'est une attaque contre les femmes honnêtes ; si un escroc prend des titres de noblesse, c'est une attaque contre le patriciat ; si un bravache fait le matamore, c'est une insulte contre l'armée ; si une femme est maltraitée par son mari, c'est la promiscuité qui est prêchée. Et de tout ainsi. Bons confrères, saintes et généreuses âmes de critiques ! Quel malheur qu'on ne songe point à établir un petit tribunal d'inquisition littéraire dont vous seriez les tourmenteurs ! Vous suffirait-il de dépecer et de brûler les livres à petit feu, et ne pourrait-on, sur vos instances, vous permettre de faire tâter un peu de torture aux écrivains qui se permettent d'avoir d'autres dieux que les vôtres ?

Dieu merci, j'ai oublié jusqu'au nom de ceux qui, dès mon premier début, tentaient de me décourager, et qui, ne pouvant dire que cet humble début fût une platitude complète, essayèrent d'en faire une proclamation incendiaire contre le repos des sociétés. Je ne m'attendais pas à tant d'honneur, et je pense que je dois à ces critiques le remerciement que le lièvre adressa aux grenouilles, en s'imaginant, à leurs terreurs, qu'il avait droit de se croire un foudre de guerre.

GEORGE SAND.

Nohant, mai 1852.

PRÉFACE
DE L'ÉDITION DE 1832

Si quelques pages de ce livre encouraient le grave reproche de tendance vers des croyances nouvelles, si des juges rigides trouvaient leur allure imprudente et dangereuse, il faudrait répondre à la critique qu'elle fait beaucoup trop d'honneur à une œuvre sans importance ; que, pour se prendre aux grandes questions de l'ordre social, il faut se sentir une grande force d'âme ou s'attribuer un grand talent, et que tant de présomption n'entre point dans la donnée d'un récit fort simple où l'écrivain n'a presque rien créé. Si, dans le cours de sa tâche, il lui est arrivé d'exprimer des plaintes arrachées à ses personnages par le malaise social dont ils sont atteints ; s'il n'a pas craint de répéter leurs aspirations vers une existence meilleure, qu'on s'en prenne à la société pour ses inégalités, à la destinée pour ses caprices ! L'écrivain n'est qu'un miroir qui les reflète, une machine qui les décalque, et qui n'a rien à se faire pardonner si ses empreintes sont exactes, si son reflet est fidèle.

Considérez ensuite que le narrateur n'a pas pris pour texte ou pour devise quelques cris de souffrance et de colère épars dans le drame d'une vie humaine. Il n'a point la prétention de cacher un enseignement grave sous la forme d'un conte ; il ne vient pas donner son coup de main à l'édifice qu'un douteux avenir nous

prépare, son coup de pied à celui du passé qui
s'écroule. Il sait trop que nous vivons dans un temps de
ruine morale, où la raison humaine a besoin de rideaux
pour atténuer le trop grand jour qui l'éblouit. S'il
s'était senti assez docte pour faire un livre vraiment
utile, il aurait adouci la vérité, au lieu de la présenter
avec ses teintes crues et ses effets tranchants. Ce livre-
là eût fait l'office des lunettes bleues pour les yeux
malades.

Il ne renonce point à remplir quelque jour cette
tâche honnête et généreuse ; mais, jeune qu'il est
aujourd'hui, il vous raconte ce qu'il a vu, sans oser
prendre ses conclusions sur ce grand procès entre
l'avenir et le passé, que peut-être nul homme de la
génération présente n'est bien compétent pour juger.
Trop consciencieux pour vous dissimuler ses doutes,
mais trop timide pour les ériger en certitudes, il se fie à
vos réflexions, et s'abstient de porter dans la trame de
son récit des idées préconçues, des jugements tout
faits. Il remplit son métier de conteur avec ponctualité.
Il vous dira tout, même ce qui est fâcheusement vrai ;
mais, si vous l'affubliez de la robe du philosophe, vous
le verriez bien confus, lui, simple diseur, chargé de
vous amuser et non de vous instruire.

Fût-il plus mûr et plus habile, il n'oserait pas encore
porter la main sur les grandes plaies de la civilisation
agonisante. Il faut être si sûr de pouvoir les guérir,
quand on se risque à les sonder ! Il aimerait mieux
essayer de vous rattacher à d'anciennes croyances
anéanties, à de vieilles dévotions perdues, plutôt que
d'employer son talent, s'il en avait, à foudroyer les
autels renversés. Il sait pourtant que, par l'esprit de
charité qui court, une conscience timorée est méprisée
comme une réserve hypocrite dans les opinions, de
même que, dans les arts, une allure timide est raillée
comme un maintien ridicule ; mais il sait aussi qu'à

défendre les causes perdues, il y a honneur, sinon profit.

Pour qui se méprendrait sur l'esprit de ce livre, une semblable profession de foi jurerait comme un anachronisme. Le narrateur espère qu'après avoir écouté son conte jusqu'au bout, peu d'auditeurs nieront la *moralité* qui ressort des faits, et qui triomphe là comme dans toutes les choses humaines ; il lui a semblé, en l'achevant, que sa conscience était nette. Il s'est flatté enfin d'avoir raconté sans trop d'humeur les misères sociales, sans trop de passion les passions humaines. Il a mis la sourdine sur ses cordes quand elles résonnaient trop haut ; il a tâché d'étouffer certaines notes de l'âme qui doivent rester muettes, certaines voix du cœur qu'on n'éveille pas sans danger.

Peut-être lui rendrez-vous justice, si vous convenez qu'il vous a montré bien misérable l'être qui veut s'affranchir de son frein légitime, bien désolé le cœur qui se révolte contre les arrêts de sa destinée. S'il n'a pas donné le plus beau rôle possible à tel de ses personnages qui représente *la loi*, s'il a montré moins riant encore tel autre qui représente *l'opinion*, vous en verrez un troisième qui représente *l'illusion*, et qui déjoue cruellement les vaines espérances, les folles entreprises de la passion. Vous verrez enfin que, s'il n'a pas effeuillé des roses sur le sol où la loi parque nos volontés comme des appétits de mouton, il a jeté des orties sur les chemins qui nous en éloignent.

Voilà, ce me semble, de quoi garantir suffisamment ce livre du reproche d'immoralité ; mais, si vous voulez absolument qu'un roman finisse comme un conte de Marmontel[1], vous me reprocherez peut-être les dernières pages ; vous trouverez mauvais que je n'aie pas jeté dans la misère et l'abandon l'être qui, pendant deux volumes, a transgressé les lois humaines. Ici, l'auteur vous répondra qu'avant d'être moral, il a voulu être vrai ; il vous répétera que, se sentant trop neuf pour

faire un traité philosophique sur la manière de supporter la vie, il s'est borné à vous dire *Indiana*, une histoire
du cœur humain avec ses faiblesses, ses violences, ses
droits, ses torts, ses biens et ses maux.

Indiana, si vous voulez absolument expliquer tout
dans ce livre, c'est un type ; c'est la femme, l'être faible
chargé de représenter *les passions* comprimées, ou, si
vous l'aimez mieux, supprimées par *les lois ;* c'est la
volonté aux prises avec la nécessité ; c'est l'amour
heurtant son front aveugle à tous les obstacles de la
civilisation[2]. Mais le serpent use et brise ses dents à
vouloir ronger une lime ; les forces de l'âme s'épuisent
à vouloir lutter contre le positif de la vie. Voilà ce que
vous pourrez conclure de cette anecdote, et c'est dans
ce sens qu'elle fut racontée à celui qui vous la
transmet.

Malgré ces protestations, le narrateur s'attend à des
reproches. Quelques âmes probes, quelques conscien-
ces d'honnêtes gens, s'alarmeront peut-être de voir la
vertu si rude, la raison si triste, l'opinion si injuste. Il
s'en effraye ; car ce qu'un écrivain doit craindre le plus
au monde, c'est d'aliéner à ses productions la
confiance des hommes de bien, c'est d'éveiller des
sympathies funestes dans les âmes aigries, c'est d'envenimer les plaies déjà trop cuisantes que le joug social
imprime sur des fronts impatients et rebelles.

Le succès qui s'étaye sur un appel coupable aux
passions d'une époque est le plus facile à conquérir, le
moins honorable à tenter. L'historien d'*Indiana* se
défend d'y avoir songé ; s'il croyait avoir atteint ce
résultat, il anéantirait son livre, eût-il pour lui le naïf
amour paternel qui emmaillote les productions rachi-
tiques de ces jours d'avortements littéraires.

Mais il espère se justifier en disant qu'il a cru mieux
servir ses principes par des exemples vrais que par de
poétiques inventions. Avec le caractère de triste franchise qui l'enveloppe, il pense que son récit pourra

faire impression sur des cerveaux ardents et jeunes. Ils se méfieront difficilement d'un historien qui passe brutalement au milieu des faits, coudoyant à droite et à gauche sans plus d'égard pour un camp que pour l'autre. Rendre une cause odieuse ou ridicule, c'est la persécuter et non pas la combattre. Peut-être que tout l'art du conteur consiste à intéresser à leur propre histoire les coupables qu'il veut ramener, les malheureux qu'il veut guérir.

Ce serait donner trop d'importance à un ouvrage destiné sans doute à faire peu de bruit que de vouloir écarter de lui toute accusation. Aussi l'auteur s'abandonne tout entier à la critique ; un seul grief lui semble trop grave pour qu'il l'accepte, c'est celui d'avoir voulu faire un livre dangereux. Il aimerait mieux rester à jamais médiocre que d'élever sa réputation sur une conscience ruinée. Il ajoutera donc encore un mot pour repousser le blâme qu'il redoute le plus.

Raymon, direz-vous, c'est la société ; l'égoïsme, c'est la morale, c'est la raison. — Raymon, répondra l'auteur, c'est la fausse raison, la fausse morale par qui la société est gouvernée ; c'est l'homme d'honneur comme l'entend le monde, parce que le monde n'examine pas d'assez près pour tout voir. L'homme de bien, vous l'avez à côté de Raymon ; et vous ne direz pas qu'il est ennemi de l'ordre ; car il immole son bonheur, il fait abnégation de lui-même devant toutes les questions d'ordre social.

Ensuite vous direz que l'on ne vous a pas montré la vertu récompensée d'une façon assez éclatante. Hélas ! on vous répondra que le triomphe de la vertu ne se voit plus qu'aux théâtres du boulevard. L'auteur vous dira qu'il ne s'est pas engagé à vous montrer la société vertueuse, mais nécessaire, et que l'honneur est devenu difficile comme l'héroïsme, dans ces jours de décadence morale. Pensez-vous que cette vérité dégoûte les grandes âmes de l'honneur ? Je pense tout le contraire.

PRÉFACE
DE L'ÉDITION DE 1842

Si j'ai laissé réimprimer les pages qu'on vient de lire [1], ce n'est pas qu'elles résument d'une manière claire et complète la croyance à laquelle je suis arrivé aujourd'hui relativement au droit de la société sur les individus. C'est seulement parce que je regarde les opinions librement émises dans le passé comme quelque chose de sacré, que nous ne devons ni reprendre, ni atténuer, ni essayer d'interpréter à notre guise. Mais, aujourd'hui qu'après avoir marché dans la vie j'ai vu l'horizon s'élargir autour de moi, je crois devoir dire au lecteur ce que je pense de mon œuvre.

Lorsque j'écrivis le roman d'*Indiana*, j'étais jeune, j'obéissais à des sentiments pleins de force et de sincérité, qui débordèrent de là dans une série de romans basés à peu près tous sur la même donnée : le rapport mal établi entre les sexes, par le fait de la société. Ces romans furent tous plus ou moins incriminés par la critique, comme portant d'imprudentes atteintes à l'institution du mariage. *Indiana*, malgré le peu d'ampleur des aperçus et la naïveté des incertitudes, n'échappa point à cette indignation de plusieurs esprits soi-disant sérieux, que j'étais fort disposé alors à croire sur parole et à écouter docilement. Mais, quoique ma raison fût à peine suffisamment développée pour écrire sur un sujet aussi sérieux, je n'étais pas assez enfant pour ne pas juger à mon tour la pensée de

ceux qui jugeaient la mienne. Quelque simple que soit
un accusé, quelque habile que soit un magistrat, cet
accusé a bien assez de sa conscience pour savoir si la
sentence de ce magistrat est équitable ou perverse,
sage ou absurde.

Certains journalistes qui s'érigent de nos jours en
représentants et en gardiens de la morale publique (je
ne sais pas en vertu de quelle mission, puisque je ne
sais pas au nom de quelle foi) se prononcèrent avec
rigueur contre les tendances de mon pauvre conte, et
lui donnèrent, en le présentant comme un plaidoyer
contre l'ordre social, une importance et une sorte de
retentissement auxquels il ne serait point arrivé sans
cela. C'était investir d'un rôle bien grave et bien lourd
un jeune auteur à peine initié aux premières idées
sociales, et qui n'avait pour tout bagage littéraire et
philosophique qu'un peu d'imagination, du courage et
l'amour de la vérité. Sensible aux reproches, et presque reconnaissant des leçons qu'on voulait bien lui
donner, il examina les réquisitoires qui traduisaient
devant l'opinion publique la moralité de ses pensées,
et, grâce à cet examen où il ne porta aucun orgueil, il a
peu à peu acquis des convictions qui n'étaient encore
que des sentiments au début de sa carrière, et qui sont
aujourd'hui des principes.

Pendant dix années de recherches, de scrupules et
d'irrésolutions souvent douloureuses, mais toujours
sincères, fuyant le rôle de pédagogue que m'attri-
buaient les uns pour me rendre ridicule, détestant
l'imputation d'orgueil et de colère dont me poursuivaient les autres pour me rendre odieux, procédant,
suivant mes facultés d'artiste, par l'analyse de la vie
pour en chercher la synthèse, j'ai donc raconté des faits
qu'on a reconnus parfois vraisemblables, et peint des
caractères qu'on m'a souvent accordé d'avoir su étudier avec soin. Je me suis borné à ce travail, cherchant
à établir ma propre conviction bien plutôt qu'à ébran-

ler celle des autres, et me disant que, si je me trompais,
la société saurait bien faire entendre des voix puissantes pour renverser mes arguments, et réparer par de
sages réponses le mal qu'auraient pu faire mes imprudentes questions. Des voix nombreuses se sont élevées,
en effet, pour mettre le public en garde contre l'écrivain dangereux ; mais, quant à de sages réponses, le
public et l'auteur attendent encore.

Longtemps après avoir écrit la préface d'*Indiana*
sous l'empire d'un reste de respect pour la société
constituée, je cherchais encore à résoudre cet insoluble
problème : *le moyen de concilier le bonheur et la dignité
des individus opprimés par cette même société, sans
modifier la société elle-même.* Penché sur les victimes,
et mêlant ses larmes aux leurs, se faisant leur interprète auprès de ses lecteurs, mais, comme un défenseur
prudent, ne cherchant point trop à pallier la faute de
ses clients, et s'adressant bien plus à la clémence des
juges qu'à leur austérité, le romancier est le véritable
avocat des êtres abstraits qui représentent nos passions et nos souffrances devant le tribunal de la force et
le jury de l'opinion. C'est une tâche qui a sa gravité
sous une apparence frivole, et qu'il est assez difficile de
maintenir dans sa véritable voie, troublé qu'on est à
chaque pas par ceux qui vous veulent trop sérieux dans
la forme, et par ceux qui vous veulent trop léger dans le
fond.

Je ne me flatte pas d'avoir rempli habilement cette
tâche ; mais je suis sûr de l'avoir tentée sérieusement,
au milieu des fluctuations intérieures où ma
conscience, tantôt effrayée par l'ignorance de ses
droits, tantôt stimulée par un cœur épris de justice et
de vérité, marchait pourtant à son but sans trop s'en
écarter et sans faire trop de pas en arrière.

Initier le public à cette lutte intérieure par une suite
de préfaces et de discussions eût été un moyen puéril,
où la vanité de parler de soi eût pris trop de place, à

mon gré. J'ai dû m'en abstenir, ainsi que de toucher trop vite aux points restés obscurs dans mon intelligence. Les conservateurs m'ont trouvé trop audacieux, les novateurs trop timide. J'avoue que j'avais du respect et de la sympathie pour le passé et pour l'avenir, et, dans le combat, je n'ai trouvé de calme pour mon esprit que le jour où j'ai bien compris que l'un ne devait pas être la violation et l'anéantissement, mais la continuation et le développement de l'autre.

Après ces dix années de noviciat, initié enfin à des idées plus larges, que j'ai puisées non en moi, mais dans les progrès philosophiques qui se sont opérés autour de moi (en particulier dans quelques vastes intelligences que j'ai religieusement interrogées[2] et, en général, dans le spectacle des souffrances de mes semblables), j'ai enfin compris que, si j'avais bien fait de douter de moi et d'hésiter à me prononcer à l'époque d'ignorance et d'inexpérience où j'écrivais *Indiana*, mon devoir actuel est de me féliciter des hardiesses auxquelles je me suis cependant laissé emporter alors et depuis ; hardiesses qu'on m'a tant reprochées, et qui eussent été plus grandes encore si j'avais su combien elles étaient légitimes, honnêtes et sacrées.

Aujourd'hui donc que je viens de relire le premier roman de ma jeunesse avec autant de sévérité et de détachement que si c'était l'œuvre d'un autre, au moment de le livrer à une publicité que l'édition populaire ne lui a pas encore donnée, résolu d'avance, non pas à me rétracter (on ne doit jamais rétracter ce qui a été fait et dit de bonne foi), mais à me condamner si j'eusse reconnu mon ancienne tendance erronée ou dangereuse, je me suis trouvé tellement d'accord avec moi-même dans le sentiment qui me dicta *Indiana*, et qui me le dicterait encore si j'avais à raconter cette histoire aujourd'hui pour la première fois, que je n'ai voulu y rien changer, sauf quelques phrases incorrectes et quelques mots impropres[3]. Sans doute, il en reste encore beaucoup, et le mérite littéraire de mes écrits, je le soumets entièrement aux leçons de la critique ; je lui reconnais à cet égard toute la compétence qui me manque. Qu'il y ait aujourd'hui dans la presse quotidienne une incontestable masse de talent, je ne le nie pas, et j'aime à le reconnaître. Mais qu'il y ait dans cet ordre d'élégants écrivains beaucoup de philosophes et de moralistes, je le nie positivement, n'en déplaise à ceux qui m'ont condamné, et qui me condamneront encore à la première occasion, du haut de leur morale et de leur philosophie.

Ainsi, je le répète, j'ai écrit *Indiana*, et j'ai dû l'écrire ; j'ai cédé à un instinct puissant de plainte et de reproche que Dieu avait mis en moi, Dieu qui ne fait rien d'inutile, pas même les plus chétifs êtres, et qui intervient dans les plus petites causes aussi bien que dans les grandes. Mais quoi ! celle que je défendais est-elle donc si petite ? C'est celle de la moitié du genre humain, c'est celle du genre humain tout entier ; car le malheur de la femme entraîne celui de l'homme, comme celui de l'esclave entraîne celui du maître, et j'ai cherché à le montrer dans *Indiana*. On a dit que c'était une cause individuelle que je plaidais ; comme si, à supposer qu'un sentiment personnel m'eût animé, j'eusse été le seul être infortuné dans cette humanité paisible et radieuse ! Assez de cris de douleur et de sympathie ont répondu au mien pour que je sache maintenant à quoi m'en tenir sur la suprême félicité d'autrui.

Je ne crois pas avoir jamais rien écrit sous l'influence d'une passion égoïste ; je n'ai même jamais songé à m'en défendre. Ceux qui m'ont lu sans prévention comprennent que j'ai écrit *Indiana* avec le sentiment non raisonné, il est vrai, mais profond et légitime, de l'injustice et de la barbarie des lois qui régissent encore l'existence de la femme dans le mariage, dans la famille et la société. Je n'avais point à faire un traité de jurisprudence, mais à guerroyer contre l'opinion ; car c'est elle qui retarde ou prépare les améliorations sociales. La guerre sera longue et rude ; mais je ne suis ni le premier, ni le seul, ni le dernier champion d'une si belle cause, et je la défendrai tant qu'il me restera un souffle de vie.

Ce sentiment qui m'animait au commencement, je l'ai donc raisonné et développé à mesure qu'on l'a combattu et blâmé en moi. Des critiques injustes ou malveillantes m'en ont appris plus long que ne m'en eût fait découvrir le calme de l'impunité. Sous ce rapport, je rends donc grâce aux juges maladroits qui m'ont éclairé. Les motifs de leurs arrêts ont jeté dans ma pensée une vive lumière, et fait passer dans ma conscience une profonde sécurité. Un esprit sincère fait son profit de tout, et ce qui découragerait la vanité redouble l'ardeur du dévouement.

Qu'on ne voie pas dans les reproches que, du fond d'un cœur aujourd'hui sérieux et calme, je viens d'adresser à la plupart des journalistes de mon temps, une protestation quelconque contre le droit de contrôle dont la moralité publique investit la presse française. Que la critique remplisse souvent mal et comprenne mal encore sa mission dans la société actuelle, ceci est évident pour tout le monde ; mais que la mission en elle-même soit providentielle et sacrée, nul ne peut le nier, à moins d'être athée en fait de progrès, à moins d'être l'ennemi de la vérité, le blasphémateur de l'avenir, et l'indigne enfant de la France. Liberté de la pensée, liberté d'écrire et de parler, sainte conquête de l'esprit humain ! que sont les petites souffrances et les soucis éphémères engendrés par tes erreurs ou tes abus, au prix des bienfaits infinis que tu prépares au monde ?

Première partie

I

Par une soirée d'automne pluvieuse et fraîche, trois personnes rêveuses étaient gravement occupées, au fond d'un petit castel de la Brie, à regarder brûler les tisons du foyer et cheminer lentement l'aiguille de la pendule[1]. Deux de ces hôtes silencieux semblaient s'abandonner en toute soumission au vague ennui qui pesait sur eux ; mais le troisième donnait des marques de rébellion ouverte : il s'agitait sur son siège, étouffait à demi haut quelques bâillements mélancoliques, et frappait la pincette sur les bûches pétillantes, avec l'intention marquée de lutter contre l'ennemi commun.

Ce personnage, beaucoup plus âgé que les deux autres, était le maître de la maison, le colonel Delmare, vieille bravoure en demi-solde[2], homme jadis beau, maintenant épais, au front chauve, à la moustache grise, à l'œil terrible ; excellent maître devant qui tout tremblait, femme, serviteurs, chevaux et chiens.

Il quitta enfin sa chaise, évidemment impatienté de ne savoir comment rompre le silence, et se prit à marcher pesamment dans toute la longueur du salon, sans perdre un instant la roideur convenable à tous les mouvements d'un ancien militaire, s'appuyant sur les reins et se tournant tout d'une pièce, avec ce contentement perpétuel de soi-même qui caractérise l'homme de parade et l'officier modèle.

Mais ils étaient passés, ces jours d'éclat où le lieutenant Delmare respirait le triomphe avec l'air des camps ; l'officier supérieur en retraite, oublié maintenant de la patrie ingrate, se voyait condamné à subir toutes les conséquences du mariage. Il était l'époux d'une jeune et jolie femme, le propriétaire d'un commode manoir avec ses dépendances, et, de plus, un industriel heureux dans ses spéculations ; en conséquence de quoi, le colonel avait de l'humeur, et ce soir-là surtout ; car le temps était humide, et le colonel avait des rhumatismes.

Il arpentait avec gravité son vieux salon meublé dans le goût de Louis XV, s'arrêtant parfois devant une porte surmontée d'Amours nus, peints à fresque, qui enchaînaient de fleurs des biches fort bien élevées et des sangliers de bonne volonté, parfois devant un panneau surchargé de sculptures maigres et tourmentées, dont l'œil se fût vainement fatigué à suivre les caprices tortueux et les enlacements sans fin. Mais ces vagues et passagères distractions n'empêchaient pas que le colonel, à chaque tour de sa promenade, ne jetât un regard lucide et profond sur les deux compagnons de sa veillée silencieuse, reportant de l'un à l'autre cet œil attentif qui couvait depuis trois ans un trésor fragile et précieux, sa femme.

Car sa femme avait dix-neuf ans, et, si vous l'eussiez vue enfoncée sous le manteau de cette vaste cheminée de marbre blanc incrusté de cuivre doré ; si vous l'eussiez vue, toute fluette, toute pâle, toute triste, le coude appuyé sur son genou, elle toute jeune, au milieu de ce vieux ménage, à côté de ce vieux mari, semblable à une fleur née d'hier qu'on fait éclore dans un vase gothique, vous eussiez plaint la femme du colonel Delmare, et peut-être le colonel plus encore que sa femme.

Le troisième occupant de cette maison isolée était assis sous le même enfoncement de la cheminée, à l'autre extrémité de la bûche incandescente. C'était un homme dans toute la force et dans toute la fleur de la jeunesse, et dont les joues brillantes, la riche chevelure d'un blond vif, les favoris bien fournis, juraient avec les cheveux grisonnants, le teint flétri et la rude physionomie du patron ; mais le moins *artiste* des hommes eût encore préféré l'expression rude et austère de Delmare aux traits régulièrement fades du jeune homme. La figure bouffie, gravée en relief sur la plaque de tôle qui occupait le fond de la cheminée, était peut-être moins monotone, avec son regard incessamment fixé sur les tisons ardents, que ne l'était dans la même contemplation le personnage vermeil et blond de cette histoire. Du reste, la vigueur assez dégagée de ses formes, la netteté de ses sourcils bruns, la blancheur polie de son front, le calme de ses yeux limpides, la beauté de ses mains, et jusqu'à la rigoureuse élégance de son costume de chasse, l'eussent fait passer pour un fort beau *cavalier* aux yeux de toute femme qui eût porté en amour les goûts dits *philosophiques* d'un autre siècle. Mais peut-être la jeune et timide femme de M. Delmare n'avait-elle jamais encore examiné un homme avec les yeux ; peut-être y avait-il, entre cette femme frêle et souffreteuse et cet homme dormeur et bien mangeant, absence de toute sympathie. Il est certain que l'argus conjugal fatigua son œil de vautour sans surprendre un regard, un souffle, une palpitation entre ces deux êtres si dissemblables. Alors, bien certain de n'avoir pas même un sujet de jalousie pour s'occuper, il retomba dans une tristesse plus profonde qu'auparavant, et enfonça ses mains brusquement jusqu'au fond de ses poches.

La seule figure heureuse et caressante de ce groupe, c'était celle d'un beau chien de chasse de la grande espèce des griffons, qui avait allongé sa tête sur les

genoux de l'homme assis. Il était remarquable par sa
longue taille, ses larges jarrets velus, son museau effilé
comme celui d'un renard, et sa spirituelle physionomie
toute hérissée de poils en désordre, au travers desquels
deux grands yeux fauves brillaient comme deux topa-
zes. Ces yeux de chien courant, si sanglants et si
sombres dans l'ardeur de la chasse, avaient alors un
sentiment de mélancolie et de tendresse indéfinissable : et, lorsque le maître, objet de tout cet amour
d'instinct, si supérieur parfois aux affections raison-
nées de l'homme, promenait ses doigts dans les soies
argentées du beau griffon, les yeux de l'animal étincelaient de plaisir, tandis que sa longue queue balayait
l'âtre en cadence, et en éparpillait la cendre sur la
marqueterie du parquet.

Il y avait peut-être le sujet d'un tableau à la Rem-
brandt dans cette scène d'intérieur à demi éclairée par
la flamme du foyer. Des lueurs blanches et fugitives
inondaient par intervalles l'appartement et les figures,
puis, passant au ton rouge de la braise, s'éteignaient
par degrés ; la vaste salle s'assombrissait alors dans la
même proportion. A chaque tour de sa promenade,
M. Delmare, en passant devant le feu, apparaissait
comme une ombre et se perdait aussitôt dans les
mystérieuses profondeurs du salon. Quelques lames de
dorure s'enlevaient çà et là en lumière sur les cadres
ovales chargés de couronnes, de médaillons et de
rubans de bois, sur les meubles plaqués d'ébène et de
cuivre, et jusque sur les corniches déchiquetées de la
boiserie. Mais lorsqu'un tison, venant à s'éteindre,
cédait son éclat à un autre point embrasé de l'âtre, les
objets, lumineux tout à l'heure, rentraient dans l'ombre, et d'autres aspérités brillantes se détachaient de
l'obscurité. Ainsi l'on eût pu saisir tour à tour tous les
détails du tableau, tantôt la console portée sur trois
grands tritons dorés, tantôt le plafond peint qui repré-
sentait un ciel parsemé de nuages et d'étoiles, tantôt

les lourdes tentures de damas cramoisi à longues crépines qui se moiraient de reflets satinés, et dont les larges plis semblaient s'agiter en se renvoyant la clarté inconstante.

On eût dit, à voir l'immobilité des deux personnages en relief devant le foyer, qu'ils craignaient de déranger l'immobilité de la scène ; fixes et pétrifiés comme les héros d'un conte de fées, on eût dit que la moindre parole, le plus léger mouvement allait faire écrouler sur eux les murs d'une cité fantastique ; et le maître au front rembruni, qui d'un pas égal coupait seul l'ombre et le silence, ressemblait assez à un sorcier qui les eût tenus sous le charme.

Enfin le griffon, ayant obtenu de son maître un regard de complaisance, céda à la puissance magnétique que la prunelle de l'homme exerce sur celle des animaux intelligents. Il laissa échapper un léger aboiement de tendresse craintive, et jeta ses deux pattes sur les épaules de son bien-aimé avec une souplesse et une grâce inimitables.

— A bas, Ophélia ! à bas !

Et le jeune homme adressa en anglais une grave réprimande au docile animal, qui, honteux et repentant, se traîna en rampant vers madame Delmare comme pour lui demander protection. Mais madame Delmare ne sortit point de sa rêverie, et laissa la tête d'Ophélia s'appuyer sur ses deux blanches mains, qu'elle tenait croisées sur son genou, sans lui accorder une caresse.

— Cette chienne est donc tout à fait installée au salon ? dit le colonel, secrètement satisfait de trouver un motif d'humeur pour passer le temps. Au chenil, Ophélia ! allons, dehors, sotte bête !

Si quelqu'un alors eût observé de près madame Delmare, il eût pu deviner, dans cette circonstance minime et vulgaire de sa vie privée, le secret douloureux de sa vie entière. Un frisson imperceptible parcourut son corps, et ses mains, qui soutenaient sans y penser la tête de l'animal favori, se crispèrent vivement autour de son cou rude et velu, comme pour le retenir et le préserver. M. Delmare, tirant alors son fouet de chasse de la poche de sa veste, s'avança d'un air menaçant vers la pauvre Ophélia, qui se coucha à ses pieds en fermant les yeux et laissant échapper d'avance des cris de douleur et de crainte. Madame Delmare devint plus pâle encore que de coutume ; son sein se gonfla convulsivement, et, tournant ses grands yeux bleus vers son mari avec une expression d'effroi indéfinissable [3] :

— De grâce, monsieur, lui dit-elle, ne la tuez pas !

Ce peu de mots firent tressaillir le colonel. Un sentiment de chagrin prit la place de ses velléités de colère.

— Ceci, madame, est un reproche que je comprends fort bien, dit-il, et que vous ne m'avez pas épargné depuis le jour où j'ai eu la vivacité de tuer votre épagneul à la chasse. N'est-ce pas une grande perte ? Un chien qui forçait toujours l'arrêt, et qui s'emportait sur le gibier ! Quelle patience n'eût-il pas lassée ? Au reste, vous ne l'avez tant aimé que depuis sa mort ; auparavant, vous n'y preniez pas garde ; mais maintenant que c'est pour vous l'occasion de me blâmer...

— Vous ai-je jamais fait un reproche ? dit madame Delmare avec cette douceur qu'on a par générosité avec les gens qu'on aime, et par égard pour soi-même avec ceux qu'on n'aime pas.

— Je n'ai pas dit cela, reprit le colonel sur un ton moitié père, moitié mari ; mais il y a dans les larmes de certaines femmes des reproches plus sanglants que dans toutes les imprécations des autres. Morbleu ! madame, vous savez bien que je n'aime pas à voir pleurer autour de moi...

— Vous ne me voyez jamais pleurer, je pense.

— Eh! ne vous vois-je pas sans cesse les yeux rouges! C'est encore pis, ma foi!

Pendant cette conversation conjugale, le jeune homme s'était levé et avait fait sortir Ophélia avec le plus grand calme; puis il revint s'asseoir vis-à-vis de madame Delmare, après avoir allumé une bougie et avoir placée sur le manteau de la cheminée.

Il y eut dans cet acte de pur hasard une influence subite sur les dispositions de M. Delmare. Dès que la bougie eut jeté sur sa femme une clarté plus égale et moins vacillante que celle du foyer, il remarqua l'air de souffrance et d'abattement qui, ce soir-là, était répandu sur toute sa personne, son attitude fatiguée, ses longs cheveux bruns pendants sur ses joues amaigries, et une teinte violacée sous ses yeux ternis et échauffés. Il fit quelques tours dans l'appartement; puis, revenant à sa femme par une transition assez brusque :

— Comment vous trouvez-vous aujourd'hui, Indiana? lui dit-il avec la maladresse d'un homme dont le cœur et le caractère sont rarement d'accord.

— Comme à l'ordinaire; je vous remercie, répondit-elle sans témoigner ni surprise ni rancune.

— Comme à l'ordinaire, ce n'est pas une réponse, ou plutôt c'est une réponse de femme, une réponse normande, qui ne signifie ni oui ni non, ni bien ni mal.

— Soit, je ne me porte ni bien ni mal.

— Eh bien, reprit-il avec une nouvelle rudesse, vous mentez : je sais que vous ne vous portez pas bien ; vous l'avez dit à sir Ralph ici présent. Voyons, en ai-je menti, moi? Parlez, monsieur Ralph, vous l'a-t-elle dit?

— Elle me l'a dit, répondit le flegmatique personnage interpellé, sans faire attention au regard de reproche que lui adressait Indiana.

En ce moment, un quatrième personnage entra :

c'était le factotum de la maison, ancien sergent du régiment de M. Delmare.

Il expliqua en peu de mots à M. Delmare qu'il avait ses raisons pour croire que des voleurs de charbon s'étaient introduits les nuits précédentes, à pareille heure, dans le parc, et qu'il venait demander un fusil pour faire sa ronde avant de fermer les portes. M. Delmare, qui vit à cette aventure une tournure guerrière, prit aussitôt son fusil de chasse, en donna un autre à Lelièvre, et se disposa à sortir de l'appartement [4].

— Eh quoi ! dit madame Delmare avec effroi, vous tueriez un pauvre paysan pour quelques sacs de charbon ?

— Je tuerai comme un chien, répondit Delmare irrité de cette objection, tout homme que je trouverai la nuit à rôder dans mon enclos. Si vous connaissiez la loi, madame, vous sauriez qu'elle m'y autorise.

— C'est une affreuse loi, reprit Indiana avec feu.

Puis, réprimant aussitôt ce mouvement :

— Mais vos rhumatismes ? ajouta-t-elle d'un ton plus bas. Vous oubliez qu'il pleut et que vous souffrirez demain si vous sortez ce soir.

— Vous avez bien peur d'être obligée de soigner le vieux mari ! répondit Delmare en poussant la porte brusquement.

Et il sortit en continuant de murmurer contre son âge et contre sa femme.

II

Les deux personnages que nous venons de nommer, Indiana Delmare et sir Ralph, ou, si vous l'aimez mieux, M. Rodolphe Brown, restèrent vis-à-vis l'un de l'autre, aussi calmes, aussi froids que si le mari eût été entre eux deux. L'Anglais ne songeait nullement à se justifier, et madame Delmare sentait qu'elle n'avait pas de reproches sérieux à lui faire ; car il n'avait parlé qu'à bonne intention. Enfin, rompant le silence avec effort, elle le gronda doucement.

— Ce n'est pas bien, mon cher Ralph, lui dit-elle ; je vous avais défendu de répéter ces paroles échappées dans un moment de souffrance, et M. Delmare est le dernier que j'aurais voulu instruire de mon mal.

— Je ne vous conçois pas, ma chère, répondit sir Ralph ; vous êtes malade, et vous ne voulez pas vous soigner. Il fallait donc choisir entre la chance de vous perdre et la nécessité d'avertir votre mari.

— Oui, dit madame Delmare avec un sourire triste, et vous avez pris le parti de *prévenir l'autorité !*

— Vous avez tort, vous avez tort, sur ma parole, de vous laisser aigrir ainsi contre le colonel ; c'est un homme d'honneur, un digne homme.

— Mais qui vous dit le contraire, sir Ralph ?...

— Eh ! vous-même, sans le vouloir. Votre tristesse, votre état maladif, et, comme il le remarque lui-même, vos yeux rouges disent à tout le monde et à toute heure que vous n'êtes pas heureuse...

— Taisez-vous, sir Ralph, vous allez trop loin. Je ne vous ai pas permis de savoir tant de choses.

— Je vous fâche, je le vois ; que voulez-vous ! je ne suis pas adroit ; je ne connais pas les subtilités de votre langue, et puis j'ai beaucoup de rapports avec votre mari. J'ignore absolument comme lui, soit en anglais, soit en français, ce qu'il faut dire aux femmes pour les consoler. Un autre vous eût fait comprendre, sans vous la dire, la pensée que je viens de vous exprimer si lourdement ; il eût trouvé l'art d'entrer bien avant dans votre confiance sans vous laisser apercevoir ses progrès, et peut-être eût-il réussi à soulager un peu votre cœur, qui se roidit et se ferme devant moi. Ce n'est pas la première fois que je remarque combien, en

France particulièrement, les mots ont plus d'empire que les idées. Les femmes surtout...

— Oh! vous avez un profond dédain pour les femmes, mon cher Ralph. Je suis ici seule contre deux; je dois donc me résoudre à n'avoir jamais raison.

— Donne-nous tort, ma chère cousine, en te portant bien, en reprenant ta gaieté, ta fraîcheur, ta vivacité d'autrefois; rappelle-toi l'île Bourbon et notre délicieuse retraite de Bernica [5], et notre enfance si joyeuse et notre amitié aussi vieille que toi...

— Je me rappelle aussi mon père..., dit Indiana en appuyant tristement sur cette réponse et en mettant sa main dans la main de sir Ralph.

Ils retombèrent dans un profond silence.

— Indiana, dit Ralph après une pause, le bonheur est toujours à notre portée. Il ne faut souvent qu'étendre la main pour s'en saisir. Que te manque-t-il? Tu as une honnête aisance préférable à la richesse, un mari excellent qui t'aime de tout son cœur, et, j'ose le dire, un ami sincère et dévoué...

Madame Delmare pressa faiblement la main de sir Ralph, mais elle ne changea pas d'attitude; sa tête resta penchée sur son sein, et ses yeux humides attachés sur les magiques effets de la braise.

— Votre tristesse, ma chère amie, poursuivit sir Ralph, est un état purement maladif; lequel de nous peut échapper au chagrin, au spleen? Regardez au-dessous de vous, vous y verrez des gens qui vous envient avec raison. L'homme est ainsi fait, toujours il aspire à ce qu'il n'a pas...

Je vous fais grâce d'une foule d'autres lieux communs que débita le bon sir Ralph d'un ton monotone et lourd comme ses pensées. Ce n'est pas que sir Ralph fût un sot, mais il était là tout à fait hors de son élément. Il ne manquait ni de bon sens ni de savoir; mais consoler une femme, comme il l'avouait lui-même, était un rôle au-dessus de sa portée. Et cet homme comprenait si peu le chagrin d'autrui, qu'avec la meilleure volonté possible d'y porter remède, il ne savait y toucher que pour l'envenimer. Il sentait si bien sa gaucherie, qu'il se hasardait rarement à s'apercevoir des afflictions de ses amis ; et, cette fois, il faisait des efforts inouïs pour remplir ce qu'il regardait comme le plus pénible devoir de l'amitié.

Quand il vit que madame Delmare ne l'écoutait qu'avec effort, il se tut, et l'on n'entendit plus que les mille petites voix qui bruissent dans le bois embrasé, le chant plaintif de la bûche qui s'échauffe et se dilate, le craquement de l'écorce qui se crispe avant d'éclater, et ces légères explosions phosphorescentes de l'aubier qui fait jaillir une flamme bleuâtre. De temps à autre, le hurlement d'un chien venait se mêler au faible sifflement de la bise qui se glissait dans les fentes de la porte et au bruit de la pluie qui fouettait les vitres. Cette soirée était une des plus tristes qu'eût encore passées madame Delmare dans son petit manoir de la Brie.

Et puis je ne sais quelle attente vague pesait sur cette âme impressionnable et sur ses fibres délicates. Les êtres faibles ne vivent que de terreurs et de pressentiments. Madame Delmare avait toutes les superstitions d'une créole nerveuse et maladive ; certaines harmonies de la nuit, certains jeux de la lune lui faisaient croire à de certains événements, à de prochains malheurs, et la nuit avait pour cette femme rêveuse et triste un langage tout de mystères et de fantômes qu'elle seule savait comprendre et traduire suivant ses craintes et ses souffrances.

— Vous direz encore que je suis folle, dit-elle en retirant sa main que tenait toujours sir Ralph, mais je ne sais quelle catastrophe se prépare autour de nous. Il y a ici un danger qui pèse sur quelqu'un... sur moi, sans doute... mais... tenez, Ralph, je me sens émue comme à l'approche d'une grande phase de ma destinée... J'ai peur, ajouta-t-elle en frissonnant, je me sens mal.

Et ses lèvres devinrent aussi blanches que ses joues. Sir Ralph, effrayé, non des pressentiments de madame Delmare, qu'il regardait comme les symptômes d'une grande atonie morale, mais de sa pâleur mortelle, tira vivement la sonnette pour demander des secours. Personne ne vint, et, Indiana s'affaiblissant de plus en plus, Ralph, épouvanté, l'éloigna du feu, la déposa sur une chaise longue, et courut au hasard, appelant les domestiques, cherchant de l'eau, des sels, ne trouvant rien, brisant toutes les sonnettes, se perdant à travers le dédale des appartements obscurs, et se tordant les mains d'impatience et de dépit contre lui-même.

Enfin l'idée lui vint d'ouvrir la porte vitrée qui donnait sur le parc, et d'appeler tour à tour Lelièvre et Noun, la femme de chambre créole de madame Delmare.

Quelques instants après, Noun accourut d'une des plus sombres allées du parc, et demanda vivement si madame Delmare se trouvait plus mal que de coutume.

— Tout à fait mal, répondit sir Brown.

Tous deux rentrèrent au salon et prodiguèrent leurs soins à madame Delmare évanouie, l'un avec tout le zèle d'un empressement inutile et gauche, l'autre avec l'adresse et l'efficacité d'un dévouement de femme.

Noun était la sœur de lait de madame Delmare ; ces deux jeunes personnes, élevées ensemble, s'aimaient tendrement. Noun, grande, forte, brillante de santé, vive, alerte, et pleine de sang créole ardent et passionné, effaçait de beaucoup, par sa beauté resplendissante, la beauté pâle et frêle de madame Delmare ; mais la bonté de leur cœur et la force de leur attachement étouffaient entre elles tout sentiment de rivalité féminine.

Lorsque madame Delmare revint à elle, la première

chose qu'elle remarqua fut l'altération des traits de sa femme de chambre, le désordre de sa chevelure humide, et l'agitation qui se trahissait dans tous ses mouvements.

— Rassure-toi, ma pauvre enfant, lui dit-elle avec bonté ; mon mal te brise plus que moi-même. Va, Noun, c'est à toi de te soigner ; tu maigris et tu pleures comme si ce n'était pas à toi de vivre ; ma bonne Noun, la vie est si joyeuse et si belle devant toi !

Noun pressa avec effusion la main de madame Delmare contre ses lèvres, et dans une sorte de délire, jetant autour d'elle des regards effarés :

— Mon Dieu ! dit-elle, madame, savez-vous pourquoi M. Delmare est dans le parc ?

— Pourquoi ? répéta Indiana perdant aussitôt le faible incarnat qui avait reparu sur ses joues. Mais attends donc, je ne sais plus... Tu me fais peur ! Qu'y a-t-il donc ?

— M. Delmare, répondit Noun d'une voix entrecoupée, prétend qu'il y a des voleurs dans le parc. Il fait sa ronde avec Lelièvre, tous deux armés de fusils...

— Eh bien ? dit Indiana, qui semblait attendre quelque affreuse nouvelle.

— Eh bien, madame, reprit Noun en joignant les mains avec égarement, n'est-ce pas affreux de songer qu'ils vont tuer un homme ?...

— Tuer ! s'écria madame Delmare en se levant avec la terreur crédule d'un enfant alarmé par les récits de sa bonne.

— Ah ! oui, ils le tueront, dit Noun avec des sanglots étouffés.

— Ces deux femmes sont folles, pensa sir Ralph, qui regardait cette scène étrange d'un air stupéfait. D'ailleurs, ajouta-t-il en lui-même, toutes les femmes le sont.

— Mais, Noun, que dis-tu là ? reprit madame Delmare ; est-ce que tu crois aux voleurs ?

— Oh ! si c'étaient des voleurs ! mais quelque pauvre paysan peut-être, qui vient dérober une poignée de bois pour sa famille.

— Oui, ce serait affreux, en effet !... Mais ce n'est pas probable ; à l'entrée de la forêt de Fontainebleau, et lorsqu'on peut si facilement y dérober du bois, ce n'est pas dans un parc fermé de murs qu'on viendrait s'exposer... Bah ! M. Delmare ne trouvera personne dans le parc ; rassure-toi donc...

Mais Noun n'écoutait pas ; elle allait de la fenêtre du salon à la chaise longue de sa maîtresse, elle épiait le moindre bruit, elle semblait partagée entre l'envie de courir après M. Delmare et celle de rester auprès de la malade.

Son anxiété parut si étrange, si déplacée à M. Brown, qu'il sortit de sa douceur habituelle, et, lui pressant fortement le bras :

— Vous avez donc perdu l'esprit tout à fait ? lui dit-il ; ne voyez-vous pas que vous épouvantez votre maîtresse, et que vos sottes frayeurs lui font un mal affreux ?

Noun ne l'avait pas entendu ; elle avait tourné les yeux vers sa maîtresse, qui venait de tressaillir sur sa chaise comme si l'ébranlement de l'air eût frappé ses sens d'une commotion électrique. Presque au même instant, le bruit d'un coup de fusil fit trembler les vitres du salon, et Noun tomba sur ses genoux.

— Quelles misérables terreurs de femmes ! s'écria sir Ralph, fatigué de leur émotion ; tout à l'heure on va vous apporter en triomphe un lapin tué à l'affût, et vous rirez de vous-mêmes.

— Non, Ralph, dit madame Delmare en marchant d'un pas ferme vers la porte, je vous dis qu'il y a du sang humain répandu.

Noun jeta un cri perçant et tomba sur le visage.

On entendit alors la voix de Lelièvre qui criait du côté du parc :

— Il y est! il y est! Bien ajusté, mon colonel! le brigand est par terre!...

Sir Ralph commença à s'émouvoir. Il suivit madame Delmare. Quelques instants après, on apporta sous le péristyle de la maison un homme ensanglanté et ne donnant aucun signe de vie.

— Pas tant de bruit! pas tant de cris! disait avec une gaieté rude le colonel à tous ses domestiques effrayés qui s'empressaient autour du blessé; ceci n'est qu'une plaisanterie, mon fusil n'était chargé que de sel. Je crois même que je ne l'ai pas touché; il est tombé de peur.

— Mais ce sang, monsieur, dit madame Delmare d'un ton de profond reproche, est-ce la peur qui le fait couler?

— Pourquoi êtes-vous ici, madame? s'écria M. Delmare; que faites-vous ici?

— J'y viens pour réparer, comme c'est mon devoir, le mal que vous faites, monsieur, répondit-elle froidement.

Et, s'avançant vers le blessé avec un courage dont aucune des personnes présentes ne s'était encore sentie capable, elle approcha une lumière de son visage.

Alors, au lieu des traits et des vêtements ignobles qu'on s'attendait à voir, on trouva un jeune homme de la plus noble figure, et vêtu avec recherche, quoique en habit de chasse. Il avait une main blessée assez légèrement; mais ses vêtements déchirés et son évanouissement annonçaient une chute grave.

— Je le crois bien! dit Lelièvre; il est tombé de vingt pieds de haut. Il enjambait le sommet du mur quand le colonel l'a ajusté, et quelques grains de petit plomb ou de sel dans la main droite l'auront empêché de prendre son appui. Le fait est que je l'ai vu rouler, et qu'arrivé en bas il ne songeait guère à se sauver, le pauvre diable!

— Est-ce croyable, dit une femme de service, qu'on s'amuse à voler quand on est *couvert* si proprement ?

— Et ses poches sont pleines d'or ! dit un autre qui avait détaché le gilet du prétendu voleur.

— Cela est étrange, dit le colonel, qui regardait, non sans une émotion profonde, l'homme étendu devant lui. Si cet homme est mort, ce n'est pas ma faute ; examinez sa main, madame, et, si vous y trouvez un grain de plomb...

— J'aime à vous croire, monsieur, répondit madame Delmare, qui, avec un sang-froid et une force morale dont personne ne l'eût crue capable, examinait attentivement le pouls et les artères du cou. Aussi bien, ajouta-t-elle, il n'est pas mort, et de prompts secours lui sont nécessaires. Cet homme n'a pas l'air d'un voleur et mérite peut-être des soins ; et, lors même qu'il n'en mériterait pas, notre devoir, à nous autres femmes, est de lui en accorder[6].

Alors madame Delmare fit transporter le blessé dans la salle de billard, qui était la plus voisine. On jeta un matelas sur quelques banquettes, et Indiana, aidée de ses femmes, s'occupa de panser la main malade, tandis que sir Ralph, qui avait des connaissances en chirurgie, pratiqua une abondante saignée.

Pendant ce temps, le colonel, embarrassé de sa contenance, se trouvait dans la situation d'un homme qui s'est montré plus méchant qu'il n'avait l'intention de l'être. Il sentait le besoin de se justifier aux yeux des autres, ou plutôt de se faire justifier par les autres aux siens propres. Il était donc resté sous le péristyle au milieu de ses serviteurs, se livrant avec eux aux longs commentaires si chaudement prolixes et si parfaitement inutiles qu'on fait toujours après l'événement. Lelièvre avait déjà expliqué vingt fois, avec les plus minutieux détails, le coup de fusil, la chute et ses résultats, tandis que le colonel, redevenu bonhomme au milieu des siens, ainsi qu'il l'était toujours après avoir satisfait sa colère, incriminait les intentions d'un homme qui s'introduit dans une propriété particulière, la nuit, par-dessus les murs. Chacun était de l'avis du maître, lorsque le jardinier, le tirant doucement à part, l'assura que le voleur ressemblait *comme deux gouttes d'eau* à un jeune propriétaire récemment installé dans le voisinage, et qu'il avait vu parler à mademoiselle Noun trois jours auparavant, à la fête champêtre de Rubelles[7].

Ces renseignements donnèrent un autre cours aux idées de M. Delmare ; son large front, luisant et chauve, se sillonna d'une grosse veine dont le gonflement était chez lui le précurseur de l'orage.

— Morbleu ! se dit-il en serrant les poings, madame Delmare prend bien de l'intérêt à ce godelureau qui pénètre chez moi par-dessus les murs !

Et il entra dans la salle de billard, pâle et frémissant de colère.

III

— Rassurez-vous, monsieur, lui dit Indiana ; l'homme que vous avez tué se portera bien dans quelques jours ; du moins nous l'espérons, quoique la parole ne lui soit pas encore revenue...

— Il ne s'agit pas de cela, madame, dit le colonel d'une voix concentrée ; il s'agit de me dire le nom de cet intéressant malade, et par quelle distraction il a pris le mur de mon parc pour l'avenue de ma maison.

— Je l'ignore absolument, répondit madame Delmare avec une froideur si pleine de fierté, que son terrible époux en fut comme étourdi un instant.

Mais, revenant bien vite à ses soupçons jaloux :

— Je le saurai, madame, lui dit-il à demi-voix ;
soyez bien sûre que je le saurai...

Alors, comme madame Delmare feignait de ne pas
remarquer sa fureur, et continuait à donner des soins
au blessé, il sortit pour ne pas éclater devant ses
femmes, et rappela le jardinier.

— Comment s'appelle cet homme, qui ressemble,
dis-tu, à notre larron ?

— M. de Ramière. C'est lui qui vient d'acheter la
petite maison anglaise de M. de Cercy.

— Quel homme est-ce ? un noble, un fat, un beau
monsieur ?

— Un très beau monsieur, un noble, je crois...

— Cela doit être, reprit le colonel avec emphase :
M. de Ramière ! Dis-moi, Louis, ajouta-t-il en parlant
bas, n'as-tu jamais vu ce fat rôder autour d'ici ?

— Monsieur... la nuit dernière..., répondit Louis
embarrassé, j'ai vu certainement... pour dire que ce
soit un fat, je n'en sais rien ; mais, à coup sûr, c'était un
homme.

— Et tu l'as vu ?

— Comme je vous vois, sous les fenêtres de l'orangerie.

— Et tu n'es pas tombé dessus avec le manche de ta
pelle ?

— Monsieur, j'allais le faire ; mais j'ai vu une femme
en blanc qui sortait de l'orangerie et qui venait à lui.
Alors je me suis dit : « C'est peut-être monsieur et
madame qui ont pris la fantaisie de se promener avant
le jour. » Et je suis revenu me coucher. Mais, ce matin,
j'ai entendu Lelièvre qui parlait d'un voleur dont il
aurait vu les traces dans le parc, je me suis dit : « Il y a
quelque chose là-dessous. »

— Et pourquoi ne m'as-tu pas averti sur-le-champ,
maladroit ?

— Dame ! monsieur, il y a des *arguments si délicats*
dans la vie...

— J'entends, tu te permets d'avoir des doutes. Tu es un sot ; s'il t'arrive jamais d'avoir une idée insolente de cette sorte, je te coupe les oreilles. Je sais fort bien qui est ce larron et ce qu'il venait chercher dans mon jardin. Je ne t'ai fait toutes ces questions que pour voir de quelle manière tu gardais ton orangerie. Songe que j'ai là des plantes rares auxquelles madame tient beaucoup, et qu'il y a des amateurs assez fous pour venir voler dans les serres de leurs voisins ; c'est moi que tu as vu la nuit dernière avec madame Delmare.

Et le pauvre colonel s'éloigna plus tourmenté, plus irrité qu'auparavant, laissant son jardinier fort peu convaincu qu'il existât des horticulteurs fanatiques au point de s'exposer à un coup de fusil pour s'approprier une marcotte ou une bouture.

M. Delmare rentra dans le billard, et, sans faire attention aux marques de connaissance que donnait enfin le blessé, il s'apprêtait à fouiller les poches de sa veste étalée sur une chaise, lorsque celui-ci, allongeant le bras, lui dit d'une voix faible :

— Vous désirez savoir qui je suis, monsieur ; c'est inutile. Je vous le dirai quand nous serons seuls ensemble. Jusque-là, épargnez-moi l'embarras de me faire connaître dans la situation ridicule et fâcheuse où je suis placé.

— Cela est vraiment bien dommage ! répondit le colonel aigrement ; mais je vous avoue que j'y suis peu sensible. Cependant, comme j'espère que nous nous reverrons tête à tête, je veux bien différer jusque-là notre connaissance. En attendant, voulez-vous bien me dire où je dois vous faire transporter ?

— Dans l'auberge du plus prochain village, si vous le voulez bien.

— Mais monsieur n'est pas en état d'être transporté ! dit vivement madame Delmare ; n'est-il pas vrai, Ralph ?

— L'état de monsieur vous affecte beaucoup trop,

madame, dit le colonel. Sortez, vous autres, dit-il aux femmes de service. Monsieur se sent mieux, et il aura la force maintenant de m'expliquer sa présence chez moi.

— Oui, monsieur, répondit le blessé, et je prie toutes les personnes qui ont eu la bonté de me donner des soins de vouloir bien entendre l'aveu de ma faute. Je sens qu'il importe beaucoup ici qu'il n'y ait pas de méprise sur ma conduite, et il m'importe à moi-même de ne pas passer pour ce que je ne suis pas. Sachez donc quelle supercherie m'amenait chez vous. Vous avez établi, monsieur, par des moyens extrêmement simples et connus de vous seulement, une usine dont le travail et les produits surpassent infiniment ceux de toutes les fabriques de ce genre élevées dans le pays. Mon frère possède dans le midi de la France un établissement à peu près semblable, mais dont l'entretien absorbe des fonds immenses. Ses opérations devenaient désastreuses, lorsque j'ai appris le succès des vôtres ; alors je me suis promis de venir vous demander quelques conseils, comme un généreux service qui ne pourrait nuire à vos intérêts, mon frère exploitant des denrées d'une tout autre nature. Mais la porte de votre jardin anglais m'a été rigoureusement fermée ; et, lorsque j'ai demandé à m'adresser à vous, on m'a répondu que vous ne me permettriez pas même de visiter votre établissement. Rebuté par ces refus désobligeants, je résolus alors, au péril même de ma vie et de mon honneur, de sauver l'honneur et la vie de mon frère : je me suis introduit chez vous la nuit par-dessus les murs, et j'ai tâché de pénétrer dans l'intérieur de la fabrique afin d'en examiner les rouages. J'étais déterminé à me cacher dans un coin, à séduire les ouvriers, à voler votre secret, en un mot, pour en faire profiter un honnête homme sans vous nuire. Telle était ma faute. Maintenant, monsieur, si vous exigez une autre réparation que celle que vous venez de vous faire, aussitôt que j'en aurai la force, je suis prêt à vous l'offrir, et peut-être à vous la demander.

— Je crois que nous devons nous tenir quittes, monsieur, répondit le colonel à demi soulagé d'une grande anxiété. Soyez témoins, vous autres, de l'explication que monsieur m'a donnée. Je suis beaucoup trop vengé, en supposant que j'aie besoin d'une vengeance. Sortez maintenant, et laissez-nous causer de mon exploitation avantageuse.

Les domestiques sortirent ; mais eux seuls furent dupes de cette réconciliation. Le blessé, affaibli par son long discours, ne put apprécier le ton des dernières paroles du colonel. Il retomba sur les bras de madame Delmare, et perdit connaissance une seconde fois. Celle-ci, penchée sur lui, ne daigna pas lever les yeux sur la colère de son mari, et les deux figures si différentes de M. Delmare et de M. Brown, l'une pâle et contractée par le dépit, l'autre calme et insignifiante comme à l'ordinaire, s'interrogèrent en silence.

M. Delmare n'avait pas besoin de dire un mot pour se faire comprendre : cependant il tira sir Ralph à l'écart, et lui dit en lui brisant les doigts :

— Mon ami, c'est une intrigue admirablement tissue. Je suis content, parfaitement content de l'esprit avec lequel ce jeune homme a su préserver mon honneur aux yeux de mes gens. Mais, mordieu ! il me payera cher l'affront que je ressens au fond du cœur. Et cette femme qui le soigne et qui fait semblant de ne le pas connaître ! Ah ! comme la ruse est innée chez ces êtres-là...

Sir Ralph, atterré, fit méthodiquement trois tours dans la salle. A son premier tour, il tira cette conclusion : *invraisemblable* ; au second : *impossible* ; au troisième : *prouvé*. Puis, revenant au colonel avec sa figure glaciale, il lui montra du doigt Noun, qui se tenait debout derrière le malade, les mains tordues, les yeux hagards, les joues livides, et dans l'immobilité du désespoir, de la terreur et de l'égarement.

Il y a dans une découverte réelle une puissance de conviction si prompte, si envahissante, que le colonel fut plus frappé du geste énergique de sir Ralph qu'il ne l'eût été de l'éloquence la plus habile. M. Brown avait sans doute plus d'un moyen de se mettre sur la voie ; il venait de se rappeler la présence de Noun dans le parc au moment où il l'avait cherchée, ses cheveux mouillés, sa chaussure humide et fangeuse, qui attestaient une étrange fantaisie de promenade pendant la pluie, menus détails qui l'avaient médiocrement frappé au moment où madame Delmare s'était évanouie, mais qui maintenant lui revenaient en mémoire. Puis cet effroi bizarre qu'elle avait témoigné, cette agitation convulsive, et le cri qui lui était échappé en entendant le coup de fusil...

M. Delmare n'eut pas besoin de toutes ces indications ; plus pénétrant, parce qu'il était plus intéressé à l'être, il n'eut qu'à examiner la contenance de cette fille pour voir qu'elle seule était coupable. Cependant l'assiduité de sa femme auprès du héros de cet exploit galant lui déplaisait de plus en plus.

— Indiana, lui dit-il, retirez-vous. Il est tard, et vous n'êtes pas bien. Noun restera auprès de monsieur pour le soigner cette nuit, et, demain, s'il est mieux, nous aviserons au moyen de le faire transporter chez lui.

Il n'y avait rien à répondre à cet accommodement inattendu. Madame Delmare, qui savait si bien résister à la violence de son mari, cédait toujours à sa douceur. Elle pria sir Ralph de rester encore un peu auprès du malade, et se retira dans sa chambre.

Ce n'était pas sans intention que le colonel avait arrangé les choses ainsi. Une heure après, lorsque tout le monde fut couché et la maison silencieuse, il se glissa doucement dans la salle occupée par M. de Ramière, et, caché derrière un rideau, il put se convaincre, à l'entretien du jeune homme avec la femme de chambre, qu'il s'agissait entre eux d'une intrigue amoureuse. La beauté peu commune de la jeune créole avait fait sensation dans les bals champêtres des environs. Les hommages ne lui avaient pas manqué, même parmi les premiers du pays. Plus d'un bel officier de lanciers en garnison à Melun s'était mis en frais pour lui plaire ; mais Noun en était à son premier amour, et une seule attention l'avait flattée : c'était celle de M. de Ramière.

Le colonel Delmare était peu désireux de suivre le développement de leur liaison ; aussi se retira-t-il dès qu'il fut bien assuré que sa femme n'avait pas occupé un instant l'Almaviva [8] de cette aventure. Néanmoins, il en entendit assez pour comprendre la différence de cet amour entre la pauvre Noun, qui s'y jetait avec toute la violence de son organisation ardente, et le fils de famille, qui s'abandonnait à l'entraînement d'un jour sans abjurer le droit de reprendre sa raison le lendemain.

Quand madame Delmare s'éveilla, elle vit Noun à côté de son lit, confuse et triste. Mais elle avait ingénument ajouté foi aux explications de M. de Ramière, d'autant plus que déjà des personnes intéressées dans le commerce avaient tenté de surprendre, par ruse ou par fraude, le secret de la fabrique Delmare. Elle attribua donc l'embarras de sa compagne à l'émotion et à la fatigue de la nuit, et Noun se rassura en voyant le colonel entrer avec calme dans la chambre de sa femme et l'entretenir de l'affaire de la veille comme d'une chose toute naturelle.

Dès le matin, sir Ralph s'était assuré de l'état du malade. La chute, quoique violente, n'avait eu aucun résultat grave ; la blessure de la main était déjà cicatrisée ; M. de Ramière avait désiré qu'on le transportât sur-le-champ à Melun, et il avait distribué sa bourse aux domestiques pour les engager à garder le

silence sur cet événement, afin, disait-il, de ne pas
effrayer sa mère, qui habitait à quelques lieues de là.
Cette histoire ne s'ébruita donc que lentement et sur
des versions différentes. Quelques renseignements sur
la fabrique anglaise d'un M. de Ramière, frère de celui-
ci, vinrent à l'appui de la fiction qu'il avait heureusement improvisée. Le colonel et sir Brown eurent la
délicatesse de garder le secret de Noun, sans même lui
faire entendre qu'ils le savaient, et la famille Delmare
cessa bientôt de s'occuper de cet incident.

IV

Il vous est difficile peut-être de croire que M. Raymon de Ramière, jeune homme brillant d'esprit, de
talents et de grandes qualités, accoutumé aux succès
de salon et aux aventures parfumées, eût conçu pour la
femme de charge d'une petite maison industrielle de la
Brie un attachement bien durable. M. de Ramière
n'était pourtant ni un fat ni un libertin. Nous avons dit
qu'il avait de l'esprit, c'est-à-dire qu'il appréciait à
leur juste valeur les avantages de la naissance. C'était
un homme à principes quand il raisonnait avec lui-
même ; mais de fougueuses passions l'entraînaient
souvent hors de ses systèmes. Alors il n'était plus
capable de réfléchir, ou bien il évitait de se traduire au
tribunal de sa conscience : il commettait des fautes
comme à l'insu de lui-même, et l'homme de la veille
s'efforçait de tromper celui du lendemain. Malheureusement, ce qu'il y avait de plus saillant en lui, ce
n'étaient pas ses principes, qu'il avait en commun avec
beaucoup d'autres philosophes en gants blancs, et qui
ne le préservaient pas plus qu'eux de l'inconséquence ;
c'étaient ses passions, que les principes ne pouvaient

pas étouffer, et qui faisaient de lui un homme à part dans cette société ternie où il est si difficile de trancher sans être ridicule. Raymon avait l'art d'être souvent coupable sans se faire haïr, souvent bizarre sans être choquant ; parfois même il réussissait à se faire plaindre par les gens qui avaient le plus à se plaindre de lui. Il y a des hommes ainsi gâtés par tout ce qui les approche. Une figure heureuse et une élocution vive font quelquefois tous les frais de leur sensibilité. Nous ne prétendons pas juger si rigoureusement M. Raymon de Ramière, ni tracer son portrait avant de l'avoir fait agir. Nous l'examinons maintenant de loin, et comme la foule qui le voit passer.

M. de Ramière était amoureux[9] de la jeune créole aux grands yeux noirs qui avait frappé d'admiration toute la province à la fête de Rubelles ; mais amoureux et rien de plus. Il l'avait abordée par désœuvrement peut-être, et le succès avait allumé ses désirs ; il avait obtenu plus qu'il n'avait demandé, et, le jour où il triompha de ce cœur facile, il rentra chez lui, effrayé de sa victoire, et, se frappant le front, il se dit :

— Pourvu qu'elle ne m'aime pas !

Ce ne fut donc qu'après avoir accepté toutes les preuves de son amour qu'il commença à se douter de cet amour. Alors il se repentit, mais il n'était plus temps ; il fallait s'abandonner aux conséquences de l'avenir ou reculer lâchement vers le passé. Raymon n'hésita pas ; il se laissa aimer, il aima lui-même par reconnaissance ; il escalada les murs de la propriété Delmare par amour du danger ; il fit une chute terrible par maladresse, et il fut si touché de la douleur de sa jeune et belle maîtresse, qu'il se crut désormais justifié à ses propres yeux en continuant de creuser l'abîme où elle devait tomber.

Dès qu'il fut rétabli, l'hiver n'eut pas de glace, la nuit point de dangers, le remords pas d'aiguillons qui pussent l'empêcher de traverser l'angle de la forêt pour aller trouver la créole, lui jurer qu'il n'avait jamais aimé qu'elle, qu'il la préférait aux reines du monde, et mille autres exagérations qui seront toujours de mode auprès des jeunes filles pauvres et crédules. Au mois de janvier, madame Delmare partit pour Paris avec son mari ; sir Ralph Brown, leur honnête voisin, se retira dans sa terre, et Noun, restée à la tête de la maison de campagne de ses maîtres, eut la liberté de s'absenter sous différents prétextes. Ce fut un malheur pour elle, et ces faciles entrevues avec son amant abrégèrent de beaucoup le bonheur éphémère qu'elle devait goûter. La forêt, avec sa poésie, ses girandoles de givre, ses effets de lune, le mystère de la petite porte, le départ furtif du matin, lorsque les petits pieds de Noun imprimaient leur trace sur la neige du parc pour le reconduire, tous ces accessoires d'une intrigue amoureuse avaient prolongé l'enivrement de M. de Ramière. Noun, en déshabillé blanc, parée de ses longs cheveux noirs, était une dame, une reine, une fée ; lorsqu'il la voyait sortir de ce castel de briques rouges, édifice lourd et carré du temps de la régence, qui avait une demi-tournure féodale, il la prenait volontiers pour une châtelaine du moyen âge, et, dans le kiosque rempli de fleurs exotiques où elle venait l'enivrer des séductions de la jeunesse et de la passion, il oubliait volontiers tout ce qu'il devait se rappeler plus tard.

Mais, lorsque, méprisant les précautions et bravant à son tour le danger, Noun vint le trouver chez lui avec son tablier blanc et son madras arrangé coquettement à la manière de son pays, elle ne fut plus qu'une femme de chambre et la femme de chambre d'une jolie femme, ce qui donne toujours à la soubrette l'air d'un pis aller. Noun était pourtant bien belle, c'était ainsi qu'il l'avait vue pour la première fois à cette fête de village où il avait fendu la presse des curieux pour l'approcher, et où il avait eu le petit triomphe de l'arracher à vingt rivaux. Noun lui rappelait ce jour avec tendresse : elle ignorait, la pauvre enfant, que l'amour de Raymon ne datait pas de si loin, et que le jour d'orgueil pour elle n'avait été pour lui qu'un jour de vanité. Et puis ce courage avec lequel elle lui sacrifiait sa réputation, ce courage qui eût dû la faire aimer davantage, déplut à M. de Ramière. La femme d'un pair de France qui s'immolerait de la sorte serait une conquête précieuse ; mais une femme de chambre ! Ce qui est héroïsme chez l'une devient effronterie chez l'autre. Avec l'une, un monde de rivaux jaloux vous envie ; avec l'autre, un peuple de laquais scandalisés vous condamne. La femme de qualité vous sacrifie vingt amants qu'elle avait ; la femme de chambre ne vous sacrifie qu'un mari qu'elle aurait eu.

Que voulez-vous ! Raymon était un homme de mœurs élégantes, de vie recherchée, d'amour poétique. Pour lui une grisette n'était pas une femme, et Noun, à la faveur d'une beauté de premier ordre, l'avait surpris dans un jour de laisser-aller populaire. Tout cela n'était pas la faute de Raymon ; on l'avait élevé pour le monde, on avait dirigé toutes ses pensées vers un but élevé, on avait pétri toutes ses facultés pour un bonheur de prince, et c'était malgré lui que l'ardeur du sang l'avait entraîné dans de bourgeoises amours. Il avait fait tout son possible pour s'y plaire, il ne le pouvait plus ; que faire maintenant ? Des idées généreusement extravagantes lui avaient bien traversé le cerveau ; aux jours où il était le plus épris de sa maîtresse, il avait bien songé à l'élever jusqu'à lui, à légitimer leur union... Oui, sur mon honneur ! il y avait songé ; mais l'amour, qui légitime tout, s'affaiblissait maintenant ; il s'en allait avec les dangers de l'aventure et le piquant du mystère. Plus d'hymen possible ; et faites attention : Raymon raisonnait fort bien et tout à fait dans l'intérêt de sa maîtresse.

S'il l'eût aimée vraiment, il aurait pu, en lui sacrifiant son avenir, sa famille et sa réputation, trouver encore du bonheur avec elle, et, par conséquent, lui en donner ; car l'amour est un contrat aussi bien que le mariage. Mais, refroidi comme il se sentait alors, quel avenir pouvait-il créer à cette femme ? L'épouserait-il pour lui montrer chaque jour un visage triste, un cœur froissé, un intérieur désolé ? l'épouserait-il pour la rendre odieuse à sa famille, méprisable à ses égaux, ridicule à ses domestiques, pour la risquer dans une société où elle se sentirait déplacée, où l'humiliation la tuerait, pour l'accabler de remords en lui faisant sentir tous les maux qu'elle avait attirés sur son amant ?

Non, vous conviendrez avec lui que ce n'était pas possible, que ce n'eût pas été généreux, qu'on ne lutte point ainsi contre la société, et que cet héroïsme de vertu ressemble à don Quichotte brisant sa lance contre l'aile d'un moulin ; courage de fer qu'un coup de vent disperse, chevalerie d'un autre siècle qui fait pitié à celui-ci.

Après avoir ainsi pesé toutes choses, M. de Ramière comprit qu'il valait mieux briser ce lien malheureux. Les visites de Noun commençaient à lui devenir pénibles. Sa mère, qui était allée passer l'hiver à Paris, ne manquerait pas bientôt d'apprendre ce petit scandale [10]. Déjà elle s'étonnait des fréquents voyages qu'il faisait à Cercy, leur maison de campagne, et des semaines entières qu'il y passait. Il avait bien prétexté un travail sérieux qu'il venait achever loin du bruit des villes ; mais ce prétexte commençait à s'user. Il en coûtait à Raymon de tromper une si bonne mère, de la priver si longtemps de ses soins ; que vous dirai-je ? il quitta Cercy et n'y revint plus.

Noun pleura, attendit, et, malheureuse qu'elle était, voyant le temps s'écouler, se hasarda jusqu'à écrire [11]. Pauvre fille ! ce fut le dernier coup. La lettre d'une femme de chambre ! Elle avait pourtant pris le papier satiné et la cire odorante dans l'écritoire de madame Delmare, le style dans son cœur... Mais l'orthographe !

Savez-vous bien ce qu'une syllabe de plus ou de moins ôte ou donne d'énergie aux sentiments ? Hélas ! la pauvre fille à demi sauvage de l'île Bourbon ignorait même qu'il y eût des règles à la langue. Elle croyait écrire et parler aussi bien que sa maîtresse, et, quand elle vit que Raymon ne revenait pas, elle se dit :

— Ma lettre était pourtant bien faite pour le ramener.

Cette lettre, Raymon n'eut pas le courage de la lire jusqu'au bout. C'était peut-être un chef-d'œuvre de passion naïve et gracieuse ; Virginie n'en écrivit peut-être pas une plus charmante à Paul lorsqu'elle eut quitté sa patrie... Mais M. de Ramière se hâta de la jeter au feu, dans la crainte de rougir de lui-même. Que voulez-vous, encore une fois ! ceci est un préjugé de l'éducation, et l'amour-propre est dans l'amour comme l'intérêt personnel est dans l'amitié.

On avait remarqué dans le monde l'absence de M. de Ramière ; c'est beaucoup dire d'un homme, dans ce monde où ils se ressemblent tous. On peut être homme d'esprit et faire cas du monde, de même qu'on peut être un sot et le mépriser. Raymon l'aimait, et il avait raison ; il y était recherché, il y plaisait ; et, pour lui, cette foule de masques indifférents ou railleurs avait des regards d'attention et des sourires d'intérêt. Des malheureux peuvent être misanthropes, mais les êtres qu'on aime sont rarement ingrats ; du moins Raymon le pensait. Il était reconnaissant des moindres témoignages d'attachement, envieux de l'estime de tous, fier d'un grand nombre d'amitiés.

Avec ce monde dont les préventions sont absolues, tout lui avait réussi, même ses fautes ; et, quand il cherchait la cause de cette affection universelle qui l'avait toujours protégé, il la trouvait en lui-même, dans le désir qu'il avait de l'obtenir, dans la joie qu'il en ressentait, dans cette bienveillance robuste qu'il prodiguait sans l'épuiser.

Il la devait aussi à sa mère, dont l'esprit supérieur, la conversation attachante et les vertus privées faisaient une femme à part. C'était d'elle qu'il tenait ces excellents principes qui le ramenaient toujours au bien, et l'empêchaient, malgré la fougue de ses vingt-cinq ans, de démériter de l'estime publique. On était aussi plus indulgent pour lui que pour les autres, parce que sa mère avait l'art de l'excuser en le blâmant, de recommander l'indulgence en ayant l'air de l'implorer. C'était une de ces femmes qui ont traversé des époques si différentes, que leur esprit a pris toute la souplesse de leur destinée, qui se sont enrichies de l'expérience du malheur, qui ont échappé aux échafauds de 93, aux vices du Directoire, aux vanités de l'Empire, aux rancunes de la Restauration; femmes rares, et dont l'espèce se perd.

Ce fut à un bal chez l'ambassadeur d'Espagne que Raymon fit sa rentrée dans le monde.

— M. de Ramière, si je ne me trompe, dit une jolie femme à sa voisine.

— C'est une comète qui paraît à intervalles inégaux, répondit celle-ci. Il y a des siècles qu'on n'a entendu parler de ce joli garçon-là.

La femme qui parlait ainsi était étrangère et âgée. Sa compagne rougit un peu.

— Il est très bien, dit-elle; n'est-ce pas, madame?

— Charmant, sur ma parole, dit la vieille Sicilienne.

— Vous parlez, je gage, dit un beau colonel de la garde, du héros des salons éclectiques, le brun Raymon?

— C'est une belle tête d'étude, reprit la jeune femme.

— Et ce qui vous plaît encore davantage peut-être, une mauvaise tête, dit le colonel.

Cette jeune femme était la sienne.

— Pourquoi mauvaise tête? demanda l'étrangère.

— Des passions toutes méridionales, madame, et dignes du beau soleil de Palerme.

Deux ou trois jeunes femmes avancèrent leurs jolies têtes chargées de fleurs pour entendre ce que disait le colonel.

— Il a fait vraiment des ravages à la garnison cette année, continua-t-il. Nous serons obligés, nous autres, de lui chercher une mauvaise querelle pour nous en débarrasser.

— Si c'est un Lovelace [12], tant pis, dit une jeune personne à la physionomie moqueuse ; je ne peux pas souffrir les gens que tout le monde aime.

La comtesse ultramontaine attendit que le colonel fût un peu loin, et, donnant un léger coup de son éventail sur les doigts de mademoiselle de Nangy :

— Ne parlez pas ainsi, lui dit-elle ; vous ne savez pas ce que c'est, ici, qu'un homme qui veut être aimé.

— Vous croyez donc qu'il ne s'agit pour eux que de vouloir ? dit la jeune fille aux longs yeux sardoniques.

— Mademoiselle, dit le colonel, qui se rapprochait pour l'inviter à danser, prenez garde que le beau Raymon ne vous entende !

Mademoiselle de Nangy se prit à rire ; mais, de toute la soirée, le joli groupe dont elle faisait partie n'osa plus parler de M. de Ramière.

V

M. de Ramière errait sans dégoût et sans ennui dans les plis ondoyants de cette foule parée.

Cependant il se débattait [13] contre le chagrin. En rentrant dans son monde à lui, il avait comme des remords, comme de la honte de toutes les folles idées qu'un attachement disproportionné lui avait suggé-

rées. Il regardait ces femmes si brillantes aux lumières ; il écoutait leur entretien délicat et fin ; il entendait
vanter leurs talents ; et dans ces merveilles choisies,
dans ces toilettes presque royales, dans ces propos
exquis, il trouvait partout le reproche d'avoir dérogé à
sa propre destinée. Mais, malgré cette espèce de
confusion, Raymon souffrait d'un remords plus réel ;
car il avait une extrême délicatesse d'intentions, et les
larmes d'une femme brisaient son cœur, quelque
endurci qu'il fût.

Les honneurs de la soirée étaient en ce moment pour
une jeune femme dont personne ne savait le nom, et
qui, par la nouveauté de son apparition dans le monde,
jouissait du privilège de fixer l'attention. La simplicité
de sa mise eût suffi pour la détacher en relief au milieu
des diamants, des plumes et des fleurs qui paraient les
autres femmes. Des rangs de perles tressées dans ses
cheveux noirs composaient tout son écrin. Le blanc
mat de son collier, celui de sa robe de crêpe et de ses
épaules nues, se confondaient à quelque distance, et la
chaleur des appartements avait à peine réussi à élever
sur ses joues une nuance délicate comme celle d'une
rose de Bengale éclose sur la neige. C'était une créature
toute petite, toute mignonne, toute déliée ; une beauté
de salon que la lueur vive des bougies rendait féérique
et qu'un rayon de soleil eût ternie. En dansant, elle
était si légère, qu'un souffle eût suffi pour l'enlever ;
mais elle était légère sans vivacité, sans plaisir. Assise,
elle se courbait comme si son corps trop souple n'eût
pas eu la force de se soutenir ; et, quand elle parlait,
elle souriait et avait l'air triste. Les contes fantastiques
étaient à cette époque dans toute la fraîcheur de leurs
succès ; aussi les érudits du genre comparèrent cette
jeune femme à une ravissante apparition évoquée par
la magie, qui, lorsque le jour blanchirait l'horizon,
devait pâlir et s'effacer comme un rêve.

En attendant, ils se pressaient autour d'elle pour la faire danser.

— Dépêchez-vous, disait à un de ses amis un dandy romantique ; le coq va chanter, et déjà les pieds de votre danseuse ne touchent plus le parquet. Je parie que vous ne sentez plus sa main dans la vôtre.

— Regardez donc la figure brune et caractérisée de M. de Ramière, dit une femme *artiste* à son voisin. N'est-ce pas qu'auprès de cette jeune personne si pâle et si menue, le ton *solide* de l'un fait admirablement ressortir le ton *fin* de l'autre ?

— Cette jeune personne, dit une femme qui connaissait tout le monde, et qui remplissait dans les réunions le rôle d'un almanach, c'est la fille de ce vieux fou de Carvajal qui a voulu trancher du Joséphin[14], et qui s'en est allé mourir ruiné à l'île Bourbon. Cette belle fleur exotique est assez sottement mariée, je crois ; mais sa tante est bien en cour.

Raymon s'était approché de la belle Indienne. Une émotion singulière s'emparait de lui chaque fois qu'il la regardait ; il avait vu cette figure pâle et triste dans quelqu'un de ses rêves ; mais, à coup sûr, il l'avait vue, et ses regards s'y attachaient avec le plaisir qu'on éprouve à retrouver une vision caressante qu'on a craint de perdre pour toujours. L'attention de Raymon troubla celle qui en était l'objet ; gauche et timide comme une personne étrangère au monde, le succès qu'elle y obtenait semblait l'embarrasser plutôt que lui plaire. Raymon fit un tour de salon, apprit enfin que cette femme s'appelait madame Delmare, et vint l'inviter à danser.

— Vous ne vous souvenez pas de moi, lui dit-il, lorsqu'ils furent seuls au milieu de la foule ; mais, moi je n'ai pu vous oublier, madame. Je ne vous ai pourtant vue qu'un instant, à travers un nuage ; mais cet instant vous a montrée à moi si bonne, si compatissante...

Madame Delmare tressaillit.

— Ah! oui, monsieur, dit-elle vivement, c'est vous!... Moi aussi, je vous reconnaissais.

Puis elle rougit et parut craindre d'avoir manqué aux convenances. Elle regarda autour d'elle comme pour voir si quelqu'un l'avait entendue. Sa timidité ajoutait à sa grâce naturelle, et Raymon se sentit touché au cœur de l'accent de cette voix créole, un peu voilée, si douce, qu'elle semblait faite pour prier ou pour bénir.

— J'avais bien peur, lui dit-il, de ne jamais trouver l'occasion de vous remercier. Je ne pouvais me présenter chez vous, et je savais que vous alliez peu dans le monde. Je craignais aussi en vous approchant de me mettre en contact avec M. Delmare, et notre situation mutuelle ne pouvait rendre ce contact agréable. Combien je suis heureux de cet instant qui me permet d'acquitter la dette de mon cœur!

— Il serait plus doux pour moi, lui dit-elle, si M. Delmare pouvait en prendre sa part, et, si vous le connaissiez mieux, vous sauriez qu'il est aussi bon qu'il est brusque. Vous lui pardonneriez d'avoir été votre meurtrier involontaire, car son cœur a certainement plus saigné que votre blessure.

— Ne parlons pas de M. Delmare, madame, je lui pardonne de tout mon cœur. J'avais des torts envers lui, il s'en est fait justice; je n'ai plus qu'à l'oublier; mais vous, madame, vous qui m'avez prodigué des soins si délicats et si généreux, je veux me rappeler toute ma vie votre conduite envers moi, vos traits si purs, votre douceur angélique, et ces mains qui ont versé le baume sur mes blessures, et que je n'ai pas pu baiser...

En parlant, Raymon tenait la main de madame Delmare, prêt à se mêler avec elle dans la contredanse. Il pressa doucement cette main dans les siennes, et tout le sang de la jeune femme reflua vers son cœur.

Quand il la ramena à sa place, madame de Carvajal,

la tante de madame Delmare, s'était éloignée ; le bal s'éclaircissait. Raymon s'assit auprès d'elle. Il avait cette aisance que donne une certaine expérience du cœur ; c'est la violence de nos désirs, la précipitation de notre amour qui nous rend stupides auprès des femmes. L'homme qui a un peu usé ses émotions est plus pressé de plaire que d'aimer. Cependant M. de Ramière se sentait plus profondément ému auprès de cette femme simple et neuve qu'il ne l'avait encore été. Peut-être devait-il cette rapide impression au souvenir de la nuit qu'il avait passée chez elle ; ce qu'il y a de certain, c'est qu'en lui parlant avec vivacité, son cœur ne trahissait pas sa bouche.

Mais l'habitude acquise auprès des autres donnait à ses paroles cette puissance de conviction à laquelle l'ignorante Indiana s'abandonnait, sans comprendre que tout cela n'avait pas été inventé pour elle.

En général, et les femmes le savent bien, un homme qui parle d'amour avec esprit est médiocrement amoureux. Raymon était une exception ; il exprimait la passion avec art, et il la ressentait avec chaleur. Seulement, ce n'était pas la passion qui le rendait éloquent, c'était l'éloquence qui le rendait passionné. Il se sentait du goût pour une femme, et devenait éloquent pour la séduire et amoureux d'elle en la séduisant. C'était du sentiment comme en font les avocats et les prédicateurs, qui pleurent à chaudes larmes dès qu'ils suent à grosses gouttes. Il rencontrait des femmes assez fines pour se méfier de ces chaleureuses improvisations ; mais Raymon avait fait par amour ce qu'on appelle des folies : il avait enlevé une jeune personne bien née ; il avait compromis des femmes établies très haut ; il avait eu trois duels éclatants ; il avait laissé voir à tout un *rout*[15], à toute une salle de spectacle, le désordre de son cœur et le délire de ses pensées. Un homme qui fait tout cela sans craindre d'être ridicule ou maudit, et qui réussit à n'être ni l'un

ni l'autre, est hors de toute atteinte ; il peut tout
risquer et tout espérer. Aussi les plus savantes résistances cédaient à cette considération que Raymon était
amoureux comme un fou quand il s'en mêlait. Dans le
monde, un homme capable de folie en amour est un
prodige assez rare, et que les femmes ne dédaignent
pas.

Je ne sais [16] comment il fit ; mais, en reconduisant
madame de Carvajal et madame Delmare à leur
voiture, il réussit à porter la petite main d'Indiana à
ses lèvres. Jamais baiser d'homme furtif et dévorant
n'avait effleuré les doigts de cette femme, quoiqu'elle
fût née sous un climat de feu et qu'elle eût dix-neuf
ans ; dix-neuf ans de l'île Bourbon, qui équivalent à
vingt-cinq ans de notre pays.

Souffrante et nerveuse comme elle l'était, ce baiser
lui arracha presque un cri, et il fallut la soutenir pour
monter en voiture. Une telle finesse d'organisation
n'avait jamais frappé Raymon. Noun, la créole, était
d'une santé robuste, et les Parisiennes ne s'évanouis-
sent pas quand on leur baise la main.

— Si je la voyais deux fois, se dit-il en s'éloignant,
j'en perdrais la tête.

Le lendemain, il avait complètement oublié Noun ;
tout ce qu'il savait d'elle, c'est qu'elle appartenait à
madame Delmare. La pâle Indiana occupait toutes ses
pensées, remplissait tous ses rêves. Quand Raymon
commençait à se sentir amoureux, il avait coutume de
s'étourdir, non pour étouffer cette passion naissante,
mais, au contraire, pour chasser la raison qui lui
prescrivait d'en peser les conséquences. Ardent au
plaisir, il poursuivait son but avec âpreté. Il n'était pas
maître d'étouffer les orages qui s'élevaient dans son
sein, pas plus qu'il n'était maître de les rallumer
quand il les sentait se dissiper et s'éteindre.

Il réussit donc dès le lendemain à apprendre que
M. Delmare était allé faire un voyage à Bruxelles pour

ses intérêts commerciaux. En partant, il avait confié sa femme à madame de Carvajal, qu'il aimait fort peu, mais qui était la seule parente de madame Delmare. Lui, soldat parvenu, il n'avait qu'une famille obscure et pauvre, dont il avait l'air de rougir à force de répéter qu'il n'en rougissait pas. Mais, quoiqu'il passât sa vie à reprocher à sa femme un mépris qu'elle n'avait nullement, il sentait qu'il ne devait pas la contraindre à se rapprocher intimement de ces parents sans éducation. D'ailleurs, malgré son éloignement pour madame de Carvajal, il ne pouvait se refuser à une grande déférence dont voici les raisons.

Madame de Carvajal, issue d'une grande famille espagnole, était une de ces femmes qui ne peuvent pas se résoudre à n'être rien. Au temps où Napoléon régentait l'Europe, elle avait encensé la gloire de Napoléon et embrassé avec son mari et son beau-frère le parti des joséphinos ; mais son mari s'étant fait tuer à la chute de la dynastie éphémère du conquérant, le père d'Indiana s'était réfugié aux colonies françaises. Alors madame de Carvajal, adroite et active, se retira à Paris, où, par je ne sais quelles spéculations de bourse, elle s'était créé une aisance nouvelle sur les débris de sa splendeur passée. A force d'esprit, d'intrigues et de dévotion, elle avait obtenu, en outre, les faveurs de la cour, et sa maison, sans être brillante, était une des plus honorables qu'on pût citer parmi celles des protégés de la liste civile.

Lorsque après la mort de son père Indiana arriva en France, mariée au colonel Delmare, madame de Carvajal fut médiocrement flattée d'une si chétive alliance. Néanmoins, elle vit prospérer les minces capitaux de M. Delmare, dont l'activité et le bon sens en affaires valaient une dot ; elle fit pour Indiana l'acquisition du petit château du Lagny et de la fabrique qui en dépendait. En deux années, grâce aux connaissances spéciales de M. Delmare et aux avances de fonds de sir

Rodolphe Brown, cousin par alliance de sa femme, les
affaires du colonel prirent une heureuse tournure, ses
dettes commencèrent à s'acquitter, et madame de
Carvajal, aux yeux de qui la fortune était la première
recommandation, témoigna beaucoup d'affection à sa
nièce et lui promit le reste de son héritage. Indiana,
indifférente à l'ambition, entourait sa tante de soins et
de prévenances par reconnaissance et non par intérêt ;
mais il y avait au moins autant de l'un que de l'autre
dans les ménagements du colonel. C'était un homme
de fer en fait de sentiments politiques ; il n'entendait
pas raison sur la gloire inattaquable de son grand
empereur, et il la défendait avec l'obstination aveugle
d'un enfant de soixante ans. Il lui fallait donc de
grands efforts de patience pour ne pas éclater sans
cesse dans le salon de madame de Carvajal, où l'on ne
vantait plus que la Restauration. Ce que le pauvre
Delmare souffrit de la part de cinq ou six vieilles
dévotes est inappréciable. Ces contrariétés étaient
cause en partie de l'humeur qu'il avait souvent contre
sa femme.

Ces choses établies, revenons à M. de Ramière. Au
bout de trois jours, il était au courant de tous ces
détails domestiques, tant il avait poursuivi activement
tout ce qui pouvait le mettre sur la voie d'un rapprochement avec la famille Delmare. Il savait qu'en ce
faisant protéger par madame de Carvajal il pourrait
voir Indiana. Le soir du troisième jour, il se fit
présenter chez elle.

Il n'y avait dans ce salon que quatre ou cinq figures
ostrogothiques, jouant gravement au reversi [17], et deux
ou trois fils de famille, aussi nuls qu'il est permis de
l'être quand on a seize quartiers de noblesse. Indiana
remplissait patiemment un fond de tapisserie sur le
métier de sa tante. Elle était penchée sur son ouvrage,
absorbée en apparence par cette occupation mécanique, et contente peut-être de pouvoir échapper ainsi au

froid bavardage de ses voisins. Je ne sais si, cachée par ses longs cheveux noirs qui pendaient sur les fleurs de son métier, elle repassait dans son âme les émotions de cet instant rapide qui l'avait initiée à une vie nouvelle, lorsque la voix du domestique qui annonça plusieurs personnes l'avertit de se lever. Elle le fit machinalement, car elle n'avait pas écouté les noms, et à peine si elle détachait les yeux de sa broderie lorsqu'une voix la frappa d'un coup électrique, et elle fut obligée de s'appuyer sur sa table à ouvrage pour ne pas tomber.

VI

Raymon ne s'était pas attendu à ce salon silencieux, parsemé de figures rares et discrètes. Impossible de placer une parole qui ne fût entendue dans tous les coins de l'appartement. Les douairières qui jouaient aux cartes semblaient n'être là que pour gêner les propos des jeunes gens, et, sur leurs traits rigides, Raymon croyait lire la secrète satisfaction de la vieillesse, qui se venge en réprimant les plaisirs des autres. Il avait compté sur une entrevue plus facile, sur un entretien plus tendre que celui du bal, et c'était le contraire. Cette difficulté imprévue donna plus d'intensité à ses désirs, plus de feu à ses regards, plus d'animation et de vie aux interpellations détournées qu'il adressait à madame Delmare. La pauvre enfant était tout à fait novice à ce genre d'attaque[18]. Elle n'avait pas de défense possible, parce qu'on ne lui demandait rien ; mais elle était forcée d'écouter l'offre d'un cœur ardent, d'apprendre combien elle était aimée, et de se laisser entourer par tous les dangers de la séduction sans faire de résistance. Son embarras croissait avec la hardiesse de Raymon. Madame de

Carvajal, qui avait des prétentions fondées à l'esprit, et
à qui l'on avait vanté celui de M. de Ramière, quitta le
jeu pour engager avec lui une élégante discussion sur
l'amour, où elle fit entrer beaucoup de passion espagnole et de métaphysique allemande. Raymon accepta
le défi avec empressement, et, sous le prétexte de
répondre à la tante, il dit à la nièce tout ce que celle-ci
eût refusé d'entendre. La pauvre jeune femme, dénuée
de protection, exposée de tous côtés à une attaque si
vive et si habile, ne put trouver la force de se mêler à
cet entretien épineux. En vain la tante, jalouse de la
faire briller, l'appela en témoignage de certaines subtilités de sentiment théorique ; elle avoua en rougissant
qu'elle ne savait rien de tout cela, et Raymon, ivre de
joie en voyant ses joues se colorer et son sein se gonfler,
jura qu'il le lui apprendrait.

  Indiana dormit encore moins cette nuit-là que les
précédentes ; nous l'avons dit, elle n'avait pas encore
aimé, et son cœur était depuis longtemps mûr pour un
sentiment que n'avait pu lui inspirer aucun des hommes qu'elle avait rencontrés. Élevée par un père
bizarre et violent, elle n'avait jamais connu le bonheur
que donne l'affection d'autrui. M. de Carvajal, enivré
de passions politiques, bourrelé de regrets ambitieux,
était devenu aux colonies le planteur le plus rude et le
voisin le plus fâcheux ; sa fille avait cruellement
souffert de son humeur chagrine[19]. Mais, en voyant le
continuel tableau des maux de la servitude, en suppor-
tant les ennuis de l'isolement et de la dépendance, elle
avait acquis une patience extérieure à toute épreuve,
une indulgence et une bonté adorables avec ses infé-
rieurs, mais aussi une volonté de fer, une force de
résistance incalculable contre tout ce qui tendait à
l'opprimer. En épousant Delmare, elle ne fit que
changer de maître ; en venant habiter le Lagny, que
changer de prison et de solitude. Elle n'aima pas son
mari, par la seule raison peut-être qu'on lui faisait un

devoir de l'aimer, et que résister mentalement à toute espèce de contrainte morale était devenu chez elle une seconde nature, un principe de conduite, une loi de conscience. On n'avait point cherché à lui en prescrire d'autre que celle de l'obéissance aveugle.

Élevée au désert, négligée de son père, vivant au milieu des esclaves, pour qui elle n'avait d'autre secours, d'autre consolation que sa compassion et ses larmes, elle s'était habituée à dire : « Un jour viendra où tout sera changé dans ma vie, où je ferai du bien aux autres ; un jour où l'on m'aimera, où je donnerai tout mon cœur à celui qui me donnera le sien ; en attendant, souffrons ; taisons-nous, et gardons notre amour pour récompense à qui me délivrera. » Ce libérateur, ce messie n'était pas venu ; Indiana l'attendait encore. Elle n'osait plus, il est vrai, s'avouer toute sa pensée. Elle avait compris sous les charmilles taillées du Lagny que la pensée même devait avoir là plus d'entraves que sous les palmistes sauvages de l'île Bourbon ; et, lorsqu'elle se surprenait à dire encore par l'habitude : « Un jour viendra... un homme viendra... », elle refoulait ce vœu téméraire au fond de son âme, et se disait : « Il faudra donc mourir ! »

Aussi elle se mourait. Un mal inconnu dévorait sa jeunesse. Elle était sans force et sans sommeil. Les médecins lui cherchaient en vain une désorganisation apparente, il n'en existait pas ; toutes ses facultés s'appauvrissaient également, tous ses organes se lésaient avec lenteur ; son cœur brûlait à petit feu, ses yeux s'éteignaient, son sang ne circulait plus que par crise et par fièvre ; encore quelque temps, et la pauvre captive allait mourir [20]. Mais, quelle que fût sa résignation ou son découragement, le besoin restait le même. Ce cœur silencieux et brisé appelait toujours à son insu un cœur jeune et généreux pour le ranimer. L'être qu'elle avait le plus aimé jusque-là, c'était Noun, la compagne enjouée et courageuse de ses ennuis ; et l'homme qui lui avait témoigné le plus de prédilection, c'était son flegmatique cousin sir Ralph. Quels aliments pour la dévorante activité de ses pensées, qu'une pauvre fille ignorante et délaissée comme elle, et un Anglais passionné seulement pour la chasse du renard !

Madame Delmare était vraiment malheureuse, et, la première fois qu'elle sentit dans son atmosphère glacée pénétrer le souffle embrasé d'un homme jeune et ardent, la première fois qu'une parole tendre et caressante enivra son oreille, et qu'une bouche frémissante vint comme un fer rouge marquer sa main, elle ne pensa ni aux devoirs qu'on lui avait imposés, ni à la prudence qu'on lui avait recommandée, ni à l'avenir qu'on lui avait prédit ; elle ne se rappela que le passé odieux, ses longues souffrances, ses maîtres despotiques. Elle ne pensa pas non plus que cet homme pouvait être menteur ou frivole. Elle le vit comme elle le désirait, comme elle l'avait rêvé, et Raymon eût pu la tromper, s'il n'eût pas été sincère.

Mais comment ne l'eût-il pas été auprès d'une femme si belle et si aimante ? Quelle autre s'était jamais montrée à lui avec autant de candeur et d'innocence ? Chez qui avait-il trouvé à placer un avenir si riant et si sûr ? N'était-elle pas née pour l'aimer, cette femme esclave qui n'attendait qu'un signe pour briser sa chaîne, qu'un mot pour le suivre ? Le ciel, sans doute, l'avait formée pour Raymon, cette triste enfant de l'île Bourbon, que personne n'avait aimée, et qui sans lui devait mourir.

Néanmoins un sentiment d'effroi succéda, dans le cœur de madame Delmare, à ce bonheur fiévreux qui venait de l'envahir. Elle songea à son époux si ombrageux, si clairvoyant, si vindicatif, et elle eut peur, non pour elle qui était aguerrie aux menaces, mais pour l'homme qui allait entreprendre une guerre à mort avec son tyran. Elle connaissait si peu la société, qu'elle se faisait de la vie un roman tragique ; timide créature qui n'osait aimer, dans la crainte d'exposer son amant à périr, elle ne songeait nullement au danger de se perdre.

Ce fut donc là le secret de sa résistance, le motif de sa vertu. Elle prit le lendemain la résolution d'éviter M. de Ramière. Il y avait, le soir même, bal chez un des premiers banquiers de Paris. Madame de Carvajal, qui aimait le monde comme une vieille femme sans affections, voulait y conduire Indiana ; mais Raymon devait y être, et Indiana se promit de n'y pas aller. Pour éviter les persécutions de sa tante, madame Delmare, qui ne savait résister que de fait, feignit d'accepter la proposition ; elle laissa préparer sa toilette, et elle attendit que madame de Carvajal eût fait la sienne ; alors elle passa une robe de chambre, s'installa au coin du feu, et l'attendit de pied ferme. Quand la vieille Espagnole, roide et parée comme un portrait de Van Dyck, vint pour la prendre, Indiana déclara qu'elle se trouvait malade et ne se sentait pas la force de sortir. En vain la tante insista pour qu'elle fît un effort.

— Je le voudrais de tout mon cœur, répondit-elle ; vous voyez que je ne puis me soutenir. Je ne vous serais qu'embarrassante aujourd'hui. Allez au bal sans moi, ma bonne tante, je me réjouirai de votre plaisir.

— Aller sans toi ! dit madame de Carvajal, qui mourait d'envie de n'avoir pas fait une toilette inutile, et qui reculait devant l'effroi d'une soirée solitaire. Mais qu'irai-je faire dans le monde, moi, vieille femme, que l'on ne recherche que pour t'approcher ? Que deviendrai-je sans les beaux yeux de ma nièce pour me faire valoir ?

— Votre esprit y suppléera, ma bonne tante, dit Indiana.

La marquise de Carvajal, qui ne demandait qu'à se laisser persuader, partit enfin. Alors Indiana cacha sa tête dans ses deux mains et se mit à pleurer ; car elle avait fait un grand sacrifice, et croyait avoir déjà ruiné le riant édifice de la veille.

Mais il n'en pouvait être ainsi pour Raymon. La première chose qu'il vit au bal, ce fut l'orgueilleuse aigrette de la vieille marquise. En vain il chercha autour d'elle la robe blanche et les cheveux noirs d'Indiana. Il approcha ; il entendit qu'elle disait à demi-voix à une autre femme :

— Ma nièce est malade, ou plutôt, ajouta-t-elle pour autoriser sa présence au bal, c'est un caprice de jeune femme. Elle a voulu rester seule, un livre à la main dans le salon, comme une belle sentimentale.

— Me fuirait-elle ? pensa Raymon.

Aussitôt il quitte le bal. Il arrive chez la marquise, passe sans rien dire au concierge, et demande madame Delmare au premier domestique qu'il trouve à demi endormi dans l'antichambre.

— Madame Delmare est malade.

— Je le sais. Je viens chercher de ses nouvelles de la part de madame de Carvajal.

— Je vais prévenir madame...

— C'est inutile ; madame Delmare me recevra.

Et Raymon entre sans se faire annoncer. Tous les autres domestiques étaient couchés. Un triste silence régnait dans ces appartements déserts. Une seule lampe, couverte de son chapiteau de taffetas vert, éclairait faiblement le grand salon. Indiana avait le dos tourné à la porte ; cachée tout entière dans un large fauteuil, elle regardait tristement brûler les tisons, comme le soir où Raymon était entré au Lagny par-dessus les murs ; plus triste maintenant, car à une souffrance vague, à des désirs sans but, avaient succédé une joie fugitive, un rayon de bonheur perdu.

Raymon, chaussé pour le bal, approcha sans bruit sur le tapis sourd et moelleux. Il la vit pleurer, et, lorsqu'elle tourna la tête, elle le trouva à ses pieds, s'emparant avec force de ses mains, qu'elle s'efforçait en vain de lui retirer. Alors, j'en conviens, elle vit avec une ineffable joie échouer son plan de résistance. Elle sentit qu'elle aimait avec passion cet homme qui ne s'inquiétait point des obstacles, et qui venait lui donner du bonheur malgré elle. Elle bénit le ciel qui rejetait son sacrifice, et, au lieu de gronder Raymon, elle faillit le remercier.

Pour lui, il savait déjà qu'il était aimé. Il n'avait pas besoin de voir la joie qui brillait au travers de ses larmes pour comprendre qu'il était le maître et qu'il pouvait oser. Il ne lui donna pas le temps de l'interroger, et, changeant de rôle avec elle, sans lui expliquer sa présence inattendue, sans chercher à se rendre moins coupable qu'il ne l'était :

— Indiana, lui dit-il, vous pleurez... Pourquoi pleurez-vous ?... Je veux le savoir.

Elle tressaillit de s'entendre appeler par son nom ; mais il y eut encore du bonheur dans la surprise que lui causa cette audace.

— Pourquoi le demandez-vous ? lui dit-elle. Je ne dois pas vous le dire...

— Eh bien, moi, je le sais, Indiana. Je sais toute votre histoire, toute votre vie. Rien de ce qui vous concerne ne m'est étranger, parce que rien de ce qui vous concerne ne m'est indifférent. J'ai voulu tout connaître de vous, et je n'ai rien appris que ne m'eût révélé un instant passé chez vous, lorsqu'on m'apporta tout sanglant, tout brisé à vos pieds, et que votre mari s'irrita de vous voir, si belle et si bonne, me faire un appui de vos bras moelleux, un baume de votre douce haleine. Lui, jaloux ! oh ! je le conçois bien ; à sa place, je le serais, Indiana ; ou plutôt, à sa place, je me tuerais ; car, être votre époux, madame, vous posséder, vous tenir dans ses bras, et ne pas vous mériter, n'avoir pas votre cœur, c'est être le plus misérable ou le plus lâche des hommes.

— O ciel ! taisez-vous, s'écria-t-elle en lui fermant la

bouche avec ses mains, taisez-vous, car vous me rendez coupable. Pourquoi me parlez-vous de lui ? pourquoi voulez-vous m'enseigner à le maudire ?... S'il vous entendait !... Mais je n'ai pas dit de mal de lui ; ce n'est pas moi qui vous autorise à ce crime ! moi, je ne le hais pas, je l'estime, je l'aime !...

— Dites que vous le craignez horriblement ; car le despote a brisé votre âme, et la peur s'est assise à votre chevet depuis que vous êtes devenue la proie de cet homme. Vous, Indiana, profanée à ce rustre dont la main de fer a courbé votre tête et flétri votre vie ! Pauvre enfant ! si jeune et si belle, avoir déjà tant souffert !... car ce n'est pas moi que vous tromperiez, Indiana ; moi qui vous regarde avec d'autres yeux que ceux de la foule, je sais tous les secrets de votre destinée, et vous ne pouvez pas espérer vous cacher de moi. Que ceux qui vous regardent parce que vous êtes belle disent en remarquant votre pâleur et votre mélancolie : « Elle est malade... » à la bonne heure ; mais, moi qui vous suis avec mon cœur, moi dont l'âme tout entière vous entoure de sollicitude et d'amour, je connais bien votre mal. Je sais bien que, si le ciel l'eût voulu, s'il vous eût donnée à moi, à moi malheureux qui devrais me briser la tête d'être venu si tard, vous ne seriez pas malade. Indiana, moi, j'en jure sur ma vie, je vous aurais tant aimée, que vous m'auriez aimé aussi, et que vous auriez béni votre chaîne. Je vous aurais portée dans mes bras pour empêcher vos pieds de se blesser ; je les aurais réchauffés de mon haleine. Je vous aurais appuyée contre mon cœur pour vous préserver de souffrir. J'aurais donné tout mon sang pour réparer le vôtre, et, si vous aviez perdu le sommeil avec moi, j'aurais passé la nuit à vous dire de douces paroles, à vous sourire pour vous rendre le courage, tout en pleurant de vous voir souffrir. Quand le sommeil serait venu se glisser sur vos paupières de soie, je les aurais effleurées de mes lèvres pour les clore plus doucement, et, à genoux près de votre lit, j'aurais veillé sur vous. J'aurais forcé l'air à vous caresser légèrement, les songes dorés à vous jeter des fleurs. J'aurais baisé sans bruit les tresses de vos cheveux, j'aurais compté avec volupté les palpitations de votre sein, et, à votre réveil, Indiana, vous m'eussiez trouvé là, à vos pieds, vous gardant en maître jaloux, vous servant en esclave, épiant votre premier sourire, m'emparant de votre première pensée, de votre premier regard, de votre premier baiser...

— Assez, assez ! dit Indiana tout éperdue, toute palpitante ; vous me faites mal.

Et pourtant, si l'on mourait de bonheur, Indiana serait morte en ce moment.

— Ne me parlez pas ainsi, lui dit-elle, à moi qui ne dois pas être heureuse ; ne me montrez pas le ciel sur la terre, à moi qui suis marquée pour mourir.

— Pour mourir ! s'écria Raymon avec force en la saisissant dans ses bras ; toi, mourir ! Indiana ! mourir avant d'avoir vécu, avant d'avoir aimé !... Non, tu ne mourras pas ; ce n'est pas moi qui te laisserai mourir, car ma vie maintenant est liée à la tienne. Tu es la femme que j'avais rêvée, la pureté que j'adorais ; la chimère qui m'avait toujours fui, l'étoile brillante qui luisait devant moi pour me dire : « Marche encore dans cette vie de misère, et le ciel t'enverra un de ses anges pour t'accompagner. » De tout temps, tu m'étais destinée, ton âme était fiancée à la mienne, Indiana ! Les hommes et leurs lois de fer ont disposé de toi ; ils m'ont arraché la compagne que Dieu m'eût choisie, si Dieu n'oubliait parfois ses promesses. Mais que nous importent les hommes et les lois, si je t'aime encore aux bras d'un autre, si tu peux encore m'aimer, maudit et malheureux comme je suis de t'avoir perdue ! Vois-tu, Indiana, tu m'appartiens, tu es la moitié de mon âme, qui cherchait depuis longtemps à rejoindre l'autre. Quand tu rêvais d'un ami à l'île Bourbon, c'était de

moi que tu rêvais ; quand, au nom d'époux, un doux
frisson de crainte et d'espoir passait dans ton âme,
c'est que je devais être ton époux. Ne me reconnais-tu
pas ? ne te semble-t-il pas qu'il y a vingt ans que nous
ne nous sommes vus ? Ne t'ai-je pas reconnu, ange,
lorsque tu étanchais mon sang avec ton voile [21], lorsque tu plaçais ta main sur mon cœur éteint pour y
ramener la chaleur et la vie ? Ah ! je m'en souviens
bien, moi. Quand j'ouvris les yeux, je me dis : « La
voilà ! c'est ainsi qu'elle était dans tous mes rêves,
blanche, mélancolique et bienfaisante. C'est mon bien,
à moi, c'est elle qui doit m'abreuver de félicités
inconnues. » Et déjà la vie physique que je venais de
retrouver était ton ouvrage. Car ce ne sont pas des
circonstances vulgaires qui nous ont réunis, vois-tu ; ce
n'est ni le hasard ni le caprice, c'est la fatalité, c'est la
mort, qui m'ont ouvert les portes de cette vie nouvelle.
C'est ton mari, c'est ton maître qui, obéissant à son
destin, m'a apporté tout sanglant dans sa main, et qui
m'a jeté à tes pieds en te disant : « Voilà pour vous. »
Et maintenant, rien ne peut nous désunir...

— Lui, peut nous désunir ! interrompit vivement
madame Delmare, qui, s'abandonnant aux transports
de son amant, l'écoutait avec délices. Hélas ! hélas !
vous ne le connaissez pas ; c'est un homme qui ne
pratique pas le pardon, un homme qu'on ne trompe
pas. Raymon, il vous tuera !...

Elle se cacha dans son sein en pleurant. Raymon,
l'étreignant avec passion :

— Qu'il vienne, s'écria-t-il, qu'il vienne m'arracher
cet instant de bonheur ! Je le défie ! Reste là, Indiana,
reste contre mon cœur, c'est là ton refuge et ton abri.
Aime-moi, et je serai invulnérable. Tu sais bien qu'il
n'est pas au pouvoir de cet homme de me tuer ; j'ai déjà
été sans défense exposé à ses coups. Mais toi, mon bon
ange, tu planais sur moi, et tes ailes m'ont protégé. Va,
ne crains rien ; nous saurons bien détourner sa colère ;

et maintenant, je n'ai pas même peur pour toi, car je
serai là. Moi aussi, quand ce maître voudra t'opprimer,
je te protégerai contre lui. Je t'arracherai, s'il le faut, à
sa loi cruelle. Veux-tu que je le tue ? Dis-moi que tu
m'aimes, et je serai son meurtrier, si tu le condamnes à
mourir...

— Vous me faites frémir ; taisez-vous ! Si vous voulez tuer quelqu'un, tuez-moi ; car j'ai vécu tout un jour,
et je ne désire plus rien...

— Meurs donc, mais que ce soit de bonheur, s'écria
Raymon en imprimant ses lèvres sur celles d'Indiana.

Mais c'était un trop rude orage pour une plante si
faible ; elle pâlit, et, portant la main à son cœur, elle
perdit connaissance.

D'abord Raymon crut que ses caresses rappelle-
raient le sang dans ses veines glacées ; mais il couvrit
en vain ses mains de baisers, il l'appela en vain des
plus doux noms. Ce n'était pas un évanouissement
volontaire comme on en voit tant. Madame Delmare,
sérieusement malade depuis longtemps, était sujette à
des spasmes nerveux qui duraient des heures entières.
Raymon, désespéré, fut réduit à appeler du secours. Il
sonne ; une femme de chambre paraît ; mais le flacon
qu'elle apportait s'échappe de ses mains et un cri de sa
poitrine, en reconnaissant Raymon. Celui-ci, retrouvant aussitôt toute sa présence d'esprit, s'approche de
son oreille :

— Silence, Noun ! je savais que tu étais ici, j'y venais
pour toi ; je ne m'attendais pas à y trouver ta maîtresse, que je croyais au bal. En pénétrant ici, je l'ai
effrayée, elle s'est évanouie ; sois prudente, je me
retire.

Raymon s'enfuit, laissant chacune de ces deux femmes dépositaire d'un secret qui devait porter le désespoir dans l'âme de l'autre.

VII

Le lendemain, Raymon reçut à son réveil une seconde lettre de Noun. Celle-là, il ne la rejeta point avec dédain; il l'ouvrit, au contraire, avec empressement : elle pouvait lui parler de madame Delmare. Il en était question en effet; mais dans quel embarras cette complication d'intrigues jetait Raymon ! Le secret de la jeune fille devenait impossible à cacher. Déjà la souffrance et l'effroi avaient maigri ses joues; madame Delmare s'apercevait de cet état maladif sans en pénétrer la cause. Noun craignait la sévérité du colonel, mais plus encore la douceur de sa maîtresse. Elle savait bien qu'elle obtiendrait son pardon; mais elle se mourait de honte et de douleur d'être forcée à cet aveu. Qu'allait-elle devenir si Raymon ne prenait soin de la soustraire aux humiliations qui devaient l'accabler ! Il fallait qu'il s'occupât d'elle enfin, ou elle allait se jeter aux pieds de madame Delmare et lui tout déclarer.

Cette crainte agit puissamment sur M. de Ramière. Son premier soin fut d'éloigner Noun de sa maîtresse.

— Gardez-vous de parler sans mon aveu, lui répondit-il. Tâchez d'être au Lagny ce soir ; j'y serai.

En s'y rendant, il réfléchit à la conduite qu'il devait tenir. Noun avait assez de bon sens pour ne pas compter sur une réparation impossible. Elle n'avait jamais osé prononcer le mot de mariage, et, parce qu'elle était discrète et généreuse, Raymon se croyait moins coupable. Il se disait qu'il ne l'avait point trompée, et que Noun avait dû prévoir son sort plus d'une fois. Ce qui causait l'embarras de Raymon, ce n'était pas d'offrir la moitié de sa fortune à la pauvre fille; il était prêt à l'enrichir, à prendre d'elle tous les

soins que la délicatesse lui suggérait. Ce qui rendait sa
situation si pénible, c'était d'être forcé de lui dire qu'il
ne l'aimait plus ; car il ne savait pas tromper. Si sa
conduite, en ce moment, paraissait double et perfide,
son cœur était sincère comme il l'avait toujours été. Il
avait aimé Noun avec les sens ; il aimait madame
Delmare de toute son âme. Il n'avait menti jusque-là ni
à l'une ni à l'autre. Il s'agissait de ne pas commencer à
mentir, et Raymon se sentait également incapable
d'abuser la pauvre Noun et de lui porter le coup du
désespoir. Il fallait choisir entre une lâcheté et une
barbarie. Raymon était bien malheureux. Il arriva à la
porte du parc du Lagny sans avoir rien décidé.

De son côté, Noun, qui n'espérait peut-être pas une si
prompte réponse, avait repris un peu d'espoir.

— Il m'aime encore, se disait-elle, il ne veut pas
m'abandonner. Il m'avait un peu oubliée, c'est tout
simple ; à Paris, au milieu des fêtes, aimé de toutes les
femmes, comme il doit l'être, il s'est laissé entraîner
quelques instants loin de la pauvre Indienne. Hélas !
qui suis-je pour qu'il me sacrifie tant de grandes dames
plus belles et plus riches que moi ? Qui sait ? se disait-
elle naïvement, peut-être que la reine de France est
amoureuse de lui.

A force de penser aux séductions que le luxe devait
exercer sur son amant, Noun s'avisa d'un moyen pour
lui plaire davantage. Elle se para des atours de sa
maîtresse, alluma un grand feu dans la chambre que
madame Delmare occupait au Lagny, para la cheminée des plus belles fleurs qu'elle put trouver dans la
serre chaude, prépara une collation de fruits et de vins
fins, apprêta en un mot toutes les recherches du
boudoir auxquelles elle n'avait jamais songé ; et,
quand elle se regarda dans un grand panneau de glace,
elle se rendit justice en se trouvant plus jolie que les
fleurs dont elle avait cherché à s'embellir.

— Il m'a souvent répété, se disait-elle, que je n'avais

pas besoin de parure pour être belle, et qu'aucune
femme de la cour, dans tout l'éclat de ses diamants, ne
valait un de mes sourires. Pourtant ces femmes qu'il
dédaignait l'occupent maintenant. Voyons, soyons
gaie, ayons l'air vif et joyeux ; peut-être que je ressaisi-
rai cette nuit tout l'amour que je lui avais inspiré.

Raymon, ayant laissé son cheval à une petite maison
de charbonnier dans la forêt, pénétra dans le parc,
dont il avait une clef. Cette fois, il ne courait plus le
risque d'être pris pour un voleur ; presque tous les
domestiques avaient suivi leurs maîtres ; il avait mis le
jardinier dans sa confidence, et il connaissait tous les
abords du Lagny comme ceux de sa propre demeure.

La nuit était froide ; un brouillard épais enveloppait
les arbres du parc, et Raymon avait peine à distinguer
leurs tiges noires dans la brume blanche, qui les
revêtait de robes diaphanes.

Il erra quelque temps dans les allées sinueuses avant
de trouver la porte du kiosque où Noun l'attendait.
Elle vint à lui enveloppée d'une pelisse dont le capu-
chon était relevé sur sa tête.

— Nous ne pouvons rester ici, lui dit-elle, il y fait
trop froid. Suivez-moi, et ne parlez pas.

Raymon se sentit une extrême répugnance à entrer
dans la maison de madame Delmare comme amant de
sa femme de chambre. Cependant, il fallut céder ;
Noun marchait légèrement devant lui, et cette entrevue devait être décisive.

Elle lui fit traverser la cour, apaisa les chiens, ouvrit
les portes sans bruit, et, le prenant par la main, elle le
guida en silence dans les corridors sombres ; enfin, elle
l'entraîna dans une chambre circulaire, élégante et
simple, où des orangers en fleurs répandaient leurs
suaves émanations ; des bougies diaphanes brûlaient
dans les candélabres.

Noun avait effeuillé des roses du Bengale sur le
parquet, le divan était semé de violettes, une douce

chaleur pénétrait tous les pores, et les cristaux étincelaient sur la table parmi les fruits, qui présentaient coquettement leurs flancs vermeils, mêlés à la mousse verte des corbeilles.

Ébloui par la transition brusque de l'obscurité à une vive lumière, Raymon resta quelques instants étourdi ; mais il ne lui fallut pas longtemps pour comprendre où il était. Le goût exquis et la simplicité chaste qui présidaient à l'ameublement ; ces livres d'amour et de voyages, épars sur les planches d'acajou ; ce métier chargé d'un travail si joli et si frais, œuvre de patience et de mélancolie ; cette harpe dont les cordes semblaient encore vibrer des chants d'attente et de tristesse ; ces gravures qui représentaient les pastorales amours de Paul et de Virginie, les cimes de l'île Bourbon et les rivages bleus de Saint-Paul ; mais surtout ce petit lit à demi caché sous les rideaux de mousseline, ce lit blanc et pudique comme celui d'une vierge, orné au chevet, en guise de rameau bénit, d'une palme enlevée peut-être, le jour du départ, à quelque arbre de la patrie ; tout révélait madame Delmare, et Raymon fut saisi d'un étrange frisson en songeant que cette femme enveloppée d'un manteau, qui l'avait conduit jusque-là, était peut-être Indiana elle-même. Cette extravagante idée sembla se confirmer lorsqu'il vit apparaître dans la glace en face de lui une forme blanche et parée, le fantôme d'une femme qui entre au bal et qui jette son manteau pour se montrer radieuse et demi-nue aux lumières éclatantes. Mais ce ne fut que l'erreur d'un instant : Indiana eût été plus cachée... son sein modeste ne se fût trahi que sous la triple gaze de son corsage ; elle eût peut-être orné ses cheveux de camellias naturels, mais ce n'est pas dans ce désordre excitant qu'ils se fussent joués sur sa tête ; elle eût pu emprisonner ses pieds dans des souliers de satin, mais sa chaste robe n'eût pas ainsi trahi les mystères de sa jambe mignonne.

Plus grande et plus forte que sa maîtresse, Noun était habillée et non pas vêtue avec ses parures. Elle avait de la grâce, mais de la grâce sans noblesse ; elle était belle comme une femme et non comme une fée ; elle appelait le plaisir et ne promettait pas la volupté.

Raymon, après l'avoir examinée dans la glace sans tourner la tête, reporta ses regards sur tout ce qui pouvait lui rendre un reflet plus pur d'Indiana, sur les instruments de musique, sur les peintures, sur le lit étroit et virginal. Il s'enivra du vague parfum que sa présence avait laissé dans ce sanctuaire ; il frissonna de désir en pensant au jour où Indiana elle-même lui en ouvrirait les délices ; et Noun, les bras croisés, debout derrière lui, le contemplait avec extase, s'imaginant qu'il était absorbé par le ravissement, à la vue de tous les soins qu'elle s'était donnés pour lui plaire.

Mais lui, rompant enfin le silence :

— Je vous remercie, lui dit-il, de tous les apprêts que vous avez faits pour moi ; je vous remercie surtout de m'avoir fait entrer ici, mais j'ai assez joui de cette surprise gracieuse. Sortons de cette chambre, nous n'y sommes pas à notre place ; et je dois respecter madame Delmare, même en son absence.

— Cela est bien cruel, dit Noun, qui ne l'avait pas compris, mais qui voyait son air froid et mécontent ; cela est cruel d'avoir espéré que je vous plairais et de voir que vous me repoussez.

— Non, chère Noun, je ne vous repousserai jamais ; je suis venu ici pour causer sérieusement avec vous et vous témoigner l'affection que je vous dois. Je suis reconnaissant de votre désir de me plaire ; mais je vous aimais mieux parée de votre jeunesse et de vos grâces naturelles qu'avec ces ornements empruntés.

Noun comprit à demi et pleura.

— Je suis une malheureuse, lui dit-elle ; je me hais puisque je ne vous plais plus... J'aurais dû prévoir que vous ne m'aimeriez pas longtemps, moi, pauvre fille

sans éducation. Je ne vous reproche rien. Je savais bien
que vous ne m'épouseriez pas ; mais, si vous m'eussiez
aimée toujours, j'eusse tout sacrifié sans regret, tout
supporté sans me plaindre. Hélas ! je suis perdue, je
suis déshonorée !... je serai chassée peut-être. Je vais
donner la vie à un être qui sera encore plus infortuné
que moi, et nul ne me plaindra... Chacun se croira le
droit de me fouler aux pieds... Eh bien, tout cela, je m'y
résignerais avec joie, si vous m'aimiez encore.

Noun parla longtemps ainsi. Elle ne se servit peut-
être pas des mêmes mots, mais elle dit les mêmes
choses, bien mieux cent fois que je ne pourrais vous les
redire. Où trouver le secret de cette éloquence qui se
révèle tout à coup à un esprit ignorant et vierge dans la
crise d'une passion vraie et d'une douleur profonde ?...
C'est alors que les mots ont une autre valeur que dans
toutes les autres scènes de la vie ; c'est alors que des
paroles triviales deviennent sublimes par le sentiment
qui les dicte et l'accent qui les accompagne. Alors la
femme du dernier rang devient, en se livrant à tout le
délire de ses émotions[22], plus pathétique et plus
convaincante que celle à qui l'éducation a enseigné la
modération et la réserve.

Raymon se sentit flatté d'inspirer un attachement si
généreux, et la reconnaissance, la compassion, un peu
de vanité peut-être, lui rendirent un moment d'amour.

Noun était suffoquée de larmes ; elle avait arraché
les fleurs de son front, ses longs cheveux tombaient
épars sur ses épaules larges et éblouissantes. Si
madame Delmare n'eût eu, pour l'embellir, son esclavage et ses souffrances, Noun l'eût infiniment surpas-
sée en beauté dans cet instant ; elle était splendide de
douleur et d'amour. Raymon, vaincu, l'attira dans ses
bras, la fit asseoir près de lui sur le sofa, et approcha le
guéridon chargé de carafes pour lui verser quelques
gouttes d'eau de fleur d'oranger dans une coupe vermeil. Soulagée de cette marque d'intérêt plus que du

breuvage calmant, Noun essuya ses pleurs, et, se jetant aux pieds de Raymon :

— Aime-moi donc encore, lui dit-elle en embrassant ses genoux avec passion; dis-moi encore que tu m'aimes, et je serai guérie, je serai sauvée. Embrasse-moi comme autrefois, et je ne regretterai pas de m'être perdue pour te donner quelques jours de plaisir.

Elle l'entourait de ses bras frais et bruns, elle le couvrait de ses longs cheveux; ses grands yeux noirs lui jetaient une langueur brûlante, et cette ardeur du sang, cette volupté tout orientale qui sait triompher de tous les efforts de la volonté, de toutes les délicatesses de la pensée. Raymon oublia tout, et ses résolutions, et son nouvel amour, et le lieu où il était. Il rendit à Noun ses caresses délirantes. Il trempa ses lèvres dans la même coupe, et les vins capiteux qui se trouvaient sous leur main achevèrent d'égarer leur raison.

Peu à peu le souvenir vague et flottant d'Indiana vint se mêler à l'ivresse de Raymon. Les deux panneaux de glace qui se renvoyaient l'un à l'autre l'image de Noun jusqu'à l'infini semblaient se peupler de mille fantômes. Il épiait dans la profondeur de cette double réverbération une forme plus déliée, et il lui semblait saisir, dans la dernière ombre vaporeuse et confuse que Noun y reflétait, la taille fine et souple de madame Delmare.

Noun, étourdie elle-même par les boissons excitantes dont elle ignorait l'usage, ne saisissait plus les bizarres discours de son amant. Si elle n'eût pas été ivre comme lui, elle eût compris qu'au plus fort de son délire Raymon songeait à une autre. Elle l'eût vu baiser l'écharpe et les rubans qu'avait portés Indiana, respirer les essences qui la lui rappelaient, froisser dans ses mains ardentes l'étoffe qui avait protégé son sein; mais Noun prenait tous ces transports pour elle-même, lorsque Raymon ne voyait d'elle que la robe d'Indiana. S'il baisait ses cheveux noirs, il croyait

baiser les cheveux noirs d'Indiana. C'était Indiana
qu'il voyait dans le nuage du punch que la main de
Noun venait d'allumer ; c'était elle qui l'appelait et qui
lui souriait derrière ces blancs rideaux de mousseline ;
ce fut elle encore qu'il rêva sur cette couche modeste et
sans tache, lorsque, succombant sous l'amour et le vin,
il y entraîna sa créole échevelée[23].

Quand Raymon s'éveilla, un demi-jour pénétrait par
les fentes du volet, et il resta longtemps plongé dans
une vague surprise, immobile, et contemplant comme
une vision du sommeil le lieu où il se trouvait, et le lit
où il avait reposé. Tout avait été remis en ordre dans la
chambre de madame Delmare. Dès le matin, Noun, qui
s'était endormie souveraine en ce lieu, s'était réveillée
femme de chambre. Elle avait emporté les fleurs et fait
disparaître les restes de la collation ; les meubles
étaient à leur place, rien ne trahissait l'orgie amoureuse de la nuit, et la chambre d'Indiana avait repris
son air de candeur et de décence.

Accablé de honte, il se leva et voulut sortir, mais il
était enfermé ; la fenêtre dominait trente pieds de profondeur, et il fallut rester attaché dans cette chambre pleine de remords, comme Ixion sur sa roue.

Alors il se jeta à genoux, la face tournée contre ce lit
foulé et meurtri qui le faisait rougir.

— O Indiana ! s'écria-t-il en se tordant les mains,
t'ai-je assez outragée ? Pourrais-tu me pardonner une
telle infamie ? Quand tu le ferais, moi, je ne me la
pardonnerais pas. Résiste-moi maintenant, douce et
confiante Indiana ; car tu ne sais pas à quel homme vil
et brutal tu veux livrer les trésors de ton innocence !
Repousse-moi, foule-moi aux pieds, moi qui n'ai pas
respecté l'asile de ta pudeur sacrée ; moi qui me suis
enivré de tes vins comme un laquais, côte à côte avec ta
suivante ; moi qui ai souillé ta robe de mon haleine
maudite et ta ceinture pudique de mes infâmes baisers
sur le sein d'une autre ; moi qui n'ai pas craint

d'empoisonner le repos de tes nuits solitaires, et de verser jusque sur ce lit que respectait ton époux lui-même les influences de la séduction et de l'adultère ! Quelle sécurité trouveras-tu désormais derrière ces rideaux dont je n'ai pas craint de profaner le mystère ? Quels songes impurs, quelles pensées âcres et dévorantes ne viendront pas s'attacher à ton cerveau pour le dessécher ? Quels fantômes de vice et d'insolence ne viendront pas ramper sur le lin virginal de ta couche ? Et ton sommeil, pur comme celui d'un enfant, quelle divinité chaste voudra le protéger maintenant ? N'ai-je pas mis en fuite l'ange qui gardait ton chevet ? N'ai-je pas ouvert au démon de la luxure l'entrée de ton alcôve ? Ne lui ai-je pas vendu ton âme ? et l'ardeur insensée qui consume les flancs de cette créole lascive ne viendra-t-elle pas, comme la robe de Déjanire [24], s'attacher aux tiens pour les ronger ? Oh ! malheureux ! coupable et malheureux que je suis ! que ne puis-je laver de mon sang la honte que j'ai laissée sur cette couche !

Et Raymon l'arrosait de ses larmes.

Alors Noun rentra, avec son madras et son tablier ; elle crut, à voir Raymon ainsi agenouillé, qu'il faisait sa prière. Elle ignorait que les gens du monde n'en font pas. Elle attendit donc, debout et silencieuse, qu'il daignât s'apercevoir de sa présence.

Raymon, en la voyant, se sentit confus et irrité, sans courage pour la gronder, sans force pour lui adresser une parole amie.

— Pourquoi m'avez-vous enfermé ici ? lui dit-il enfin. Songez-vous qu'il fait grand jour et que je ne puis sortir sans vous compromettre ouvertement ?

— Aussi vous ne sortirez pas, lui dit Noun d'un air caressant. La maison est déserte, personne ne peut vous découvrir ; le jardinier ne vient jamais dans cette partie du bâtiment, dont seule je garde les clefs. Vous resterez avec moi cette journée encore ; vous êtes mon prisonnier.

Cet arrangement mettait Raymon au désespoir ; il ne sentait plus pour sa maîtresse qu'une sorte d'aversion. Cependant il fallut se résigner, et peut-être que, malgré ce qu'il souffrait dans cette chambre, un invincible attrait l'y retenait encore.

Lorsque Noun le quitta pour aller lui chercher à déjeuner, il se mit à examiner au grand jour tous ces muets témoins de la solitude d'Indiana. Il ouvrit ses livres, feuilleta ses albums, puis il les ferma précipitamment ; car il craignit encore de commettre une profanation et de violer des mystères de femme. Enfin il se mit à marcher, et il remarqua, sur le panneau boisé qui faisait face au lit de madame Delmare, un grand tableau richement encadré, recouvert d'une double gaze.

C'était peut-être le portrait d'Indiana. Raymon, avide de le contempler, oublia ses scrupules, monta sur une chaise, détacha les épingles, et découvrit avec surprise le portrait en pied d'un beau jeune homme.

VIII

— Il me semble que je connais ces traits-là ? dit-il à Noun en s'efforçant de prendre un air indifférent.

— Fi ! monsieur, dit la jeune fille en posant sur la table le déjeuner qu'elle apportait ; ce n'est pas bien de vouloir pénétrer les secrets de ma maîtresse.

Cette réflexion fit pâlir Raymon.

— Des secrets ! dit-il. Si c'est là un secret, tu en es la confidente, Noun, et tu es doublement coupable de m'avoir amené dans cette chambre.

— Oh ! non, ce n'est pas un secret, dit Noun en

souriant ; car c'est M. Delmare lui-même qui a aidé à suspendre le portrait de sir Ralph à ce panneau. Est-ce que madame pourrait avoir des secrets avec un mari si jaloux ?

— Sir Ralph, dis-tu ? qu'est-ce que sir Ralph ?

— Sir Rodolphe Brown, le cousin de madame, son ami d'enfance, je pourrais dire le mien aussi ; il est si bon !

Raymon examinait le tableau avec surprise et inquiétude.

Nous avons dit que sir Ralph[25], à la physionomie près, était un fort beau garçon, blanc et vermeil, riche de stature et de cheveux, toujours parfaitement mis, et capable, sinon de faire tourner une tête romanesque, du moins de satisfaire la vanité d'une tête positive. Le pacifique baronnet était représenté en costume de chasse, à peu près tel que nous l'avons vu au premier chapitre de cette histoire, et entouré de ses chiens, en tête desquels la belle griffonne Ophélia avait posé, pour le beau ton gris-argent de ses soies et la pureté de sa race écossaise. Sir Ralph tenait un cor de chasse d'une main, et de l'autre la bride d'un magnifique cheval anglais, gris pommelé, qui remplissait presque tout le fond du tableau. C'était une peinture admirablement exécutée, un vrai tableau de famille avec toutes ses perfections de détails, toutes ses puérilités de ressemblance, toutes ses minuties bourgeoises ; un portrait à faire pleurer une nourrice, aboyer des chiens et pâmer d'aise un tailleur. Il n'y avait qu'une chose au monde qui fût plus insignifiant que ce portrait, c'était l'original.

Cependant il excita chez Raymon un violent sentiment de colère.

— Eh quoi ! se dit-il, cet Anglais, jeune et carré, a le privilège d'être admis dans l'appartement le plus secret de madame Delmare ! Son insipide image est toujours là qui regarde froidement les actes les plus intimes de sa vie ! Il la surveille, il la garde, il suit tous ses mouvements, il la possède à toute heure ! La nuit, il la voit dormir et surprend le secret de ses rêves ; le matin, quand elle sort toute blanche et toute frémissante de son lit, il aperçoit son pied délicat qui se pose nu sur le tapis ; et, quand elle s'habille avec précaution, quand elle ferme les rideaux de sa fenêtre, et qu'elle interdit même au jour de pénétrer trop indiscrètement jusqu'à elle ; quand elle se croit bien seule, bien cachée, cette insolente figure est là qui se repaît de ses charmes ! Cet homme tout botté préside à sa toilette. — Cette gaze couvre-t-elle ordinairement le tableau que voici ? dit-il à la femme de chambre.

— Toujours, répondit-elle, quand madame est absente. Mais ne vous donnez pas la peine de la replacer ; madame arrive dans quelques jours.

— En ce cas, Noun, vous feriez bien de lui dire que cette figure a l'air impertinent... A la place de M. Delmare, je n'aurais consenti à la laisser ici qu'après lui avoir crevé les deux yeux... Mais voilà bien la grossière jalousie des maris ! ils imaginent tout et ne comprennent rien.

— Qu'avez-vous donc contre la figure de ce bon M. Brown ? dit Noun en refaisant le lit de sa maîtresse ; c'est un si excellent maître ! je ne l'aimais pas beaucoup autrefois, parce que j'entendais toujours dire à madame qu'il était égoïste ; mais, depuis le jour où il a pris tant de soin de vous...

— En effet, interrompit Raymon, c'est lui qui m'a secouru, je le reconnais bien à présent... Mais je ne dois son intérêt qu'aux prières de madame Delmare...

— C'est qu'elle est si bonne, ma maîtresse ! dit la pauvre Noun. Qui est-ce qui ne deviendrait pas bon auprès d'elle ?

Lorsque Noun parlait de madame Delmare, Raymon l'écoutait avec un intérêt dont elle ne se méfiait pas.

La journée se passa donc assez paisiblement, sans

que Noun osât amener la conversation à son véritable but. Enfin, vers le soir, elle fit un effort, et le força de lui déclarer ses intentions.

Raymon n'en avait pas d'autre que de se débarrasser d'un témoin dangereux et d'une femme qu'il n'aimait plus. Mais il voulait assurer son sort, et il lui fit en tremblant les offres les plus libérales...

Cet affront fut amer à la pauvre fille ; elle s'arracha les cheveux, et se fût brisé la tête si Raymon n'eût employé la force pour la retenir. Alors, faisant usage de toutes les ressources de langage et d'esprit que la nature lui avait données, il lui fit comprendre que ce n'était pas à elle, mais à l'enfant dont elle allait être mère, qu'il voulait offrir ses secours.

— C'est mon devoir, lui dit-il ; c'est à titre d'héritage pour lui que je vous les transmets, et vous seriez coupable envers lui si une fausse délicatesse vous les faisait repousser.

Noun se calma, elle s'essuya les yeux.

— Eh bien, dit-elle, je les accepterai si vous voulez me promettre de m'aimer encore ; car, pour vous être acquitté envers l'enfant, vous ne le serez point envers la mère. Lui, vos dons le feront vivre ; mais, moi, votre indifférence me tuera. Ne pouvez-vous me prendre auprès de vous pour vous servir ? Voyez, je ne suis pas exigeante ; je n'ambitionne point ce qu'une autre à ma place aurait peut-être eu l'art d'obtenir. Mais permettez-moi d'être votre servante. Faites-moi entrer chez votre mère. Elle sera contente de moi, je vous le jure, et, si vous ne m'aimez plus, du moins je vous verrai.

— Ce que vous me demandez est impossible, ma chère, Noun. Dans l'état où vous êtes, vous ne pouvez songer à entrer au service de personne ; et tromper ma mère, me jouer de sa confiance, serait une bassesse à laquelle je ne consentirai jamais. Allez à Lyon ou à Bordeaux ; je me charge de ne vous laisser manquer de rien jusqu'au moment où vous pourrez vous montrer.

Alors je vous placerai chez quelque personne de ma connaissance, à Paris même si vous le désirez... si vous tenez à vous rapprocher de moi... mais sous le même toit, cela est impossible...

— Impossible ! dit Noun en joignant les mains avec douleur ; je vois bien que vous me méprisez, vous rougissez de moi... Eh bien, non, je ne m'éloignerai pas, je ne m'en irai pas, seule et humiliée, mourir abandonnée dans quelque ville lointaine où vous m'oublierez. Que m'importe ma réputation ! c'est votre amour que je voulais conserver !...

— Noun, si vous craignez que je vous trompe, venez avec moi. La même voiture nous conduira au lieu que vous choisirez ; partout, excepté à Paris ou chez ma mère, je vous suivrai, je vous prodiguerai les soins que je vous dois...

— Oui, pour m'abandonner le lendemain du jour où vous m'aurez déposée, inutile fardeau, sur une terre étrangère ! dit-elle en souriant amèrement. Non, monsieur, non ; je reste : je ne veux pas tout perdre à la fois. J'aurais sacrifié, pour vous suivre, la personne que j'aimais le mieux au monde avant de vous connaître ; mais je ne suis pas assez jalouse de cacher mon déshonneur pour sacrifier et mon amour et mon amitié. J'irai me jeter aux pieds de madame Delmare, je lui dirai tout, et elle me pardonnera, je le sais ; car elle est bonne, et elle m'aime. Nous sommes nées presque le même jour, elle est ma sœur de lait. Nous ne nous sommes jamais quittées, elle ne voudra pas que je la quitte ; elle pleurera avec moi, elle me soignera, elle aimera mon enfant, mon pauvre enfant ! Qui sait ? elle qui n'a pas le bonheur d'être mère, elle l'élèvera peut-être comme le sien !... Ah ! j'étais folle de vouloir la quitter ; car c'est la seule personne au monde qui prendra pitié de moi !...

Cette résolution jetait Raymon dans une affreuse perplexité, quand tout à coup le roulement d'une voiture se fit entendre dans la cour. Noun, épouvantée, courut à la fenêtre.

— C'est madame Delmare ! s'écria-t-elle ; fuyez !

La clef de l'escalier dérobé fut introuvable dans ce moment de désordre. Noun prit le bras de Raymon et l'entraîna précipitamment dans le corridor ; mais ils n'en avaient pas atteint la moitié, qu'ils entendirent marcher dans ce même passage ; la voix de madame Delmare se fit entendre à dix pas devant eux, et déjà une bougie, portée par un domestique qui l'accompagnait, jetait sa lueur vacillante sur leurs figures effrayées. Noun n'eut que le temps de revenir sur ses pas, entraînant toujours Raymon, et de rentrer avec lui dans la chambre à coucher.

Un cabinet de toilette, fermé par une porte vitrée, pouvait offrir un refuge pour quelques instants ; mais il n'y avait aucun moyen de s'y enfermer, et madame Delmare pouvait y entrer en arrivant. Pour n'être donc pas surpris sur-le-champ, Raymon fut obligé de se jeter dans l'alcôve et de se cacher derrière les rideaux. Il n'était pas probable que madame Delmare se couche-rait tout de suite, et, jusque-là, Noun pouvait trouver un moment pour le faire évader.

Indiana entra vivement, jeta son chapeau sur le lit et embrassa Noun avec la familiarité d'une sœur. Il y avait si peu de clarté dans l'appartement, qu'elle ne remarqua pas l'émotion de sa compagne.

— Tu m'attendais donc ? lui dit-elle en approchant du feu ; comment savais-tu mon arrivée ?

Et, sans attendre sa réponse :

— Monsieur Delmare, ajouta-t-elle, sera ici demain. En recevant sa lettre, je suis partie sur-le-champ. J'ai des raisons pour le recevoir ici et non à Paris. Je te les dirai. Mais parle-moi donc ; tu n'as pas l'air heureuse de me voir comme à ton ordinaire.

— Je suis triste, dit Noun en s'agenouillant auprès de sa maîtresse pour la déchausser. Moi aussi, j'ai à vous parler, mais plus tard ; maintenant, venez au salon.

— Dieu m'en garde ! quelle idée ! il y fait un froid mortel.

— Non, il y a un bon feu.

— Tu rêves ! je viens de le traverser.

— Mais votre souper vous attend.

— Je ne veux pas souper ; d'ailleurs, il n'y a rien de prêt. Va chercher mon boa, que j'ai laissé dans la voiture.

— Tout à l'heure.

— Pourquoi pas tout de suite ? Va donc, va donc !

En parlant ainsi, elle poussait Noun d'un air folâtre, et celle-ci, voyant qu'il fallait de la hardiesse et du sang-froid, sortit quelques instants. Mais à peine fut-elle hors de l'appartement, que madame Delmare poussa le verrou, et, détachant son vitchoura [26], le posa sur le lit à côté de son chapeau. Dans cet instant, elle approcha Raymon de si près, qu'il fit un mouvement pour se reculer ; mais le lit, posé sur des roulettes apparemment très mobiles, céda avec un léger bruit. Madame Delmare étonnée, mais non effrayée, car elle pouvait croire que le lit avait été poussé par elle-même, avança néanmoins la tête, écarta un peu le rideau, et découvrit, dans la demi-clarté que jetait le feu de la cheminée, la tête d'un homme qui se dessinait sur la muraille.

Épouvantée, elle fit un cri, s'élança vers la cheminée pour s'emparer de la sonnette et appeler du secours. Raymon eût mieux aimé passer encore une fois pour un voleur que d'être reconnu dans cette situation. Mais, s'il ne prenait ce dernier parti, madame Delmare allait appeler ses gens et se compromettre d'elle-même. Il espéra en l'amour qu'il lui avait inspiré, et, s'élançant sur elle, il essaya d'arrêter ses cris et de l'éloigner de la sonnette en lui disant à demi-voix, de peur d'être entendu de Noun, qui sans doute n'était pas loin :

— C'est moi, Indiana, reconnais-moi et pardonne-moi. Indiana ! pardonnez à un malheureux dont vous avez égaré la raison, et qui n'a pu se résoudre à vous rendre à votre mari avant de vous avoir vue encore une fois.

Et, comme il pressait Indiana dans ses bras, autant pour l'attendrir que pour l'empêcher de sonner[27], Noun frappa à la porte avec angoisse. Madame Delmare, se dégageant alors des bras de Raymon, courut ouvrir et revint tomber sur un fauteuil.

Pâle et près de mourir, Noun se jeta contre la porte du corridor pour empêcher les domestiques, qui allaient et venaient, de troubler cette scène étrange ; plus pâle encore que sa maîtresse, les genoux tremblants, le dos collé à la porte, elle attendait son sort.

Raymon sentit qu'avec de l'adresse il pouvait encore tromper ces deux femmes à la fois.

— Madame, dit-il en se mettant à genoux devant Indiana, ma présence ici doit vous sembler un outrage ; me voici à vos pieds pour en implorer le pardon. Accordez-moi un tête-à-tête de quelques instants, et je vous expliquerai...

— Taisez-vous, monsieur, et sortez d'ici, s'écria madame Delmare en reprenant toute la dignité de son rôle ; sortez-en publiquement. Noun, ouvrez cette porte et laissez passer monsieur, afin que tous mes domestiques le voient et que la honte d'un tel procédé retombe sur lui.

Noun, se croyant découverte, vint se jeter à genoux à côté de Raymon. Madame Delmare, gardant le silence, la contemplait avec surprise.

Raymon voulut s'emparer de sa main ; mais elle la lui retira avec indignation. Rouge de colère, elle se leva, et lui montrant la porte :

— Sortez, vous dis-je ! répéta-t-elle ; sortez, car

votre conduite est infâme. Ce sont donc là les moyens
que vous vouliez employer! vous, monsieur, caché
dans ma chambre comme un voleur! C'est donc une
habitude chez vous que de vous introduire ainsi dans
les familles! C'est là l'attachement si pur que vous me
juriez hier au soir! C'est ainsi que vous deviez me
protéger, me respecter et me défendre! Voilà le culte
que vous me rendez! Vous voyez une femme qui vous a
secouru de ses mains, qui, pour vous rendre la vie, a
bravé la colère de son mari; vous l'abusez par une
feinte reconnaissance, vous lui jurez un amour digne
d'elle, et, pour prix de ses soins, pour prix de sa
crédulité, vous voulez surprendre son sommeil et hâter
votre succès par je ne sais quelle infamie! Vous gagnez
sa femme de chambre, vous vous glissez presque dans
son lit, comme un amant déjà heureux; vous ne
craignez pas de mettre ses gens dans la confidence
d'une intimité qui n'existe pas... Allez, monsieur, vous
avez pris soin de me désabuser bien vite!... Sortez,
vous dis-je, ne restez pas un instant de plus chez moi!...
Et vous, misérable fille, qui respectez si peu l'honneur
de votre maîtresse, vous méritez que je vous chasse.
Ôtez-vous de cette porte, vous dis-je!...

Noun, à demi morte de surprise et de désespoir,
avait les yeux fixés sur Raymon comme pour lui
demander l'explication de ce mystère inouï. Puis, l'air
égaré, tremblante, elle se traîna vers Indiana, et, lui
saisissant le bras avec force :

— Qu'est-ce que vous avez dit? s'écria-t-elle, les
dents contractées par la colère; cet homme avait de
l'amour pour vous?

— Eh! vous le saviez bien, sans doute! dit madame
Delmare en la poussant avec force et dédain; vous
saviez bien quels motifs un homme peut avoir pour se
cacher derrière les rideaux d'une femme. Ah! Noun!
ajouta-t-elle en voyant le désespoir de cette fille, c'est
une lâcheté insigne et dont je ne t'aurais jamais crue

capable ; tu as voulu vendre l'honneur de celle qui avait tant de foi au tien !...

Madame Delmare pleurait, mais de colère en même temps que de douleur. Jamais Raymon ne l'avait vue si belle ; mais il osait à peine la regarder [28], car sa fierté de femme outragée le forçait à baisser les yeux. Il était là, consterné, pétrifié par la présence de Noun. S'il eût été seul avec madame Delmare, il aurait eu peut-être la puissance de l'adoucir. Mais l'expression de Noun était terrible ; la fureur et la haine avaient décomposé ses traits.

Un coup frappé à la porte les fit tressaillir tous trois. Noun s'élança de nouveau pour défendre l'entrée de la chambre ; mais madame Delmare, la repoussant avec autorité, fit à Raymon le geste impératif de se retirer vers l'angle de l'appartement. Alors, avec ce sang-froid qui la rendait si remarquable dans les moments de crise, elle s'enveloppa d'un châle, entrouvrit elle-même la porte, et demanda au domestique qui avait frappé ce qu'il avait à lui dire :

— M. Rodolphe Brown vient d'arriver, répondit-il, il demande si madame veut le recevoir.

— Dites à M. Rodolphe que je suis charmée de sa visite et que je vais aller le trouver. Faites du feu au salon, et qu'on prépare à souper. Un instant ! Allez me chercher la clef du petit parc.

Le domestique s'éloigna. Madame Delmare resta debout, tenant toujours la porte entrouverte, ne daignant pas écouter Noun, et commandant impérieusement le silence à Raymon.

Le domestique revint trois minutes après. Madame Delmare, tenant toujours le battant de la porte entre lui et M. de Ramière, reçut la clef, lui ordonna d'aller hâter le souper, et, dès qu'il fut parti, s'adressant à Raymon :

— L'arrivée de mon cousin sir Brown, lui dit-elle, vous sauve du scandale auquel je voulais vous livrer ;

c'est un homme d'honneur et qui prendrait chaudement ma défense ; mais, comme je serais fâchée d'exposer la vie d'un homme comme lui contre celle d'un homme comme vous, je vous permets de vous retirer sans éclat. Noun, qui vous a fait entrer ici, saura vous en faire sortir. Allez !

— Nous nous reverrons, madame, répondit Raymon avec un effort d'assurance ; et, quoique je sois bien coupable, vous regretterez peut-être la sévérité avec laquelle vous me traitez maintenant.

— J'espère, monsieur, que nous ne nous reverrons jamais, répondit-elle.

Et, toujours debout, tenant la porte, et sans daigner s'incliner, elle le vit sortir avec sa tremblante et misérable complice.

Seul dans l'obscurité du parc avec elle, Raymon s'attendait à des reproches ; Noun ne lui adressa pas une parole. Elle le conduisit jusqu'à la grille du parc de réserve, et, lorsqu'il voulut lui prendre la main, elle avait déjà disparu. Il l'appela à voix basse, car il voulait savoir son sort ; mais elle ne lui répondit pas, et le jardinier, paraissant, lui dit :

— Allons, monsieur, retirez-vous ; madame est arrivée, et l'on pourrait vous découvrir.

Raymon s'éloigna, la mort dans l'âme ; mais, dans sa douleur d'avoir offensé madame Delmare, il oubliait presque Noun et ne songeait qu'aux moyens d'apaiser la première ; car il était dans sa nature de s'irriter des obstacles et de ne jamais s'attacher passionnément qu'aux choses presque désespérées.

Le soir, lorsque madame Delmare, après avoir soupé silencieusement avec sir Ralph, se retira dans son appartement, Noun ne vint pas, comme à l'ordinaire, pour la déshabiller ; elle la sonna vainement, et, quand elle pensa que c'était une résistance marquée, elle ferma sa porte et se coucha : mais elle passa une nuit affreuse, et, dès que le jour fut levé, elle descendit dans le parc. Elle avait la fièvre ; elle avait besoin de sentir le froid la pénétrer et calmer le feu qui dévorait sa poitrine. La veille encore, à pareille heure, elle était heureuse, en s'abandonnant à la nouveauté de cet amour enivrant ; en vingt-quatre heures, quelles affreuses déceptions ! D'abord la nouvelle du retour de son mari plusieurs jours plus tôt qu'elle n'y comptait ; ces quatre ou cinq jours qu'elle avait espéré passer à Paris, c'était pour elle toute une vie de bonheur qui ne devait pas finir, tout un rêve d'amour que le réveil ne devait jamais interrompre ; mais, dès le matin, il avait fallu y renoncer, reprendre le joug, et revenir au-devant du maître, afin qu'il ne rencontrât pas Raymon chez madame de Carvajal ; car Indiana croyait qu'il lui serait impossible de tromper son mari s'il la voyait en présence de Raymon. Et puis ce Raymon qu'elle aimait comme un dieu, c'était par lui qu'elle se voyait outragée bassement ! Enfin la compagne de sa vie, cette jeune créole qu'elle chérissait, se trouvait tout à coup indigne de sa confiance et de son estime !

Madame Delmare avait pleuré toute la nuit ; elle se laissa tomber sur le gazon, encore blanchi par la gelée du matin, au bord de la petite rivière qui traversait le parc. On était à la fin de mars, la nature commençait à se réveiller ; la matinée, quoique froide, n'était pas sans charme ; des flocons de brouillard dormaient encore sur l'eau comme une écharpe flottante, et les oiseaux essayaient leurs premiers chants d'amour et de printemps.

Indiana se sentit soulagée, et un sentiment religieux s'empara de son âme.

— C'est Dieu qui l'a voulu ainsi, dit-elle ; sa providence m'a rudement éclairée, mais c'est un bonheur pour moi. Cet homme m'eût peut-être entraînée dans le vice, il m'eût perdue ; au lieu qu'à présent la bassesse de ses sentiments m'est dévoilée, et je serai en garde contre cette passion orageuse et funeste qui fermentait dans son sein... J'aimerai mon mari... Je tâcherai ! Du moins je lui serai soumise, je le rendrai heureux en ne le contrariant jamais ; tout ce qui peut exciter sa jalousie, je l'éviterai ; car, maintenant, je sais ce qu'il faut croire de cette éloquence menteuse que les hommes savent dépenser avec nous. Je serai heureuse, peut-être, si Dieu prend pitié de mes douleurs, et s'il m'envoie bientôt la mort...

Le bruit du moulin qui mettait en mouvement la fabrique de M. Delmare commençait à se faire entendre derrière les saules de l'autre rive. La rivière, s'élançant dans les écluses que l'on venait d'ouvrir, s'agitait déjà à sa surface ; et, comme madame Delmare suivait d'un œil mélancolique le cours plus rapide de l'eau, elle vit flotter, entre les roseaux, comme un monceau d'étoffes que le courant s'efforçait d'entraîner. Elle se leva, se pencha sur l'eau, et vit distinctement les vêtements d'une femme, des vêtements qu'elle connaissait trop bien. L'épouvante la rendait immobile ; mais l'eau marchait toujours, tirant lentement un cadavre hors des joncs où il s'était arrêté, et l'amenant vers madame Delmare...

Un cri déchirant attira en ce lieu les ouvriers de la fabrique ; madame Delmare était évanouie sur la rive, et le cadavre de Noun flottait sur l'eau, devant elle [29].

Deuxième partie

IX

Deux mois se sont écoulés [1]. Il n'y a rien de changé au
Lagny, dans cette maison où je vous ai fait entrer par
un soir d'hiver, si ce n'est que le printemps fleurit
autour de ses murs rouges encadrés de pierres grises, et
de ses ardoises jaunies par une mousse séculaire. La
famille, éparse, jouit de la douceur et des parfums de la
soirée ; le soleil couchant dore les vitres, et le bruit de
la fabrique se mêle au bruit de la ferme. M. Delmare,
assis sur les marches du perron, le fusil à la main,
s'exerce à tuer les hirondelles au vol. Indiana, assise à
son métier près de la fenêtre du salon, se penche de
temps en temps pour regarder tristement dans la cour
le cruel divertissement du colonel. Ophélia bondit,
aboie et s'indigne d'une chasse si contraire à ses
habitudes ; et sir Ralph, à cheval sur la rampe de
pierre, fume un cigare, et, comme à l'ordinaire,
regarde d'un œil impassible le plaisir ou la contrariété
d'autrui.

— Indiana ! cria le colonel en posant son fusil,
quittez donc votre ouvrage ; vous vous fatiguez comme
si vous étiez payée à tant par heure.

— Il fait encore grand jour, répondit madame
Delmare.

— N'importe, venez donc à la fenêtre, j'ai quelque
chose à vous dire.

Indiana obéit, et le colonel, se rapprochant de la fenêtre qui était presque au rez-de-chaussée, lui dit d'un air badin, comme peut l'avoir un mari vieux et jaloux :

— Puisque vous avez bien travaillé aujourd'hui et que vous êtes bien sage, je vais vous dire quelque chose qui vous fera plaisir.

Madame Delmare s'efforça de sourire ; ce sourire eût fait le désespoir d'un homme plus délicat que le colonel.

— Vous saurez donc, continua-t-il, que, pour vous désennuyer, j'ai invité à déjeuner pour demain un de vos humbles adorateurs. Vous allez me demander lequel ; car vous en avez, friponne, une assez jolie collection...

— C'est peut-être notre bon vieux curé ? dit madame Delmare, que la gaieté de son mari rendait toujours plus triste.

— Oh ! pas du tout !

— Alors c'est le maire de Chailly ou le vieux notaire de Fontainebleau !

— Ruse de femme ! Vous savez fort bien que ce ne sont pas ces gens-là. Allons Ralph, dites à madame le nom qu'elle a sur le bout des lèvres, mais qu'elle ne veut pas prononcer elle-même.

— Il ne faut pas tant de préparations pour lui annoncer M. de Ramière, dit tranquillement sir Ralph en jetant son cigare ; je suppose que cela lui est fort indifférent.

Madame Delmare sentit le sang lui monter au visage ; elle feignit de chercher quelque chose dans le salon, et, revenant avec un maintien aussi calme qu'elle put se le composer :

— J'imagine que c'est une plaisanterie, dit-elle en tremblant de tous ses membres.

— C'est fort sérieux, au contraire ; vous le verrez ici demain à onze heures.

— Comment ! cet homme qui s'est introduit chez vous pour s'emparer de votre découverte, et que vous avez failli tuer comme un malfaiteur ?... Vous êtes bien pacifiques l'un et l'autre d'oublier de pareils griefs !

— Vous m'avez donné l'exemple, ma très chère, en l'accueillant fort bien chez votre tante, où il vous a rendu visite...

Indiana pâlit.

— Je ne m'attribue nullement cette visite, dit-elle avec empressement, et j'en suis si peu flattée, qu'à votre place je ne le recevrais pas.

— Vous êtes toutes menteuses et rusées pour le plaisir de l'être ! Vous avez dansé avec lui pendant tout un bal, m'a-t-on dit.

— On vous a trompé.

— Et c'est votre tante elle-même ! Au reste, ne vous en défendez pas tant ; je ne le trouve pas mauvais, puisque votre tante a désiré et aidé ce rapprochement entre nous. Il y a longtemps que M. de Ramière le cherche. Il m'a rendu, sans ostentation et presque à mon insu, des services importants pour mon exploitation ; et, comme je ne suis pas si féroce que vous le dites, comme aussi je ne veux pas avoir d'obligations à un étranger, j'ai songé à m'acquitter envers lui.

— Et comment ?

— En m'en faisant un ami, en allant à Cercy ce matin avec sir Ralph. Nous avons trouvé là une bonne femme de mère qui est charmante, un intérieur élégant et riche, mais sans faste, et qui ne sent nullement l'orgueil des vieux noms. Après tout, c'est un *bon enfant* que ce Ramière, et je l'ai invité à venir déjeuner avec nous et à visiter la fabrique. J'ai de bons renseignements sur son frère, et je me suis assuré qu'il ne peut me faire de tort en se servant des mêmes moyens que moi ; ainsi donc j'aime mieux que cette famille en profite que toute autre ; aussi bien, il n'est pas de secrets longtemps gardés, et le mien pourra être bientôt celui de la comédie, si les progrès de l'industrie vont ce train-là.

— Pour moi, dit sir Ralph, vous savez, mon cher Delmare, que j'avais toujours désapprouvé ce secret : la découverte d'un bon citoyen appartient à son pays autant qu'à lui, et si je...

— Parbleu ! vous voilà bien, sir Ralph, avec votre philanthropie pratique !... Vous me ferez croire que votre fortune ne vous appartient pas, et que, si demain la nation en prend envie, vous êtes prêt à changer vos cinquante mille francs de rente pour un bissac et un bâton ! Cela sied bien à un *gaillard* comme vous, qui aime les aises de la vie comme un sultan, de prêcher le mépris de richesses !

— Ce que j'en dis, reprit sir Ralph, ce n'est point pour faire le philanthrope ; c'est que l'égoïsme bien entendu nous conduit à faire du bien aux hommes pour les empêcher de nous faire du mal[2]. Je suis égoïste, moi, c'est connu. Je me suis habitué à n'en plus rougir, et, en analysant toutes les vertus, j'ai trouvé pour base de toutes l'intérêt personnel. L'amour et la dévotion, qui sont deux passions en apparence généreuses, sont les plus intéressées peut-être qui existent ; le patriotisme ne l'est pas moins, soyez-en sûr. J'aime peu les hommes ; mais pour rien au monde je ne voudrais le leur prouver : car je les crains en proportion du peu d'estime que j'ai pour eux. Nous sommes donc égoïstes tous les deux ; mais, moi, je le confesse, et, vous, vous le niez.

Une discussion s'éleva entre eux, dans laquelle, par toutes les raisons de l'égoïsme, chacun chercha à prouver l'égoïsme de l'autre. Madame Delmare en profita pour se retirer dans sa chambre et pour s'abandonner à toutes les réflexions qu'une nouvelle si imprévue faisait naître en elle.

Il est bon non seulement de vous initier au secret de ses pensées, mais encore de vous apprendre la situation des différentes personnes que la mort de Noun avait plus ou moins affectées.

Il est à peu près prouvé pour le lecteur et pour moi que cette infortunée s'est jetée dans la rivière par désespoir, dans un de ces moments de crise violente où les résolutions extrêmes sont les plus faciles. Mais, comme elle ne rentra probablement pas au château après avoir quitté Raymon, comme personne ne la rencontra et ne put être juge de ses intentions, aucune indice de suicide ne vint éclaircir le mystère de sa mort.

Deux personnes purent l'attribuer avec certitude à un acte de sa volonté : M. de Ramière et le jardinier du Lagny. La douleur de l'un fut cachée sous l'apparence d'une maladie ; l'effroi et les remords de l'autre l'engagèrent à garder le silence. Cet homme, qui, par cupidité, s'était prêté, pendant tout l'hiver, aux entrevues des deux amants, avait seul pu observer les chagrins secrets de la jeune créole. Craignant avec raison le reproche de ses maîtres et le blâme de ses égaux, il se tut par intérêt pour lui-même, et, quand M. Delmare, qui, après la découverte de cette intrigue, avait quelques soupçons, l'interrogea sur les suites qu'elle avait pu avoir en son absence, il nia hardiment qu'elle en eût eu aucune. Quelques personnes du pays (fort désert en cet endroit, il est bon de le remarquer) avaient bien vu Noun prendre quelquefois le chemin de Cercy à des heures avancées ; mais aucune relation apparente n'avait existé entre elle et M. de Ramière depuis la fin de janvier, et sa mort avait eu lieu le 28 mars. D'après ces renseignements, on pouvait attribuer cet événement au hasard ; traversant le parc à l'entrée de la nuit, elle avait pu être trompée par le brouillard épais qui régnait depuis plusieurs jours, s'égarer et prendre à côté du pont anglais jeté sur ce ruisseau étroit, mais escarpé sur ses rives et gonflé par les pluies.

Quoique sir Ralph, dont le caractère était plus

observateur que ses réflexions ne l'annonçaient, eût trouvé, dans je ne sais laquelle de ses sensations intimes, de violentes causes de soupçons contre M. de Ramière, il ne les communiqua à personne, regardant comme inutile et cruel tout reproche adressé à l'homme assez malheureux pour avoir un tel remords dans sa vie. Il fit même sentir au colonel, qui énonçait devant lui une sorte de doute à cet égard, qu'il était urgent, dans la situation maladive de madame Delmare, de continuer à lui cacher les causes possibles du suicide de sa compagne d'enfance. Il en fut donc de la mort de cette infortunée comme de ses amours. Il y eut une convention tacite de ne jamais en parler devant Indiana, et bientôt même on n'en parla plus du tout.

Mais ces précautions furent inutiles, car madame Delmare avait aussi ses raisons pour soupçonner une partie de la vérité : les reproches amers qu'elle avait adressés à la malheureuse fille dans cette fatale soirée lui semblaient des causes suffisantes pour expliquer sa résolution subite. Aussi, depuis l'instant affreux où elle avait, la première, aperçu son cadavre flotter sur l'eau, le repos déjà si troublé d'Indiana, son cœur déjà si triste, avaient reçu la dernière atteinte ; sa lente maladie marchait maintenant avec activité, et cette femme, si jeune et peut-être si forte, refusant de guérir, et cachant ses souffrances à l'affection peu clairvoyante et peu délicate de son mari, se laissait mourir sous le poids du chagrin et du découragement.

— Malheur ! malheur à moi ! s'écria-t-elle en entrant dans sa chambre, après avoir appris l'arrivée prochaine de Raymon chez elle. Malédiction sur cet homme qui n'est entré ici que pour y porter le désespoir et la mort ! Mon Dieu ! pourquoi permettez-vous qu'il soit entre vous et moi, qu'il s'empare à son gré de ma destinée, qu'il n'ait qu'à étendre la main pour dire : « Elle est à moi ! Je troublerai sa raison, je désolerai sa vie ; et, si elle me résiste, je répandrai le

deuil autour d'elle, je l'entourerai de remords, de
regrets et de frayeurs ! Mon Dieu ! ce n'est pas juste, »
qu'une pauvre femme soit ainsi persécutée !

Elle se mit à pleurer amèrement [3] ; car le souvenir de
Raymon lui ramenait celui de Noun plus vif et plus
déchirant.

— Ma pauvre Noun ! ma pauvre camarade d'enfance ! ma compatriote, ma seule amie ! dit-elle avec
douleur ; c'est cet homme qui est ton meurtrier. Malheureuse enfant ! il t'a été funeste comme à moi ! Toi
qui m'aimais tant, qui seule devinais mes chagrins et
savais les adoucir par ta gaieté naïve ! malheur à moi
qui t'ai perdue ! C'était bien la peine de t'amener de si
loin ! Par quels artifices cet homme a-t-il pu surprendre ainsi ta bonne foi et t'engager à commettre une
lâcheté ? Ah ! sans doute, il t'a bien trompée, et tu n'as
compris ta faute qu'en voyant mon indignation ! J'ai
été trop sévère, Noun, j'ai été sévère jusqu'à la
cruauté ; je t'ai réduite au désespoir, je t'ai donné la
mort ! Malheureuse ! que n'attendais-tu quelques heures, que le vent eût emporté comme une paille légère
mon ressentiment contre toi ! Que n'es-tu venue pleurer dans mon sein, me dire : « J'ai été abusée, j'ai agi
sans savoir ce que je faisais ; mais, vous le savez bien,
je vous respecte et je vous aime ! » Je t'aurais pressée
dans mes bras, nous aurions pleuré ensemble, et tu ne
serais pas morte. Morte ! morte si jeune, si belle, si
vivace ! Morte à dix-neuf ans, d'une si affreuse mort !

En pleurant ainsi sa compagne, Indiana pleurait
aussi, à l'insu d'elle-même, les illusions de trois jours,
trois jours les plus beaux de sa vie, les seuls qu'elle eût
vécus ; car elle avait aimé durant ces trois jours avec
une passion que Raymon, eût-il été le plus présomp-
tueux des hommes, n'eût jamais pu imaginer. Mais
plus cet amour avait été aveugle et violent, plus
l'injure qu'elle avait reçue lui avait été sensible ; le

premier amour d'un cœur comme le sien a tant de pudeur et de délicatesse !

Cependant, Indiana avait cédé plutôt à un mouvement de honte et de dépit qu'à une volonté bien réfléchie. Je ne mets pas en doute le pardon qu'eût obtenu Raymon s'il eût eu quelques instants de plus pour l'implorer. Mais le sort avait déjoué son amour et son habileté, et madame Delmare croyait sincèrement le haïr désormais.

X

Pour lui, ce n'était point par fanfaronnade ni par dépit d'amour-propre qu'il ambitionnait plus que jamais l'amour et le pardon de madame Delmare. Il croyait que c'était chose impossible, et nul autre amour de femme, nul autre bonheur sur la terre ne lui semblait valoir celui-là. Il était fait ainsi. Un insatiable besoin d'événements et d'émotions dévorait sa vie. Il aimait la société avec ses lois et ses entraves, parce qu'elle lui offrait des aliments de combat et de résistance ; et, s'il avait horreur du bouleversement et de la licence, c'est parce qu'ils promettaient des jouissances tièdes et faciles.

Ne croyez pourtant pas qu'il ait été insensible à la perte de Noun. Dans le premier moment, il se fit horreur à lui-même, et chargea des pistolets dans l'intention bien réelle de se brûler la cervelle ; mais un sentiment louable l'arrêta. Que deviendrait sa mère... sa mère âgée, débile !... cette pauvre femme dont la vie avait été si agitée et si douloureuse, qui ne vivait plus que pour lui, son unique bien, son seul espoir ? Fallait-il briser son cœur, abréger le peu de jours qui lui restaient ? Non, sans doute. La meilleure manière de réparer son crime, c'était de se consacrer désormais uniquement à sa mère, et c'est dans cette intention qu'il retourna auprès d'elle à Paris, et mit tous ses soins à lui faire oublier l'espèce d'abandon où il l'avait laissée durant une grande partie de l'hiver.

Raymon avait une incroyable puissance sur tout ce qui l'entourait ; car, à tout prendre, c'était, avec ses fautes et ses écarts de jeunesse, un homme supérieur dans la société. Nous ne vous avons pas dit sur quoi était basée sa réputation d'esprit et de talent, parce que cela était hors des événements que nous avions à vous conter ; mais il est temps de vous apprendre que ce Raymon, dont vous venez de suivre les faiblesses et de blâmer peut-être la légèreté, est un des hommes qui ont eu sur vos pensées le plus d'empire ou d'influence, quelle que soit aujourd'hui votre opinion. Vous avez dévoré ses brochures politiques, et souvent vous avez été entraîné, en lisant les journaux du temps, par le charme irrésistible de son style, et les grâces de sa logique courtoise et mondaine [4].

Je vous parle d'un temps déjà bien loin de nous, aujourd'hui que l'on ne compte plus par siècles, ni même par règnes, mais par ministères. Je vous parle de l'année Martignac, de cette époque de repos et de doute, jetée au milieu de notre ère politique, non comme un traité de paix, mais comme une convention d'armistice, de ces quinze mois du règne des doctrines qui influèrent si singulièrement sur les principes et sur les mœurs, et qui peut-être ont préparé l'étrange issue de notre dernière révolution [5].

C'est dans ce temps qu'on vit fleurir de jeunes talents, malheureux d'être nés dans des jours de transition et de transaction ; car ils payèrent leur tribut aux dispositions conciliatrices et fléchissantes de l'époque. Jamais, que je sache, on ne vit pousser si loin la science des mots et l'ignorance ou la dissimulation des choses. Ce fut le règne des restrictions, et je ne saurais dire quelles sortes de gens en usèrent le plus, des jésuites à robe courte ou des avocats en longue robe. La modération politique était passée dans les mœurs comme la politesse des manières, et il en fut de cette première espèce de courtoisie comme de la seconde : elle servit de masque aux antipathies, et leur apprit à combattre sans scandale et sans bruit. Il faut dire pourtant, à la décharge des jeunes hommes de cette époque, qu'ils furent souvent remorqués comme de légères embarcations par les gros navires, sans trop savoir où on les conduisait, joyeux et fiers qu'ils étaient de fendre les flots et d'enfler leurs voiles nouvelles.

Placé par sa naissance et sa fortune parmi les partisans de la royauté absolue, Raymon sacrifia aux idées *jeunes* de son temps en s'attachant religieusement à la Charte : du moins ce fut là ce qu'il crut faire et ce qu'il s'efforça de prouver. Mais les conventions tombées en désuétude sont sujettes à interprétation, et il en était déjà de la Charte de Louis XVIII comme de l'Évangile de Jésus-Christ ; ce n'était plus qu'un texte sur lequel chacun s'exerçait à l'éloquence, sans qu'un discours tirât plus à conséquence qu'un sermon. Époque de luxe et d'indolence, où, sur le bord d'un abîme sans fond, la civilisation s'endormait, avide de jouir de ses derniers plaisirs[6].

Raymon s'était donc placé sur cette espèce de ligne mitoyenne entre l'abus du pouvoir et celui de la licence, terrain mouvant où les gens de bien cherchaient encore, mais en vain, un abri contre la tourmente qui se préparait. A lui, comme à bien d'autres cerveaux sans expérience, le rôle de publiciste consciencieux semblait possible encore. Erreur dans un temps où l'on ne feignait de déférer à la voix de la raison que pour l'étouffer plus sûrement de part et d'autre. Homme sans passions politiques, Raymon croyait être sans intérêts, et il se trompait lui-même ; car la société, organisée comme elle l'était alors, lui était favorable et avantageuse ; elle ne pouvait pas être dérangée sans que la somme de son bien-être fût diminuée, et c'est un merveilleux enseignement à la modération que cette parfaite quiétude de situation qui se communique à la pensée. Quel homme est assez ingrat envers la Providence pour lui reprocher le malheur des autres, si pour lui elle n'a eu que des sourires et des bienfaits ? Comment eût-on pu persuader à ces jeunes appuis de la monarchie constitutionnelle que la constitution était déjà vieille, qu'elle pesait sur le corps social et le fatiguait, lorsqu'ils la trouvaient légère pour eux-mêmes et n'en recueillaient que les avantages ? Qui croit à la misère qu'il ne connaît pas ?

Rien n'est si facile et si commun que de se duper soi-même quand on ne manque pas d'esprit et quand on connaît bien toutes les finesses de la langue. C'est une reine prostituée qui descend et s'élève à tous les rôles, qui se déguise, se pare, se dissimule et s'efface ; c'est une plaideuse qui a réponse à tout, qui a toujours tout prévu, et qui prend mille formes pour avoir raison. Le plus honnête des hommes est celui qui pense et qui agit le mieux, mais le plus puissant est celui qui sait le mieux écrire et parler.

Dispensé par sa fortune d'écrire pour de l'argent, Raymon écrivait par goût et (disait-il de bonne foi) par devoir. Cette rare faculté qu'il possédait, de réfuter par le talent la vérité positive, en avait fait un homme précieux au ministère, qu'il servait bien plus par ses résistances impartiales que ne le faisaient ses créatures par leur dévouement aveugle ; précieux encore plus à ce monde élégant et jeune qui voulait bien abjurer les ridicules de ses anciens privilèges, mais qui voulait aussi conserver le bénéfice de ses avantages présents.

C'étaient des hommes d'un grand talent, en effet, que ceux qui retenaient encore la société près de crouler dans l'abîme, et qui, suspendus eux-mêmes entre deux écueils, luttaient avec calme et aisance contre la rude vérité qui allait les engloutir. Réussir de la sorte à se faire une conviction contre toute espèce de vraisemblance et à la faire prévaloir quelque temps parmi les hommes sans conviction aucune, c'est l'art qui confond le plus et qui surpasse toutes les facultés d'un esprit rude et grossier qui n'a pas étudié les vérités de rechange.

Raymon ne fut donc pas plus tôt rentré dans ce monde, son élément et sa patrie, qu'il en ressentit les influences vitales et excitantes. Les petits intérêts d'amour qui l'avaient préoccupé s'effacèrent un instant devant des intérêts plus larges et plus brillants. Il y porta la même hardiesse, les mêmes ardeurs ; et, quand il se vit recherché plus que jamais par ce que Paris avait de plus distingué, il sentit que plus que jamais il aimait la vie. Était-il coupable d'oublier un secret remords pour recueillir la récompense méritée des services rendus à son pays ? Il sentait dans son cœur jeune, dans sa tête active, dans tout son être vivace et robuste, la vie déborder pas tous les pores, la destinée le faisant heureux malgré lui ; et alors il demandait pardon à une ombre irritée, qui venait quelquefois gémir dans ses rêves, d'avoir cherché dans l'attachement des vivants un appui contre les terreurs de la tombe.

Il n'eut pas plus tôt repris à la vie, qu'il sentit, comme par le passé, le besoin de mêler des pensées d'amour et des projets d'aventures à ses méditations politiques, à ses rêves d'ambition et de philosophie. Je dis ambition, non pas celle des honneurs et de l'argent, dont il n'avait que faire, mais celle de la réputation et de la popularité aristocratique.

Il avait d'abord désespéré de revoir jamais madame Delmare après le tragique dénouement de sa double intrigue. Mais, tout en mesurant l'étendue de sa perte, tout en couvant par la pensée ce trésor qui lui échap-

pait, l'espoir lui vint de le ressaisir, et en même temps
la volonté et la confiance. Il calcula les obstacles qu'il
rencontrerait, et comprit que les plus difficiles à
vaincre au commencement viendraient d'Indiana elle-
même ; il fallait donc faire protéger l'attaque par le
mari. Ce n'était pas une idée neuve, mais elle était
sûre ; les maris jaloux sont particulièrement propres à
ce genre de service.

Quinze jours après que cette idée fut conçue, Raymon était sur la route du Lagny, où on l'attendait à
déjeuner. Vous n'exigez pas que je vous dise matériel-
lement par quels services adroitement rendus il avait
trouvé le moyen de se rendre agréable à M. Delmare ;
j'aime mieux, puisque je suis en train de vous révéler
les traits des personnages de cette histoire, vous
esquisser vite ceux du colonel [7].

Savez-vous ce qu'en province on appelle un *honnête
homme ?* C'est celui qui n'empiète pas sur le champ de
son voisin, qui n'exige pas de ses débiteurs un sou de
plus qu'ils ne lui doivent, qui ôte son chapeau à tout
individu qui le salue ; c'est celui qui ne viole pas les
filles sur la voie publique, qui ne met le feu à la grange
de personne, qui ne détrousse pas les passants au coin
de son parc. Pourvu qu'il respecte religieusement la vie
et la bourse de ses concitoyens, on ne lui demande pas
compte d'autre chose. Il peut battre sa femme, maltrai-
ter ses gens, ruiner ses enfants, cela ne regarde personne. La société ne condamne que les actes qui lui
sont nuisibles ; la vie privée n'est pas de son ressort.

Telle était la morale de M. Delmare. Il n'avait jamais
étudié d'autre contrat social que celui-ci : *Chacun chez
soi.* Il traitait toutes les délicatesses du cœur de
puérilités féminines et de subtilités sentimentales.
Homme sans esprit, sans tact et sans éducation, il
jouissait d'une considération plus solide que celle
qu'on obtient par les talents et la bonté [8]. Il avait de
larges épaules, un vigoureux poignet ; il maniait par-

faitement le sabre et l'épée, et avec cela il possédait une susceptibilité ombrageuse. Comme il ne comprenait pas toujours la plaisanterie, il était sans cesse préoccupé de l'idée qu'on se moquait de lui. Incapable d'y répondre d'une manière convenable, il n'avait qu'un moyen de se défendre : c'était d'imposer silence par des menaces. Ses épigrammes favorites roulaient toujours sur des coups de bâton à donner et des affaires d'honneur à vider ; moyennant quoi, la province accompagnait toujours son nom de l'épithète de *brave*, parce que la bravoure militaire est apparemment d'avoir de larges épaules, de grandes moustaches, de jurer fort, et de mettre l'épée à la main pour la moindre affaire.

Dieu me préserve de croire que la vie des camps abrutisse tous les hommes ! mais vous me permettrez de penser qu'il faut un grand fonds de savoir-vivre pour résister à ces habitudes de domination passive et brutale. Si vous avez servi, vous connaissez parfaitement ce que les soldats appellent *culotte de peau*, et vous avouerez que le nombre en est grand parmi les débris des vieilles cohortes impériales. Ces hommes, qui, réunis et poussés par une main puissante, accomplirent de si magiques exploits, grandissaient comme des géants dans la fumée des batailles ; mais, retombés dans la vie civile, les héros n'étaient plus que des soldats, hardis et grossiers compagnons qui raisonnaient comme des machines ; heureux quand ils n'agissaient pas dans la société comme dans un pays conquis ! Ce fut la faute du siècle plutôt que la leur. Esprits naïfs, ils ajoutèrent foi aux adulations de la gloire, et se laissèrent persuader qu'ils étaient de grands patriotes parce qu'ils défendaient leur patrie, les uns malgré eux, les autres pour de l'argent et des honneurs. Encore comment la défendirent-ils, ces milliers d'hommes qui embrassèrent aveuglément l'erreur d'un seul, et qui, après avoir sauvé la France, la perdirent si misérablement ? Et puis, si le dévouement des soldats pour le capitaine vous semble grand et noble, soit ; à moi aussi ; mais j'appelle cela de la fidélité, non du patriotisme ; je félicite les vainqueurs de l'Espagne et ne les remercie pas. Quant à l'honneur du nom français, je ne comprends nullement cette manière de l'établir chez nos voisins, et j'ai peine à croire que les généraux de l'empereur en fussent bien pénétrés à cette triste époque de notre gloire ; mais je sais qu'il est défendu de parler impartialement de ces choses ; je me tais, la postérité les jugera[9].

M. Delmare avait toutes les qualités et tous les défauts de ces hommes. Candide jusqu'à l'enfantillage sur certaines délicatesses du point d'honneur, il savait fort bien conduire ses intérêts à la meilleure fin possible sans s'inquiéter du bien ou du mal qui pouvait en résulter pour autrui. Toute sa conscience, c'était la loi ; toute sa morale, c'était son droit. C'était une de ces probités sèches et rigides qui n'empruntent rien de peur de ne pas rendre, et qui ne prêtent pas davantage, de peur de ne pas recouvrer. C'était l'honnête homme qui ne prend et ne donne rien ; qui aimerait mieux mourir que de dérober un fagot dans les forêts du roi, mais qui vous tuerait sans façon pour un fétu ramassé dans la sienne. Utile à lui seul, il n'était nuisible à personne. Il ne se mêlait de rien autour de lui, de peur d'être forcé de rendre un service. Mais, quand il se croyait engagé par honneur à le rendre, nul n'y mettait un zèle plus actif et une franchise plus chevaleresque. A la fois confiant comme un enfant, soupçonneux comme un despote, il croyait à un faux serment et se défiait d'une promesse sincère. Comme dans l'état militaire, tout pour lui consistait dans la forme. L'opinion le gouvernait à tel point, que le bon sens et la raison n'entraient pour rien dans ses décisions, et, quand il avait dit : « Cela se fait », il croyait avoir posé un argument sans réplique.

C'était donc la nature la plus antipathique à celle de sa femme, le cœur le moins fait pour la comprendre, l'esprit le plus incapable de l'apprécier. Et pourtant il est certain que l'esclavage avait engendré dans ce cœur de femme une sorte d'aversion vertueuse et muette qui n'était pas toujours juste. Madame Delmare doutait trop du cœur de son mari ; il n'était que dur, et elle le jugeait cruel. Il y avait plus de rudesse que de colère dans ses emportements, plus de grossièreté que d'insolence dans ses manières. La nature ne l'avait pas fait méchant ; il avait des instants de pitié qui l'amenaient au repentir, et, dans le repentir, il était presque sensible. C'était la vie des camps qui avait érigé chez lui la brutalité en principe. Avec une femme moins polie et moins douce, il eût été craintif comme un loup apprivoisé ; mais cette femme était rebutée de son sort ; elle ne se donnait pas la peine de chercher à le rendre meilleur [10].

XI

En descendant de son tilbury dans la cour du Lagny, Raymon sentit le cœur lui manquer. Il allait donc rentrer sous ce toit qui lui rappelait de si terribles souvenirs ! Ses raisonnements, d'accord avec ses passions, pouvaient lui faire surmonter les mouvements de son cœur, mais non les étouffer, et dans cet instant la sensation du remords était aussi vive que celle du désir.

La première figure qui vint à sa rencontre fut celle de sir Ralph Brown, et il crut, en l'apercevant dans son éternel habit de chasse, flanqué de ses chiens, et grave comme un laird [11] écossais, voir marcher le portrait qu'il avait découvert dans la chambre de madame

Delmarc. Peu d'instants après vint le colonel, et l'on servit le déjeuner sans qu'Indiana eût paru. Raymon, en traversant le vestibule, en passant devant la salle du billard, en reconnaissant ces lieux qu'il avait aperçus dans des circonstances si différentes, se sentait si mal, qu'il se rappelait à peine dans quels desseins il y venait maintenant.

— Décidément, madame Delmare ne veut pas descendre ? dit le colonel à son factotum Lelièvre avec quelque aigreur.

— Madame a mal dormi, répondit Lelièvre, et mademoiselle Noun... (allons, toujours ce diable de nom qui me revient !), mademoiselle Fanny, veux-je dire, m'a répondu que madame reposait maintenant.

— Comment se fait-il donc que je viens de la voir à sa fenêtre ? Fanny s'est trompée. Allez avertir madame que le déjeuner est servi... ; ou plutôt, sir Ralph, mon cher parent, veuillez monter, et voir vous-même si votre cousine est malade pour tout de bon.

Si le nom malheureux échappé par habitude au domestique avait fait passer un frisson douloureux dans les nerfs de Raymon, l'expédient du colonel leur communiqua une étrange sensation de colère et de jalousie.

— Dans sa chambre ! pensa-t-il. Il ne se borne pas à y placer son portrait, il l'y envoie en personne. Cet Anglais a ici des droits que le mari lui-même semble n'oser pas s'attribuer.

M. Delmare, comme s'il eût deviné les réflexions de Raymon :

— Que cela ne vous étonne pas, dit-il : M. Brown est le médecin de la maison ; et puis c'est notre cousin, un brave garçon que nous aimons de tout notre cœur.

Ralph resta bien absent dix minutes. Raymon était distrait, mal à l'aise. Il ne mangeait pas, il regardait souvent la porte. Enfin l'Anglais reparut.

— Indiana n'est réellement pas bien, dit-il ; je lui ai prescrit de se recoucher.

Il se mit à table d'un air tranquille, et mangea d'un robuste appétit. Le colonel fit de même.

— Décidément, pensa Raymon, c'est un prétexte pour ne pas me voir. Ces deux hommes n'y croient pas, et le mari est plus mécontent que tourmenté de l'état de sa femme. C'est bien, mes affaires marchent mieux que je ne l'espérais.

La difficulté ranima sa volonté, et l'image de Noun s'effaça de ces sombres lambris, qui, au premier abord, l'avaient glacé de terreur. Bientôt il n'y vit plus errer que la forme légère de madame Delmare. Au salon, il s'assit à son métier, examina (tout en causant et en jouant la préoccupation) les fleurs de sa broderie, toucha toutes les soies, respira le parfum que ses petits doigts y avaient laissé. Il avait déjà vu cet ouvrage dans la chambre d'Indiana ; alors il était à peine commencé, maintenant il était couvert de fleurs écloses sous le souffle de la fièvre, arrosées des larmes de chaque jour. Raymon sentit les siennes venir au bord de ses paupières, et, par je ne sais quelle sympathie, levant tristement les yeux sur l'horizon qu'Indiana avait l'habitude mélancolique de contempler, il aperçut de loin les murailles blanches de Cercy, qui se détachaient sur un fond de terres brunes.

La voix du colonel le réveilla en sursaut.

— Allons, mon honnête voisin, lui dit-il, il est temps de m'acquitter envers vous et de tenir mes promesses. La fabrique est en plein mouvement, et les ouvriers sont tous à la besogne. Voici des crayons et du papier, afin que vous puissiez prendre des notes.

Raymon suivit le colonel, examina la fabrique d'un air empressé et curieux, fit des observations qui prouvèrent que les sciences chimiques et la mécanique lui étaient également familières[12], se prêta avec une inconcevable patience aux dissertations sans fin de

M. Delmare, entra dans quelques-unes de ses idées, en combattit quelques autres, et, en tout, se conduisit de manière à persuader qu'il mettait à ces choses un puissant intérêt, tandis qu'il y songeait à peine, et que toutes ses pensées étaient tournées vers madame Delmare.

A vrai dire, aucune science ne lui était étrangère, aucune découverte indifférente ; en outre, il servait les intérêts de son frère, qui avait réellement mis toute sa fortune dans une exploitation semblable, quoique beaucoup plus vaste. Les connaissances exactes de M. Delmare, seul genre de supériorité que cet homme possédât, lui présentaient en ce moment le meilleur côté à exploiter dans son entretien.

Sir Ralph, peu commerçant, mais politique fort sage, joignait à l'examen de la fabrique des considérations économiques d'un ordre assez élevé. Les ouvriers, jaloux de montrer leur habileté à un connaisseur, se surpassaient eux-mêmes en intelligence et en activité, Raymon voyait tout, entendait tout, répondait à tout, et ne pensait qu'à l'affaire d'amour qui l'amenait en ce lieu.

Quand·ils eurent épuisé le mécanisme intérieur, la discussion tomba sur le volume et la force du cours d'eau. Ils sortirent, et, grimpant sur l'écluse, chargèrent le maître ouvrier d'en soulever les pelles et de constater les variations de la crue.

— Monsieur, dit cet homme en s'adressant à M. Delmare, qui fixait le maximum à quinze pieds, faites excuse, nous l'avons vue cette année à dix-sept.

— Et quand cela ? Vous vous trompez, dit le colonel.

— Pardon, monsieur, c'est la veille de votre retour de Belgique ; tenez, la nuit où mademoiselle Noun s'est trouvée noyée ; à preuve que le corps a passé par-dessus la digue que voici là-bas et ne s'est arrêté qu'ici, à la place où est monsieur.

En parlant ainsi d'un ton animé, l'ouvrier désignait

la place occupée par Raymon. Le malheureux jeune
homme devint pâle comme la mort ; il jeta un regard
effaré sur l'eau qui coulait à ses pieds ; il lui sembla, en
voyant s'y répéter sa figure livide, que le cadavre y
flottait encore ; un vertige le saisit, et il fût tombé dans
la rivière si M. Brown ne l'eût pris par le bras et ne
l'eût entraîné loin de là.

— Soit, dit le colonel, qui ne s'apercevait de rien et
songeait si peu à Noun, qu'il ne se doutait pas de l'état
de Raymon ; mais c'est un cas extraordinaire, et la
force moyenne du cours est de... Mais que diable avez-
vous tous deux ? dit-il en s'arrêtant tout à coup.

— Rien, répondit sir Ralph ; j'ai marché, en me
retournant, sur le pied de monsieur ; j'en suis au
désespoir, je dois lui avoir fait beaucoup de mal.

Sir Ralph fit cette réponse d'un ton si calme et si
naturel, que Raymon se persuada qu'il croyait dire la
vérité. Quelques mots de politesse furent échangés, et
la conversation reprit son cours.

Raymon quitta le Lagny quelques heures après, sans
avoir vu madame Delmare. C'était mieux qu'il n'espérait ; il avait craint de la voir indifférente et calme.

Cependant il y retourna sans être plus heureux. Le
colonel était seul cette fois : Raymon mit en œuvre
toutes les ressources de son esprit pour l'accaparer, et
descendit adroitement à mille condescendances, vanta
Napoléon, qu'il n'aimait pas, déplora l'indifférence du
gouvernement, qui laissait dans l'abandon et dans une
sorte de mépris les illustres débris de la grande armée,
poussa l'opposition aussi loin que ses opinions lui
permettaient de l'étendre, et, parmi plusieurs de ses
croyances, choisit celles qui pouvaient flatter la
croyance de M. Delmare. Il se fit même un caractère
différent du sien propre, afin d'attirer sa confiance. Il
se transforma en bon vivant, en facile camarade, en
insouciant vaurien.

— Si jamais celui-là fait la conquête de ma femme !... se dit le colonel en le regardant s'éloigner.

Puis il se mit à ricaner en lui-même, et à penser que Raymon était un *charmant garçon*.

Madame de Ramière était alors à Cercy : Raymon lui vanta les grâces et l'esprit de madame Delmare, et, sans l'engager à lui rendre visite, eut l'art de lui en inspirer la pensée.

— Au fait, dit-elle, c'est la seule de mes voisines que je ne connaisse pas ; et, comme je suis nouvellement installée dans le pays, c'est à moi de commencer. Nous irons la semaine prochaine au Lagny ensemble.

Ce jour arriva.

— Elle ne peut plus m'éviter, pensa Raymon.

En effet, madame Delmare ne pouvait plus reculer devant la nécessité de le recevoir : en voyant descendre de voiture une femme âgée qu'elle ne connaissait point, elle vint même à sa rencontre sur le perron du château. En même temps, elle reconnut Raymon dans l'homme qui l'accompagnait ; mais elle comprit qu'il avait trompé sa mère pour l'amener à cette démarche, et le mécontentement qu'elle en éprouva lui donna la force d'être digne et calme. Elle reçut madame de Ramière avec un mélange de respect et d'affabilité ; mais sa froideur pour Raymon fut si glaciale, qu'il se sentit incapable de la supporter longtemps. Il n'était point accoutumé aux dédains, et sa fierté s'irrita de ne pouvoir vaincre d'un regard ceux qu'on avait préparés contre lui. Alors, prenant son parti comme un homme indifférent à un caprice, il demanda la permission d'aller rejoindre M. Delmare dans le parc, et laissa les deux femmes ensemble.

Peu à peu Indiana, vaincue par le charme entraînant qu'un esprit supérieur, joint à une âme noble et généreuse, sait répandre dans ses moindres relations, devint à son tour, avec madame de Ramière, bonne, affectueuse et presque enjouée. Elle n'avait pas connu sa mère, et madame de Carvajal, malgré ses dons et ses louanges, était loin d'en être une pour elle ; aussi éprouva-t-elle une sorte de fascination de cœur auprès de la mère de Raymon [13].

Quand celui-ci vint la rejoindre, au moment de monter en voiture, il vit Indiana porter à ses lèvres la main que lui tendait madame de Ramière. Cette pauvre Indiana éprouvait le besoin de s'attacher à quelqu'un. Tout ce qui lui offrait un espoir d'intérêt et de protection dans sa vie solitaire et malheureuse était reçu par elle avec transport ; et puis elle se disait que madame de Ramière allait la préserver du piège où Raymon voulait la pousser.

— Je me jetterai dans les bras de cette excellente femme, pensait-elle déjà, et, s'il le faut, je lui dirai tout. Je la conjurerai de me sauver de son fils, et sa prudence veillera sur lui et sur moi.

Tel n'était pas le raisonnement de Raymon.

— Ma bonne mère ! se disait-il en revenant avec elle à Cercy, sa grâce et sa bonté font des miracles. Que ne leur dois-je pas déjà ! mon éducation, mes succès dans la vie, ma considération dans le monde. Il ne me manquait que le bonheur de lui devoir le cœur d'une femme comme Indiana.

Raymon, comme on voit, aimait sa mère à cause du besoin qu'il avait d'elle et du bien-être qu'il en recevait ; c'est ainsi que tous les enfants aiment la leur.

Quelques jours après, Raymon reçut une invitation pour aller passer trois jours à Bellerive, magnifique demeure d'agrément que possédait sir Ralph Brown entre Cercy et le Lagny, et où il s'agissait, de concert avec les meilleurs chasseurs du voisinage, de détruire une partie du gibier qui dévorait les bois et les jardins du propriétaire. Raymon n'aimait ni sir Ralph ni la chasse ; mais madame Delmare faisait les honneurs de la maison de son cousin dans les grandes occasions, et

l'espoir de la rencontrer n'eut pas de peine à détermi-
ner Raymon.

Le fait est que sir Ralph ne comptait point cette fois
sur madame Delmare; elle s'était excusée sur le
mauvais état de sa santé. Mais le colonel, qui prenait
de l'humeur quand sa femme semblait chercher des
distractions, en prenait encore davantage quand elle
refusait celles qu'il voulait bien lui permettre.

— Ne voulez-vous pas faire croire à tout le pays que
je vous tiens sous clef? lui dit-il. Vous me faites passer
pour un mari jaloux; c'est un rôle ridicule et que je ne
veux pas jouer plus longtemps. Que signifie, d'ailleurs,
ce manque d'égards envers votre cousin? Vous sied-il,
quand nous devons l'établissement et la prospérité de
notre industrie à son amitié, de lui refuser un si léger
service? Vous lui êtes nécessaire, et vous hésitez! je ne
conçois pas vos caprices. Tous les gens qui me déplai-
sent sont fort bien venus auprès de vous; mais ceux
dont je fais cas ont le malheur de ne pas vous agréer.

— C'est un reproche bien mal appliqué, ce me
semble, répondit madame Delmare. J'aime mon cousin comme un frère, et cette amitié était déjà vieille
quand la vôtre a commencé.

— Oui, oui, voilà vos belles paroles; mais je sais,
moi, que vous ne le trouvez pas assez sentimental, le
pauvre diable! vous le traitez d'égoïste parce qu'il
n'aime pas les romans et ne pleure pas la mort d'un
chien. Au reste, ce n'est pas de lui seulement qu'il
s'agit. Comment avez-vous reçu M. de Ramière? un
charmant jeune homme, sur ma parole! Madame de
Carvajal vous le présente, et vous l'accueillez à mer-
veille; mais j'ai le malheur de lui vouloir du bien, alors
vous le trouvez insoutenable, et, quand il arrive chez
vous, vous allez vous coucher. Voulez-vous me faire
passer pour un homme sans usage? Il est temps que
cela finisse, et que vous vous mettiez à vivre comme
tout le monde.

Raymon jugea qu'il ne convenait point à ses projets de montrer beaucoup d'empressement ; les menaces d'indifférence réussissent auprès de presque toutes les femmes qui se croient aimées. Mais la chasse était commencée depuis le matin quand il arriva chez sir Ralph, et madame Delmare devait n'arriver qu'à l'heure du dîner. En attendant, il se mit à préparer sa conduite.

Il lui vint à l'esprit de chercher un moyen de justification ; car le moment approchait. Il avait deux jours devant lui, et il fit ainsi le partage de son temps : le reste de la journée près de finir pour émouvoir, le lendemain pour persuader, le surlendemain pour être heureux. Il regarda même à sa montre, et calcula, à une heure près les chances de succès ou de défaite de son entreprise.

XII

Il était depuis deux heures dans le salon lorsqu'il entendit, dans la pièce voisine, la voix douce et un peu voilée de madame Delmare. A force de réfléchir à son projet de séduction, il s'était passionné comme un auteur pour son sujet, comme un avocat pour sa cause, et l'on pourrait comparer l'émotion qu'il éprouva en voyant Indiana, à celle d'un acteur bien pénétré de son rôle, qui se trouve en présence du principal personnage du drame et ne distingue plus les impressions factices de la scène d'avec la réalité.

Elle était si changée, qu'un sentiment d'intérêt sincère se glissa pourtant chez Raymon parmi les agitations nerveuses de son cerveau. Le chagrin et la maladie avaient imprimé des traces si profondes sur son visage, qu'elle n'était presque plus jolie, et qu'il y avait maintenant plus de gloire que de plaisir à entreprendre sa conquête... Mais Raymon se devait à lui-même de rendre à cette femme le bonheur et la vie.

A la voir si pâle et si triste, il jugea qu'il n'aurait pas à lutter contre une volonté bien ferme. Une enveloppe si frêle pouvait-elle cacher une forte résistance morale ?

Il pensa qu'il fallait d'abord l'intéresser à elle-même, l'effrayer de son infortune et de son dépérissement, pour ouvrir ensuite son âme au désir et à l'espoir d'une meilleure destinée.

— Indiana ! lui dit-il avec une assurance secrète parfaitement cachée sous un air de tristesse profonde, c'est donc ainsi que je devais vous retrouver ? Je ne savais pas que cet instant si longtemps attendu, si avidement cherché, m'apporterait une si affreuse douleur !

Madame Delmare s'attendait peu à ce langage ; elle croyait surprendre Raymon dans l'attitude d'un coupable confus et timide devant elle ; et, au lieu de s'accuser, de raconter son repentir et sa douleur, il n'avait de chagrin et de pitié que pour elle ! Elle était donc bien abattue et bien brisée, puisqu'elle inspirait la compassion à qui eût dû implorer la sienne !

Une Française, une personne du monde n'eût pas perdu la tête dans une situation si délicate ; mais Indiana n'avait pas d'*usage* ; elle ne possédait ni l'habileté ni la dissimulation nécessaires pour conserver l'avantage de sa position. Cette parole lui mit sous les yeux tout le tableau de ses souffrances, et des larmes vinrent briller au bord de ses paupières.

— Je suis malade, en effet, dit-elle en s'asseyant, faible et lasse, sur le fauteuil que Raymon lui présentait ; je me sens bien mal, et devant vous, monsieur, j'ai le droit de me plaindre.

Raymon n'espérait pas aller si vite. Il saisit, comme

on dit, l'occasion aux cheveux, et, s'emparant d'une main qu'il trouva sèche et froide :

— Indiana ! lui dit-il, ne dites pas cela, ne dites pas que je suis l'auteur de vos maux ; car vous me rendriez fou de douleur et de joie.

— Et de joie ! répéta-t-elle en attachant sur lui de grands yeux bleus pleins de tristesse et d'étonnement.

— J'aurais dû dire d'espérance ; car, si j'ai causé vos chagrins, madame, je puis peut-être les faire cesser. Dites un mot, ajouta-t-il en se mettant à genoux près d'elle sur un des coussins du divan qui venait de tomber, demandez-moi mon sang, ma vie !...

— Ah ! taisez-vous ! dit Indiana avec amertume en lui retirant sa main, vous avez odieusement abusé des promesses ; essayez donc de réparer le mal que vous avez fait !

— Je le veux, je le ferai ! s'écria-t-il en cherchant à ressaisir sa main.

— Il n'est plus temps, dit-elle. Rendez-moi donc ma compagne, ma sœur ; rendez-moi Noun, ma seule amie !

Un froid mortel parcourut les veines de Raymon. Cette fois, il n'eut pas besoin d'aider à son émotion ; il en est qui s'éveillent puissantes et terribles sans le secours de l'art.

— Elle sait tout, pensa-t-il, et elle me juge.

Rien n'était si humiliant pour lui que de se voir reprocher son crime par celle qui en avait été l'innocente complice, rien de si amer que de voir Noun pleurée par sa rivale.

— Oui, monsieur, dit Indiana en relevant son visage baigné de larmes, c'est vous qui en êtes cause...

Mais elle s'arrêta en voyant la pâleur de Raymon. Elle devait être effrayante, car il n'avait jamais tant souffert.

Alors toute la bonté de son cœur et toute la tendresse

involontaire que cet homme lui inspirait reprirent
leurs droits sur madame Delmare.

— Pardon ! dit-elle avec effroi ; je vous fais bien du
mal, j'ai tant souffert ! Asseyez-vous, et parlons d'autre
chose.

Ce prompt mouvement de douceur et de générosité
rendit plus profonde l'émotion de Raymon ; des sanglots s'échappèrent de sa poitrine. Il porta la main
d'Indiana à ses lèvres, et la couvrit de pleurs et de
baisers. C'était la première fois qu'il pouvait pleurer
depuis la mort de Noun, et c'était Indiana qui soula-
geait son âme de ce poids terrible.

— Oh ! puisque vous la pleurez ainsi, dit-elle, vous
qui ne l'avez pas connue ; puisque vous regrettez si
vivement le mal que vous m'avez fait, je n'ose plus
vous le reprocher. Pleurons-la ensemble, monsieur,
afin que, du haut des cieux, elle nous voie et nous
pardonne !

Une sueur froide glaça le front de Raymon. Si ces
mots : *Vous qui ne l'avez pas connue,* l'avaient délivré
d'une cruelle anxiété, cet appel à la mémoire de sa
victime, dans la bouche innocente d'Indiana, le frappa
d'une terreur superstitieuse. Oppressé, il se leva, et
marcha avec agitation vers une fenêtre, sur le bord de
laquelle il s'assit pour respirer. Indiana resta silencieuse et profondément émue. Elle éprouvait, à voir
Raymon pleurer ainsi comme un enfant et défaillir
comme une femme, une sorte de joie secrète.

— Il est bon ! se disait-elle tout bas, il m'aime, son
cœur est chaud et généreux. Il a commis une faute,
mais son repentir l'expie, et j'aurais dû lui pardonner
plus tôt.

Elle le contemplait avec attendrissement, elle
retrouvait sa confiance en lui. Elle prenait les remords
du coupable pour le repentir de l'amour.

— Ne pleurez plus, dit-elle en se levant et en
s'approchant de lui ; c'est moi qui l'ai tuée, c'est moi

seule qui suis coupable. Ce remords pèsera sur toute ma vie ; j'ai cédé à un mouvement de défiance et de colère ; je l'ai humiliée, blessée au cœur. J'ai rejeté sur elle toute l'aigreur que je me sentais contre vous ; c'est vous seul qui m'aviez offensée, et j'en ai puni ma pauvre amie. J'ai été bien dure envers elle !...

— Et envers moi, dit Raymon oubliant tout à coup le passé pour ne songer plus qu'au présent.

Madame Delmare rougit.

— Je n'aurais peut-être pas dû vous accuser de la perte cruelle que j'ai faite dans cette affreuse nuit, dit-elle ; mais je ne puis oublier l'imprudence de votre conduite envers moi. Le peu de délicatesse d'un projet si romanesque et si coupable m'a fait bien du mal... Je me croyais aimée alors !... et vous ne me respectiez même pas !

Raymon reprit sa force, sa volonté, son amour, ses espérances ; la sinistre impression qui l'avait glacé s'effaça comme un cauchemar. Il s'éveilla jeune, ardent, plein de désirs, de passion et d'avenir.

— Je suis coupable si vous me haïssez, dit-il en se jetant à ses pieds avec énergie ; mais, si vous m'aimez, je ne le suis pas, je ne l'ai jamais été. Dites, Indiana, m'aimez-vous ?

— Le méritez-vous ? lui dit-elle.

— Si, pour le mériter, dit Raymon, il faut t'aimer avec adoration...

— Écoutez, lui dit-elle en lui abandonnant ses mains et en fixant sur lui ses grands yeux humides, où par instants brillait un feu sombre, écoutez. Savez-vous ce que c'est qu'aimer une femme comme moi ? Non, vous ne le savez pas. Vous avez cru qu'il s'agissait de satisfaire au caprice d'un jour. Vous avez jugé de mon cœur par tous ces cœurs blasés où vous avez exercé jusqu'ici votre empire éphémère. Vous ne savez pas que je n'ai pas encore aimé, et que je ne donnerai pas mon cœur vierge et entier en échange d'un cœur flétri et ruiné, mon amour enthousiaste pour un amour tiède, ma vie tout entière, en échange d'un jour rapide !

— Madame, je vous aime avec passion ; mon cœur aussi est jeune et brûlant, et, s'il n'est pas digne du vôtre, nul cœur d'homme ne le sera jamais. Je sais comment il faut vous aimer ; je n'avais pas attendu jusqu'à ce jour pour le comprendre. Ne sais-je pas votre vie ? ne vous l'ai-je pas racontée au bal la première fois que je pus vous parler ? N'ai-je pas lu toute l'histoire de votre cœur dans le premier de vos regards qui vint tomber sur moi ? Et de quoi donc serais-je épris ? de votre beauté seulement ? Ah ! sans doute, il y a de quoi faire délirer un homme moins ardent et moins jeune ; mais, moi, si je l'adore, cette enveloppe délicate et gracieuse, c'est parce qu'elle renferme une âme pure et divine, c'est parce qu'un feu céleste l'anime, et qu'en vous je ne vois pas seulement une femme, mais un ange.

— Je sais que vous possédez le talent de louer ; mais n'espérez pas émouvoir ma vanité. Je n'ai pas besoin d'hommages, mais d'affection. Il faut m'aimer sans partage, sans retour, sans réserve ; il faut être prêt à me sacrifier tout, fortune, réputation, devoir, affaires, principes, famille ; tout, monsieur, parce que je mettrai le même dévouement dans la balance et que je la veux égale. Vous voyez bien que vous ne pouvez pas m'aimer ainsi !

Ce n'était pas la première fois que Raymon voyait une femme prendre l'amour au sérieux, quoique ces exemples soient rares, heureusement pour la société ; mais il savait que les promesses d'amour n'engagent par l'honneur, heureusement encore pour la société. Quelquefois aussi la femme qui avait exigé de lui ces solennels engagements les avait rompus la première. Il ne s'effraya donc point des exigences de madame Delmare, ou bien plutôt il ne songea ni au passé ni à l'avenir. Il fut entraîné par le charme irrésistible de cette femme si frêle et si passionnée, si faible de corps, si résolue de cœur et d'esprit. Elle était si belle, si vive, si imposante en lui dictant ses lois, qu'il resta comme fasciné à ses genoux.

— Je te jure, lui dit-il, d'être à toi corps et âme, je te voue ma vie, je te consacre mon sang, je te livre ma volonté ; prends tout, dispose de tout, de ma fortune, de mon honneur, de ma conscience, de ma pensée, de tout mon être.

— Taisez-vous, dit vivement Indiana, voici mon cousin.

En effet, le flegmatique Ralph Brown entra d'un air fort calme, tout en se disant fort surpris et fort joyeux de voir sa cousine, qu'il n'espérait pas. Puis il demanda la permission de l'embrasser pour lui témoigner sa reconnaissance, et, se penchant vers elle avec une lenteur méthodique, il l'embrassa sur les lèvres, suivant l'usage des enfants de leur pays.

Raymon pâlit de colère, et à peine Ralph fut-il sorti pour donner quelques ordres, qu'il s'approcha d'Indiana et voulut effacer la trace de cet impertinent baiser ; mais madame Delmare, le repoussant avec calme :

— Songez, lui dit-elle, que vous avez beaucoup à réparer envers moi si vous voulez que je croie en vous.

Raymon ne comprit pas la délicatesse de ce refus ; il n'y vit qu'un refus et conçut de l'humeur contre sir Ralph. Quelques instants plus tard, il s'aperçut que, lorsqu'il parlait à voix basse à Indiana, il la tutoyait, et il fut sur le point de prendre la réserve que l'usage imposait à sir Ralph en d'autres moments pour la prudence d'un amant heureux. Cependant il rougit bientôt de ses injurieux soupçons en rencontrant le regard pur de cette jeune femme.

Le soir, Raymon eut de l'esprit. Il y avait beaucoup de monde, et on l'écoutait ; il ne put se dérober à l'importance que lui donnaient ses talents. Il parla, et, si Indiana eût été vaine, elle eût goûté son premier bonheur à l'entendre. Mais son esprit droit et simple s'effraya, au contraire, de la supériorité de Raymon ; elle lutta contre cette puissance magique qu'il exerçait autour de lui, sorte d'influence magnétique que le ciel ou l'enfer accorde à certains hommes [14], royauté partielle et éphémère, si réelle, que nulle médiocrité ne se dérobe à son ascendant, si fugitive, qu'il n'en reste aucune trace après eux, et qu'on s'étonne après leur mort du bruit qu'ils ont fait pendant leur vie.

Il y avait bien des instants où Indiana se sentait fascinée par tant d'éclat ; mais aussitôt elle se disait tristement que ce n'était pas de gloire, mais de bonheur qu'elle était avide. Elle se demandait avec effroi si cet homme, pour qui la vie avait tant de faces diverses, tant d'intérêts entraînants, pourrait lui consacrer toute son âme, lui sacrifier toutes ses ambitions. Et, maintenant qu'il défendait pied à pied avec tant de valeur et d'adresse, tant de passion et de sang-froid, des doctrines purement spéculatives et des intérêts entièrement étrangers à leur amour, elle s'épouvantait d'être si peu de chose dans sa vie, tandis qu'il était tout dans la sienne. Elle se disait avec terreur qu'elle était pour lui le caprice de trois jours, et qu'il avait été pour elle le rêve de toute une vie.

Quand il lui offrit le bras pour sortir du salon, il lui glissa quelques mots d'amour ; mais elle lui répondit tristement :

— Vous avez bien de l'esprit !

Raymon comprit ce reproche, et passa tout le lendemain aux pieds de madame Delmare. Les autres convives, occupés de la chasse, leur laissèrent une liberté complète.

Raymon fut éloquent ; Indiana avait tant besoin de croire, que la moitié de son éloquence fut de trop. Femmes de France, vous ne savez pas ce que c'est qu'une créole ; vous eussiez, sans doute, cédé moins aisément à la conviction, car ce n'est pas vous qu'on dupe et qu'on trahit !

XIII

Lorsque sir Ralph revint de la chasse et qu'il consulta comme à l'ordinaire le pouls de madame Delmare en l'abordant, Raymon, qui l'observait attentivement, remarqua une nuance imperceptible de surprise et de plaisir sur ses traits paisibles. Et puis, par je ne sais quelle pensée secrète, le regard de ces deux hommes se rencontra, et les yeux clairs de sir Ralph, attachés comme ceux d'une chouette sur les yeux noirs de Raymon, les firent baisser involontairement. Pendant le reste du jour la contenance du baronnet auprès de madame Delmare eut, au travers de son apparente imperturbabilité, quelque chose d'attentif, quelque chose qu'on aurait pu appeler de l'intérêt ou de la sollicitude, si sa physionomie eût été capable de refléter un sentiment déterminé. Mais Raymon s'efforça vainement de chercher s'il y avait de la crainte ou de l'espoir dans ses pensées ; Ralph fut impénétrable.

Tout à coup, comme il se tenait à quelques pas derrière le fauteuil de madame Delmare, il entendit Ralph lui dire à demi-voix :

— Tu ferais bien, cousine, de monter à cheval demain.

— Mais vous savez, répondit-elle, que je n'ai pas de cheval pour le moment.

— Nous t'en trouverons un. Veux-tu suivre la chasse avec nous ?

Madame Delmare chercha différents prétextes pour s'en dispenser. Raymon comprit qu'elle préférait rester avec lui, mais il crut remarquer aussi que son cousin mettait une insistance étrange à l'en empêcher. Quittant alors le groupe qu'il occupait, il s'approcha d'elle et joignit ses instances à celles de sir Ralph. Il se sentait de l'aigreur contre cet importun chaperon de madame Delmare, et résolut de tourmenter sa surveillance.

— Si vous consentez à suivre la chasse, dit-il à Indiana, vous m'enhardirez, madame, à imiter votre exemple. J'aime peu la chasse ; mais, pour avoir le bonheur d'être votre écuyer...

— En ce cas, j'irai, répondit étourdiment Indiana.

Elle échangea un regard d'intelligence avec Raymon ; mais, si rapide qu'il fût, Ralph le saisit au passage, et Raymon ne put, pendant toute la soirée, la regarder ou lui adresser la parole sans rencontrer les yeux ou l'oreille de M. Brown. Un sentiment d'aversion et presque de jalousie s'éleva alors dans son âme. De quel droit ce cousin, cet ami de la maison, s'érigeait-il en pédagogue auprès de la femme qu'il aimait ? Il jura que sir Ralph s'en repentirait, et chercha l'occasion de l'irriter sans compromettre madame Delmare, mais ce fut impossible. Sir Ralph faisait les honneurs de chez lui avec une politesse froide et digne, qui ne donnait prise à aucune épigramme, à aucune contradiction.

Le lendemain, avant qu'on eût sonné la diane, Raymon vit entrer chez lui la solennelle figure de son hôte. Il y avait dans ses manières quelque chose de plus roide encore qu'à l'ordinaire, et Raymon sentit battre son cœur de désir et d'impatience à l'espoir d'une provocation. Mais il s'agissait tout simplement d'un cheval de selle que Raymon avait amené à Bellerive et qu'il avait témoigné l'intention de vendre. En cinq minutes, le marché fut conclu ; sir Ralph ne fit aucune difficulté sur le prix, et tira de sa poche un rouleau d'or qu'il compta sur la cheminée avec un sang-froid tout à fait bizarre, ne daignant pas faire attention aux plaintes que Raymon lui adressait sur une exactitude si scrupuleuse. Puis, comme il sortait, il revint sur ses pas pour lui dire :

— Monsieur, le cheval m'appartient dès aujourd'hui !

Alors Raymon crut s'apercevoir qu'il s'agissait de l'empêcher d'aller à la chasse, et il déclara assez sèchement qu'il ne comptait pas suivre la chasse à pied.

— Monsieur, répondit sir Ralph avec une légère ombre d'affectation, je connais trop les lois de l'hospitalité...

Et il se retira.

En descendant sous le péristyle, Raymon vit madame Delmare en amazone, jouant gaiement avec Ophélia, qui déchirait son mouchoir de batiste. Ses joues avaient retrouvé une légère teinte purpurine, ses yeux brillaient d'un éclat longtemps perdu. Elle était déjà redevenue jolie ; les boucles de ses cheveux noirs s'échappaient de son petit chapeau ; cette coiffure la rendait charmante et la robe de drap boutonnée du haut en bas dessinait sa taille fine et souple. Le principal charme des créoles, selon moi, c'est que l'excessive délicatesse de leurs traits et de leurs proportions leur laisse longtemps la gentillesse de l'enfance. Indiana, rieuse et folâtre, semblait maintenant avoir quatorze ans.

Raymon, frappé de sa grâce, éprouva un sentiment de triomphe et lui adressa sur sa beauté le compliment le moins fade qu'il put trouver.

— Vous étiez inquiet de ma santé, lui dit-elle tout bas ; ne voyez-vous pas que je veux vivre ?

Il ne put lui répondre que par un regard de bonheur et de reconnaissance. Sir Ralph amenait lui-même le cheval de sa cousine ; Raymon reconnut celui qu'il venait de vendre.

— Comment ! dit avec surprise madame Delmare, qui l'avait vu essayer la veille dans la cour du château,

M. de Ramière a donc l'obligeance de me prêter son cheval ?

— N'avez-vous pas admiré hier la beauté et la docilité de cet animal ? lui dit sir Ralph. Il est à vous dès aujourd'hui. Je suis fâché, ma chère, de n'avoir pu vous l'offrir plus tôt.

— Vous devenez facétieux, mon cousin, dit madame Delmare ; je ne comprends rien à cette plaisanterie. Qui dois-je remercier, de M. de Ramière qui consent à me prêter sa monture, ou de vous qui lui en avez peut-être fait la demande ?

— Il faut, dit M. Delmare, remercier ton cousin, qui a acheté ce cheval pour toi et qui t'en fait présent.

— Est-ce vrai, mon bon Ralph ? dit madame Delmare en caressant le joli animal avec la joie d'une petite fille qui reçoit sa première parure.

— N'était-ce pas chose convenue, que je te donnerais un cheval en échange du meuble que tu brodes pour moi ? Allons, monte-le, ne crains rien. J'ai observé son caractère, et je l'ai essayé encore ce matin.

Indiana sauta au cou de sir Ralph, et, de là, sur le cheval de Raymon, qu'elle fit caracoler avec hardiesse.

Toute cette scène de famille se passait dans un coin de la cour, sous les yeux de Raymon. Il éprouva un violent sentiment de dépit en voyant l'affection simple et confiante de ces gens-là s'épancher devant lui, qui aimait avec passion et qui n'avait peut-être pas un jour entier à posséder Indiana.

— Que je suis heureuse ! lui dit-elle en l'appelant à son côté dans l'avenue. Il semble que ce bon Ralph ait deviné le présent qui pouvait m'être le plus précieux. Et vous, Raymon, n'êtes-vous pas heureux aussi de voir le cheval que vous montiez passer entre mes mains ? Oh ! qu'il sera l'objet d'une tendre prédilection ! Comment l'appeliez-vous ? Dites ; je ne veux pas lui ôter le nom que vous lui avez donné...

— S'il y a quelqu'un d'heureux ici, répondit Raymon, c'est votre cousin, qui vous fait des présents et que vous embrassez si joyeusement.

— En vérité, dit-elle en riant, seriez-vous jaloux de cette amitié et de ces gros baisers ?

— Jaloux, peut-être, Indiana ; je ne sais pas. Mais, quand ce cousin jeune et vermeil pose ses lèvres sur les vôtres, quand il vous prend dans ses bras pour vous asseoir sur le cheval qu'il vous *donne* et que je vous *vends*, j'avoue que je souffre. Non ! madame, je ne suis pas heureux de vous voir maîtresse du cheval que j'aimais. Je conçois bien qu'on soit heureux de vous l'offrir ; mais faire le rôle de marchand pour fournir à un autre le moyen de vous être agréable, c'est une humiliation délicatement ménagée de la part de sir Ralph. Si je ne pensais qu'il a eu tout cet esprit-là à son insu, je voudrais m'en venger.

— Oh ! fi ! cette jalousie ne vous sied pas ! Comment notre intimité bourgeoise peut-elle vous faire envie, à vous qui devez être pour moi en dehors de la vie commune et me créer un monde d'enchantements, à vous seul ! Je suis déjà mécontente de vous, Raymon ; je trouve qu'il y a comme de l'amour-propre blessé dans ce sentiment d'humeur contre ce pauvre cousin. Il semble que vous soyez plus jaloux des tièdes préférences que je lui donne en public que de l'affection exclusive que j'aurais pour un autre en secret.

— Pardon ! pardon ! Indiana, j'ai tort ; je ne suis pas digne de toi, ange de douceur et de bonté ; mais, je l'avoue, j'ai cruellement souffert des droits que cet homme semble s'arroger.

— S'arroger ! lui, Raymon ! Vous ne savez donc pas quelle reconnaissance sacrée nous enchaîne à lui ? vous ne savez donc pas que sa mère était la sœur de la mienne ; que nous sommes nés dans la même vallée ; que son adolescence a protégé mes premiers ans ; qu'il a été mon seul appui, mon seul instituteur, mon seul compagnon à l'île Bourbon ; qu'il m'a suivie partout ;

qu'il a quitté le pays que je quittais pour venir habiter
celui que j'habite ; qu'en un mot, c'est le seul être qui
m'aime et qui s'intéresse à ma vie ?

— Malédiction ! tout ce que vous me dites, Indiana,
envenime la plaie. Il vous aime donc bien, cet Anglais ?
Savez-vous comment je vous aime, moi ?

— Ah ! ne comparons point. Si une affection de
même nature vous rendait rivaux, je devrais la préférence au plus ancien. Mais ne craignez pas, Raymon,
que je vous demande jamais de m'aimer à la manière
de Ralph.

— Expliquez-moi donc cet homme, je vous en supplie ; car qui pourrait pénétrer sous son masque de
pierre ?

— Faut-il que je fasse les honneurs de mon cousin
moi-même ? dit-elle en souriant. J'avoue que j'ai de la
répugnance à le peindre ; je l'aime tant, que je voudrais
le flatter ; tel qu'il est, j'ai peur que vous ne le trouviez
pas assez beau. Essayez donc de m'aider ; voyons, que
vous semble-t-il ?

— Sa figure (pardon si je vous blesse) annonce un
homme complètement nul ; cependant il y a du bon
sens et de l'instruction dans ses discours quand il
daigne parler ; mais il s'en acquitte si péniblement, si
froidement, que personne ne profite de ses connaissances, tant son débit vous glace et vous fatigue. Et puis il
y a dans ses pensées quelque chose de commun et de
lourd que ne rachète point la pureté méthodique de
l'expression. Je crois que c'est un esprit imbu de toutes
les idées qu'on lui a données, et trop apathique et trop
médiocre pour en avoir à lui en propre. C'est tout juste
l'homme qu'il faut pour être regardé dans le monde
comme un esprit sérieux. Sa gravité fait les trois
quarts de son mérite, sa nonchalance fait le reste.

— Il y a du vrai dans ce portrait, répondit Indiana,
mais il y a aussi de la prévention. Vous tranchez
hardiment des doutes que je n'oserais pas résoudre.

moi qui connais Ralph depuis que je suis née. Il est vrai que son grand défaut est de voir souvent par les yeux d'autrui ; mais ce n'est pas la faute de son esprit, c'est celle de son éducation. Vous pensez que, sans l'éducation, il eût été complètement nul ; je pense que, sans elle, il l'eût été moins. Il faut que je vous dise une particularité de sa vie qui vous expliquera son caractère. Il eut le malheur d'avoir un frère que ses parents lui préféraient ouvertement ; ce frère avait toutes les brillantes qualités qui lui manquent. Il apprenait facilement, il avait des dispositions pour tous les arts, il pétillait d'esprit ; sa figure, moins régulière que celle de Ralph, était plus expressive. Il était caressant, empressé, actif, en un mot il était aimable. Ralph, au contraire, était gauche, mélancolique, peu démonstratif ; il aimait la solitude, apprenait avec lenteur, et ne faisait pas montre de ses petites connaissances. Quand ses parents le virent si différent de son frère aîné, ils le maltraitèrent ; ils firent pis : ils l'humilièrent. Alors, tout enfant qu'il était, son caractère devint sombre et rêveur, une invincible timidité paralysa toutes ses facultés. On avait réussi à lui inspirer de l'aversion et du mépris pour lui-même ; il se découragea de la vie, et, dès l'âge de quinze ans, il fut attaqué du spleen, maladie toute physique sous le ciel brumeux de l'Angleterre, toute morale sous le ciel vivifiant de l'île Bourbon. Il m'a souvent raconté qu'un jour il avait quitté l'habitation avec la volonté de se précipiter dans la mer ; mais, comme il était assis sur la grève, rassemblant ses pensées au moment d'accomplir ce dessein, il me vit venir à lui dans les bras de la négresse qui m'avait nourrie ; j'avais alors cinq ans. J'étais jolie, dit-on, et je montrais pour mon taciturne cousin une prédilection que personne ne partageait. Il est vrai qu'il avait pour moi des soins et des complaisances auxquels je n'étais point habituée dans la maison paternelle. Malheureux tous deux, nous nous comprenions déjà. Il m'apprenait la langue de son père, et je lui bégayais la langue du mien. Ce mélange d'espagnol et d'anglais était peut-être l'expression du caractère de Ralph. Quand je me jetai à son cou, je m'aperçus qu'il pleurait, et, sans comprendre pourquoi, je me mis à pleurer aussi. Alors il me serra sur son cœur, et fit, m'a-t-il dit depuis, le serment de vivre pour moi, enfant délaissée, sinon haïe, à qui du moins son amitié serait bonne et sa vie profitable. Je fus donc le premier et le seul lien de sa triste existence. Depuis ce jour, nous ne nous quittâmes presque plus ; nous passions nos jours libres et sains dans la solitude des montagnes. Mais peut-être que ces récits de notre enfance vous ennuient, et que vous aimeriez mieux rejoindre la chasse en un temps de galop.

— Folle !... dit Raymon en retenant la bride du cheval que montait madame Delmare.

— Eh bien, je continue, reprit-elle, Edmond Brown, le frère aîné de Ralph, mourut à vingt ans ; sa mère mourut elle-même de chagrin, et son père fut inconsolable. Ralph eût voulu adoucir sa douleur ; mais la froideur avec laquelle M. Brown accueillit ses premières tentatives augmenta encore sa timidité naturelle. Il passait des heures entières triste et silencieux auprès de ce vieillard désolé, sans oser lui adresser un mot ou une caresse, tant il craignait de lui offrir des consolations déplacées et insuffisantes. Son père l'accusa d'insensibilité, et la mort d'Edmond laissa le pauvre Ralph plus malheureux et plus méconnu que jamais. J'étais sa seule consolation.

— Je ne puis le plaindre, quoi que vous fassiez, interrompit Raymon ; mais il y a dans sa vie et dans la vôtre une chose que je ne m'explique pas : c'est qu'il ne vous ait point épousée.

— Je vais vous en donner une fort bonne raison, reprit-elle. Quand je fus en âge d'être mariée, Ralph, plus âgé que moi de dix ans (ce qui est une énorme distance dans notre climat, où l'enfance des femmes est si courte), Ralph, dis-je, était déjà marié.

— Sir Ralph est veuf ? Je n'ai jamais entendu parler de sa femme.

— Ne lui en parlez jamais. Elle était jeune, riche et belle ; mais elle avait aimé Edmond, elle lui avait été destinée, et, quand, pour obéir à des intérêts et à des délicatesses de famille, il lui fallut épouser Ralph, elle ne chercha pas même à lui dissimuler son aversion. Il fut obligé de passer avec elle en Angleterre ; et, lorsqu'il revint à l'île Bourbon, après la mort de sa femme, j'étais mariée à M. Delmare, et j'allais partir pour l'Europe. Ralph essaya de vivre seul ; mais la solitude aggravait ses maux. Quoiqu'il ne m'ait jamais parlé de madame Ralph Brown, j'ai tout lieu de croire qu'il avait été encore plus malheureux dans son ménage que dans sa famille, et que des souvenirs récents et douloureux ajoutaient à sa mélancolie naturelle. Il fut de nouveau attaqué du spleen ; alors il vendit ses plantations de café et vint s'établir en France. La manière dont il se présenta à mon mari est originale, et m'eût fait rire si l'attachement de ce digne Ralph ne m'eût touchée. « Monsieur, lui dit-il, j'aime votre femme ; c'est moi qui l'ai élevée ; je la regarde comme ma sœur, et plus encore comme ma fille. C'est la seule parente qui me reste et la seule affection que j'aie. Trouvez bon que je me fixe auprès de vous et que nous passions tous trois notre vie ensemble. On dit que vous êtes un peu jaloux de votre femme, mais on dit que vous êtes plein d'honneur et de probité. Quand je vous aurai donné ma parole que je n'eus jamais d'amour pour elle et que je n'en aurai jamais, vous pourrez me voir avec aussi peu d'inquiétude que si j'étais réellement votre beau-frère. N'est-il pas vrai, monsieur ? » M. Delmare, qui tient beaucoup à sa réputation de loyauté militaire, accueillit cette franche déclaration avec une sorte d'ostentation de confiance. Cependant il fallut plusieurs mois d'un examen attentif pour que cette confiance fût aussi réelle qu'il s'en vantait. Maintenant, elle est inébranlable comme l'âme constante et pacifique de Ralph.

— Etes-vous donc bien convaincue, Indiana, dit Raymon, que sir Ralph ne se trompe pas un peu lui-même en jurant qu'il n'eut jamais d'amour pour vous ?

— J'avais douze ans quand il quitta l'île Bourbon pour suivre sa femme en Angleterre ; j'en avais seize lorsqu'il me retrouva mariée et il en témoigna plus de joie que de chagrin. Maintenant, Ralph est tout à fait vieux.

— A vingt-neuf ans ?

— Ne riez pas. Son visage est jeune, mais son cœur est usé à force d'avoir souffert, et Ralph n'aime plus rien afin de ne plus souffrir.

— Pas même vous ?

— Pas même moi. Son amitié n'est plus que de l'habitude ; jadis elle fut généreuse lorsqu'il se chargea de protéger et d'instruire mon enfance, et alors je l'aimais comme il m'aime aujourd'hui, à cause du besoin que j'avais de lui. Aujourd'hui, j'acquitte de toute mon âme la dette du passé, et ma vie s'écoule à tâcher d'embellir et désennuyer la sienne. Mais, quand j'étais enfant, j'aimais avec l'instinct plus qu'avec le cœur, au lieu que lui, devenu homme, m'aime moins avec le cœur qu'avec l'instinct. Je lui suis nécessaire parce que je suis presque seule à l'aimer ; et même aujourd'hui que M. Delmare lui témoigne de l'attachement, il l'aime presque autant que moi ; sa protection, autrefois si courageuse devant le despotisme de mon père, est devenue tiède et prudente devant celui de mon mari. Il ne se reproche pas de me voir souffrir, pourvu que je sois auprès de lui ; il ne se demande pas si je suis malheureuse, il lui suffit de me voir vivante. Il ne veut pas me prêter un appui qui adoucirait mon sort, mais qui, en le brouillant avec M. Delmare, troublerait la sérénité du sien. A force de s'entendre répéter qu'il avait le cœur sec, il se l'est persuadé, et son cœur s'est desséché dans l'inaction où, par défiance, il l'a laissé s'endormir. C'est un homme que l'affection d'autrui eût pu développer ; mais elle s'est retirée de lui, et il s'est flétri. Maintenant, il fait consister le bonheur dans le repos, le plaisir dans les aises de la vie. Il ne s'informe pas des soucis qu'il n'a pas ; il faut dire le mot : Ralph est égoïste.

— Eh bien, tant mieux, dit Raymon, je n'ai plus peur de lui ; je l'aimerai même, si vous voulez.

— Oui ! aimez-le, Raymon, répondit-elle, il y sera sensible ; et, pour nous, ne nous inquiétons jamais de définir pourquoi l'on nous aime, mais comment l'on nous aime. Heureux celui qui peut être aimé, n'importe par quel motif !

— Ce que vous dites, Indiana, reprit Raymon en saisissant sa taille souple et frêle, c'est la plainte d'un cœur solitaire et triste ; mais, avec moi, je veux que vous sachiez pourquoi et comment, pourquoi surtout ?

— C'est pour me donner du bonheur, n'est-ce pas ? lui dit-elle avec un regard triste et passionné.

— C'est pour te donner ma vie, dit Raymon en effleurant de ses lèvres les cheveux flottants d'Indiana.

Une fanfare voisine les avertit de s'observer ; c'était sir Ralph qui les voyait ou ne les voyait pas.

XIV

Lorsque les limiers furent lancés, Raymon s'étonna de ce qui semblait se passer dans l'âme d'Indiana. Ses yeux et ses joues s'animèrent ; le gonflement de ses narines trahit je ne sais quel sentiment de terreur ou de plaisir, et tout à coup, quittant son côté et pressant avec ardeur les flancs de son cheval, elle s'élança sur les traces de Ralph. Raymon ignorait que la chasse était la seule passion que Ralph et Indiana eussent en commun. Il ne se doutait pas non plus que, dans cette femme si frêle et en apparence si timide, résidât un courage plus que masculin, cette sorte d'intrépidité délirante qui se manifeste parfois comme une crise nerveuse chez les êtres les plus faibles. Les femmes ont rarement le courage physique qui consiste à lutter d'inertie contre la douleur ou le danger ; mais elles ont souvent le courage moral qui s'exalte avec le péril ou la souffrance. Les fibres délicates d'Indiana appelaient surtout les bruits, le mouvement rapide et l'émotion de la chasse, cette image abrégée de la guerre avec ses fatigues, ses ruses, ses calculs, ses combats et ses chances. Sa vie morne et rongée d'ennuis avait besoin de ces excitations ; alors elle semblait se réveiller d'une léthargie et dépenser en un jour toute l'énergie inutile qu'elle avait, depuis un an, laissée fermenter dans son sang.

Raymon fut effrayé de la voir courir ainsi, se livrant sans peur à la fougue de ce cheval qu'elle connaissait à peine, le lancer hardiment dans le taillis, éviter avec une adresse étonnante les branches dont la vigueur élastique fouettait son visage, franchir les fossés sans hésitation, se hasarder avec confiance dans les terrains glaiseux et mouvants, ne s'inquiétant pas de briser ses membres fluets, mais jalouse d'arriver la première sur la piste fumante du sanglier. Tant de résolution l'effraya et faillit le dégoûter de madame Delmare. Les hommes, et les amants surtout, ont la fatuité innocente de vouloir protéger la faiblesse plutôt que d'admirer le courage chez les femmes. L'avouerai-je ? Raymon se sentit épouvanté de tout ce qu'un esprit si intrépide promettait de hardiesse et de ténacité en amour [15]. Ce n'était pas le cœur résigné de la pauvre Noun, qui aimait mieux se noyer que de lutter contre son malheur.

— Qu'il y ait autant de fougue et d'emportement dans sa tendresse qu'il y en a dans ses goûts, pensa-t-il ; que sa volonté s'attache à moi, âpre et palpitante, comme son caprice aux flancs de ce sanglier, et, pour elle, la société n'aura point d'entraves, les lois pas de force ; il faudra que ma destinée succombe, et que je sacrifie mon avenir à son présent.

Des cris d'épouvante et de détresse, parmi lesquels on pouvait distinguer la voix de madame Delmare, arrachèrent Raymon à ces réflexions. Il poussa son cheval avec inquiétude, et fut rejoint aussitôt par Ralph, qui lui demanda s'il avait entendu ces cris d'alarme.

Aussitôt des piqueurs effarés arrivèrent à eux en criant confusément que le sanglier avait fait tête et renversé madame Delmare. D'autres chasseurs, plus épouvantés encore, arrivèrent en appelant sir Ralph, dont les secours étaient nécessaires à la personne blessée.

— C'est inutile, dit un dernier arrivant. Il n'y a plus d'espérance, vos soins viendraient trop tard.

Dans cet instant [16] d'effroi, les yeux de Raymon rencontrèrent le visage pâle et morne de M. Brown. Il ne criait pas, il n'écumait point, il ne se tordait pas les mains ; seulement, il prit son couteau de chasse, et, avec un sang-froid vraiment britannique, il s'apprêtait à se couper la gorge, lorsque Raymon lui arracha son arme et l'entraîna vers le lieu d'où partaient les cris.

Ralph parut sortir d'un rêve en voyant madame Delmare s'élancer vers lui et l'aider à voler au secours du colonel, qui était étendu par terre et semblait privé de vie. Il s'empressa de le saigner ; car il se fut bientôt assuré qu'il n'était point mort ; mais il avait la cuisse cassée, et on le transporta au château.

Quant à madame Delmare, c'était par erreur qu'on l'avait nommée à la place de son mari dans le désordre de l'événement, ou plutôt Ralph et Raymon avaient cru entendre le nom qui les intéressait le plus.

Indiana n'avait éprouvé aucun accident, mais son effroi et sa consternation lui ôtaient presque la force de marcher. Raymon la soutint dans ses bras, et se réconcilia avec son cœur de femme en la voyant si profondément affectée du malheur de ce mari à qui elle avait beaucoup à pardonner avant de le plaindre.

Sir Ralph avait déjà repris son calme accoutumé ; seulement, une pâleur extraordinaire révélait la forte commotion qu'il avait éprouvée ; il avait failli perdre une des deux seules personnes qu'il aimât.

Raymon, qui, dans cet instant de trouble et de délire, avait seul conservé assez de raison pour comprendre ce qu'il voyait, avait pu juger quelle était l'affection de Ralph pour sa cousine, et combien peu elle était balancée par celle qu'il éprouvait pour le colonel. Cette remarque, qui démentait positivement l'opinion d'Indiana, n'échappa point à la mémoire de Raymon comme à celle des autres témoins de cette scène.

Pourtant Raymon ne parla jamais à madame Delmare de la tentative de suicide dont il avait été témoin. Il y eut dans cette discrétion désobligeante quelque chose d'égoïste et de haineux que vous pardonnerez peut-être au sentiment de jalousie amoureuse qui l'inspira.

Ce fut avec beaucoup de peine qu'on transporta le colonel au Lagny au bout de six semaines ; mais plus de six mois s'écoulèrent ensuite sans qu'il pût marcher ; car à la rupture à peine ressoudée du fémur vint se joindre un rhumatisme aigu dans la partie malade, qui le condamna à d'atroces douleurs et à une immobilité complète. Sa femme lui prodigua les soins les plus doux ; elle ne quitta pas son chevet, et supporta sans se plaindre son humeur âcre et chagrine, ses colères de soldat et ses injustices de malade.

Malgré les ennuis d'une si triste existence, sa santé

refleurit fraîche et brillante, et le bonheur vint habiter son cœur. Raymon l'aimait, il l'aimait réellement. Il venait tous les jours ; il ne se rebutait d'aucune difficulté pour la voir, il supportait les infirmités du mari, la froideur du cousin, la contrainte des entrevues. Un regard de lui mettait de la joie pour tout un jour dans le cœur d'Indiana. Elle ne songeait plus à se plaindre de la vie ; son âme était remplie, sa jeunesse était occupée, sa force morale avait un aliment.

Insensiblement le colonel prit de l'amitié pour Raymon. Il eut la simplicité de croire que cette assiduité était une preuve de l'intérêt que son voisin prenait à sa santé. Madame de Ramière vint aussi quelquefois sanctionner cette liaison par sa présence, et Indiana s'attacha à la mère de Raymon avec enthousiasme et passion. Enfin l'amant de la femme devint l'ami du mari [17].

Dans ce rapprochement continuel, Raymon et Ralph arrivèrent forcément à une sorte d'intimité ; ils s'appelaient « mon cher ami ». Ils se donnaient la main soir et matin. Avaient-ils un léger service à se demander réciproquement, leur phrase accoutumée était celle-ci : « Je compte assez sur votre bonne amitié, etc. »

Enfin lorsqu'ils parlaient l'un de l'autre, ils disaient : « C'est mon ami. »

Et, quoique ce fussent deux hommes aussi francs qu'il soit possible de l'être dans le monde, ils ne s'aimaient pas du tout. Ils différaient essentiellement d'avis sur tout ; aucune sympathie ne leur était commune ; et, si tous deux aimaient madame Delmare, c'était d'une manière si différente, que ce sentiment les divisait au lieu de les rapprocher. Ils goûtaient un singulier plaisir à se contredire, et à troubler autant que possible l'humeur l'un de l'autre par des reproches qui, pour être lancés comme des généralités dans la conversation, n'en avaient pas moins d'aigreur et d'amertume.

Leurs principales contestations et les plus fréquentes commençaient par la politique et finissaient par la morale. C'était le soir, lorsqu'ils se réunissaient autour du fauteuil de M. Delmare, que la dispute s'élevait sur le plus mince prétexte. On gardait toujours les égards apparents que la philosophie imposait à l'un, que l'usage du monde inspirait à l'autre ; mais on se disait pourtant, sous le voile de l'allusion, des choses dures qui amusaient le colonel ; car il était de nature guerrière et querelleuse, et, à défaut de batailles, il aimait les disputes.

Moi, je crois que l'opinion politique d'un homme, c'est l'homme tout entier. Dites-moi votre cœur et votre tête, et je vous dirai vos opinions politiques. Dans quelque rang ou quelque parti que le hasard nous ait fait naître, notre caractère l'emporte tôt ou tard sur les préjugés ou les croyances de l'éducation. Vous me trouverez peut-être absolu ; mais comment pourrais-je me décider à augurer bien d'un esprit qui s'attache à de certains systèmes que la générosité repousse ? Montrez-moi un homme qui soutienne l'utilité de la peine de mort, et, quelque consciencieux et éclairé qu'il soit, je vous défie d'établir jamais aucune sympathie entre lui et moi [18]. Si cet homme veut m'enseigner des vérités que j'ignore, il n'y réussira point ; car il ne dépendra pas de moi de lui accorder ma confiance.

Ralph et Raymon différaient sur tous les points, et pourtant ils n'avaient pas, avant de se connaître, d'opinions exclusivement arrêtées. Mais, du moment qu'ils furent aux prises, chacun saisissant le contrepied de ce qu'avançait l'autre, ils se firent chacun une conviction complète, inébranlable. Raymon fut en toute occasion le champion de la société existante, Ralph en attaqua l'édifice sur tous les points.

Cela était simple : Raymon était heureux et parfaitement traité, Ralph n'avait connu de la vie que ses maux et ses dégoûts ; l'un trouvait tout fort bien, l'autre était mécontent de tout. Les hommes et les choses avaient maltraité Ralph et comblé Raymon ; et, comme deux enfants, Ralph et Raymon rapportaient tout à eux-mêmes, s'établissant juges en dernier ressort des grandes questions de l'ordre social, eux qui n'étaient compétents ni l'un ni l'autre.

Ralph allait donc toujours soutenant son rêve de république d'où il voulait exclure tous les abus, tous les préjugés, toutes les injustices ; projet fondé tout entier sur l'espoir d'une nouvelle race d'hommes. Raymon soutenait sa doctrine de monarchie héréditaire, aimant mieux, disait-il, supporter les abus, les préjugés et les injustices, que de voir relever les échafauds et couler le sang innocent.

Le colonel était presque toujours du parti de Ralph en commençant la discussion. Il haïssait les Bourbons et mettait dans ses opinions toute l'animosité de ses sentiments. Mais bientôt Raymon le rattachait avec adresse à son parti en lui prouvant que la monarchie était, comme principe, bien plus près de l'Empire que de la République. Ralph avait si peu le talent de la persuasion, il était si candide, si maladroit, le pauvre baronnet ! sa franchise était si raboteuse, sa logique si aride, ses principes si absolus ! Il ne ménageait personne, il n'adoucissait aucune vérité.

— Parbleu ! disait-il au colonel lorsque celui-ci maudissait l'intervention de l'Angleterre, que vous a donc fait à vous, homme de bon sens et de raisonnement, je suppose, toute une nation qui a combattu loyalement contre vous ?

— Loyalement ? répétait Delmare en serrant les dents et en brandissant sa béquille.

— Laissons les questions de cabinet se résoudre de puissance à puissance, reprenait sir Ralph, puisque nous avons adopté un mode de gouvernement qui nous interdit de discuter nous-mêmes nos intérêts. Si une nation est responsable des fautes de sa législature, laquelle trouverez-vous plus coupable que la vôtre ?

— Aussi, monsieur, s'écriait le colonel, honte à la France, qui a abandonné Napoléon, et qui a subi un roi proclamé par les baïonnettes étrangères !

— Moi, je ne dis pas honte à la France, reprenait Ralph ; je dis malheur à elle ! Je la plains de s'être trouvée si faible et si malade, le jour où elle fut purgée de son tyran, qu'elle fut obligée d'accepter votre lambeau de Charte constitutionnelle, haillon [19] de liberté que vous commencez à respecter, aujourd'hui qu'il faudrait le jeter et reconquérir votre liberté tout entière...

Alors Raymon relevait le gant que lui jetait sir Ralph. Chevalier de la Charte, il voulait être aussi celui de la liberté, et il prouvait merveilleusement à Ralph que l'une était l'expression de l'autre ; que, s'il brisait la Charte, il renversait lui-même son idole. En vain le baronnet se débattait dans les arguments vicieux dont l'enlaçait M. de Ramière ; celui-ci démontrait admirablement qu'un système plus large de franchises menait infailliblement aux excès de 93, et que la nation n'était pas encore mûre pour la liberté, qui n'était pas la licence. Et, lorsque sir Ralph prétendait qu'il était absurde de vouloir emprisonner une constitution dans un nombre donné d'articles, que ce qui suffisait d'abord devenait insuffisant plus tard, s'appuyant de l'exemple du convalescent, dont les besoins augmentent chaque jour, à tous ces lieux communs que ressassait lourdement M. Brown, Raymon répondait que la Charte n'était pas un cercle inflexible, qu'il s'étendrait avec les besoins de la France, lui donnant une élasticité qui, disait-il, se prêterait plus tard aux exigences nationales, mais qui ne se prêtait réellement qu'à celles de la couronne.

Pour Delmare, il n'avait pas fait un pas depuis 1815. C'était un stationnaire aussi encroûté, aussi opiniâtre

que les émigrés de Coblentz, éternelles victimes de son
ironie haineuse. Vieil enfant, il n'avait rien compris
dans le grand drame de la chute de Napoléon. Il n'avait
vu qu'une chance de la guerre là où la puissance de
l'opinion avait triomphé. Il parlait toujours de trahison et de patrie vendue, comme si une nation entière
pouvait trahir un seul homme, comme si la France se
fût laissé vendre par quelques généraux. Il accusait les
Bourbons de tyrannie et regrettait les beaux jours de
l'Empire, où les bras manquaient à la terre et le pain
aux familles. Il déclamait contre la police de Franchet[20], et vantait celle de Fouché. Cet homme était
toujours au lendemain de Waterloo.

C'était vraiment chose curieuse que d'entendre les
niaiseries sentimentales de Delmare et de M. de Ramière, tous les deux philanthropes rêveurs, l'un sous
l'épée de Napoléon, l'autre sous le sceptre de Saint
Louis ; M. Delmare, planté au pied des Pyramides ;
Raymon, assis sous le monarchique ombrage du chêne
de Vincennes. Leurs utopies, qui se heurtaient d'abord,
finissaient par se comprendre : Raymon engluait le
colonel avec ses phrases chevaleresques ; pour une
concession, il en exigeait dix et il l'habituait insensiblement à voir vingt-cinq ans de victoires monter en
spirale sous les plis du drapeau blanc. Si Ralph n'avait
pas jeté sans cesse sa brusquerie et sa rudesse dans la
rhétorique fleurie de M. de Ramière, celui-ci eût infailliblement conquis Delmare au trône de 1815 ; mais
Ralph froissait son amour-propre, et la maladroite
franchise qu'il mettait à ébranler son opinion ne faisait
que l'ancrer dans ses convictions impériales. Alors tous
les efforts de M. de Ramière étaient perdus ; Ralph
marchait lourdement sur les fleurs de son éloquence, et
le colonel[21] revenait avec acharnement à ses trois
couleurs. Il jurait d'en *secouer un beau jour la poussière*, il crachait sur les lis, il ramenait le duc de
Reichstadt sur le trône de *ses pères ;* il recommençait la

conquête du monde, et finissait toujours par se plaindre de la honte qui pesait sur la France, des rhumatismes qui le clouaient sur son fauteuil, et de l'ingratitude des Bourbons pour les vieilles moustaches qu'avait brûlées le soleil du désert, et qui s'étaient hérissées des glaçons de la Moscova.

— Mon pauvre ami ! disait Ralph, soyez donc juste : vous trouvez mauvais que la Restauration n'ait pas payé les services rendus à l'Empire et qu'elle salarie ses émigrés. Dites-moi, si Napoléon pouvait revivre demain dans toute sa puissance, trouveriez-vous bon qu'il vous repoussât de sa faveur et qu'il en fît jouir les partisans de la légitimité ? Chacun pour soi et pour les siens ; ce sont là des discussions d'affaires, des débats d'intérêt personnel, qui intéressent fort peu la France, aujourd'hui que vous êtes presque aussi invalide que les voltigeurs de l'émigration, et que tous, goutteux, mariés ou boudeurs, vous lui êtes également inutiles. Cependant, il faut qu'elle vous nourrisse tous, et c'est à qui de vous se plaindra d'elle. Quand viendra le jour de la République, elle s'affranchira de toutes vos exigences, et ce sera justice.

Ces choses communes, mais évidentes, offensaient le colonel comme autant d'injures personnelles, et Ralph, qui, avec tout son bon sens, ne comprenait pas que la petitesse d'esprit d'un homme qu'il estimait pût aller aussi loin, s'habituait à le choquer sans ménagement.

Avant l'arrivée de Raymon, entre ces deux hommes il y avait une convention tacite d'éviter tout sujet de contestation délicate, où des intérêts irritables eussent pu se froisser mutuellement. Mais Raymon apporta dans leur solitude toutes les subtilités de langage, toutes les petitesses perfides de la civilisation. Il leur apprit qu'on peut tout se dire, tout se reprocher, et se retrancher toujours derrière le prétexte de la discussion. Il introduisit chez eux l'usage de disputer, alors toléré dans les salons, parce que les passions haineuses des Cent-Jours avaient fini par s'amortir et se fondre en nuances diverses. Mais le colonel avait conservé toute la verdeur des siennes, et Ralph tomba dans une grande erreur en pensant qu'il pourrait entendre le langage de la raison. M. Delmare s'aigrit de jour en jour contre lui, et se rapprocha de Raymon, qui, sans faire de concessions trop larges, savait prendre des formes gracieuses pour ménager son amour-propre.

C'est une grande imprudence d'introduire la politique comme passe-temps dans l'intérieur des familles. S'il en existe encore aujourd'hui de paisibles et d'heureuses, je leur conseille de ne s'abonner à aucun journal, de ne pas lire le plus petit article du budget, de se retrancher au fond de leurs terres comme dans une oasis, et de tracer une ligne infranchissable entre elles et le reste de la société ; car, si elles laissent le bruit de nos contestations arriver jusqu'à elles, c'en est fait de leur union et de leur repos. On n'imagine pas ce que les divisions d'opinions apportent d'aigreur et de fiel entre les proches ; ce n'est la plupart du temps qu'une occasion pour se reprocher les défauts du caractère, les travers de l'esprit et les vices du cœur.

On n'eût pas osé se traiter de fourbe, d'imbécile, d'ambitieux et de poltron. On enferme les mêmes idées sous le nom de *jésuite*, de *royaliste*, de *révolutionnaire* et de *juste-milieu*. Ce sont d'autres mots, mais ce sont les mêmes injures, d'autant plus poignantes qu'on s'est permis réciproquement de se poursuivre et de s'attaquer sans relâche, sans indulgence, sans retenue. Alors plus de tolérance pour les fautes mutuelles, plus d'esprit de charité, plus de réserve généreuse et délicate ; on ne se passe plus rien, on rapporte tout à un sentiment politique, et, sous ce masque, on exhale sa haine et sa vengeance. Heureux habitants des campagnes, s'il est encore des campagnes en France, fuyez, fuyez la politique, et lisez *Peau d'âne* en famille !... Mais telle est la contagion, qu'il n'est plus de retraite assez

obscure, de solitude assez profonde pour cacher et
protéger l'homme qui veut soustraire son cœur débon-
naire aux orages de nos discordes civiles.

Le petit château de la Brie s'était en vain défendu
quelques années contre cet envahissement funeste ; il
perdit enfin son insouciance, sa vie intérieure et active,
ses longues soirées de silence et de méditation. Des
disputes bruyantes réveillèrent ses échos endormis,
des paroles d'amertume et de menace effrayèrent les
chérubins fanés qui souriaient depuis cent ans dans la
poussière des lambris. Les émotions de la vie actuelle
pénétrèrent dans cette vieille demeure, et toutes ces
recherches surannées, tous ces débris d'une époque de
plaisir et de légèreté, virent, avec terreur, passer notre
époque de doutes et de déclamations, représentée par
trois personnes qui s'enfermaient ensemble chaque
jour pour se quereller du matin au soir.

XV

Malgré ces dissensions continuelles, madame Delmare se livrait à l'espoir d'un riant avenir avec la
confiance de son âge. C'était son premier bonheur ; et
son ardente imagination, son cœur jeune et riche,
savaient le parer de tout ce qui lui manquait. Elle était
ingénieuse à se créer des jouissances vives et pures, à se
restituer le complément des faveurs précaires de sa
destinée. Raymon l'aimait. En effet, il ne mentait pas
lorsqu'il lui disait qu'elle était le seul amour de sa vie ;
il n'avait jamais aimé si purement ni si longtemps.
Près d'elle, il oubliait tout ce qui n'était pas elle ; le
monde et la politique s'effaçaient de son souvenir ; il se
plaisait à cette vie intérieure, à ces habitudes de
famille qu'elle lui créait. Il admirait la patience et la

force de cette femme ; il s'étonnait du contraste de son esprit avec son caractère ; il s'étonnait surtout qu'après tant de solennité dans leur premier pacte, elle se montrât si peu exigeante, heureuse de si furtifs et de si rares bonheurs, confiante avec tant d'abandon et d'aveuglement. C'est que l'amour était dans son cœur une passion neuve et généreuse ; c'est que mille sentiments délicats et nobles s'y rattachaient et lui donnaient une force que Raymon ne pouvait pas comprendre.

Pour lui, il souffrit d'abord de l'éternelle présence du mari ou du cousin. Il avait songé à traiter cet amour comme tous ceux qu'il connaissait ; mais bientôt Indiana le força à s'élever jusqu'à elle. Sa résignation à supporter la surveillance, l'air de bonheur avec lequel elle le contemplait à la dérobée, ses yeux qui avaient pour lui un éloquent et muet langage, son sublime sourire lorsque, dans la conversation, une allusion soudaine rapprochait leurs cœurs : ce furent bientôt là des plaisirs fins et recherchés que Raymon comprit, grâce à la délicatesse de son esprit et à la culture de l'éducation.

Quelle différence entre cet être chaste qui semblait ignorer la possibilité d'un dénouement à son amour, et toutes ces femmes occupées seulement de le hâter en feignant de le fuir ! Lorsque par hasard Raymon se trouvait seul avec elle, les joues d'Indiana ne s'animaient pas d'un coloris plus chaud, elle ne détournait pas ses regards avec embarras. Non, ses yeux limpides et calmes le contemplaient toujours avec ivresse ; le sourire des anges reposait toujours sur ses lèvres roses comme celles d'une petite fille qui n'a connu encore que les baisers de sa mère. A la voir si confiante, si passionnée, si pure, vivant tout entière de la vie du cœur, et ne comprenant pas qu'il y eût des tortures dans celui de son amant lorsqu'il était à ses pieds, Raymon n'osait plus être homme, dans la crainte de lui paraître au-dessous de ce qu'elle l'avait rêvé, et, par amour-propre, il se faisait vertueux comme elle.

Ignorante comme une vraie créole, madame Delmare n'avait jusque-là jamais songé à peser les graves intérêts que maintenant on discutait chaque jour devant elle. Elle avait été élevée par sir Ralph, qui avait une médiocre opinion de l'intelligence et du raisonnement chez les femmes, et qui s'était borné à lui donner quelques connaissances positives et d'un usage immédiat. Elle savait donc à peine l'histoire abrégée du monde, et toute dissertation sérieuse l'accablait d'ennui. Mais, quand elle entendit Raymon appliquer à ces arides matières toute la grâce de son esprit, toute la poésie de son langage, elle écouta et essaya de comprendre ; puis elle hasarda timidement de naïves questions qu'une fille de dix ans élevée dans le monde eût habilement résolues. Raymon se plut à éclairer cet esprit vierge qui semblait devoir s'ouvrir à ses principes ; mais, malgré l'empire qu'il exerçait sur son âme neuve et ingénue, ses sophismes rencontrèrent quelquefois de la résistance.

Indiana opposait aux intérêts de la civilisation érigés en principes, les idées droites et les lois simples du bon sens et de l'humanité ; ses objections avaient un caractère de franchise sauvage qui embarrassait quelquefois Raymon, et qui le charmait toujours par son originalité enfantine. Il s'appliquait comme à un travail sérieux, il se faisait une tâche importante de l'amener peu à peu à ses croyances, à ses principes. Il eût été fier de régner sur cette conviction si consciencieuse et si naturellement éclairée ; mais il eut quelque peine à y parvenir. Les systèmes généreux de Ralph, sa haine rigide pour les vices de la société, son âpre impatience de voir régner d'autres lois et d'autres mœurs, c'étaient bien là des sympathies auxquelles répondaient les souvenirs malheureux d'Indiana. Mais tout à coup Raymon tuait son adversaire en lui démontrant que

cette aversion pour le présent était l'ouvrage de
l'égoïsme ; il peignait avec chaleur ses propres affections, son dévouement à la famille royale, qu'il savait
parer de tout l'héroïsme d'une fidélité dangereuse, son
respect pour la croyance persécutée de ses pères, ses
sentiments religieux qu'il ne raisonnait pas, et qu'il
conservait par instinct et par besoin, disait-il. Et puis
le bonheur d'aimer ses semblables, de tenir à la
génération présente par tous les liens de l'honneur et
de la philanthropie ; le plaisir de rendre des services à
son pays, en repoussant des innovations dangereuses,
en maintenant la paix intérieure, en donnant, s'il le
fallait, tout son sang pour épargner une goutte de sang
au dernier de ses compatriotes ! il peignait toutes ces
bénignes utopies avec tant d'art et de charme, qu'Indiana se laissait entraîner au besoin d'aimer et de
respecter tout ce qu'aimait et respectait Raymon. Au
fait, il était prouvé que Ralph était un égoïste ; quand il
soutenait une idée généreuse, on souriait ; il était *avéré*
que son esprit et son cœur étaient alors en contradiction. Ne valait-il pas mieux croire Raymon, qui avait
une âme si chaleureuse, si large et si expansive ?

Il y avait pourtant bien des moments où Raymon
oubliait à peu près son amour pour ne songer qu'à son
antipathie. Auprès de madame Delmare, il ne voyait
que sir Ralph, qui, avec son rude et froid bon sens,
osait s'attaquer à lui, homme supérieur, qui avait
terrassé de si nobles ennemis. Il était humilié de se voir
aux prises avec un si pauvre adversaire, et alors il
l'accablait du poids de son éloquence ; il mettait en
œuvre toutes les ressources de son talent, et Ralph,
étourdi, lent à rassembler ses idées, plus lent encore à
les exprimer, subissait la conscience de sa faiblesse.

Dans ces moments-là, il semblait à Indiana que
Raymon était tout à fait distrait d'elle ; elle avait des
mouvements d'inquiétude et d'effroi en songeant que,
peut-être, tous ces nobles et grands sentiments si bien

dits n'étaient que le pompeux étalage des mots, l'ironique faconde de l'avocat, s'écoutant lui-même et s'exer-
çant à la comédie sentimentale qui doit surprendre la
bonhomie de l'auditoire. Elle tremblait surtout
lorsqu'en rencontrant son regard, elle croyait y voir
briller, non le plaisir d'avoir été compris par elle, mais
l'amour-propre triomphant d'avoir fait un beau plaidoyer. Elle avait peur alors, et songeait à Ralph,
l'égoïste, envers qui l'on était injuste peut-être ; mais
Ralph ne savait rien dire pour prolonger cette incertitude, et Raymon était habile à la dissiper.

Il n'y avait donc qu'une existence vraiment troublée,
qu'un bonheur vraiment gâté dans cet intérieur ;
c'était l'existence, c'était le bonheur de Ralph, homme
malheureusement né, pour qui la vie n'avait jamais eu
d'aspects brillants, de joies pleines et pénétrantes ;
grande et obscure infortune que personne ne plaignait
et qui ne se plaignait à personne ; destinée vraiment
maudite, mais sans poésie, sans aventure ; destinée
commune, bourgeoise et triste, qu'aucune amitié
n'avait adoucie, qu'aucun amour n'avait charmée, qui
se consumait en silence avec l'héroïsme que donnent
l'amour de la vie et le besoin d'espérer ; être isolé qui
avait eu un père et une mère comme tout le monde, un
frère, une femme, un fils, une amie, et qui n'avait rien
recueilli, rien gardé de toutes ces affections ; étranger
dans la vie, qui passait mélancolique et nonchalant,
n'ayant pas même ce sentiment exalté de son infortune
qui fait trouver du charme dans la douleur.

Malgré la force de son caractère, cet homme se sentit
quelquefois découragé de la vertu. Il haïssait Raymon,
et, d'un mot, il pouvait le chasser du Lagny ; mais il ne
le fit pas, parce que Ralph avait une croyance, une
seule qui était plus forte que les mille croyances de
Raymon. Ce n'était ni l'Église, ni la monarchie, ni la
société, ni la réputation, ni les lois, qui lui dictaient ses
sacrifices et son courage, c'était la conscience.

Il avait vécu tellement seul, qu'il n'avait pu s'habituer à compter sur les autres ; mais aussi, dans cet isolement, il avait appris à se connaître lui-même. Il s'était fait un ami de son propre cœur ; à force de se replier en lui et de se demander la cause des injustices d'autrui, il s'était assuré qu'il ne les méritait par aucun vice ; il ne s'en irritait plus, parce qu'il faisait peu de cas de sa personne, qu'il savait être insipide et commune. Il comprenait l'indifférence dont il était l'objet, et il en avait pris son parti ; mais son âme lui disait qu'il était capable de ressentir tout ce qu'il n'inspirait pas, et, s'il était disposé à pardonner tout aux autres, il était décidé à ne rien tolérer en lui. Cette vie tout intérieure, ces sensations tout intimes, lui donnaient toutes les apparences de l'égoïsme, et peut-être rien n'y ressemble plus que le respect de soi-même.

Cependant, comme il arrive souvent qu'en voulant trop bien faire nous faisons moins bien, il arriva que sir Ralph commit une grande faute par un scrupule de délicatesse, et causa un mal irréparable à madame Delmare, dans la crainte de charger sa conscience d'un reproche. Cette faute fut de ne pas l'instruire des causes véritables de la mort de Noun. Sans doute, alors, elle eût réfléchi aux dangers de son amour pour Raymon ; mais nous verrons plus tard pourquoi M. Brown n'osa pas éclairer sa cousine, et quels scrupules pénibles lui firent garder le silence sur un point si important. Quand il se décida à le rompre, il était trop tard ; Raymon avait eu le temps d'établir son empire.

Un événement inattendu venait d'ébranler l'avenir du colonel et de sa femme ; une maison de commerce de Belgique, sur laquelle reposait toute la prospérité de l'entreprise Delmare, avait fait tout à coup faillite, et le colonel, à peine rétabli, venait de partir en toute hâte pour Anvers.

Le voyant encore si faible et si souffrant, sa femme

avait voulu l'accompagner ; mais M. Delmare, menacé d'une ruine complète, et résolu de faire honneur à tous ses engagements, craignit que son voyage n'eût l'air d'une fuite, et voulut laisser sa femme au Lagny comme une caution de son retour. Il refusa de même la compagnie de sir Ralph, et le pria de rester pour servir d'appui à madame Delmare, en cas de tracasseries de la part des créanciers inquiets ou pressés.

Au milieu de ces circonstances fâcheuses, Indiana ne s'effraya que de la possibilité de quitter le Lagny et de s'éloigner de Raymon, mais il la rassura en lui démontrant que le colonel irait indubitablement à Paris. Il lui jura qu'il la suivrait, d'ailleurs, en quelque lieu et sous quelque prétexte que ce fût, et la crédule femme s'estima presque heureuse d'un malheur qui lui permettait d'éprouver l'amour de Raymon. Quant à lui, un espoir vague, une pensée irritante et continuelle l'absorbait depuis la nouvelle de cet événement : il allait enfin se trouver seul avec Indiana ; ce serait la première fois depuis six mois. Elle n'avait jamais semblé chercher à l'éviter, et, quoique peu pressé de triompher d'un amour dont la chasteté naïve avait pour lui l'attrait de la singularité, il commençait à sentir qu'il était de son honneur de le conduire à un résultat. Il repoussait avec probité toute insinuation malicieuse sur ses relations avec madame Delmare ; il assurait fort modestement qu'il n'existait entre elle et lui qu'une douce et calme amitié ; mais, pour rien au monde, il n'eût voulu avouer, même à son meilleur ami, qu'il était aimé passionnément depuis six mois, et qu'il n'avait encore rien obtenu de cet amour.

Il fut un peu trompé dans son attente en voyant que sir Ralph semblait déterminé à remplacer M. Delmare pour la surveillance, qu'il s'établissait au Lagny dès le matin et ne retournait à Bellerive que le soir ; même, comme ils avaient, pendant quelque temps, la même route à suivre pour gagner leurs gîtes respectifs, Ralph mettait une insupportable affectation de politesse à conformer son départ à celui de Raymon. Cette contrainte devint bientôt odieuse à M. de Ramière, et madame Delmare crut y voir, en même temps qu'une défiance injurieuse pour elle, l'intention de s'arroger un pouvoir despotique sur sa conduite.

Raymon n'osait demander une entrevue secrète; chaque fois qu'il avait fait cette tentative, madame Delmare lui avait rappelé certaines conditions établies entre eux. Cependant huit jours s'était déjà écoulés depuis le départ du colonel; il pouvait être bientôt de retour; il fallait profiter de l'occasion. Céder la victoire à sir Ralph était un déshonneur pour Raymon. Il glissa un matin la lettre suivante dans la main de madame Delmare :

« Indiana ! vous ne m'aimez donc pas comme je vous aime? Mon ange! je suis malheureux, et vous ne le voyez pas. Je suis triste, inquiet de votre avenir, non du mien : car, en quelque lieu que vous soyez, j'irai vivre et mourir. Mais la misère m'effraye pour vous; débile et frêle comme vous l'êtes, ma pauvre enfant, comment supporteriez-vous les privations ? Vous avez un cousin riche et libéral, votre mari acceptera peut-être de sa main ce qu'il refusera de la mienne. Ralph adoucira votre sort, et moi, je ne ferai rien pour vous !

» Voyez, voyez bien, chère amie, que j'ai sujet d'être sombre et chagrin. Vous, vous êtes héroïque, vous riez de tout, vous ne voulez pas que je m'afflige. Ah ! que j'ai besoin de vos douces paroles, de vos doux regards pour soutenir mon courage ! Mais, par une inconcevable fatalité, ces jours que j'espérais passer librement à vos genoux ne m'ont apporté qu'une contrainte encore plus cuisante.

» Dites donc un mot, Indiana, afin que nous soyons seuls au moins une heure, que je puisse pleurer sur vos blanches mains, vous dire tout ce que je souffre, et qu'une parole de vous me console et me rassure.

» Et puis, Indiana, j'ai un caprice d'enfant, un vrai
caprice d'amant : je voudrais entrer dans votre chambre. Ah ! ne vous alarmez pas, ma douce créole ! Je suis
payé, non pas seulement pour vous respecter, mais
pour vous craindre ; c'est pour cela précisément que je
voudrais entrer dans votre chambre, m'agenouiller à
cette place où je vous ai vue si irritée contre moi, et où,
malgré mon audace, je n'ai pas osé vous regarder. Je
voudrais me prosterner là, y passer une heure de
recueillement et de bonheur ; pour toute faveur,
Indiana, je te demanderais de poser ta main sur mon
cœur et de le purifier de son crime, de le calmer s'il
battait trop vite, et de lui rendre toute ta confiance si
tu me trouves enfin digne de toi. Oh ! oui, je voudrais te
prouver que je le suis maintenant, que je te connais
bien, que je te rends un culte plus pur et plus saint que
jamais jeune fille n'en rendit à sa madone ! Je voudrais
être sûr que tu ne me crains plus, que tu m'estimes
autant que je te vénère ; appuyé sur ton cœur, je
voudrais vivre une heure de la vie des anges. Dis,
Indiana, le veux-tu ? Une heure, la première, la dernière peut-être !

» Il est temps de m'absoudre, Indiana, de me rendre
ta confiance si cruellement ravie, si chèrement rachetée. N'es-tu pas contente de moi ? dis, n'ai-je pas passé
six mois derrière ta chaise, bornant toutes mes voluptés à regarder ton cou de neige penché sur ton ouvrage,
à travers les boucles de tes cheveux noirs, à respirer le
parfum qui émane de toi et que m'apportait vague-
ment l'air de la croisée où tu t'assieds ? Tant de
soumission ne mérite donc pas la récompense d'un
baiser ? un baiser de sœur, si tu veux, un baiser au
front. Je resterai fidèle à nos conventions, je te le jure.
Je ne demanderai rien... Mais quoi ! cruelle, ne veux-tu
rien m'accorder ? Est-ce donc de toi-même que tu as
peur ? »

Madame Delmare monta dans sa chambre pour lire

cette lettre ; elle y répondit sur-le-champ, et glissa la réponse avec une clef du parc qu'il connaissait trop bien.

« Moi, te craindre, Raymon ? Oh ! non, pas à présent. Je sais trop comme tu m'aimes, j'y crois avec trop d'ivresse. Viens donc, je ne me crains pas non plus ; si je t'aimais moins, je serais peut-être moins calme ; mais je t'aime comme tu ne le sais pas toi-même... Partez d'ici de bonne heure, afin d'ôter toute défiance à Ralph. Revenez à minuit ; vous connaissez le parc et la maison ; voici la clef de la petite porte, refermez-la sur vous. »

Cette confiance ingénue et généreuse fit rougir Raymon ; il avait cherché à l'inspirer avec l'intention d'en abuser ; il avait compté sur la nuit, sur l'occasion, sur le danger. Si Indiana avait montré de la crainte, elle était perdue ; mais elle était tranquille, elle s'abandonnait à sa foi ; il jura de ne pas l'en faire repentir. L'important, d'ailleurs, c'était de passer une nuit dans sa chambre, afin de ne pas être un sot à ses propres yeux, afin de rendre inutile la prudence de Ralph, et de pouvoir le railler intérieurement. C'était une satisfaction personnelle dont il avait besoin.

XVI

Mais, ce soir-là, Ralph fut vraiment insupportable ; jamais il ne fut plus lourd, plus froid et plus fastidieux. Il ne put rien dire à propos, et, pour comble de maladresse, la soirée était déjà fort avancée, qu'il n'avait encore fait aucun préparatif de départ. Madame Delmare commençait à être mal à l'aise ; elle regardait alternativement la pendule, qui marquait onze heures, la porte, que le vent faisait grincer, et

l'insipide figure de son cousin, qui, établi vis-à-vis
d'elle sous le manteau de la cheminée, regardait
paisiblement la braise sans paraître se douter de
l'importunité de sa présence.

Cependant le masque immobile de sir Ralph, sa
contenance pétrifiée, cachaient en cet instant de profondes et cruelles agitations. C'était un homme à qui
rien n'échappait, parce qu'il observait tout avec sang-
froid. Il n'avait pas été dupe du départ simulé de
Raymon ; il s'apercevait fort bien en ce moment des
anxiétés de madame Delmare. Il en souffrait plus
qu'elle-même, et il flottait irrésolu entre le désir de lui
donner des avertissements salutaires et la crainte de
s'abandonner à des sentiments qu'il désavouait ; enfin
l'intérêt de sa cousine l'emporta, et il rassembla toutes
les forces de son âme pour rompre le silence.

— Cela me rappelle, lui dit-il tout à coup en suivant
le cours de l'idée qui le préoccupait intérieurement,
qu'il y a aujourd'hui un an nous étions assis, vous et
moi, sous cette cheminée, comme nous voici maintenant ; la pendule marquait à peu près la même heure,
le temps était sombre et froid comme ce soir... Vous
étiez souffrante, et vous aviez des idées tristes ; ce qui
me ferait presque croire à la vérité des pressentiments.

— Où veut-il en venir ? pensa madame Delmare en
regardant son cousin avec une surprise mêlée d'inquiétude.

— Te souviens-tu, Indiana, continua-t-il, que tu te
sentis alors plus mal qu'à l'ordinaire ? Moi, je me
rappelle tes paroles comme si elles retentissaient
encore à mes oreilles : « Vous me traiterez de folle,
disais-tu ; mais il y a un danger qui se prépare autour
de nous et qui pèse sur quelqu'un ; sur moi, sans doute,
ajoutas-tu ; je me sens émue comme à l'approche d'une
grande phase de ma destinée ; j'ai peur... » Ce sont tes
propres expressions, Indiana.

— Je ne suis plus malade, répondit Indiana, qui

était redevenue tout d'un coup aussi pâle qu'au temps dont parlait sir Ralph ; je ne crois plus à ces vaines frayeurs...

— Moi, j'y crois, reprit-il ; car, ce soir-là, tu fus prophète, Indiana ; un grand danger nous menaçait, une influence funeste enveloppait cette paisible demeure...

— Mon Dieu ! je ne vous comprends pas !...

— Tu vas me comprendre, ma pauvre amie. C'est ce soir-là que Raymon de Ramière entra ici... Tu te souviens dans quel état...

Ralph attendit quelques instants sans oser lever les yeux sur sa cousine ; comme elle ne répondit rien, il continua :

— Je fus chargé de le rendre à la vie et je le fis, autant pour te satisfaire que pour obéir aux sentiments de l'humanité ; mais, en vérité, Indiana, malheur à moi pour avoir conservé la vie de cet homme ! C'est vraiment moi qui ai fait tout le mal.

— Je ne sais de quel mal vous voulez me parler, répondit Indiana sèchement.

Elle était profondément blessée de l'explication qu'elle prévoyait.

— Je veux parler de la mort de cette infortunée, dit Ralph. Sans lui, elle vivrait encore ; sans son fatal amour, cette belle et honnête fille qui vous chérissait serait encore à vos côtés...

Jusque-là, madame Delmare ne comprenait pas. Elle s'irritait jusqu'au fond de l'âme de la tournure étrange et cruelle que prenait son cousin pour lui reprocher son attachement à M. de Ramière.

— C'en est assez, dit-elle en se levant.

Mais Ralph ne parut pas y prendre garde.

— Ce qui m'a toujours étonné, dit-il, c'est que vous n'ayez pas deviné le véritable motif qui amenait ici M. de Ramière par-dessus les murs.

Un rapide soupçon passa dans l'âme d'Indiana, ses jambes tremblèrent sous elle, et elle se rassit.

Ralph venait d'enfoncer le couteau et d'entamer une affreuse blessure. Il n'en vit pas plus tôt l'effet, qu'il eut horreur de son ouvrage ; il ne songeait plus qu'au mal qu'il venait de faire à la personne qu'il aimait le mieux au monde ; il sentit son cœur se briser. Il eût pleuré amèrement alors s'il avait pu pleurer ; mais l'infortuné n'avait pas le don des larmes, il n'avait rien de ce qui traduit éloquemment le langage de l'âme ; le sang-froid extérieur avec lequel il consomma cette opération cruelle lui donna l'air d'un bourreau aux yeux d'Indiana.

— C'est la première fois, lui dit-elle avec amertume, que je vois votre antipathie pour M. de Ramière employer des moyens indignes de vous ; mais je ne vois pas en quoi il importe à votre vengeance d'entacher la mémoire d'une personne qui me fut chère, et que son malheur eût dû nous rendre sacrée. Je ne vous ai pas fait de questions, sir Ralph ; je ne sais de quoi vous me parlez. Veuillez me permettre de n'en pas écouter davantage.

Elle se leva, et laissa M. Brown étourdi et brisé.

Il avait bien prévu qu'il n'éclairerait Madame Delmare qu'à ses propres dépens ; sa conscience lui avait dit qu'il fallait parler, quoi qu'il en pût résulter, et il venait de le faire avec toute la brusquerie de moyens, toute la maladresse d'exécution dont il était capable. Ce qu'il n'avait pas bien apprécié, ce fut la violence d'un remède si tardif.

Il quitta le Lagny désespéré, et se mit à errer au milieu de la forêt dans une sorte d'égarement.

Il était minuit, Raymon était à la porte du parc. Il l'ouvrit ; mais, en entrant, il sentit sa tête se refroidir. Que venait-il faire à ce rendez-vous ? Il avait pris des résolutions vertueuses ; serait-il donc récompensé par une chaste entrevue, par un baiser fraternel, des souffrances qu'il s'imposait en cet instant ? Car, si vous vous souvenez en quelles circonstances il avait jadis traversé ces allées et franchi ce jardin, la nuit, furtivement, vous comprendrez qu'il fallait un certain degré de courage moral pour aller chercher le plaisir sur une telle route et au travers de pareils souvenirs.

A la fin d'octobre, le climat des environs de Paris devient brumeux et humide, surtout le soir autour des rivières. Le hasard voulut que cette nuit-là fût blanche et opaque comme l'avaient été les nuits correspondantes du printemps précédent. Raymon marcha avec incertitude parmi les arbres enveloppés de vapeurs ; il passa devant la porte d'un kiosque qui renfermait, l'hiver, une fort belle collection de géraniums. Il jeta un regard sur la porte, et son cœur battit malgré lui à l'idée extravagante qu'elle allait s'ouvrir peut-être et laisser sortir une femme enveloppée d'une pelisse... Raymon sourit de cette faiblesse superstitieuse, et continua son chemin. Néanmoins le froid l'avait gagné, et sa poitrine se resserrait à mesure qu'il approchait de la rivière.

Il fallait la traverser pour entrer dans le parterre, et le seul passage en cet endroit était un petit pont de bois jeté d'une rive à l'autre ; le brouillard devenait plus épais encore sur le lit de la rivière, et Raymon se cramponna à la rampe pour ne pas s'égarer dans les roseaux qui croissaient autour de ses marges. La lune se levait alors, et, cherchant à percer les vapeurs, jetait des reflets incertains sur ces plantes agitées par le vent et par le mouvement de l'eau. Il y avait, dans la brise qui glissait sur les feuilles et frissonnait parmi les remous légers, comme des plaintes, comme des paroles humaines entrecoupées. Un faible sanglot partit à côté de Raymon, et un mouvement soudain ébranla les roseaux ; c'était un courlis qui s'envolait à son approche. Le cri de cet oiseau des rivages ressemble exactement au vagissement d'un enfant abandonné ; et,

quand il s'élance du creux des joncs, on dirait le
dernier effort d'une personne qui se noie. Vous trouverez peut-être Raymon bien faible et bien pusillanime :
ses dents se contractèrent, et il faillit tomber ; mais il
s'aperçut vite du ridicule de cette frayeur et franchit le
pont.

Il en avait atteint la moitié lorsqu'une forme
humaine à peine distincte se dressa devant lui, au bout
de la rampe, comme si elle l'eût attendu au passage.
Les idées de Raymon se confondirent, son cerveau
bouleversé n'eut pas la force de raisonner ; il retourna
sur ses pas, et resta caché dans l'ombre dés arbres,
contemplant d'un œil fixe et terrifié cette vague apparition qui restait là flottante, incertaine, comme la
brume de la rivière et le rayon tremblant de la lune. Il
commençait à croire pourtant que la préoccupation de
son esprit l'avait abusé, et que ce qu'il prenait pour
une figure humaine n'était que l'ombre d'un arbre ou
la tige d'un arbuste, lorsqu'il la vit distinctement se
mouvoir, marcher et venir vers lui.

En ce moment, si ses jambes ne lui eussent entièrement refusé le service, il se fût enfui aussi rapidement,
aussi lâchement que l'enfant qui passe le soir auprès
des cimetières et qui croit entendre des pas aériens
courir derrière lui sur la pointe des herbes. Mais il se
sentit paralysé, et embrassa, pour se soutenir, le tronc
d'un saule qui lui servit de refuge. Alors sir Ralph,
enveloppé d'un manteau de couleur claire, qui, à trois
pas, lui donnait l'aspect d'un fantôme, passa auprès de
lui et s'enfonça dans le chemin qu'il venait de parcourir.

— Maladroit espion ! pensa Raymon en le voyant
chercher la trace de ses pas. J'échapperai à ta lâche
surveillance, et, pendant que tu montes la garde ici, je
serai heureux là-bas.

Il franchit le pont avec la légèreté d'un oiseau et la
confiance d'un amant. C'en était fait de ses terreurs ;

Noun n'avait jamais existé, la vie positive se réveillait autour de lui ; Indiana était là-bas qui l'attendait, Ralph était là qui se tenait en faction pour l'empêcher d'avancer.

— Veille, dit joyeusement Raymon en l'apercevant de loin qui le cherchait sur une route opposée. Veille pour moi, bon Rodolphe Brown ; officieux ami, protège mon bonheur ; et, si les chiens s'éveillent, si les domestiques s'inquiètent, tranquillise-les, impose-leur silence, en leur disant : « C'est moi qui veille, dormez en paix. »

Alors plus de scrupules, plus de remords, plus de vertu pour Raymon ; il avait acheté assez cher l'heure qui sonnait. Son sang glacé dans ses veines refluait maintenant vers son cerveau avec une violence délirante. Tout à l'heure les pâles terreurs de la mort, les rêves funèbres de la tombe ; à présent les fougueuses réalités de l'amour, les âpres joies de la vie. Raymon se trouvait audacieux et jeune comme au matin, lorsqu'un rêve sinistre nous enveloppait de ses linceuls et qu'un joyeux rayon du soleil nous réveille et nous ranime.

— Pauvre Ralph ! pensa-t-il en montant l'escalier dérobé d'un pas hardi et léger, c'est toi qui l'as voulu !

XVII

En quittant sir Ralph, madame Delmare s'était enfermée dans sa chambre, et mille pensées orageuses s'étaient élevées dans son âme. Ce n'était pas la première fois qu'un soupçon vague jetait ses clartés sinistres sur le frêle édifice de son bonheur. Déjà M. Delmare avait, dans la conversation, laissé échapper quelques-unes de ces indélicates plaisanteries qui passent pour des compliments. Il avait félicité Raymon de ses succès chevaleresques de manière à mettre presque sur la voie les oreilles étrangères à cette aventure. Chaque fois que madame Delmare avait adressé la parole au jardinier, le nom de Noun était venu, comme une fatale nécessité, se placer dans les détails les plus indifférents, et puis celui de M. de Ramière s'y était glissé aussi par je ne sais quel enchaînement d'idées qui semblaient s'être emparées de la tête de cet homme et l'obséder malgré lui. Madame Delmare avait été frappée de ses questions étranges et maladroites. Il s'égarait dans ses paroles pour la moindre affaire; il semblait qu'il fût sous le poids d'un remords qu'il trahissait en s'efforçant de le cacher. D'autres fois, c'était dans le trouble de Raymon lui-même qu'Indiana avait trouvé ces indices qu'elle ne cherchait pas et qui la poursuivaient. Une circonstance particulière l'eût éclairée davantage si elle n'eût fermé son âme à toute méfiance. On avait trouvé au doigt de Noun une bague fort riche que madame Delmare lui avait vu porter quelque temps avant sa mort, et que la jeune fille prétendait avoir trouvée. Depuis, madame Delmare ne quitta plus ce gage de douleur, et souvent elle avait vu pâlir Raymon au moment où il saisissait sa main pour la porter à ses lèvres. Une fois il l'avait suppliée de ne lui jamais parler de Noun, parce qu'il se regardait comme coupable de sa mort ; et, comme elle cherchait à lui ôter cette idée douloureuse en prenant tout le tort sur elle, il lui avait répondu :

— Non, pauvre Indiana, ne vous accusez pas ; vous ne savez pas à quel point je suis coupable.

Cette parole, dite d'un ton amer et sombre, avait effrayé madame Delmare. Elle n'avait pas osé insister, et, maintenant qu'elle commençait à s'expliquer tous ces lambeaux de découvertes, elle n'avait pas encore le courage de s'y attacher et de les réunir.

Elle ouvrit sa fenêtre, et, voyant la nuit si calme, la lune si pâle et si belle derrière les vapeurs argentées de l'horizon, se rappelant que Raymon allait venir, qu'il était peut-être dans le parc, en songeant à tout le bonheur qu'elle s'était promis pour cette heure d'amour et de mystère, elle maudit Ralph, qui d'un mot venait d'empoisonner son espoir et de détruire à jamais son repos. Elle se sentit même de la haine pour lui, pour cet homme malheureux qui lui avait servi de père, et qui venait de sacrifier son avenir pour elle ; car son avenir, c'était l'amitié d'Indiana, c'était son seul bien, et il se résignait à le perdre pour la sauver.

Indiana ne pouvait pas lire au fond de son cœur, elle n'avait pu pénétrer celui de Raymon. Elle était injuste, non point par ingratitude, mais par ignorance. Ce n'était pas sous l'influence d'une passion forte qu'elle pouvait ressentir faiblement l'atteinte qu'on venait de lui porter. Un instant elle rejeta tout le crime sur

Ralph, aimant mieux l'accuser que de soupçonner Raymon.

Et puis elle avait peu de temps pour se reconnaître, pour prendre un parti : Raymon allait venir. Peut-être même était-ce lui qu'elle voyait errer depuis quelques instants autour du petit pont. Quelle aversion Ralph ne lui eût-il pas inspirée en cet instant si elle l'eût deviné sous cette forme vague qui se perdait à chaque moment dans le brouillard, et qui, placée comme une ombre à l'entrée des Champs-Élysées, cherchait à en défendre l'approche au coupable !

Tout à coup il lui vint une de ces idées bizarres, incomplètes, que les êtres inquiets et malheureux sont seuls capables de rencontrer. Elle risqua tout son sort sur une épreuve délicate et singulière contre laquelle Raymon ne pouvait être en garde. Elle avait à peine préparé ce mystérieux moyen, qu'elle entendit les pas de Raymon dans l'escalier dérobé. Elle courut lui ouvrir, et revint s'asseoir, si émue, qu'elle se sentait près de tomber ; mais, comme dans toutes les crises de sa vie, elle conservait une grande netteté de jugement, une grande force d'esprit.

Raymon était encore pâle et haletant quand il poussa la porte, impatient de revoir la lumière, de ressaisir la réalité. Indiana lui tournait le dos, elle était enveloppée d'une pelisse doublée de fourrure. Par un étrange hasard, c'était la même que Noun avait prise à l'heure du dernier rendez-vous pour aller à sa rencontre dans le parc. Je ne sais si vous vous souvenez que Raymon eut alors pendant un instant l'idée invraisemblable que cette femme enveloppée et cachée était madame Delmare. Maintenant, en retrouvant la même apparition tristement penchée sur une chaise, à la lueur d'une lampe vacillante et pâle, à cette même place où tant de souvenirs l'attendaient, dans cette chambre où il n'était pas entré depuis la plus sinistre nuit de sa vie, et toute meublée de ses remords, il recula involontairement et resta sur le seuil, attachant son regard effrayé sur cette figure immobile, et tremblant comme un poltron qu'en se retournant elle ne lui offrît les traits livides d'une femme noyée[2].

Madame Delmare ne se doutait point de l'effet qu'elle produisait sur Raymon. Elle avait entouré sa tête d'un foulard des Indes, noué négligemment à la manière des créoles; c'était la coiffure ordinaire de Noun. Raymon, vaincu par la peur, faillit tomber à la renverse, en croyant voir ses idées superstitieuses se réaliser. Mais, en reconnaissant la femme qu'il venait séduire, il oublia celle qu'il avait séduite, et s'avança vers elle. Elle avait l'air sérieux et réfléchi; elle le regardait fixement, mais avec plus d'attention que de tendresse, et ne fit pas un mouvement pour l'attirer plus vite auprès d'elle.

Raymon, surpris de cet accueil, l'attribua à quelque chaste scrupule, à quelque délicate retenue de jeune femme. Il se mit à ses genoux en lui disant :

— Ma bien-aimée, avez-vous donc peur de moi ?

Mais aussitôt il remarqua que madame Delmare tenait quelque chose qu'elle avait l'air d'étaler devant lui avec une badine affectation de gravité. Il se pencha, et vit une masse de cheveux noirs irrégulièrement longs qui semblaient avoir été coupés à la hâte et qu'Indiana rassemblait et lissait dans ses mains.

— Les reconnaissez-vous ? lui dit-elle en attachant sur lui ses yeux transparents, d'où s'échappait un éclat pénétrant et bizarre.

Raymon hésita, reporta son regard sur le foulard dont elle était coiffée, et crut comprendre.

— Méchante enfant ! lui dit-il en prenant les cheveux dans sa main, pourquoi donc les avoir coupés ? Ils étaient si beaux, je les aimais tant !

— Vous me demandiez hier, lui dit-elle avec une espèce de sourire, si je vous en ferais bien le sacrifice.

— O Indiana ! s'écria Raymon, tu sais bien que tu

seras plus belle encore désormais pour moi. Donne-les-
moi donc ; je ne veux pas les regretter à ton front, ces
cheveux que j'admirais chaque jour, et que maintenant
je pourrai chaque jour baiser en liberté ; donne-les-moi
pour qu'ils ne me quittent jamais...

Mais, en les prenant, en rassemblant dans sa main
cette riche chevelure dont quelques tresses tombaient
jusqu'à terre, Raymon crut y trouver quelque chose de
sec et de rude que ses doigts n'avaient jamais remarqué sur les bandeaux du front d'Indiana. Il éprouva
aussi je ne sais quel frisson nerveux en les sentant
froids et lourds comme s'ils eussent été coupés depuis
longtemps, en s'apercevant qu'ils avaient déjà perdu
leur moiteur parfumée et leur chaleur vitale. Et puis il
les regarda de près, et leur chercha en vain ce reflet
bleu qui les faisait ressembler à l'aile azurée du
corbeau : ceux-là étaient d'un noir nègre, d'une nature
indienne, d'une pesanteur morte...

Les yeux clairs et perçants d'Indiana suivaient toujours ceux de Raymon. Il les porta involontairement
sur une cassette d'ébène entrouverte, d'où quelques
mèches des mêmes cheveux s'échappaient encore.

— Ce ne sont pas les vôtres ! dit-il en détachant le
mouchoir des Indes qui lui cachait ceux de madame
Delmare.

Ils étaient dans leur entier et tombaient sur ses
épaules dans tout leur luxe. Mais elle fit un mouvement pour le repousser, et, lui montrant toujours les
cheveux coupés :

— Ne reconnaissez-vous donc pas ceux-là ? lui dit-
elle. Ne les avez-vous jamais admirés, jamais caressés ?
Une nuit humide leur a-t-elle fait perdre tous leurs
parfums ? N'avez-vous pas un souvenir, pas une larme
pour celle qui portait cet anneau ?

Raymon se laissa tomber sur une chaise ; les cheveux
de Noun échappèrent à sa main tremblante. Tant
d'émotions pénibles l'avaient épuisé. C'était un

homme bilieux, dont le sang circulait vite, dont les nerfs s'irritaient profondément. Il frissonna de la tête aux pieds, et roula évanoui sur le parquet[3].

Quand il revint à lui, madame Delmare, à genoux près de lui, l'arrosait de larmes et lui demandait grâce ; mais Raymon ne l'aimait plus.

— Vous m'avez fait un mal horrible, lui dit-il ; un mal qu'il n'est pas en votre pouvoir de réparer. Vous ne me rendrez jamais, je le sens, la confiance que j'avais en votre cœur. Vous venez de me montrer combien il renferme de vengeance et de cruauté. Pauvre Noun ! pauvre fille infortunée ! c'est envers elle que j'ai eu des torts, et non envers vous ; c'est elle qui avait le droit de se venger, et qui ne l'a pas fait. Elle s'est tuée, afin de me laisser l'avenir. Elle a sacrifié sa vie à mon repos. Ce n'est pas vous, madame, qui en eussiez fait autant !... Donnez-les-moi, ces cheveux, ils sont à moi, ils m'appartiennent ; c'est le seul bien qui me reste de la seule femme qui m'ait vraiment aimé... Malheureuse Noun ! tu étais digne d'un autre amour ! Et c'est vous, madame, qui me reprochez sa mort, vous que j'ai aimée au point de l'oublier, au point d'affronter les tortures affreuses du remords ; vous qui, sur la foi d'un baiser, m'avez fait traverser cette rivière et franchir ce pont, seul, avec la terreur à mes côtés, poursuivi par les illusions infernales de mon crime ! Et, quand vous découvrez avec quelle passion délirante je vous aime, vous enfoncez vos ongles de femme dans mon cœur, afin d'y chercher un reste de sang qui puisse couler encore pour vous ! Ah ! quand j'ai dédaigné un amour si dévoué pour rechercher un amour si féroce, j'étais aussi insensé que coupable.

Madame Delmare ne répondit rien. Immobile, pâle, avec ses cheveux épars et ses yeux fixes, elle fit pitié à Raymon. Il prit sa main.

— Et pourtant, lui dit-il, cet amour que j'ai pour toi est si aveugle, que je puis encore oublier, je le sens,

7

malgré moi, et le passé, et le présent, et le forfait qui a
flétri ma vie, et le crime que tu viens de commettre.
Aime-moi encore, et je te pardonne[4].

Le désespoir de madame Delmare réveilla le désir
avec l'orgueil dans le cœur de son amant. En la voyant
si effrayée de perdre son amour, si humble devant lui,
si résignée à accepter ses lois pour l'avenir comme des
justifications du passé, il se rappela dans quelles
intentions il avait trompé la vigilance de Ralph, et
comprit tous les avantages de sa position. Il affecta
quelques instants une profonde tristesse, une rêverie
sombre ; il répondit à peine aux larmes et aux caresses
d'Indiana ; il attendit que son cœur se fût brisé dans les
sanglots, qu'elle eût entrevu toute l'horreur de l'abandon, qu'elle eût usé toute sa force en déchirantes
frayeurs ; et alors, quand il la vit à ses genoux,
mourante, épuisée, attendant la mort d'un mot, il la
saisit dans ses bras avec une rage convulsive et l'attira
sur sa poitrine. Elle céda comme une faible enfant ; elle
lui abandonna ses lèvres sans résistance. Elle était
presque morte.

Mais tout à coup, s'éveillant comme d'un rêve, elle
s'arracha à ses brûlantes caresses, s'enfuit au bout de
la chambre, à l'endroit où le portrait de sir Ralph
remplissait le panneau ; et, comme si elle se fût mise
sous la protection de ce personnage grave, au front pur,
aux lèvres calmes, elle se serra contre lui, palpitante,
égarée, et saisie d'une étrange frayeur. C'est ce qui fit
penser à Raymon qu'elle s'était émue dans ses bras,
qu'elle avait peur d'elle-même, qu'elle était à lui. Il
courut vers elle, l'arracha avec autorité de sa retraite,
lui déclara qu'il était venu avec l'intention de tenir ses
promesses, mais que sa cruauté envers lui l'avait
affranchi de ses serments.

— Je ne suis plus maintenant, lui dit-il, ni votre
esclave ni votre allié. Je ne suis plus que l'homme qui
vous aime éperdument et qui vous tient dans ses bras,

méchante, capricieuse, cruelle, mais belle, folle et adorée. Avec des paroles de douceur et de confiance, vous eussiez maîtrisé mon sang ; calme et généreuse comme hier, vous m'eussiez fait doux et résigné comme à l'ordinaire. Mais vous avez remué toutes mes passions, bouleversé toutes mes idées ; vous m'avez fait tour à tour malheureux, poltron, malade, furieux, désespéré. Il faut me faire heureux maintenant, ou je sens que je ne puis plus croire en vous, que je ne puis plus vous aimer, vous bénir. Pardon, Indiana, pardon ! si je t'effraye, c'est ta faute ; tu m'as fait tant souffrir, que j'ai perdu la raison !

Indiana tremblait de tous ses membres. Elle ignorait la vie au point de croire la résistance impossible ; elle était prête à céder par peur ce que, par amour, elle voulait refuser ; mais, en se débattant faiblement dans les bras de Raymon, elle lui dit avec désespoir :

— Vous seriez donc capable d'employer la force avec moi ?

Raymon s'arrêta, frappé de cette résistance morale qui survivait à la résistance physique. Il la poussa vivement.

— Jamais ! s'écria-t-il ; plutôt mourir que de ne pas te tenir de toi seule !

Il se jeta à genoux, et tout ce que l'esprit peut mettre à la place du cœur, tout ce que l'imagination peut donner de poésie à l'ardeur du sang, il l'enferma dans une fervente et dangereuse prière. Et, quand il vit qu'elle ne se rendait pas, il céda à la nécessité et lui reprocha de ne pas l'aimer ; lieu commun qu'il méprisait et qui le faisait sourire, presque honteux d'avoir affaire à une femme assez ingénue pour n'en pas sourire elle-même.

Ce reproche alla au cœur d'Indiana plus vite que toutes les exclamations dont Raymon avait brodé son discours.

Mais tout à coup elle se souvint.

— Raymon, lui dit-elle, celle qui vous aimait tant...
celle dont nous parlions tout à l'heure... sans doute,
elle ne vous a rien refusé ?

— Rien ! dit Raymon impatienté de cet importun
souvenir. Vous qui me la rappelez toujours, faites
plutôt que j'oublie à quel point j'en fus aimé !

— Écoutez, reprit Indiana pensive et grave ; ayez un
peu de courage, il faut que je vous parle encore. Vous
n'avez peut-être pas été aussi coupable envers moi que
je le pensais. Il me serait doux de pouvoir vous
pardonner ce que je regardais comme une mortelle
offense... Dites-moi donc... quand je vous ai surpris là...
pour qui veniez-vous ? pour elle ou pour moi ?...

Raymon hésita ; puis, comme il pensa que la vérité
serait bientôt connue de madame Delmare, qu'elle
l'était peut-être déjà, il répondit :

— Pour elle.

— Eh bien, je l'aime mieux ainsi, dit-elle d'un air
triste ; j'aime mieux une infidélité qu'un outrage.
Soyez sincère jusqu'au bout, Raymon. Depuis quand
étiez-vous dans ma chambre quand j'y entrai ? Songez
que Ralph sait tout, et que, si je voulais l'interroger...

— Il n'est pas besoin des délations de sir Ralph,
madame. J'étais ici depuis la veille.

— Et vous avez passé la nuit dans cette chambre ?...
Votre silence me suffit.

Tous deux restèrent sans parler pendant quelques
instants ; Indiana, se levant, allait s'expliquer, lorsqu'un coup sec frappé à sa porte arrêta son sang dans
ses artères. Raymon et elle demeurèrent immobiles
n'osant respirer.

Un papier glissa sous la porte. C'était un feuillet de
calepin sur lequel ces mots, presque illisibles, étaient
tracés au crayon :

« Votre mari est ici.

» RALPH. »

XVIII

— C'est une fausseté misérablement choisie, dit Raymon dès que le faible bruit des pas de Ralph eut cessé d'être perceptible. Sir Ralph a besoin d'une leçon, et je la lui donnerai telle...

— Je vous le défends, dit Indiana d'un ton froid et décidé : mon mari est ici ; Ralph n'a jamais menti. Nous sommes perdus, vous et moi. Il fut un temps où cette idée m'eût glacée d'effroi ; aujourd'hui, peu m'importe !

— Eh bien, dit Raymon en la saisissant dans ses bras avec enthousiasme, puisque la mort nous environne, sois à moi ! Pardonne-moi tout, et que, dans cet instant suprême, ta dernière parole soit d'amour, mon dernier souffle de bonheur.

— Cet instant de terreur et de courage eût pu être le plus beau de ma vie, dit-elle ; mais vous me l'avez gâté.

Un bruit de roues se fit entendre dans la cour de la ferme, et la cloche du château fut ébranlée par une main rude et impatiente.

— Je connais cette manière de sonner, dit Indiana attentive et froide, Ralph n'a pas menti, mais vous avez le temps de fuir ; partez !...

— Non, je ne veux pas, s'écria Raymon ; je soupçonne quelque odieuse trahison, et vous n'en serez pas seule victime. Je reste, et ma poitrine vous protégera...

— Il n'y a pas de trahison... vous voyez bien que les domestiques s'éveillent et que la grille va être ouverte... Fuyez : les arbres du parterre vous cacheront ; et puis la lune ne paraît pas encore. Pas un mot de plus, partez !

Raymon fut forcé d'obéir ; mais elle l'accompagna jusqu'au bas de l'escalier et jeta un regard scrutateur

sur les massifs du parterre. Tout était silencieux et
calme. Elle resta longtemps sur la dernière marche,
écoutant avec terreur le bruit de ses pas sur le gravier
et ne songeant plus à son mari qui approchait. Que lui
importaient ses soupçons et sa colère, pourvu que
Raymon fût hors de danger !

Pour lui, il franchissait, rapide et léger, la rivière et
le parc. Il atteignit la petite porte, et, dans son trouble,
il eut quelque peine à l'ouvrir. A peine fut-il dehors,
que sir Ralph se présenta devant lui et lui dit, avec le
même sang-froid que s'il l'eût abordé dans un *rout :*

— Faites-moi le plaisir de me confier cette clef. Si on
la cherche, il y aura peu d'inconvénients à ce qu'on la
trouve dans mes mains.

Raymon eût préféré la plus mortelle injure à cette
ironique générosité.

— Je ne serais pas homme à oublier un service
sincère, lui dit-il ; mais je suis homme à venger un
affront et à punir une perfidie.

Sir Ralph ne changea ni de ton ni de visage.

— Je ne veux pas de votre reconnaissance, répondit-
il, et j'attends votre vengeance tranquillement ; mais
ce n'est pas le moment de causer ensemble. Voici votre
chemin, songez à l'honneur de madame Delmare.

Et il disparut.

Cette nuit d'agitation avait tellement bouleversé la
tête de Raymon, qu'il aurait cru volontiers à la magie
dans cet instant. Il arriva au point du jour à Cercy, et il
se mit au lit avec la fièvre.

Pour madame Delmare, elle fit les honneurs du
déjeuner à son mari et à son cousin avec beaucoup de
calme et de dignité. Elle n'avait pas encore réfléchi à sa
situation ; elle était tout entière sous l'influence de
l'instinct, qui lui imposait le sang-froid et la présence
d'esprit. Le colonel était sombre et soucieux ; ses
affaires cependant l'absorbaient seules, et nul soupçon
jaloux ne trouvait place dans ses pensées.

Raymon trouva vers le soir la force de s'occuper de son amour; mais cet amour avait bien diminué. Il aimait les obstacles, mais il reculait devant les ennuis, et il en prévoyait d'innombrables, maintenant qu'Indiana avait le droit des reproches. Enfin il se rappela qu'il était de son honneur de s'informer d'elle; et il envoya son domestique rôder autour du Lagny pour savoir ce qui s'y passait. Ce messager lui apporta la lettre suivante, que madame Delmare lui avait remise:

« J'ai espéré cette nuit que je perdrais la raison ou la vie. Pour mon malheur, j'ai conservé l'une et l'autre; mais je ne me plaindrai pas, j'ai mérité les douleurs que j'éprouve; j'ai voulu vivre de cette vie orageuse; il y aurait lâcheté à reculer aujourd'hui. Je ne sais pas si vous êtes coupable, je ne veux pas le savoir; nous ne reviendrons jamais sur ce sujet, n'est-ce pas? Il nous fait trop de mal à tous deux; qu'il en soit donc question maintenant pour la dernière fois.

» Vous m'avez dit un mot dont j'ai ressenti une joie cruelle. Pauvre Noun! du haut des cieux pardonne-moi; tu ne souffres plus, tu n'aimes plus, tu me plains peut-être!... Vous m'avez dit, Raymon, que vous m'aviez sacrifié cette infortunée, que vous m'aimiez plus qu'elle... Oh! ne vous rétractez pas; vous l'avez dit; j'ai tant besoin de le croire, que je le crois. Et pourtant votre conduite cette nuit, vos instances, vos égarements, eussent dû m'en faire douter. J'ai pardonné au moment de trouble dont vous subissiez l'influence; maintenant, vous avez pu réfléchir, revenir à vous-même; dites, voulez-vous renoncer à m'aimer de la sorte? Moi qui vous aime avec le cœur, j'ai cru jusqu'ici que je pourrais vous inspirer un amour aussi pur que le mien. Et puis je n'avais pas trop réfléchi à l'avenir; mes regards ne s'étaient pas portés bien loin, et je ne m'épouvantais pas de l'idée qu'un jour, vaincue par votre dévouement, je pourrais vous sacrifier mes scrupules et mes répugnances. Mais, aujourd'hui, il n'en peut être ainsi ; je ne puis plus voir dans cet avenir qu'une effrayante parité avec Noun ! Oh ! n'être pas plus aimée qu'elle ne l'a été ! Si je le croyais !... Et pourtant elle était plus belle que moi, bien plus belle ! Pourquoi m'avez-vous préférée ? Il faut bien que vous m'aimiez autrement et mieux... Voilà ce que je voulais vous dire. Voulez-vous renoncer à être mon amant comme vous avez été le sien ? En ce cas, je puis vous estimer encore, croire à vos remords, à votre sincérité, à votre amour ; sinon, ne pensez plus à moi, vous ne me reverrez jamais. J'en mourrai peut-être, mais j'aime mieux mourir que de descendre à n'être plus que votre maîtresse. »

Raymon se sentit embarrassé pour répondre. Cette fierté l'offensait ; il n'avait pas cru jusqu'alors qu'une femme qui s'était jetée dans ses bras pût lui résister ouvertement et raisonner sa résistance.

— Elle ne m'aime pas, se dit-il ; son cœur est sec, son caractère hautain.

De ce moment, il ne l'aima plus. Elle avait froissé son amour-propre ; elle avait déçu l'espoir d'un de ses triomphes, déjoué l'attente d'un de ses plaisirs. Pour lui, elle n'était même plus ce qu'avait été Noun. Pauvre Indiana ! elle qui voulait être davantage ! son amour passionné fut méconnu, sa confiance aveugle fut méprisée. Raymon ne l'avait jamais comprise : comment eût-il pu l'aimer longtemps ?

Alors il jura, dans son dépit, qu'il triompherait d'elle ; il ne le jura plus par orgueil, mais par vengeance. Il ne s'agissait plus pour lui de conquérir un bonheur, mais de punir un affront ; de posséder une femme, mais de la réduire. Il jura qu'il serait son maître, ne fût-ce qu'un jour, et qu'ensuite il l'abandonnerait pour avoir le plaisir de la voir à ses pieds.

Dans le premier mouvement, il écrivit cette lettre :

« Tu veux que je te promette... Folle, y penses-tu ? Je

promets tout ce que tu voudras, parce que je ne sais
que t'obéir, mais, si je manque à mes serments, je ne
serai coupable ni envers Dieu, ni envers toi. Si tu
m'aimais, Indiana, tu ne m'imposerais pas ces cruels
tourments, tu ne m'exposerais pas à être parjure à ma
parole, tu ne rougirais pas d'être ma maîtresse... Mais
vous croiriez vous avilir dans mes bras... »

Raymon sentit que l'aigreur perçait malgré lui ; il
déchira ce fragment, et après s'être donné le temps de
la réflexion, il recommença :

« Vous avouez que vous avez failli perdre la raison
cette nuit ; moi, je l'avais entièrement perdue. J'ai été
coupable... mais non, j'ai été fou. Oubliez ces heures de
souffrance et de délire. Je suis calme à présent ; j'ai
réfléchi, je suis encore digne de vous... Béni sois-tu,
ange du ciel, pour m'avoir sauvé de moi-même, pour
m'avoir rappelé comment je devais t'aimer. A présent,
ordonne, Indiana ! je suis ton esclave, tu le sais bien. Je
donnerais ma vie pour une heure passée dans tes bras ;
mais je puis souffrir toute une vie pour obtenir un de
tes sourires. Je serai ton ami, ton frère, rien de plus. Si
je souffre, tu ne le sauras pas. Si, près de toi, mon sang
s'allume, si ma poitrine s'embrase, si un nuage passe
sur mes yeux quand j'effleure ta main, si un doux
baiser de tes lèvres, un baiser de sœur, brûle mon front,
je commanderai à mon sang de se calmer, à ma tête de
se refroidir, à ma bouche de te respecter. Je serai doux,
je serai soumis, je serai malheureux, si tu dois être plus
heureuse et jouir de mes angoisses, pourvu que je
t'entende me dire encore que tu m'aimes. Oh ! dis-le-
moi ; rends-moi ta confiance et ma joie ; dis-moi quand
nous nous reverrons. Je ne sais ce qui a pu résulter des
événements de cette nuit ; comment se fait-il que tu ne
m'en parles pas, que tu me laisses souffrir depuis ce
matin ? Carle vous a vus vous promener tous trois dans
le parc. Le colonel était malade ou triste, mais non
irrité. Ce Ralph ne nous aurait donc pas trahis !

Homme étrange ! Mais quel fond pouvons-nous faire
sur sa discrétion, et comment oserai-je me montrer
encore au Lagny, maintenant que notre sort est entre
ses mains ? Je l'oserai pourtant. S'il faut descendre
jusqu'à l'implorer, j'humilierai ma fierté, je vaincrai
mon aversion, je ferai tout plutôt que de te perdre. Un
mot de toi, et je chargerai ma vie d'autant de remords
que j'en pourrai porter ; pour toi, j'abandonnerais ma
mère elle-même ; pour toi, je commettrais tous les
crimes. Ah ! si tu comprenais mon amour, Indiana !... »

La plume tomba des mains de Raymon ; il était
horriblement fatigué, il s'endormait. Il relut pourtant
sa lettre pour s'assurer que ses idées n'avaient pas subi
l'influence du sommeil ; mais il lui fut impossible de se
comprendre, tant sa tête se ressentait de l'épuisement
de ses forces. Il sonna son domestique, le chargea de
partir pour le Lagny avant le jour, et dormit de ce
profond et précieux sommeil dont les gens satisfaits
d'eux-mêmes connaissent seuls les paisibles voluptés.
Madame Delmare ne se coucha point ; elle ne s'aperçut
pas de la fatigue ; elle passa la nuit à écrire, et, quand
elle reçut la lettre de Raymon, elle y répondit à la
hâte :

« Merci, Raymon, merci ! vous me rendez la force et
la vie. Maintenant, je puis tout braver, tout supporter ;
car vous m'aimez, et les plus rudes épreuves ne vous
effrayent pas. Oui, nous nous reverrons, nous brave-
rons tout. Ralph fera de notre secret ce qu'il voudra ; je
ne m'inquiète plus de rien, tu m'aimes ; je n'ai même
plus peur de mon mari.

« Vous voulez savoir où en sont nos affaires ?... J'ai
oublié hier de vous en parler, et pourtant elles ont pris
une tournure assez intéressante pour ma fortune. Nous
sommes ruinés. Il est question de vendre le Lagny ; il
est même question d'aller vivre aux colonies... Mais
qu'importe tout cela ? je ne puis me résoudre à m'en
occuper. Je sais bien que nous ne nous séparerons

jamais... tu me l'as juré, Raymon ; je compte sur ta promesse, compte sur mon courage. Rien ne m'effrayera, rien ne me rebutera ; ma place est marquée à tes côtés, et la mort seule pourra m'en arracher. »

— Exaltation de femme ! dit Raymon en froissant ce billet. Les projets romanesques, les entreprises périlleuses flattent leur faible imagination, comme les aliments amers réveillent l'appétit des malades. J'ai réussi, j'ai ressaisi mon empire, et, quant à ces folles imprudences dont on me menace, nous verrons bien ! Les voilà bien, ces êtres légers et menteurs, toujours prêts à entreprendre l'impossible et se faisant de la générosité une vertu d'apparat qui a besoin du scandale ! A voir cette lettre, qui croirait qu'elle compte ses baisers et lésine sur ses caresses !

Le jour même, il se rendit au Lagny. Ralph n'y était point. Le colonel reçut Raymon avec amitié et lui parla avec confiance. Il l'emmena dans le parc pour être plus à l'aise, et, là, il lui apprit qu'il était entièrement ruiné et que la fabrique serait mise en vente dès le lendemain. Raymon fit des offres de service ; Delmare refusa.

— Non, mon ami, lui dit-il, j'ai trop souffert de la pensée que je devais mon sort à l'obligeance de Ralph ; il me tardait de m'acquitter. La vente de cette propriété va me mettre à même de payer toutes mes dettes à la fois. Il est vrai qu'il ne me restera rien ; mais j'ai du courage, de l'activité et la connaissance des affaires ; l'avenir est devant nous. J'ai déjà élevé une fois l'édifice de ma petite fortune, je puis le recommencer. Je le dois pour ma femme, qui est jeune et que je ne veux pas laisser dans l'indigence. Elle possède encore une chétive habitation à l'île Bourbon ; c'est là que je veux me retirer pour me livrer de nouveau au commerce. Dans quelques années, dans dix ans tout au plus, j'espère que nous nous reverrons...

Raymon pressa la main du colonel, souriant en lui-même de voir sa confiance en l'avenir, de l'entendre parler de dix ans comme d'un jour lorsque son front chauve et son corps affaibli annonçaient une existence chancelante, une vie usée. Néanmoins il feignit de partager ses espérances.

— Je vois avec joie, lui dit-il, que vous ne vous laissez point abattre par ces revers ; je reconnais là votre cœur d'homme, votre intrépide caractère. Mais madame Delmare montre-t-elle le même courage ? Ne craignez-vous pas quelque résistance à vos projets d'expatriation ?

— J'en suis fâché, répondit le colonel, mais les femmes sont faites pour obéir et non pour conseiller. Je n'ai point encore annoncé définitivement ma résolution à Indiana. Je ne vois pas, sauf vous, mon ami, ce qu'elle pourrait regretter beaucoup ici ; et, pourtant, ne fût-ce que par esprit de contradiction, je prévois des larmes, des maux de nerfs... Le diable soit des femmes !... Enfin, c'est égal, je compte sur vous, mon cher Raymon, pour faire entendre raison à la mienne. Elle a confiance en vous ; employez votre ascendant à l'empêcher de pleurer ; je déteste les pleurs.

Raymon promit de revenir le lendemain annoncer à madame Delmare la décision de son mari.

— C'est un vrai service que vous me rendrez, dit le colonel ; j'emmènerai Ralph à la ferme, afin que vous soyez libre de causer avec elle.

— Eh bien, à la bonne heure ! pensa Raymon en s'en allant.

XIX

Les projets de M. Delmare s'accordaient assez avec le désir de Raymon ; il prévoyait que cet amour, qui chez lui tirait à sa fin, ne lui apporterait bientôt plus que des importunités et des tracasseries, il était bien aise de voir les événements s'arranger de manière à le préserver des suites fastidieuses et inévitables d'une intrigue épuisée. Il ne s'agissait plus pour lui que de profiter des derniers moments d'exaltation de madame Delmare, et de laisser ensuite à son destin bénévole le soin de le débarrasser de ses pleurs et de ses reproches.

Il se rendit donc au Lagny le lendemain, avec l'intention d'amener à son apogée l'enthousiasme de cette femme malheureuse.

— Savez-vous, Indiana, lui dit-il en arrivant, le rôle que votre mari m'impose auprès de vous ? Étrange commission, en vérité ! Il faut que je vous supplie de partir pour l'île Bourbon, que je vous exhorte à me quitter, à m'arracher le cœur et la vie. Croyez-vous qu'il ait bien choisi son avocat ?

La gravité sombre de madame Delmare imposa une sorte de respect aux artifices de Raymon.

— Pourquoi venez-vous me parler de tout ceci ? lui dit-elle. Craignez-vous que je ne me laisse ébranler ? Avez-vous peur que je n'obéisse ? Rassurez-vous, Raymon, mon parti est pris : j'ai passé deux nuits à le retourner sous toutes les faces ; je sais à quoi je m'expose ; je sais ce qu'il faudra braver, ce qu'il faudra sacrifier, ce qu'il faudra mépriser ; je suis prête à franchir ce rude passage de ma destinée. Ne serez-vous point mon appui et mon guide ?

Raymon fut tenté d'avoir peur de ce sang-froid et de prendre au mot ces folles menaces ; et puis il se retrancha dans l'opinion où il était qu'Indiana ne l'aimait point, et qu'elle appliquait maintenant à sa situation l'exagération des sentiments qu'elle avait puisée dans les livres. Il s'évertua à l'éloquence passionnée, à l'improvisation dramatique, afin de se maintenir au niveau de sa romanesque maîtresse, et il réussit à prolonger son erreur. Mais, pour un auditeur

calme et impartial, cette scène d'amour eût été la
fiction théâtrale aux prises avec la réalité. L'enflure
des sentiments, la poésie des idées chez Raymon,
eussent semblé une froide et cruelle parodie des sentiments vrais qu'Indiana exprimait si simplement : à
l'un l'esprit, à l'autre le cœur.

Raymon, qui craignait pourtant un peu l'accomplissement de ses promesses s'il ne minait pas avec adresse
le plan de résistance qu'elle avait arrêté, lui persuada
de feindre la soumission ou l'indifférence jusqu'au
moment où elle pourrait se déclarer en rébellion
ouverte. Il fallait, avant de se prononcer, lui dit-il,
qu'ils eussent quitté le Lagny, afin d'éviter le scandale
vis-à-vis des domestiques, et la dangereuse intervention de Ralph dans les affaires.

Mais Ralph ne quitta point ses amis malheureux. En
vain il offrit toute sa fortune, et son château de
Bellerive, et ses rentes d'Angleterre, et la vente de ses
plantations aux colonies ; le colonel fut inflexible. Son
amitié pour Ralph avait diminué ; il ne voulait plus
rien lui devoir. Ralph, avec l'esprit et l'adresse de
Raymon, eût pu le fléchir peut-être ; mais, quand il
avait nettement déduit ses idées et déclaré ses sentiments, le pauvre baronnet croyait avoir tout dit, et il
n'espérait jamais faire rétracter un refus. Alors il
afferma Bellerive, et suivit M. et madame Delmare à
Paris, en attendant leur départ pour l'île Bourbon.

Le Lagny fut mis en vente avec la fabrique et les
dépendances. L'hiver s'écoula triste et sombre pour
madame Delmare. Raymon était bien à Paris, il la
voyait bien tous les jours ; il était attentif, affectueux ;
mais il restait à peine une heure chez elle. Il arrivait à
la fin du dîner, et, en même temps que le colonel
sortait pour ses affaires, il sortait aussi pour aller dans
le monde. Vous savez que le monde était l'élément, la
vie de Raymon ; il lui fallait ce bruit, ce mouvement,
cette foule, pour respirer, pour ressaisir tout son esprit,

toute son aisance, toute sa supériorité. Dans l'intimité, il savait se faire aimable ; dans le monde, il redevenait brillant ; et alors ce n'était plus l'homme d'une coterie, l'ami de tel ou tel autre : c'était l'homme d'intelligence qui appartient à tous et pour qui la société est une patrie.

Et puis Raymon avait des principes, nous vous l'avons dit. Quand il vit le colonel lui témoigner tant de confiance et d'amitié, le regarder comme le type de l'honneur et de la franchise, l'établir comme médiateur entre sa femme et lui, il résolut de justifier cette confiance, de mériter cette amitié, de réconcilier ce mari et cette femme, de repousser de la part de l'une toute préférence qui eût pu porter préjudice au repos de l'autre. Il redevint moral, vertueux et philosophe. Vous verrez pour combien de temps.

Indiana, qui ne comprit point cette conversion, souffrit horriblement de se voir négligée[5] ; cependant elle eut encore le bonheur de ne pas s'avouer la ruine entière de ses espérances. Elle était facile à tromper ; elle ne demandait qu'à l'être, tant sa vie réelle était amère et désolée ! Son mari devenait presque insociable. En public, il affectait le courage et l'insouciance stoïque d'un homme de cœur ; rentré dans le secret de son ménage, ce n'était plus qu'un enfant irritable, rigoriste et ridicule. Indiana était la victime de ses ennuis, et il y avait, nous l'avouerons, beaucoup de sa propre faute. Si elle eût élevé la voix, si elle se fût plainte avec affection, mais avec énergie, Delmare, qui n'était que brutal, eût rougi de passer pour méchant. Rien n'était plus facile que d'attendrir son cœur et de dominer son caractère, quand on voulait descendre à son niveau et entrer dans le cercle d'idées qui était à la portée de son esprit. Mais Indiana était roide et hautaine dans sa soumission ; elle obéissait toujours en silence ; mais c'était le silence et la soumission de l'esclave qui s'est fait une vertu de la haine et un

mérite de l'infortune. Sa résignation, c'était la dignité
d'un roi qui accepte des fers et un cachot, plutôt que
d'abdiquer sa couronne et de se dépouiller d'un vain
titre. Une femme de l'espèce commune eût dominé cet
homme d'une trempe vulgaire ; elle eût dit comme lui
et se fût réservé le plaisir de penser autrement ; elle eût
feint de respecter ses préjugés, et elle les eût foulés aux
pieds en secret ; elle l'eût caressé et trompé. Indiana
voyait beaucoup de femmes agir ainsi ; mais elle se
sentait si au-dessus d'elles qu'elle eût rougi de les
imiter. Vertueuse et chaste, elle se croyait dispensée de
flatter son maître dans ses paroles, pourvu qu'elle le
respectât dans ses actions. Elle ne voulait point de sa
tendresse, parce qu'elle n'y pouvait pas répondre. Elle
se fût regardée comme bien plus coupable de témoigner de l'amour à ce mari qu'elle n'aimait pas, que
d'en accorder à l'amant qui lui en inspirait. Tromper,
c'était là le crime à ses yeux, et vingt fois par jour elle
se sentait prête à déclarer qu'elle aimait Raymon ; la
crainte seule de perdre Raymon la retenait. Sa froide
obéissance irritait le colonel bien plus que ne l'eût fait
une rébellion adroite. Si son amour-propre eût souffert
de n'être pas le maître absolu dans sa maison, il
souffrait bien davantage de l'être d'une façon odieuse
ou ridicule. Il eût voulu convaincre, et il ne faisait que
commander ; régner, et il gouvernait. Parfois il donnait
chez lui un ordre mal exprimé, ou bien il dictait sans
réflexion des ordres nuisibles à ses propres intérêts.
Madame Delmare les faisait exécuter sans examen,
sans appel, avec l'indifférence du cheval qui traîne la
charrue dans un sens ou dans l'autre. Delmare, en
voyant le résultat de ses idées mal comprises, de ses
volontés méconnues, entrait en fureur ; mais, quand
elle lui avait prouvé d'un mot calme et glacial qu'elle
n'avait fait qu'obéir strictement à ses arrêts, il était
réduit à tourner sa colère contre lui-même. C'était

pour cet homme, petit d'amour-propre et violent de sensations, une souffrance cruelle, un affront sanglant.

Alors il eût tué sa femme s'il eût été à Smyrne ou au Caire. Et pourtant il aimait au fond du cœur cette femme faible qui vivait sous sa dépendance et gardait le secret de ses torts avec une prudence religieuse. Il l'aimait ou il la plaignait, je ne sais lequel. Il eût voulu en être aimé ; car il était vain de son éducation et de sa supériorité. Il se fût élevé à ses propres yeux si elle eût daigné s'abaisser jusqu'à entrer en capitulation avec ses idées et ses principes. Lorsqu'il pénétrait chez elle le matin avec l'intention de la quereller, il la trouvait quelquefois endormie, et il n'osait pas l'éveiller. Il la contemplait en silence ; il s'effrayait de la délicatesse de sa constitution, de la pâleur de ses joues, de l'air de calme mélancolique, de malheur résigné, qu'exprimait cette figure immobile et muette. Il trouvait dans ses traits mille sujets de reproche, de remords, de colère et de crainte ; il rougissait de sentir l'influence qu'un être si frêle avait exercée sur sa destinée, lui, homme de fer, accoutumé à commander aux autres, à voir marcher à un mot de sa bouche les lourds escadrons, les chevaux fougueux, les hommes de guerre.

Une femme encore enfant l'avait donc rendu malheureux ! Elle le forçait de rentrer en lui-même, d'examiner ses volontés, d'en modifier beaucoup, d'en rétracter plusieurs, et tout cela sans daigner lui dire : « Vous avez tort ; je vous prie de faire ainsi. » Jamais elle ne l'avait imploré, jamais elle n'avait daigné se montrer son égale et s'avouer sa compagne. Cette femme, qu'il aurait brisée dans sa main s'il eût voulu, elle était là, chétive, rêvant d'un autre peut-être sous ses yeux, et le bravant jusque dans son sommeil. Il était tenté de l'étrangler, de la traîner par les cheveux, de la fouler aux pieds pour la forcer de crier merci, d'implorer sa grâce ; mais elle était si jolie, si mignonne et si blanche, qu'il se prenait à avoir pitié d'elle, comme l'enfant s'attendrit à regarder l'oiseau qu'il voulait tuer. Et il pleurait comme une femme, cet homme de bronze, et il s'en allait pour qu'elle n'eût pas le triomphe de le voir pleurer. En vérité, je ne sais lequel était plus malheureux d'elle ou de lui. Elle était cruelle par vertu, comme il était bon par faiblesse ; elle avait de trop la patience qu'il n'avait pas assez ; elle avait les défauts de ses qualités, et lui les qualités de ses défauts.

Autour de ces deux êtres si mal assortis se remuait une foule d'amis qui s'efforçaient de les rapprocher, les uns par désœuvrement d'esprit, les autres par importance de caractère, d'autres par suite d'une affection mal entendue. Les uns prenaient parti pour la femme, les autres pour le mari[6]. Ces gens-là se querellaient entre eux à l'occasion de M. et madame Delmare, tandis que ceux-ci ne se querellaient point du tout ; car, avec la systématique soumission d'Indiana, jamais, quoi qu'il fît, le colonel ne pouvait arriver à engager une dispute. Et puis venaient ceux qui n'y entendaient rien et qui voulaient se rendre nécessaires. Ceux-là conseillaient à madame Delmare la soumission, et ne voyaient pas qu'elle n'en avait que trop ; d'autres conseillaient au mari d'être rigide et de ne pas laisser tomber son autorité en quenouille. Ces derniers, gens épais, qui se sentent si peu de chose, qu'ils craignent toujours qu'on ne leur marche sur le corps, et qui prennent fait et cause les uns pour les autres, forment une espèce que vous rencontrerez partout, qui s'embarrasse continuellement dans les jambes d'autrui, et qui fait beaucoup de bruit pour être aperçue.

M. et madame Delmare avaient fait particulièrement des connaissances à Melun et à Fontainebleau. Ils retrouvèrent ces gens-là à Paris, et ce furent les plus âpres à la curée de médisance qui se faisait autour d'eux. L'esprit des petites villes est, vous le savez sans doute, le plus méchant qui soit au monde. Là, toujours les gens de bien sont méconnus, les esprits supérieurs sont ennemis-nés du public. Faut-il prendre le parti d'un sot ou d'un manant, vous les verrez accourir. Avez-vous querelle avec quelqu'un, ils viennent y assister comme à un spectacle ; ils ouvrent les paris ; ils se ruent jusque sur vos semelles, tant ils sont avides de voir et d'entendre. Celui qui tombera, ils le couvriront de boue et de malédictions ; celui qui a toujours tort, c'est le plus faible. Faites-vous la guerre aux préjugés, aux petitesses, aux vices, vous les insultez personnellement, vous les attaquez dans ce qu'ils ont de plus cher, vous êtes perfide et dangereux. Vous serez appelé en réparation devant les tribunaux par des gens dont vous ne savez pas le nom, mais que vous serez convaincu d'avoir désignés dans vos allusions malhonnêtes. Que voulez-vous que je vous dise ? Si vous en rencontrez un seul, évitez de marcher sur son ombre, même au coucher du soleil, quand l'ombre d'un homme a trente pieds d'étendue ; tout ce terrain-là appartient à l'homme des petites villes, vous n'avez pas le droit d'y poser le pied. Si vous respirez l'air qu'il respire, vous lui faites tort, vous ruinez sa santé ; si vous buvez à sa fontaine, vous la desséchez ; si vous alimentez le commerce de sa province, vous faites renchérir les denrées qu'il achète ; si vous lui offrez du tabac, vous l'empoisonnez ; si vous trouvez sa fille jolie, vous voulez la séduire ; si vous vantez les vertus privées de sa femme, c'est une froide ironie, au fond du cœur vous la méprisez pour son ignorance ; si vous avez le malheur de trouver un compliment à faire chez lui, il ne le comprendra pas, et il ira dire partout que vous l'avez insulté. Prenez vos pénates et transportez-les au fond des bois, au sein des landes désertes. Là seulement, et tout au plus, l'homme des petites villes vous laissera en repos.

Même derrière la multiple enceinte des murs de Paris, la petite ville vint relancer ce pauvre ménage.

Des familles aisées de Fontainebleau et de Melun vinrent s'établir pour l'hiver dans la capitale, et y importèrent les bienfaits de leurs mœurs provinciales. Les coteries s'élevèrent autour de Delmare et de sa femme, et tout ce qui est humainement possible fut tenté pour empirer leur position respective. Leur malheur s'en accrut, et leur mutuelle opiniâtreté n'en diminua pas.

Ralph eut le bon sens de ne pas se mêler de leurs différends. Madame Delmare l'avait soupçonné d'aigrir son mari contre elle, ou tout au moins de vouloir expulser Raymon de son intimité ; mais elle reconnut bientôt l'injustice de ses accusations. La parfaite tranquillité du colonel à l'égard de M. de Ramière lui fut un témoignage irrécusable du silence de son cousin. Elle sentit alors le besoin de le remercier ; mais il évita soigneusement toute explication à cet égard ; chaque fois qu'elle se trouva seule avec lui, il éluda ses tentatives et feignit de ne pas les comprendre. C'était un sujet si délicat, que madame Delmare n'eut pas le courage de forcer Ralph à l'aborder ; elle tâcha seulement, par ses soins affectueux, par ses attentions fines et tendres, de lui faire comprendre sa reconnaissance ; mais Ralph eut l'air de n'y pas prendre garde, et la fierté d'Indiana souffrit de l'orgueilleuse générosité qu'on lui témoignait. Elle craignit de jouer le rôle d'une femme coupable qui implore l'indulgence d'un témoin sévère ; elle redevint froide et contrainte avec le pauvre Ralph. Il lui sembla que sa conduite, en cette occasion, était le complément de son égoïsme ; qu'il l'aimait encore, bien qu'il ne l'estimât plus ; qu'il n'avait besoin que de sa société pour se distraire, des habitudes qu'elle lui avait créées dans son intérieur, des soins qu'elle lui prodiguait sans se lasser. Elle s'imagina que, du reste, il ne se souciait pas de lui trouver des torts envers son mari ou envers elle-même.

— Voilà bien son mépris pour les femmes, pensa-t-elle ; elles ne sont à ses yeux que des animaux domestiques, propres à maintenir l'ordre dans une maison, à préparer les repas et à servir le thé. Il ne leur fait pas l'honneur d'entrer en discussion avec elles ; leurs fautes ne peuvent pas l'atteindre, pourvu qu'elles ne lui soient point personnelles, pourvu qu'elles ne dérangent rien aux habitudes matérielles de sa vie. Ralph n'a pas besoin de mon cœur ; pourvu que mes mains sachent apprêter son pouding et faire résonner pour lui les cordes de la harpe, que lui importent mon amour pour un autre, mes angoisses secrètes, mes impatiences mortelles sous le joug qui m'écrase ? Je suis sa servante, il ne m'en demande pas davantage.

XX

Indiana ne faisait plus de reproches à Raymon ; il se défendait si mal, qu'elle avait peur de le trouver trop coupable. Il y avait une chose qu'elle redoutait bien plus que d'être trompée, c'était d'être abandonnée. Elle ne pouvait plus se passer de croire en lui, d'espérer l'avenir qu'il lui avait promis ; car la vie qu'elle passait entre M. Delmare et M. Ralph lui était devenue odieuse, et, si elle n'eût compté se soustraire bientôt à la domination de ces deux hommes, elle se fût noyée aussi. Elle y pensait souvent ; elle se disait que, si Raymon la traitait comme Noun, il ne lui resterait plus d'autre ressource, pour échapper à un avenir insupportable, que de rejoindre Noun. Cette sombre pensée la suivait en tous lieux, et elle s'y plaisait.

Cependant l'époque fixée pour le départ approchait. Le colonel semblait fort peu s'attendre à la résistance que sa femme méditait ; chaque jour, il mettait ordre à ses affaires ; chaque jour, il se libérait d'une de ses

créances ; c'étaient autant de préparatifs que madame
Delmare regardait d'un œil tranquille, sûre qu'elle
était de son courage. Elle s'apprêtait aussi de son côté
à lutter contre les difficultés. Elle chercha à se faire
d'avance un appui de sa tante, madame de Carvajal ;
elle lui exprima ses répugnances pour ce voyage ; et la
vieille marquise, qui fondait (en tout bien tout honneur) un grand espoir d'*achalandage* pour sa société
sur la beauté de sa nièce, déclara que le devoir du
colonel était de laisser sa femme en France ; qu'il y
aurait de la barbarie à l'exposer aux fatigues et aux
dangers d'une traversée, lorsqu'elle jouissait depuis si
peu de temps d'une meilleure santé ; qu'en un mot
c'était à lui d'aller travailler à sa fortune, à Indiana de
rester auprès de sa vieille tante pour la soigner.
M. Delmare considéra d'abord ces insinuations comme
le radotage d'une vieille femme ; mais il fut forcé d'y
faire plus d'attention lorsque madame de Carvajal lui
fit entendre clairement que son héritage était à ce prix.
Quoique Delmare aimât l'argent comme un homme
qui avait ardemment travaillé toute sa vie à en
amasser, il avait de la fierté dans le caractère ; il se
prononça avec fermeté, et déclara que sa femme le
suivrait à tout risque. La marquise, qui ne pouvait
croire que l'argent ne fût pas le souverain absolu de
tout homme de bon sens, ne regarda pas cette réponse
comme le dernier mot de M. Delmare ; elle continua
d'encourager la résistance de sa nièce, lui proposant de
la couvrir aux yeux du monde du manteau de sa
responsabilité. Il fallait toute l'indélicatesse d'un
esprit corrompu par l'intrigue et l'ambition, toute
l'escobarderie d'un cœur déjeté par la dévotion d'apparat, pour pouvoir ainsi fermer les yeux sur les vrais
motifs de rébellion d'Indiana. Sa passion pour M. de
Ramière n'était plus un secret que pour son mari ;
mais, comme Indiana n'avait point encore donné prise
au scandale, on se passait le secret tout bas, et madame

de Carvajal en avait reçu la confidence de plus de vingt personnes. La vieille folle en était flattée ; tout ce qu'elle désirait, c'était de mettre sa nièce *à la mode* dans le monde, et l'amour de Raymon était un beau début. Ce n'était pourtant pas un caractère du temps de la Régence que celui de madame de Carvajal ; la Restauration avait donné une impulsion de vertu aux esprits de cette trempe ; et, comme la *conduite* était exigée à la cour, la marquise ne haïssait rien tant que le scandale qui perd et qui ruine. Sous madame du Barry, elle eût été moins rigide dans ses principes ; sous la dauphine, elle devint *collet monté*[7]. Mais tout ceci était pour les dehors, pour les apparences ; elle gardait son improbation et son mépris pour les fautes éclatantes, et, pour condamner une intrigue, elle en attendait toujours le résultat. Ces infidélités qui ne passaient point le seuil de la porte trouvaient grâce devant elle. Elle redevenait Espagnole pour juger les passions en deçà de la persienne ; il n'y avait de coupable à ses yeux que ce qui s'affichait dans la rue aux regards des passants. Aussi, Indiana, passionnée et chaste, amoureuse et réservée, était un précieux sujet à produire et à exploiter ; une femme comme elle pouvait captiver les têtes culminantes de ce monde hypocrite, et résister aux dangers des plus délicates missions. Il y avait d'excellentes spéculations à tenter sur la responsabilité d'une âme si pure et d'une tête si ardente. Pauvre Indiana ! heureusement la fatalité de son destin passa toutes ses espérances, et l'entraîna dans une voie de misère où l'affreuse protection de sa tante n'alla point la chercher.

Raymon ne s'inquiétait point de ce qu'elle allait devenir. Cet amour était déjà arrivé pour lui au dernier degré du dégoût, à l'ennui. Ennuyer, c'est descendre aussi bas qu'il est possible dans le cœur de ce qu'on aime. Heureusement pour les derniers jours de son illusion, Indiana ne s'en doutait pas encore.

Un matin, en rentrant du bal, il trouva madame
Delmare dans sa chambre. Elle y était entrée à minuit ;
depuis cinq grandes heures, elle l'attendait. On était
aux jours les plus froids de l'année ; elle était là sans
feu, la tête appuyée sur ses mains, souffrant du froid et
de l'inquiétude avec cette sombre patience que le cours
de sa vie lui avait enseignée. Elle releva la tête quand
elle le vit entrer, et Raymon, pétrifié de surprise, ne
trouva sur son visage pâle aucune expression de dépit
ou de reproche.

— Je vous attendais, lui dit-elle avec douceur ;
comme depuis trois jours vous n'êtes pas venu, et que,
dans cet intervalle, il s'est passé des choses dont vous
devez être informé sans retard, je suis sortie hier au
soir de chez moi pour venir vous les apprendre.

— C'est une imprudence incroyable ! dit Raymon en
refermant avec soin la porte sur lui ; et mes gens qui
vous savent ici ! Ils viennent de me le dire.

— Je ne me suis pas cachée, répondit-elle froidement ; et, quant au mot dont vous vous servez, je le
crois mal choisi.

— J'ai dit imprudence, c'est folie que j'aurais dû
dire.

— Moi, j'aurais dit *courage*. Mais n'importe ; écoutez : M. Delmare veut partir pour Bordeaux dans trois
jours, et, de là, pour les colonies. Il a été convenu entre
vous et moi que vous me soustrairiez à la violence s'il
l'employait : il est hors de doute qu'il en sera ainsi ; car
je me suis prononcée hier au soir, et j'ai été enfermée
dans ma chambre. Je me suis échappée par une
fenêtre ; voyez, mes mains sont en sang. Dans ce
moment, on me cherche peut-être ; mais Ralph est à
Bellerive, et il ne pourra pas dire où je suis. Je suis
décidée à me cacher jusqu'à ce que M. Delmare ait pris
le parti de m'abandonner. Avez-vous songé à m'assurer
une retraite, à préparer ma fuite ? Il y a si longtemps
que je n'ai pu vous voir seul, que j'ignore où en sont vos

dispositions ; mais, un jour que je vous témoignais des doutes sur votre résolution, vous m'avez dit que vous ne conceviez pas l'amour sans la confiance ; vous m'avez fait remarquer que jamais vous n'aviez douté de moi, vous m'avez prouvé que j'étais injuste, et alors j'ai craint de rester au-dessous de vous si je n'abjurais ces soupçons puérils et ces mille exigences de femme qui rapetissent les amours vulgaires. J'ai supporté avec résignation la brièveté de vos visites, la gêne de nos entretiens, l'empressement que vous sembliez mettre à éviter tout épanchement avec moi ; j'ai gardé ma confiance en vous. Le ciel m'est témoin que, lorsque l'inquiétude et l'épouvante me rongeaient le cœur, je les repoussais comme de criminelles pensées. Aujourd'hui, je viens chercher la récompense de ma foi ; le moment est venu : dites, acceptez-vous mes sacrifices ?

La crise était si pressante, que Raymon ne se sentit plus le courage de feindre. Désespéré, furieux de se voir pris dans ses propres pièges, il perdit la raison et s'emporta en malédictions brutales et grossières.

— Vous êtes une folle ! s'écria-t-il en se jetant sur son fauteuil. Où avez-vous rêvé l'amour ? dans quel roman à l'usage des femmes de chambre avez-vous étudié la société, je vous prie ?

Puis il s'arrêta, s'apercevant qu'il était par trop rude, et cherchant dans sa pensée les moyens de lui dire ces choses en d'autres termes et de la renvoyer sans outrage.

Mais elle était calme comme une personne préparée à tout entendre.

— Continuez, dit-elle en croisant ses bras sur son cœur, dont les mouvements se paralysaient par degrés, je vous écoute ; sans doute vous avez plus d'un mot à me dire.

— Encore un effort d'imagination, encore une scène d'amour, pensa Raymon.

Et, se levant avec vivacité :

— Jamais, s'écria-t-il, jamais je n'accepterai de tels sacrifices. Quand je t'ai dit que j'en aurais la force, je me suis vanté, Indiana, ou plutôt je me suis calomnié ; car il n'est qu'un lâche qui puisse consentir à déshonorer la femme qu'il aime. Dans ton ignorance de la vie, tu n'as pas compris l'importance d'un pareil dessein, et moi, dans mon désespoir de te perdre, je n'ai pas voulu y réfléchir...

— La réflexion vous revient bien vite ! dit-elle en lui retirant sa main qu'il voulait prendre.

— Indiana, reprit-il, ne vois-tu pas que tu m'imposes le déshonneur en te réservant l'héroïsme, et que tu me condamnes, parce que je veux rester digne de ton amour ? Pourrais-tu m'aimer encore, femme ignorante et simple, si je sacrifiais ta vie à mon plaisir, ta réputation à mes intérêts ?

— Vous dites des choses bien contradictoires, dit Indiana ; si, en restant près de vous, je vous donne du bonheur, que craignez-vous de l'opinion ? Tenez-vous plus à elle qu'à moi ?

— Eh ! ce n'est pas pour moi que j'y tiens, Indiana !...

— C'est donc pour moi ? J'ai prévu vos scrupules, et, pour vous affranchir de tout remords, j'ai pris l'initiative ; je n'ai pas attendu que vous vinssiez m'arracher de mon ménage, je ne vous ai pas même consulté pour franchir à jamais le seuil de ma maison. Ce pas décisif, il est fait, et votre conscience ne peut vous le reprocher. A l'heure qu'il est, Raymon, je suis déshonorée. En votre absence, j'ai compté à cette pendule les heures qui consommaient mon opprobre ; et maintenant, quoique le jour naissant trouve mon front aussi pur qu'il l'était hier, je suis une femme perdue dans l'opinion publique. Hier, il y avait encore de la compassion pour moi dans le cœur des femmes ; aujourd'hui, il n'y aura plus que des mépris. J'ai pesé tout cela avant d'agir.

— Abominable prévoyance de femme! pensa Raymon.

Et puis, luttant contre elle comme il eût fait contre un recors qui serait venu le saisir dans ses meubles :

— Vous vous exagérez l'importance de votre démarche, lui dit-il d'un ton caressant et paternel. Non, mon amie, tout n'est pas perdu pour une étourderie. J'imposerai silence à mes gens...

— Imposerez-vous silence aux miens, qui sans doute me cherchent avec anxiété dans ce moment-ci ? Et mon mari, pensez-vous qu'il me garde paisiblement le secret ? pensez-vous qu'il veuille me recevoir demain, quand j'aurai passé toute une nuit sous votre toit ? Me conseillerez-vous de retourner me mettre à ses pieds et de lui demander, en signe de grâce, qu'il veuille bien me remettre au cou la chaîne sous laquelle s'est brisée ma vie et flétrie ma jeunesse ? Vous consentiriez sans regret à voir rentrer sous la domination d'un autre cette femme que vous aimiez tant, quand vous êtes maître de son sort, quand vous pouvez la garder toute votre vie dans vos bras, quand elle est là en votre pouvoir, vous offrant d'y rester toujours ! Vous n'auriez pas quelque répugnance, quelque frayeur à la rendre tout à l'heure à ce maître implacable qui ne l'attend peut-être que pour la tuer ?

Une idée rapide traversa le cerveau de Raymon. Le moment était venu de dompter cet orgueil de femme, ou il ne viendrait jamais. Elle venait lui offrir tous les sacrifices dont il ne voulait pas, et elle se tenait là devant lui avec la confiance hautaine qu'elle ne courait d'autres dangers que ceux qu'elle avait prévus. Raymon imaginait un moyen de se débarrasser de son importun dévouement ou d'en tirer quelque chose. Il était trop l'ami de Delmare, il devait trop d'égards à la

confiance de cet homme pour lui ravir sa femme ; il
devait se contenter de la séduire.

— Tu as raison, mon Indiana, s'écria-t-il avec feu, tu
me rends à moi-même, tu réveilles mes transports, que
l'idée de tes dangers et la crainte de te nuire avaient
glacés. Pardonne à ma puérile sollicitude et comprends
tout ce qu'elle renferme de tendresse et de véritable
amour. Mais ta douce voix fait frémir tout mon sang,
tes paroles brûlantes versent du feu dans mes veines ;
pardonne, pardonne-moi d'avoir pu songer à autre
chose qu'à cet ineffable instant où je te possède. Laisse-
moi oublier tous les dangers qui nous pressent et te
remercier à genoux du bonheur que tu m'apportes ;
laisse-moi vivre tout entier dans cette heure de délices
que je passe à tes pieds et que tout mon sang ne
payerait pas. Qu'il vienne donc te ravir à mes transports, ce mari stupide qui t'enferme et s'endort sur sa
grossière violence ! qu'il vienne t'arracher de mes bras,
toi mon bien, ma vie ! Désormais tu ne lui appartiens
plus ; tu es mon amante, ma compagne, ma maîtresse...

En parlant ainsi, Raymon s'exalta peu à peu, comme
il avait coutume de faire en *plaidant* ses passions. La
situation était puissante, romanesque ; elle offrait des
dangers. Raymon aimait le péril en véritable descendant d'une race de preux. Chaque bruit qu'il entendait
dans la rue lui semblait être l'approche du mari venant
réclamer sa femme et le sang de son rival. Chercher les
voluptés de l'amour dans les émotions excitantes d'une
telle position était un plaisir digne de Raymon. Pendant un quart d'heure, il aima passionnément madame
Delmare ; il lui prodigua les séductions d'une éloquence brûlante. Il fut[8] vraiment puissant dans son
langage et vrai dans son jeu, cet homme dont la tête
ardente traitait l'amour comme un art d'agrément. Il
joua la passion à s'y tromper lui-même. Honte à cette
femme imbécile ! Elle s'abandonna avec délices à ces
trompeuses démonstrations ; elle se sentit heureuse,

elle rayonna d'espérance et de joie ; elle pardonna tout, elle faillit tout accorder[9].

Mais Raymon se perdit lui-même par trop de précipitation. S'il eût porté l'art jusqu'à prolonger vingt-quatre heures de plus la situation où Indiana était venue se risquer, elle était à lui peut-être. Mais le jour se levait vermeil et brillant ; il jetait des torrents de lumière dans l'appartement, et le bruit du dehors croissait à chaque instant. Raymon lança un regard sur la pendule, qui marquait sept heures.

— Il est temps d'en finir, pensa-t-il ; d'un instant à l'autre, Delmare peut arriver, et il faut qu'auparavant je la détermine à rentrer de bon grès chez elle.

Il devint plus pressant et moins tendre ; la pâleur de ses lèvres trahissait le tourment d'une impatience plus impérieuse que délicate. Il y avait de la brusquerie et presque de la colère dans ses baisers. Indiana eut peur. Un bon ange étendit ses ailes sur cette âme chancelante et troublée ; elle se réveilla et repoussa les attaques du vice égoïste et froid.

— Laissez-moi, dit-elle ; je ne veux pas céder par faiblesse ce que je veux pouvoir accorder par amour ou par reconnaissance. Vous ne pouvez pas avoir besoin de preuves de mon affection ; c'en est une assez grande que ma présence ici, et je vous apporte l'avenir avec moi. Mais laissez-moi garder toute la force de ma conscience pour lutter contre les obstacles puissants qui nous séparent encore ; j'ai besoin de stoïcisme et de calme.

— De quoi me parlez-vous ? dit avec colère Raymon, qui ne l'écoutait pas et qui s'indignait de sa résistance.

Et, perdant tout à fait la tête dans cet instant de souffrance et de dépit, il la repoussa rudement, marcha dans la chambre la poitrine oppressée, la tête en feu ; puis il prit une carafe et avala un grand verre d'eau qui calma tout d'un coup son délire et refroidit son amour. Alors il la regarda ironiquement et lui dit :

— Allons, madame, il est temps de vous retirer.

Un rayon de lumière vint enfin éclairer Indiana et lui montrer à nu l'âme de Raymon.

— Vous avez raison, dit-elle.

Et elle se dirigea vers la porte.

— Prenez donc votre manteau et votre boa, lui dit-il en l'arrêtant.

— Il est vrai, répondit-elle, ces traces de ma présence pourraient vous compromettre.

— Vous êtes une enfant, lui dit-il d'un ton patelin en lui mettant son manteau avec un soin puéril ; vous savez bien que je vous aime ; mais vraiment vous prenez plaisir à me torturer, et vous me rendez fou. Attendez que j'aille demander un fiacre. Si je le pouvais, je vous reconduirais jusque chez vous ; mais ce serait vous perdre.

— Et croyez-vous donc que je ne sois pas déjà perdue ? dit-elle avec amertume.

— Non, ma chérie, répondit Raymon, qui ne demandait plus qu'à lui persuader de le laisser tranquille. On ne s'est pas aperçu de votre absence, puisqu'on n'est pas encore venu vous demander ici. Quoiqu'on m'eût soupçonné le dernier, il était naturel d'aller faire des perquisitions chez toutes les personnes de votre connaissance. Et puis vous pouvez aller vous mettre sous la protection de votre tante : c'est même le parti que je vous conseille de prendre ; elle conciliera tout. Vous serez censée avoir passé la nuit chez elle...

Madame Delmare n'écoutait pas ; elle regardait d'un air stupide le soleil large et rouge qui montait sur un horizon de toits étincelants. Raymon essaya de la tirer de cette préoccupation. Elle reporta ses yeux sur lui mais elle sembla ne pas le reconnaître. Ses joues avaient une teinte verdâtre, et ses lèvres sèches semblaient paralysées.

Raymon eut peur. Il se rappela le suicide de l'autre [10], et, dans son effroi, ne sachant que devenir craignant d'être deux fois criminel à ses propres yeux, mais se sentant trop épuisé d'esprit pour réussir à la tromper encore, il l'assit doucement sur son fauteuil, l'enferma, et monta à l'appartement de sa mère.

XXI

Il la trouva éveillée ; elle avait coutume de se lever de bonne heure, par suite des habitudes d'activité laborieuse qu'elle avait contractées dans l'émigration, et qu'elle n'avait point perdues en recouvrant son opulence.

En voyant Raymon pâle, agité, entrer si tard chez elle en costume de bal, elle comprit qu'il se débattait contre une des crises fréquentes de sa vie orageuse. Elle avait toujours été sa ressource et son salut dans ces agitations, dont la trace n'était restée douloureuse et profonde que dans son cœur de mère. Sa vie s'était flétrie et usée de tout ce que la vie de Raymon avait acquis et recouvré. Le caractère de ce fils impétueux et froid, raisonneur et passionné, était une conséquence de son inépuisable amour et de sa tendresse généreuse pour lui. Il eût été meilleur avec une mère moins bonne ; mais elle l'avait habitué à profiter de tous les sacrifices qu'elle consentait à lui faire ; elle lui avait appris à établir et à vouloir son propre bien-être aussi ardemment, aussi fortement qu'elle le voulait. Parce qu'elle se croyait faite pour le préserver de tout chagrin et pour lui immoler tous ses intérêts, il s'était accoutumé à croire que le monde entier était fait pour lui, et devait venir se placer dans sa main à un mot de sa mère. A force de générosité, elle n'avait réussi qu'à former un cœur égoïste.

Elle pâlit, cette pauvre mère, et, se soulevant sur son

lit, elle le regarda avec anxiété. Son regard lui disait déjà : « Que puis-je faire pour toi ? où faut-il que je coure ? »

— Ma mère, lui dit-il en saisissant la main sèche et diaphane qu'elle lui tendait, je suis horriblement malheureux, j'ai besoin de vous. Délivrez-moi des maux qui m'assiègent. J'aime madame Delmare, vous le savez...

— Je ne le savais pas, dit madame de Ramière d'un ton de tendre reproche.

— Ne cherchez pas à le nier, ma bonne mère, dit Raymon, qui n'avait pas de temps à perdre ; vous le saviez, et votre admirable délicatesse vous empêchait de m'en parler la première. Eh bien, cette femme me met au désespoir, et ma tête se perd.

— Parle donc, dit madame de Ramière avec la vivacité juvénile que lui donnait l'ardeur de son amour maternel.

— Je ne veux rien vous cacher, d'autant plus que, cette fois, je ne suis pas coupable. Depuis plusieurs mois, je cherche à calmer sa tête romanesque et à la ramener à ses devoirs ; mais tous mes soins ne servent qu'à irriter cette soif de dangers, ce besoin d'aventures qui fermente dans le cerveau des femmes de son pays. A l'heure où je vous parle, elle est ici, dans ma chambre, malgré moi, et je ne sais comment la décider à en sortir.

— Malheureuse enfant ! dit madame de Ramière en s'habillant à la hâte. Elle si timide et si douce ! je vais la voir, lui parler ! c'est bien cela que tu viens me demander, n'est-ce pas ?

— Oui ! oui ! dit Raymon, que la tendresse de sa mère attendrissait lui-même ; allez lui faire entendre le langage de la raison et de la bonté. Elle aimera sans doute la vertu dans votre bouche ; elle se rendra peut-être à vos caresses ; elle reprendra de l'empire sur elle-même, l'infortunée ! elle souffre tant !

Raymon se jeta dans un fauteuil et se mit à pleurer, tant les émotions diverses de cette matinée avaient agité ses nerfs. Sa mère pleura avec lui, et ne se décida à descendre qu'après l'avoir forcé de prendre quelques gouttes d'éther.

Elle trouva Indiana qui ne pleurait pas, et qui se leva d'un air calme et digne en la reconnaissant. Elle s'attendait si peu à cette contenance noble et forte, qu'elle se sentit embarrassée devant cette jeune femme, comme si elle lui eût manqué d'égards en venant la surprendre dans la chambre de son fils.

Alors elle céda à la sensibilité profonde et vraie de son cœur, et elle lui tendit les bras avec effusion. Madame Delmare s'y jeta ; son désespoir se brisa en sanglots amers, et ces deux femmes pleurèrent long-temps dans le sein l'une de l'autre.

Mais, quand madame de Ramière voulut parler, Indiana l'arrêta.

— Ne me dites rien, madame, lui dit-elle en essuyant ses larmes ; vous ne trouveriez aucune parole qui ne me fît du mal. Votre intérêt et vos caresses suffisent à me prouver votre généreuse affection ; mon cœur est soulagé autant qu'il peut l'être. Maintenant, je me retire ; je n'ai pas besoin de vos instances pour comprendre ce que j'ai à faire.

— Aussi ne suis-je pas venue pour vous renvoyer, mais pour vous consoler, dit madame de Ramière.

— Je ne puis être consolée, répondit-elle en l'embrassant ; aimez-moi, cela me fera un peu de bien ; mais ne me parlez pas. Adieu, madame ; vous croyez en Dieu, priez-le pour moi.

— Vous ne vous en irez pas seule ! s'écria madame de Ramière : je veux vous reconduire moi-même chez votre mari, vous justifier, vous défendre et vous protéger.

— Généreuse femme ! dit Indiana en la pressant sur son cœur, vous ne le pouvez pas. Vous ignorez seule le secret de Raymon ; tout Paris en parlera ce soir, et vous joueriez un rôle déplacé dans cette histoire. Laissez-moi en supporter seule le scandale ; je n'en souffrirai pas longtemps.

— Que voulez-vous dire ? Commettriez-vous le crime d'attenter à votre vie ? Chère enfant ! vous aussi, vous croyez en Dieu.

— Aussi, madame, je pars pour l'île Bourbon dans trois jours.

— Viens dans mes bras, ma fille chérie, viens, que je te bénisse, Dieu récompensera ton courage...

— Je l'espère, dit Indiana en regardant le ciel.

Madame de Ramière voulut au moins envoyer chercher une voiture ; mais Indiana s'y opposa. Elle voulait rentrer seule et sans bruit. En vain la mère de Raymon s'effraya de la voir, si affaiblie et si bouleversée, entreprendre à pied cette longue course.

— J'ai de la force, lui répondit-elle ; une parole de Raymon a suffi pour m'en donner.

Elle s'enveloppa dans son manteau, baissa son voile de dentelle noire, et sortit de l'hôtel par une issue dérobée dont madame de Ramière lui montra le chemin. Aux premiers pas qu'elle fit dans la rue, elle sentit ses jambes tremblantes prêtes à lui refuser le service ; il lui semblait à chaque instant sentir la rude main de son mari furieux la saisir, la renverser et la traîner dans le ruisseau. Bientôt le bruit du dehors, l'insouciance des figures qui se croisaient autour d'elle, et le froid pénétrant du matin, lui rendirent la force et la tranquillité, mais une force douloureuse, et une tranquillité morne, semblable à celle qui s'étend sur les eaux de la mer, et dont le matelot clairvoyant s'effraye plus que des soulèvements de la tempête. Elle descendit le quai depuis l'Institut jusqu'au Corps Législatif ; mais elle oublia de traverser le pont, et continua à longer la rivière, absorbée dans une rêverie stupide, dans une méditation sans idées, et poursuivant l'action sans but de marcher devant elle.

Insensiblement elle se trouva au bord de l'eau, qui charriait des glaçons à ses pieds et les brisait avec un bruit sec et froid sur les pierres de la rive. Cette eau verdâtre exerçait une force attractive sur les sens d'Indiana[11]. On s'accoutume aux idées terribles; à force de les admettre, on s'y plaît. Il y avait si longtemps que l'exemple du suicide de Noun apaisait les heures de son désespoir, qu'elle s'était fait du suicide une sorte de volupté tentatrice. Une seule pensée, une pensée religieuse, l'avait empêchée de s'y arrêter définitivement; mais dans cet instant aucune pensée complète ne gouvernait plus son cerveau épuisé. Elle se rappelait à peine que Dieu existât, que Raymon eût existé, et elle marchait, se rapprochant toujours de la rive, obéissant à l'instinct du malheur et au magnétisme de la souffrance.

Quand elle sentit le froid cuisant de l'eau qui baignait déjà sa chaussure, elle s'éveilla comme d'un état de somnambulisme, et, cherchant des yeux où elle était, elle vit Paris derrière elle, et la Seine qui fuyait sous ses pieds, emportant dans sa masse huileuse le reflet blanc des maisons et le bleu grisâtre du ciel. Ce mouvement continu de l'eau et l'immobilité du sol se confondirent dans ses perceptions troublées, et il lui sembla que l'eau dormait et que la terre fuyait. Dans ce moment de vertige, elle s'appuya contre un mur, et se pencha, fascinée, vers ce qu'elle prenait pour une masse solide... Mais les aboiements d'un chien qui bondissait autour d'elle vinrent la distraire et apporter quelques instants de retard à l'accomplissement de son dessein. Alors un homme qui accourait, guidé par la voix du chien, la saisit par le corps, l'entraîna, et la déposa sur les débris d'un bateau abandonné à la rive. Elle le regarda en face et ne le reconnut pas. Il se mit à ses pieds, détacha son manteau dont il l'enveloppa, prit ses mains dans les siennes pour les réchauffer, et l'appela par son nom. Mais son cerveau était trop faible pour faire un effort : depuis quarante-huit heures, elle avait oublié de manger.

Cependant, lorsque la chaleur revint un peu dans ses membres engourdis, elle vit Ralph à genoux devant elle, qui tenait ses mains et épiait le retour de sa raison.

— Avez-vous rencontré Noun ? lui dit-elle.

Puis elle ajouta, égarée par son idée fixe :

— Je l'ai vue passer sur ce chemin (et elle montrait la rivière). J'ai voulu la suivre, mais elle allait trop vite, et je n'ai pas la force de marcher. C'était comme un cauchemar.

Ralph la regardait avec douleur. Lui aussi sentait sa tête se briser et son cerveau se fendre.

— Allons-nous-en, lui dit-il.

— Allons-nous-en, répondit-elle ; mais, auparavant, cherchez mes pieds, que j'ai égarés là sur ces cailloux.

Ralph s'aperçut qu'elle avait les pieds mouillés et paralysés par le froid. Il l'emporta dans ses bras jusqu'à une maison hospitalière, où les soins d'une bonne femme lui rendirent la connaissance. Pendant ce temps, Ralph envoya prévenir M. Delmare que sa femme était retrouvée ; mais le colonel n'était point rentré chez lui lorsque cette nouvelle y arriva. Il continuait ses recherches avec une rage d'inquiétude et de colère. Ralph, mieux avisé, s'était rendu déjà chez M. de Ramière ; mais il avait trouvé Raymon, ironique et froid, qui venait de se mettre au lit. Alors il avait pensé à Noun, et il avait suivi la rivière dans un sens, tandis que son domestique l'explorait dans l'autre. Ophélia avait saisi aussitôt la trace de sa maîtresse, et elle avait guidé rapidement sir Ralph au lieu où il l'avait trouvée.

Lorsque Indiana ressaisit la mémoire de ce qui s'était passé pendant cette nuit misérable, elle chercha vainement à retrouver celle des instants de son délire. Elle n'aurait donc pu expliquer à son cousin quelles pensées la dominaient une heure auparavant ; mais il les devina, et comprit l'état de son cœur sans l'interroger. Seulement, il lui prit la main et lui dit d'un ton doux, mais solennel :

— Ma cousine, j'exige de vous une promesse : c'est le dernier témoignage d'amitié dont je vous importunerai.

— Parlez, répondit-elle ; vous obliger est le dernier bonheur qui me reste.

— Eh bien, jurez-moi, reprit Ralph, de ne plus avoir recours au suicide sans m'en prévenir. Je vous jure sur l'honneur de ne m'y opposer en aucune manière. Je ne tiens qu'à être averti ; quant au reste, je m'en soucie aussi peu que vous, et vous savez que j'ai eu souvent la même idée...

— Pourquoi me parlez-vous de suicide ? dit madame Delmare. Je n'ai jamais voulu attenter à ma vie. Je crains Dieu ; sans cela !...

— Tout à l'heure, Indiana, quand je vous ai saisie dans mes bras, quand cette pauvre bête (et il caressait Ophélia) vous a retenue par votre robe, vous aviez oublié Dieu et tout l'univers, votre cousin Ralph comme les autres...

Une larme vint au bord de la paupière d'Indiana. Elle pressa la main de sir Ralph.

— Pourquoi m'avez-vous arrêtée ? lui dit-elle tristement ; je serais maintenant dans le sein de Dieu, car je n'étais pas coupable, je n'avais pas la conscience de ce que je faisais...

— Je l'ai bien vu, et j'ai pensé qu'il valait mieux se donner la mort avec réflexion. Nous en reparlerons si vous voulez...

Indiana tressaillit. La voiture qui les conduisait s'arrêta devant la maison où elle devait retrouver son mari. Elle n'eut pas la force de monter les escaliers ;

Ralph la porta jusque dans sa chambre. Tout leur domestique était réduit à une femme de service, qui était allée commenter la fuite de madame Delmare dans le voisinage, et à Lelièvre, qui, en désespoir de cause, avait été s'informer à la Morgue des cadavres apportés dans la matinée. Ralph resta donc auprès de madame Delmare pour la soigner. Elle était en proie à de vives souffrances lorsque la sonnette, rudement ébranlée, annonça le retour du colonel. Un frisson de terreur et de haine parcourut tout son sang. Elle prit brusquement le bras de son cousin :

— Écoutez, Ralph, lui dit-elle, si vous avez un peu d'attachement pour moi, vous m'épargnerez la vue de cet homme dans l'état où je suis. Je ne veux pas lui faire pitié, j'aime mieux sa colère que sa compassion... N'ouvrez pas, ou renvoyez-le ; dites-lui que l'on ne m'a pas retrouvée...

Ses lèvres tremblaient, ses bras se contractaient avec une énergie convulsive pour retenir Ralph. Partagé entre deux sentiments contraires, le pauvre baronnet ne savait quel parti prendre. Delmare secouait la sonnette à la briser, et sa femme était mourante sur son fauteuil.

— Vous ne songez qu'à sa colère, dit enfin Ralph, vous ne songez pas à ses tourments, à son inquiétude ; vous croyez toujours qu'il vous hait... Si vous aviez vu sa douleur ce matin !...

Indiana laissa retomber son bras avec accablement, et Ralph alla ouvrir.

— Elle est ici ? cria le colonel en entrant. Mille sabords de Dieu ! j'ai assez couru pour la retrouver : je lui suis fort obligé du joli métier qu'elle me fait faire ! Le ciel la confonde ! Je ne veux pas la voir, car je la tuerais.

— Vous ne songez pas qu'elle vous entend, répondit Ralph à voix basse. Elle est dans un état à ne pouvoir supporter aucune émotion pénible. Modérez-vous.

— Vingt-cinq mille malédictions ! hurla le colonel, j'en ai bien supporté d'autres, moi, depuis ce matin. Bien m'a pris d'avoir les nerfs comme des câbles. Où est, s'il vous plaît, le plus froissé, le plus fatigué, le plus justement malade d'elle ou de moi ? Et où l'avez-vous trouvée ? que faisait-elle ? Elle est cause que j'ai outrageusement traité cette vieille folle de Carvajal, qui me faisait des réponses ambiguës et s'en prenait à moi de cette belle équipée... Malheur ! je suis éreinté !

En parlant ainsi de sa voix rauque et dure, Delmare s'était jeté sur une chaise dans l'antichambre ; il essuyait son front baigné de sueur malgré le froid rigoureux de la saison ; il racontait en jurant ses fatigues, ses anxiétés, ses souffrances ; il faisait mille questions, et, heureusement, il n'écoutait pas les réponses, car le pauvre Ralph ne savait pas mentir, et il ne voyait rien dans ce qu'il avait à raconter qui pût apaiser le colonel. Il restait assis sur une table, impassible et muet comme s'il eût été absolument étranger aux angoisses de ces deux personnes, et cependant plus malheureux de leurs chagrins qu'elles-mêmes.

Madame Delmare, en entendant les imprécations de son mari, se sentit plus forte qu'elle ne s'y attendait. Elle aimait mieux ce courroux qui la réconciliait avec elle-même, qu'une générosité qui eût excité ses remords. Elle essuya la dernière trace de ses larmes, et rassembla un reste de force qu'elle ne s'inquiétait pas d'épuiser en un jour, tant la vie lui pesait. Quand son mari l'aborda d'un air impérieux et dur, il changea tout d'un coup de visage et de ton, et se trouva contraint devant elle, maté par la supériorité de son caractère. Il essaya alors d'être digne et froid comme elle ; mais il n'en put jamais venir à bout.

— Daignerez-vous m'apprendre, madame, lui dit-il, où vous avez passé la matinée et peut-être la nuit ?

Ce *peut-être* apprit à madame Delmare que son

absence avait été signalée assez tard. Son courage s'en augmenta.

— Non, monsieur, répondit-elle, mon intention n'est pas de vous le dire.

Delmare verdit de colère et de surprise.

— En vérité, dit-il d'une voix chevrotante, vous espérez me le cacher ?

— J'y tiens fort peu, répondit-elle d'un ton glacial. Si je refuse de vous répondre, c'est absolument pour la forme. Je veux vous convaincre que vous n'avez pas le droit de m'adresser cette question [12].

— Je n'en ai pas le droit, mille couleuvres ! Qui donc est le maître ici, de vous ou de moi ? qui donc porte une jupe et doit filer une quenouille ? Prétendez-vous m'ôter la barbe du menton ? Cela vous sied bien, femmelette !

— Je sais que je suis l'esclave et vous le seigneur. La loi de ce pays vous a fait mon maître. Vous pouvez lier mon corps, garrotter mes mains, gouverner mes actions. Vous avez le droit du plus fort, et la société vous le confirme ; mais sur ma volonté, monsieur, vous ne pouvez rien, Dieu seul peut la courber et la réduire. Cherchez donc une loi, un cachot, un instrument de supplice qui vous donne prise sur moi ! c'est comme si vous vouliez manier l'air et saisir le vide.

— Taisez-vous, sotte et impertinente créature ; vos phrases de roman nous ennuient.

— Vous pouvez m'imposer silence, mais non m'empêcher de penser.

— Orgueil imbécile, morgue de vermisseau ! vous abusez de la pitié qu'on a de vous ! Mais vous verrez bien qu'on peut dompter ce grand caractère sans se donner beaucoup de peine.

— Je ne vous conseille pas de le tenter, votre repos en souffrirait, votre dignité n'y gagnerait rien.

— Vous croyez ? dit-il en lui meurtrissant la main entre son index et son pouce.

— Je le crois, dit-elle sans changer de visage.

Ralph fit deux pas, prit le bras du colonel dans sa main de fer, et le fit ployer comme un roseau en lui disant d'un ton pacifique :

— Je vous prie de ne pas toucher à un cheveu de cette femme.

Delmare eut envie de se jeter sur lui ; mais il sentit qu'il avait tort, et il ne craignait rien tant au monde que de rougir de lui-même. Il le repoussa en se contentant de lui dire :

— Mêlez-vous de vos affaires.

Puis, revenant à sa femme :

— Ainsi, madame, lui dit-il en serrant ses bras contre sa poitrine pour résister à la tentation de la frapper, vous entrez en révolte ouverte contre moi, vous refusez de me suivre à l'île Bourbon, vous voulez vous séparer ? Eh bien, mordieu ! moi aussi...

— Je ne le veux plus, répondit-elle. Je le voulais hier, c'était ma volonté ; ce ne l'est plus ce matin. Vous avez usé de violence en m'enfermant dans ma chambre : j'en suis sortie par la fenêtre pour vous prouver que ne pas régner sur la volonté d'une femme, c'est exercer un empire dérisoire. J'ai passé quelques heures hors de votre domination ; j'ai été respirer l'air de la liberté pour vous montrer que vous n'êtes pas moralement mon maître et que je ne dépends que de moi sur la terre. En me promenant, j'ai réfléchi que je devais à mon devoir et à ma conscience de revenir me placer sous votre patronage ; je l'ai fait de mon plein gré. Mon cousin m'a *accompagnée* ici, et non pas *ramenée*. Si je n'eusse pas voulu le suivre, il n'aurait pas su m'y contraindre, vous l'imaginez bien. Ainsi, monsieur, ne perdez pas votre temps à discuter avec ma conviction ; vous ne l'influencerez jamais, vous en avez perdu le droit dès que vous avez voulu y prétendre par la force. Occupez-vous du départ ; je suis prête à vous aider et à vous suivre, non pas parce que telle est votre volonté, mais parce que telle est mon intention. Vous pouvez me condamner, mais je n'obéirai jamais qu'à moi-même.

— J'ai pitié du dérangement de votre esprit, dit le colonel en haussant les épaules.

Et il se retira dans sa chambre pour mettre en ordre ses papiers, fort satisfait, au-dedans de lui, de la résolution de madame Delmare, et ne redoutant plus d'obstacles ; car il respectait la parole de cette femme autant qu'il méprisait ses idées.

XXII

Raymon, cédant à la fatigue, s'était endormi profondément, après avoir reçu fort sèchement sir Ralph, qui était venu prendre des informations chez lui. Lorsqu'il s'éveilla, un sentiment de bien-être inonda son âme ; il songea que la crise principale de cette aventure était enfin passée. Depuis longtemps, il avait prévu qu'un instant viendrait le mettre aux prises avec cet amour de femme, qu'il faudrait défendre sa liberté contre les exigences d'une passion romanesque, et il s'encourageait d'avance à combattre de telles prétentions. Il avait donc franchi, enfin, ce pas difficile : il avait dit non, il n'aurait plus besoin d'y revenir, car les choses s'étaient passées pour le mieux. Indiana n'avait pas trop pleuré, pas trop insisté. Elle s'était montrée raisonnable ; elle avait compris au premier mot, elle avait pris son parti vite et fièrement.

Raymon était fort content de sa providence ; car il en avait une à lui, à laquelle il croyait en bon fils, et sur laquelle il comptait pour arranger toutes choses au détriment des autres plutôt qu'au sien propre. Elle l'avait si bien traité jusque-là, qu'il ne voulait pas douter d'elle. Prévoir le résultat de ses fautes et s'en inquiéter, c'eût été à ses yeux commettre le crime d'ingratitude envers le Dieu bon qui veillait sur lui.

Il se leva très fatigué encore des efforts d'imagination auxquels l'avaient contraint les circonstances de cette scène pénible. Sa mère rentra ; elle venait de s'informer auprès de madame de Carvajal de la santé et de la disposition d'esprit de madame Delmare. La marquise ne s'en était point inquiétée ; elle était pourtant dans un très grand chagrin quand madame de Ramière l'interrogea adroitement. Mais la seule chose qui l'eût frappée dans la disparition de madame Delmare, c'était le scandale qui allait en résulter. Elle se plaignit très amèrement de sa nièce, que, la veille, elle élevait aux nues ; et madame de Ramière comprit que, par cette démarche, la malheureuse Indiana s'était aliéné à jamais sa parente et perdait le seul appui naturel qui lui restât.

Pour qui eût connu le fond de l'âme de la marquise, ce n'eût pas été une grande perte ; mais madame de Carvajal passait, même aux yeux de madame de Ramière, pour une vertu irréprochable. Sa jeunesse avait été enveloppée des mystères de la prudence ou perdue dans le tourbillon des révolutions. La mère de Raymon pleura sur le sort d'Indiana et chercha à l'excuser ; madame de Carvajal lui dit avec aigreur qu'elle n'était peut-être pas assez désintéressée dans cette affaire pour en juger.

— Mais que deviendra donc cette malheureuse jeune femme ? dit madame de Ramière. Si son mari l'opprime, qui la protégera ?

— Elle deviendra ce qu'il plaira à Dieu, répondit la marquise ; pour moi, je ne m'en mêle plus, et je ne veux jamais la revoir.

Madame de Ramière, inquiète et bonne, résolut de savoir à tout prix des nouvelles de madame Delmare. Elle se fit conduire au bout de la rue qu'elle habitait, et envoya un domestique questionner le concierge, en lui recommandant de tâcher de voir sir Ralph s'il était dans la maison. Elle attendit dans sa voiture le résultat de cette tentative, et bientôt Ralph lui-même vint l'y trouver.

La seule personne, peut-être, qui jugeât bien Ralph, c'était madame de Ramière ; quelques mots suffirent entre eux pour comprendre la part mutuelle d'intérêt sincère et pur qu'ils avaient dans cette affaire. Ralph raconta ce qui s'était passé dans la matinée ; et, comme il n'avait que des soupçons sur les circonstances de la nuit, il ne chercha pas à les confirmer. Mais madame de Ramière crut devoir l'informer de ce qu'elle en savait, le mettant de moitié dans son désir de rompre cette liaison funeste et impossible. Ralph, qui se sentait plus à l'aise devant elle qu'il ne l'était vis-à-vis de personne, laissa paraître sur ses traits une altération profonde en recevant cette confidence.

— Vous dites, madame, murmura-t-il en réprimant comme un frisson nerveux qui parcourut ses veines, qu'elle a passé la nuit dans votre hôtel ?

— Une nuit solitaire et douloureuse, sans doute, Raymon, qui n'était certes pas coupable de complicité, n'est rentré qu'à six heures, et, à sept, il est venu me trouver pour m'engager à calmer l'esprit de cette malheureuse enfant.

— Elle voulait quitter son mari ! elle voulait se perdre d'honneur ! reprit Ralph les yeux fixes, et dans une étrange préoccupation de cœur. Elle l'aime donc bien, cet homme indigne d'elle !...

Ralph oubliait qu'il parlait à la mère de Raymon.

— Je m'en doutais bien depuis longtemps, continuat-il ; pourquoi n'ai-je pas prévu le jour où elle consommerait sa perte ! Je l'aurais tuée auparavant.

Ce langage dans la bouche de Ralph surprit étrangement madame de Ramière ; elle croyait parler à un

homme calme et indulgent, elle se repentit d'avoir cru
aux apparences.

— Mon Dieu ! dit-elle avec effroi, la jugerez-vous
donc aussi sans miséricorde ? l'abandonnerez-vous
comme sa tante ? Êtes-vous donc tous sans pitié et sans
pardon ? Ne lui restera-t-il pas un ami après une faute
dont elle a déjà tant souffert ?

— Ne craignez rien de pareil de ma part, madame,
répondit Ralph ; il y a six mois que je sais tout, et je
n'ai rien dit. J'ai surpris leur premier baiser, et je n'ai
point jeté M. de Ramière à bas de son cheval ; j'ai
croisé souvent dans les bois leurs messages d'amour, et
je ne les ai point déchirés à coups de fouet. J'ai
rencontré M. de Ramière sur le pont qu'il traversait
pour aller la trouver ; c'était la nuit, nous étions seuls,
et je suis fort quatre fois comme lui ; pourtant je n'ai
pas jeté cet homme dans la rivière ; et, quand, après
l'avoir laissé fuir, j'ai découvert qu'il avait trompé ma
vigilance, qu'il s'était introduit chez elle, au lieu
d'enfoncer les portes et de le lancer par la fenêtre, j'ai
été paisiblement les avertir de l'approche du mari, et
sauver la vie de l'un afin de sauver l'honneur de l'autre.
Vous voyez bien, madame, que je suis clément et
miséricordieux. Ce matin, je tenais cet homme sous ma
main ; je savais bien qu'il était la cause de tous nos
maux, et, si je n'avais pas le droit de l'accuser sans
preuves, j'avais au moins le pouvoir de lui chercher
dispute pour son air arrogant et railleur. Eh bien, j'ai
supporté des dédains insultants, parce que je savais
que sa mort tuerait Indiana ; je l'ai laissé se rendormir
sur l'autre flanc, tandis qu'Indiana, mourante et folle,
était au bord de la Seine, prête à rejoindre l'autre
victime... Vous voyez madame, que je pratique la
patience avec les gens que je hais et l'indulgence avec
ceux que j'aime.

Madame de Ramière, assise dans sa voiture vis-à-vis
de Ralph, le contemplait avec une surprise mêlée de

frayeur. Il était si différent de ce qu'elle l'avait toujours
vu, qu'elle pensa presque à la possibilité d'une subite
aliénation mentale. L'allusion qu'il venait de faire à la
mort de Noun la confirmait dans cette idée ; car elle
ignorait absolument cette histoire, et prenait les mots
échappés à l'indignation de Ralph pour un fragment de
pensée étrangère à son sujet. Il était, en effet, dans une
de ces situations violentes qui se présentent au moins
une fois dans la vie des hommes les plus raisonnables,
et qui tiennent de si près à la folie, qu'un degré de plus
les porterait à la fureur. Sa colère était cependant pâle
et concentrée comme celle des tempéraments froids ;
mais elle était profonde comme celle des âmes nobles,
et l'étrangeté de cette disposition, prodigieuse chez lui,
en rendait l'aspect terrible.

Madame de Ramière prit sa main et lui dit avec
douceur :

— Vous souffrez beaucoup, mon cher monsieur
Ralph ; car vous me faites du mal sans remords : vous
oubliez que l'homme dont vous parlez est mon fils, et
que ses torts, s'il en a, doivent déchirer mon cœur
encore plus que le vôtre.

Ralph revint aussitôt à lui-même, et, baisant la main
de madame de Ramière avec une effusion d'amitié
dont le témoignage était presque aussi rare que celui
de sa colère :

— Pardonnez-moi, madame, lui dit-il ; vous avez
raison, je souffre beaucoup, et j'oublie ce que je devrais
respecter. Oubliez vous-même l'amertume que je viens
de laisser paraître ; mon cœur saura la renfermer
encore.

Madame de Ramière, quoique rassurée par cette
réponse, gardait une secrète inquiétude en voyant la
haine profonde que Ralph nourrissait pour son fils.
Elle essaya de l'excuser aux yeux de son ennemi ; il
l'arrêta.

— Je devine vos pensées, madame, lui dit-il ; mais

rassurez-vous, nous ne sommes pas destinés à nous revoir de sitôt, M. de Ramière et moi. Quant à ma cousine, ne vous repentez pas de m'avoir éclairé. Si tout le monde l'abandonne, je jure qu'au moins un ami lui restera.

Madame de Ramière, en rentrant chez elle vers le soir, trouva Raymon, qui chauffait voluptueusement ses pieds enveloppés de pantoufles de cachemire, et qui prenait du thé pour achever de dissiper les agitations nerveuses de la matinée. Il était encore abattu par ces prétendues émotions ; mais de douces pensées d'avenir ravivaient son âme : il se sentait enfin redevenu libre, et il se livrait entièrement à de béates méditations sur ce précieux état qu'il avait l'habitude de garder si mal.

— Pourquoi suis-je destiné, se disait-il, à m'ennuyer sitôt dans cette ineffable liberté d'esprit qu'il me faut toujours racheter si chèrement ? Quand je me sens pris aux pièges d'une femme, il me tarde de les rompre, afin de reconquérir mon repos et ma tranquillité d'âme. Que je sois maudit si j'en fais le sacrifice de sitôt ! Les chagrins que m'ont suscités ces deux créoles me serviront d'avertissement, et je ne veux plus avoir affaire qu'à de légères et moqueuses Parisiennes... à de véritables femmes du monde. Peut-être ferais-je bien de me marier pour faire une fin, comme on dit...

Il était plongé dans ces bourgeoises et commodes pensées, quand sa mère entra émue et fatiguée.

— Elle se porte mieux, lui dit-elle ; tout s'est bien passé, j'espère qu'elle se calmera...

— Qui ? demanda Raymon, réveillé en sursaut dans ses châteaux en Espagne.

Cependant il songea, le lendemain, qu'il lui restait encore une tâche à remplir : c'était de regagner l'estime, sinon l'amour de cette femme. Il ne voulait pas qu'elle pût se vanter de l'avoir quitté ; il voulait qu'elle se persuadât avoir cédé à l'ascendant de sa raison et de sa générosité. Il voulait la dominer encore après l'avoir repoussée ; et il lui écrivit :

« Je ne viens pas vous demander pardon, mon amie, de quelques paroles cruelles ou audacieuses échappées au délire de mes sens. Ce n'est pas dans le désordre de la fièvre qu'on peut former une idée complète et l'exprimer d'une manière convenable. Ce n'est pas ma faute si je ne suis pas un dieu, si je ne puis maîtriser auprès de vous l'ardeur de mon sang qui bouillonne, si ma tête s'égare, si je deviens fou. Peut-être aurais-je le droit de me plaindre du féroce sang-froid avec lequel vous m'avez condamné à d'affreuses tortures sans jamais en prendre aucune pitié ; mais ce n'est pas votre faute non plus. Vous étiez trop parfaite pour jouer en ce monde le même rôle que nous, créatures vulgaires, soumises aux passions humaines, esclaves de notre organisation grossière. Je vous l'ai dit souvent, Indiana, vous n'êtes pas femme, et, quand j'y songe dans le calme de mes pensées, vous êtes un ange. Je vous adore dans mon cœur comme une divinité. Mais, hélas ! auprès de vous, souvent le *vieil homme*[13] a repris ses droits. Souvent, sous le souffle embaumé de vos lèvres, un feu cuisant est venu dévorer les miennes ; souvent, quand, me penchant vers vous, mes cheveux ont effleuré les vôtres, un frisson d'indicible volupté a parcouru toutes mes veines, et alors j'ai oublié que vous étiez une émanation du ciel, un rêve des félicités éternelles, un ange détaché du sein de Dieu pour guider mes pas en cette vie et pour me raconter les joies d'une autre existence. Pourquoi, pur esprit, avais-tu pris la forme tentatrice d'une femme ? Pourquoi, ange de lumière, avais-tu revêtu les séductions de l'enfer ? Souvent j'ai cru tenir le bonheur dans mes bras, et tu n'étais que la vertu.

» Pardonnez-moi ces regrets coupables, mon amie ; je n'étais point digne de vous, et peut-être, si vous eussiez consenti à descendre jusqu'à moi, eussions-nous été plus heureux l'un et l'autre. Mais mon infériorité vous a fait continuellement souffrir, et vous m'avez fait des crimes des vertus que vous aviez.

» Maintenant que vous m'absolvez, j'en suis certain, car la perfection implique la miséricorde, laissez-moi élever encore la voix pour vous remercier et vous bénir. Vous remercier !... Oh ! non, ma vie, ce n'est pas le mot : car mon âme est plus déchirée que la vôtre du courage qui vous arrache de mes bras. Mais je vous admire ; et, tout en pleurant, je vous félicite. Oui, mon Indiana, ce sacrifice héroïque, vous avez trouvé la force de l'accomplir. Il m'arrache le cœur et la vie, il désole mon avenir, il ruine mon existence. Eh bien, je vous aime encore assez pour le supporter sans me plaindre ; car mon honneur n'est rien, c'est le vôtre qui est tout. Mon honneur, je vous le sacrifierais mille fois ; mais le vôtre m'est plus cher que toutes les joies que vous m'auriez données. Oh ! non ! je n'eusse pas joui d'un tel sacrifice. En vain j'aurais essayé de m'étourdir à force d'ivresse et de transports, en vain vous m'eussiez ouvert vos bras pour m'enivrer de voluptés célestes, le remords serait venu m'y chercher ; il aurait empoisonné tous mes jours, et j'aurais été plus humilié que vous du mépris des hommes. O Dieu ! vous voir abaissée et flétrie par moi ! vous voir déchue de cette vénération qui vous entoure ! vous voir insultée dans mes bras, et ne pouvoir laver cette offense ! car en vain j'eusse versé tout mon sang pour vous ; je vous eusse vengée peut-être, mais jamais justifiée. Mon ardeur à vous défendre eût été contre vous une accusation de plus ; ma mort, une preuve irrécusable de votre crime. Pauvre Indiana, je vous aurais perdue ! Oh ! que je serais malheureux !

» Partez donc, ma bien-aimée ; allez sous un autre ciel recueillir les fruits de la vertu et de la religion. Dieu nous récompensera d'un tel effort ; car Dieu est bon. Il nous réunira dans une vie plus heureuse, et peut-être même... mais cette pensée est encore un crime ; pourtant je ne peux pas me défendre d'espérer !... Adieu, Indiana, adieu ; vous voyez bien que notre amour est un forfait !... Hélas ! mon âme est brisée. Où trouverais-je la force de vous dire adieu ! »

Raymon porta lui-même cette lettre chez madame Delmare ; mais elle se renferma dans sa chambre et refusa de le voir. Il quitta donc cette maison après avoir glissé sa lettre à la femme de service, et embrassé cordialement le mari. En laissant derrière lui la dernière marche de l'escalier, il se sentit plus léger qu'à l'ordinaire ; le temps était plus doux, les femmes étaient plus belles, les boutiques plus étincelantes : ce fut un beau jour dans la vie de Raymon.

Madame Delmare serra la lettre toute cachetée dans un coffre qu'elle ne devait ouvrir qu'aux colonies. Elle voulut aller dire adieu à sa tante ; sir Ralph s'y opposa avec une obstination absolue. Il avait vu madame de Carvajal ; il savait qu'elle voulait accabler Indiana de reproches et de mépris ; il s'indignait de cette hypocrite sévérité, et ne supportait pas l'idée que madame Delmare allât s'y exposer.

Le jour suivant, au moment où Delmare et sa femme allaient monter en diligence, sir Ralph leur dit avec son aplomb accoutumé :

— Je vous ai souvent fait entendre, mes amis, que je désirais vous suivre ; mais vous avez refusé de me comprendre ou de me répondre. Voulez-vous me permettre de partir avec vous ?

— Pour Bordeaux ? dit M. Delmare.

— Pour Bourbon, répondit M. Ralph.

— Vous n'y songez pas, reprit M. Delmare ; vous ne pouvez ainsi transporter votre établissement au gré d'un ménage dont l'avenir est incertain et la situation précaire ; ce serait abuser lâchement de votre amitié que d'accepter le sacrifice de toute votre vie et l'abnégation de votre position sociale. Vous êtes riche, jeune, libre ; il faut vous remarier, vous créer une famille...

— Il ne s'agit pas de cela, répondit froidement sir Ralph. Comme je ne sais pas envelopper mes idées dans des mots qui en altèrent le sens, je vous dirai franchement ce que je pense. Il m'a semblé que, depuis six mois, votre amitié à tous deux s'était refroidie à mon égard. Peut-être ai-je eu des torts que l'épaisseur de mon jugement m'a empêché d'apercevoir. Si je me trompe, un mot de vous suffira pour me rassurer ; permettez-moi de vous suivre. Si j'ai démérité auprès de vous, il est temps de me le dire ; vous ne devez pas, en m'abandonnant, me laisser le remords de n'avoir pas réparé mes fautes.

Le colonel fut si ému de cette naïve et généreuse ouverture, qu'il oublia toutes les susceptibilités d'amour-propre qui l'avaient éloigné de son ami. Il lui tendit la main, lui jura que son amitié était plus sincère que jamais, et qu'il ne refusait ses offres que par discrétion.

Madame Delmare gardait le silence. Ralph fit un effort pour obtenir un mot de sa bouche.

— Et vous, Indiana, lui dit-il d'une voix étouffée, avez-vous encore de l'amitié pour moi ?

Ce mot réveilla toute l'affection filiale, tous les souvenirs d'enfance, toutes les habitudes d'intimité qui unissaient leurs cœurs. Ils se jetèrent en pleurant dans les bras l'un de l'autre, et Ralph faillit s'évanouir ; car, dans ce corps robuste, dans ce tempérament calme et réservé, fermentaient des émotions puissantes. Il s'assit pour ne pas tomber, resta quelques instants silencieux et pâle ; puis il saisit la main du colonel dans une des siennes, et celle de sa femme dans l'autre.

— A cette heure de séparation peut-être éternelle, leur dit-il, soyez francs avec moi. Vous refusez ma proposition de vous accompagner à cause de moi et non à cause de vous.

— Je vous jure sur l'honneur, dit Delmare, qu'en vous refusant je sacrifie mon bonheur au vôtre.

— Pour moi, dit Indiana, vous savez que je voudrais ne jamais vous quitter.

— A Dieu ne plaise que je doute de votre sincérité dans un pareil moment ! répondit Ralph ; votre parole me suffit, je suis content de vous deux.

Et il disparut.

Six semaines après, le brick *la Coraly* mettait à la voile dans le port de Bordeaux. Ralph avait écrit à ses amis qu'il serait dans cette ville vers les derniers jours de leur station, mais, selon sa coutume, dans un style si laconique, qu'il était impossible de savoir s'il avait l'intention de leur dire un dernier adieu ou celle de les accompagner. Ils l'attendirent vainement jusqu'à la dernière heure et le capitaine donna le signal du départ sans que Ralph eût paru. Quelques pressentiments sinistres vinrent ajouter à la douleur morne qui pesait sur l'âme d'Indiana, lorsque les dernières maisons du port s'effacèrent dans la verdure de la côte. Elle frémit de songer qu'elle était désormais seule dans l'univers avec ce mari qu'elle haïssait, qu'il faudrait vivre et mourir avec lui sans un ami pour la consoler, sans un parent pour la protéger contre sa domination violente...

Mais, en se retournant, elle vit sur le pont, derrière elle, la paisible et bienveillante figure de Ralph qui lui souriait.

— Tu ne m'abandonnes donc pas, toi ? lui dit-elle en se jetant à son cou toute baignée de larmes.

— Jamais ! répondit Ralph en la pressant sur sa poitrine.

XXIII

Lettre de madame Delmare à M. de Ramière[14].

« De l'île Bourbon, 3 juin 18.

» J'avais résolu de ne plus vous fatiguer de mon souvenir ; mais, en arrivant ici, en lisant la lettre que vous me fîtes tenir la veille de mon départ de Paris, je sens que je vous dois une réponse, car, dans la crise d'une horrible douleur, j'avais été trop loin ; je m'étais méprise sur votre compte, et je vous dois une réparation, non comme *amant,* mais comme *homme.*

» Pardonnez-le-moi, Raymon, dans cet affreux moment de ma vie, je vous pris pour un monstre. Un seul mot, un seul regard de vous ont banni à jamais toute confiance, tout espoir de mon âme. Je sais que je ne puis plus être heureuse ; mais j'espère encore n'être pas réduite à vous mépriser : ce serait pour moi le dernier coup.

» Oui, je vous pris pour un lâche, pour ce qu'il y a de pire dans le monde, pour un *égoïste.* J'eus horreur de vous. J'eus regret que Bourbon ne fût pas assez loin pour vous fuir, et l'indignation me donna la force de vivre jusqu'à la lie.

» Mais, depuis que j'ai lu votre lettre, je me sens mieux. Je ne vous regrette pas, mais je ne vous hais plus, et je ne veux pas laisser dans votre vie le remords d'avoir détruit la mienne. Soyez heureux, soyez insouciant ; oubliez-moi ; je vis encore, et peut-être vivrai-je longtemps...

» Au fait, vous n'êtes pas coupable ; c'est moi qui fus insensée. Votre cœur n'était pas aride, mais il m'était fermé. Vous ne m'avez pas menti, c'est moi qui me suis trompée. Vous n'étiez ni parjure ni insensible ; seulement, vous ne m'aimiez pas.

» Oh ! mon Dieu ! vous ne m'aimiez pas ! Comment donc fallait-il vous aimer ?... Mais je ne descendrai pas à me plaindre ; je ne vous écris pas pour empoisonner d'un souvenir maudit le repos de votre vie présente ; je ne viens pas non plus implorer votre compassion pour des maux que j'ai la force de porter seule. Connaissant mieux le rôle qui vous convient, je viens, au contraire, vous absoudre et vous pardonner.

» Je ne m'amuserai pas à réfuter votre lettre, ce serait trop facile ; je ne répondrai pas à vos observations sur mes devoirs. Soyez tranquille, Raymon, je les connais, et je ne vous aimais pas assez peu pour les violer sans réflexion. Il n'est pas nécessaire de m'apprendre que le mépris des hommes eût été le prix de ma faute ; je le savais bien. Je n'ignorais pas que la tache serait profonde, indélébile, cuisante ; que je serais repoussée de toutes parts, maudite, couverte de honte, et que je ne trouverais plus un seul ami pour me plaindre et me consoler. La seule erreur où j'étais tombée, c'était la confiance que vous m'ouvririez vos bras, et que, là, vous m'aideriez à oublier le mépris, la misère et l'abandon. La seule chose que je n'eusse pas prévue, c'est que vous refuseriez peut-être mon sacrifice après me l'avoir laissé consommer. Je m'étais imaginé que cela ne se pouvait pas. J'allais chez vous avec la prévision que vous me repousseriez d'abord par principe et par devoir, mais avec la conviction qu'en apprenant les conséquences inévitables de ma démarche, vous vous croiriez forcé de m'aider à les supporter. Non, en vérité, je n'aurais jamais pensé que vous m'abandonneriez seule aux suites d'une si périlleuse résolution, et que vous m'en laisseriez recueillir les fruits amers, au lieu de me recevoir dans votre sein et de me faire un rempart de votre amour.

» Comme je les eusse défiées, alors, ces lointaines

rumeurs d'un monde impuissant à me nuire ! comme j'aurais bravé la haine, forte de votre affection ! comme le remords eût été faible, et comme la passion que vous m'eussiez inspirée eût étouffé sa voix ! Occupée de vous seul, je me serais oubliée ; fière de votre cœur, je n'aurais pas eu le temps de rougir du mien. Un mot de vous, un regard, un baiser aurait suffi pour m'absoudre, et le souvenir des hommes et des lois n'eût pas pu trouver sa place dans une pareille vie. C'est que j'étais folle ; c'est que, selon votre expression cynique, j'avais appris la vie dans les romans à l'usage des femmes de chambre, dans ces riantes et puériles fictions où l'on intéresse le cœur au succès de folles entreprises et d'impossibles félicités. C'est horriblement vrai, Raymon, ce que vous avez dit là ! Ce qui m'épouvante et me terrasse, c'est que vous avez raison.

» Ce que je n'explique pas aussi bien, c'est que l'impossibilité n'ait pas été égale pour nous deux ; c'est que, moi, faible femme, j'aie puisé dans l'exaltation de mes sentiments la force de me placer seule dans une situation d'invraisemblance et de roman, et que vous, homme de cœur, vous n'ayez pas trouvé dans votre volonté celle de m'y suivre. Pourtant, vous aviez partagé ces rêves d'avenir, vous aviez consenti à ces illusions, vous aviez nourri en moi cet espoir impossible à réaliser. Depuis longtemps, vous écoutiez mes projets d'enfant, mes ambitions de pygmée, avec le sourire sur les lèvres et la joie dans les yeux, et vos paroles étaient toutes d'amour et de reconnaissance. Vous aussi, vous fûtes aveugle, imprévoyant, fanfaron. Comment se fait-il que la raison ne vous soit revenue qu'à la vue du danger ? Moi, je croyais que le danger fascinait les yeux, exaltait la résolution, enivrait la peur ; et voilà que vous avez tremblé au moment de la crise ! N'avez-vous donc, vous autres, que le courage physique qui affronte la mort ? n'êtes-vous pas capables de celui de l'esprit qui accepte le malheur ? Vous qui expliquez tout si admirablement, expliquez-moi cela, je vous prie.

» C'est peut-être que votre rêve n'était pas comme le mien ; c'est que, chez moi, le courage, c'était l'amour. Vous vous étiez imaginé que vous m'aimiez, et vous vous êtes réveillé surpris d'une telle erreur, le jour où je marchai confiante à l'abri de la mienne. Grand Dieu ! quelle étrange illusion fut la vôtre, puisque vous ne prévîtes pas alors tous les obstacles qui vous frappèrent au moment d'agir ! puisque vous ne m'en avez dit le premier mot que lorsqu'il n'était plus temps !

» Pourquoi vous ferais-je des reproches à présent ? Est-on responsable des mouvements de son cœur ? a-t-il dépendu de vous de m'aimer toujours ? Non, sans doute. Mon tort est de n'avoir pas su vous plaire plus longtemps et plus réellement. J'en cherche la cause et ne la trouve point dans mon cœur ; mais enfin elle existe apparemment. Peut-être vous ai-je trop aimé, peut-être ma tendresse fut importune et fatigante. Vous étiez homme, vous aimiez l'indépendance et le plaisir. Je fus un fardeau pour vous. J'essayai quelquefois d'assujettir votre vie. Hélas ! ce furent là des torts bien chétifs pour un si cruel abandon !

» Jouissez donc de cette liberté rachetée aux dépens de toute mon existence, je ne la troublerai plus. Pourquoi ne m'aviez-vous pas donné plus tôt cette leçon ? Le mal eût été moins grand pour moi, et pour vous aussi peut-être.

» Soyez heureux, c'est le dernier vœu que formera mon cœur brisé. Ne m'exhortez plus à penser à Dieu ; laissez ce soin aux prêtres, qui ont à émouvoir le cœur endurci des coupables. Pour moi, j'ai plus de foi que vous ; je ne sers pas le même Dieu, mais je le sers mieux, et plus purement. Le vôtre, c'est le dieu des hommes, c'est le roi, le fondateur et l'appui de votre race ; le mien, c'est le Dieu de l'univers, le créateur, le

soutien et l'espoir de toutes les créatures. Le vôtre a
tout fait pour vous seuls ; le mien a fait toutes les
espèces les unes pour les autres. Vous vous croyez les
maîtres du monde ; je crois que vous n'en êtes que les
tyrans. Vous pensez que Dieu vous protège et vous
autorise à usurper l'empire de la terre ; moi, je pense
qu'il le souffre pour un peu de temps, et qu'un jour
viendra où, comme des grains de sable, son souffle
vous dispersera. Non, Raymon, vous ne connaissez pas
Dieu ; ou plutôt laissez-moi vous dire ce que Ralph
vous disait un jour au Lagny : c'est que vous ne croyez
à rien. Votre éducation, et le besoin que vous avez d'un
pouvoir irrécusable pour l'opposer à la brutale puissance du peuple, vous ont fait adopter sans examen les
croyances de vos pères ; mais le sentiment de l'existence de Dieu n'a point passé jusqu'à votre cœur,
jamais peut-être vous ne l'avez prié. Moi, je n'ai qu'une
croyance, et la seule sans doute que vous n'ayez pas : je
crois en lui ; mais la religion que vous avez inventée, je
la repousse ; toute votre morale, tous vos principes, ce
sont les intérêts de votre société que vous avez érigés
en lois et que vous prétendez faire émaner de Dieu
même, comme vos prêtres ont institué les rites du culte
pour établir leur puissance et leur richesse sur les
nations. Mais tout cela est mensonge et impiété. Moi
qui l'invoque, moi qui le comprends, je sais bien qu'il
n'y a rien de commun entre lui et vous, et c'est en
m'attachant à lui de toute ma force que je m'isole de
vous, qui tendez sans cesse à renverser ses ouvrages et
à souiller ses dons. Allez, il vous sied mal d'invoquer
son nom pour anéantir la résistance d'une faible
femme, pour étouffer la plainte d'un cœur déchiré.
Dieu ne veut pas qu'on opprime et qu'on écrase les
créatures de ses mains. S'il daignait descendre jusqu'à
intervenir dans nos chétifs intérêts, il briserait le fort
et relèverait le faible ; il passerait sa grande main sur
nos têtes inégales et les nivellerait comme les eaux de

la mer ; il dirait à l'esclave : « Jette ta chaîne, et fuis sur les monts où j'ai mis pour toi des eaux, des fleurs et du soleil. » Il dirait aux rois : « Jetez la pourpre aux mendiants pour leur servir de natte, et allez dormir dans les vallées où j'ai étendu pour vous des tapis de mousse et de bruyère. » Il dirait aux puissants : « Courbez le genou, et portez le fardeau de vos frères débiles ; car désormais vous aurez besoin d'eux, et je leur donnerai la force et le courage. » Oui, voilà mes rêves ; ils sont tous d'une autre vie, d'un autre monde, où la loi du brutal n'aura point passé sur la tête du pacifique, où du moins la résistance et la fuite ne seront pas des crimes, où l'homme pourra échapper à l'homme, comme la gazelle échappe à la panthère, sans que la chaîne des lois soit tendue autour de lui pour le forcer à venir se jeter sous les pieds de son ennemi, sans que la voix du préjugé s'élève dans sa détresse pour insulter à ses souffrances et lui dire : « Vous serez lâche et vil pour n'avoir pas voulu fléchir et ramper. »

» Non, ne me parlez pas de Dieu, vous surtout, Raymon ; n'invoquez pas son nom pour m'envoyer en exil et me réduire au silence. En me soumettant, c'est au pouvoir des hommes que je cède. Si j'écoutais la voix que Dieu a mise au fond de mon cœur, et ce noble instinct d'une nature forte et hardie, qui peut-être est la vraie conscience, je fuirais au désert, je saurais me passer d'aide, de protection et d'amour ; j'irais vivre pour moi seule au fond de nos belles montagnes ; j'oublierais les tyrans, les injustes et les ingrats. Mais, hélas ! l'homme ne peut se passer de son semblable, et Ralph lui-même ne peut pas vivre seul.

» Adieu, Raymon ! puissiez-vous vivre heureux sans moi ! Je vous pardonne le mal que vous me faites. Parlez quelquefois de moi à votre mère, la meilleure femme que j'aie connue. Sachez bien qu'il n'y a contre

vous ni dépit ni vengeance dans mon cœur ; ma
douleur est digne de l'amour que j'eus pour vous.

                                   « Indiana. »

L'infortunée se vantait. Cette douleur profonde et
calme n'était que le sentiment de sa propre dignité
lorsqu'elle s'adressait à Raymon ; mais, seule, elle se
livrait en liberté à son impétuosité dévorante. Parfois,
cependant, je ne sais quelles lueurs d'espoir aveugle
venaient briller à ses yeux troublés. Peut-être ne
perdit-elle jamais un reste de confiance en l'amour de
Raymon, malgré les cruelles leçons de l'expérience,
malgré les terribles pensées qui, chaque jour, lui
représentaient la froideur et la paresse de cet homme
quand il ne s'agissait plus pour lui de ses intérêts ou de
ses plaisirs. Je crois que, si Indiana eût voulu comprendre la sèche vérité, elle n'eût pas traîné jusque-là un
reste de vie épuisée et flétrie.

La femme est imbécile par nature ; il semble que,
pour contrebalancer l'éminente supériorité que ses
délicates perceptions lui donnent sur nous, le ciel ait
mis à dessein dans son cœur une vanité aveugle, une
idiote crédulité. Il ne s'agit peut-être, pour s'emparer
de cet être si subtil, si souple et si pénétrant, que de
savoir manier la louange et chatouiller l'amour-propre. Parfois les hommes les plus incapables d'un
ascendant quelconque sur les autres hommes en exer-
cent un sans bornes sur l'esprit des femmes. La
flatterie est le joug qui courbe si bas ces têtes ardentes
et légères. Malheur à l'homme qui veut porter la
franchise dans l'amour ! il aura le sort de Ralph.

Voilà ce que je vous répondrais si vous me disiez
qu'Indiana est un caractère d'exception, et que la
femme ordinaire n'a, dans la résistance conjugale, ni
cette stoïque froideur ni cette patience désespérante.
Je vous dirais de regarder le revers de la médaille, et de

voir la misérable faiblesse, l'inepte aveuglement dont
elle fait preuve avec Raymon. Je vous demanderais où
vous avez trouvé une femme qui ne fût pas aussi facile
à tromper que facile à l'être ; qui ne sût pas renfermer
dix ans au fond de son cœur le secret d'une espérance
risquée si légèrement un jour de délire, et qui ne
redevînt pas, aux bras d'un homme, aussi puérilement
faible qu'elle sait être invincible et forte aux bras d'un
autre.

XXIV

L'intérieur de madame Delmare était cependant
devenu plus paisible. Avec les faux amis avaient
disparu beaucoup des difficultés qui, sous la main
féconde de ces officieux médiateurs, s'envenimaient
jadis de toute la chaleur de leur zèle. Sir Ralph, avec
son silence et sa non-intervention apparente, était plus
habile qu'eux tous à laisser tomber ces riens de la vie
intime qui se ballonnent au souffle obligeant du
commérage. Indiana vivait, d'ailleurs, presque toujours seule. Son habitation était située dans les montagnes, au-dessus de la ville, et, chaque matin, M. Delmare, qui avait un entrepôt de marchandises sur le
port, allait pour tout le jour s'occuper de son commerce avec l'Inde et la France. Sir Ralph, qui n'avait
d'autre domicile que le leur, mais qui trouvait moyen
d'y répandre l'aisance sans qu'on s'aperçût de ses dons,
s'occupait de l'étude de l'histoire naturelle ou surveillait les travaux de la plantation ; Indiana, revenue aux
nonchalantes habitudes de la vie créole, passait les
heures brûlantes du jour dans son fauteuil indien, et
celles de ses longues soirées dans la solitude des
montagnes.

Bourbon[15] n'est, à vrai dire, qu'un cône immense dont la base occupe la circonférence d'environ quarante lieues, et dont les gigantesques *pitons* s'élèvent à la hauteur de seize cents toises. De presque tous les points de cette masse imposante, l'œil découvre au loin, derrière les roches aiguës, derrière les vallées étroites et les forêts verticales, l'horizon uni que la mer embrasse de sa ceinture bleue. Des fenêtres de sa chambre, Indiana apercevait, entre deux pointes de roches, grâce à l'échancrure d'une montagne boisée dont le versant répondait à celle où l'habitation était située, les voiles blanches qui croisaient sur l'océan Indien. Durant les heures silencieuses de la journée, ce spectacle attirait ses regards et donnait à sa mélancolie une teinte de désespoir uniforme et fixe. Cette vue splendide, loin de jeter sa poétique influence dans ses rêveries, les rendait amères et sombres ; alors elle baissait le store de pagne de raphia qui garnissait sa croisée, et fuyait le jour même, pour répandre dans le secret de son cœur des larmes âcres et brûlantes[16].

Mais quand, vers le soir, la brise de terre commençait à s'élever et à lui apporter le parfum des rizières fleuries, elle s'enfonçait dans la savane, laissant Delmare et Ralph savourer sous la varangue l'aromatique infusion du *faham*[17], et distiller lentement la fumée de leurs cigares. Alors elle allait, du haut de quelque piton accessible, cratère éteint d'un ancien volcan, regarder le soleil couchant qui embrasait la vapeur rouge de l'atmosphère, et répandait comme une poussière d'or et de rubis sur les cimes murmurantes des cannes à sucre, sur les étincelantes parois des récifs. Rarement elle descendait dans les gorges de la *rivière Saint-Gilles*[18], parce que la vue de la mer, tout en lui faisant mal, l'avait fascinée de son mirage magnétique. Il lui semblait qu'au-delà de ces vagues et de ces brumes lointaines la magique apparition d'une autre terre allait se révéler à ses regards. Quelquefois les nuages

de la côte prirent pour elle des formes singulières :
tantôt elle vit une lame blanche s'élever sur les flots et
décrire une ligne gigantesque qu'elle prit pour la
façade du Louvre ; tantôt ce furent deux voiles carrées
qui, sortant tout à coup de la brume, offraient le
souvenir des tours Notre-Dame de Paris, quand la
Seine exhale un brouillard compact qui embrasse
leur base et les fait paraître comme suspendues dans le
ciel ; d'autres fois c'étaient des flocons de nuées roses
qui, dans leurs formes changeantes, présentaient tous
les caprices d'architecture d'une ville immense. L'esprit de cette femme s'endormait dans les illusions du
passé, et elle se prenait à palpiter de joie à la vue de ce
Paris imaginaire dont les réalités avaient signalé le
temps le plus malheureux de sa vie. Un étrange vertige
s'emparait alors de sa tête. Suspendue à une grande
élévation au-dessus du sol de la côte, et voyant fuir
sous ses yeux les gorges qui la séparaient de l'Océan, il
lui semblait être lancée dans cet espace par un mouvement rapide, et cheminer dans l'air vers la ville
prestigieuse de son imagination. Dans ce rêve, elle se
cramponnait au rocher qui lui servait d'appui ; et pour
qui eût observé alors ses yeux avides, son sein haletant
d'impatience et l'effrayante expression de joie répan-
due sur ses traits, elle eût offert tous les symptômes de
la folie. C'étaient pourtant là ses heures de plaisir et les
seuls moments de bien-être vers lesquels se dirigeaient
les espérances de sa journée. Si le caprice de son mari
eût supprimé ces promenades solitaires, je ne sais de
quelle pensée elle eût vécu ; car, chez elle, tout se
rapportait à une certaine faculté d'illusions, à une
ardente aspiration vers un point qui n'était ni le
souvenir, ni l'attente, ni l'espoir, ni le regret, mais le
désir dans toute son intensité dévorante. Elle vécut
ainsi des semaines et des mois sous le ciel des tropiques, n'aimant, ne connaissant, ne caressant qu'une
ombre, ne creusant qu'une chimère.

De son côté, Ralph était entraîné dans ses promenades vers les endroits sombres et couverts, où le souffle des vents marins ne pouvait l'atteindre ; car la vue de l'Océan lui était devenue antipathique autant que l'idée de le traverser de nouveau. La France n'avait pour lui qu'une place maudite dans la mémoire de son cœur. C'était là qu'il avait été malheureux à en perdre courage, lui habitué au malheur et patient avec ses maux. Il cherchait de tout son pouvoir à l'oublier ; car, quelque dégoûté de la vie qu'il fût, il voulait vivre tant qu'il se sentirait nécessaire. Il avait donc soin de ne jamais prononcer un mot qui eût rapport au séjour qu'il avait fait dans ce pays. Que n'eût-il pas donné pour arracher cet horrible souvenir à madame Delmare ! Mais il s'en flattait si peu, il se sentait si peu habile, si peu éloquent, qu'il la fuyait plutôt que de chercher à la distraire. Dans l'excès de sa réserve délicate, il continuait à se donner toutes les apparences de la froideur et de l'égoïsme. Il allait souffrir seul au loin, et, à le voir s'acharner à courir les bois et les montagnes à la poursuite des oiseaux et des insectes, on eût dit d'un chasseur naturaliste absorbé par son innocente passion, et parfaitement détaché des intérêts de cœur qui se remuaient autour de lui. Et pourtant la chasse et l'étude n'étaient que le prétexte dont il couvrait ses amères et longues rêveries.

Cette île conique est fendue vers sa base sur tout son pourtour, et recèle dans ses embrasures des gorges profondes où les rivières roulent leurs eaux pures et bouillonnantes ; une de ces gorges s'appelle Bernica [19]. C'est un lieu pittoresque, une sorte de vallée étroite et profonde, cachée entre deux murailles de rochers perpendiculaires, dont la surface est parsemée de bouquets d'arbustes saxatiles et de touffes de fougère.

Un ruisseau coule dans la cannelure formée par la rencontre des deux pans. Au point où leur écartement cesse, il se précipite dans des profondeurs effrayantes, et forme, au lieu de sa chute, un petit bassin entouré de roseaux et couvert d'une fumée humide. Autour de ses rives et sur les bords du filet d'eau alimenté par le trop-plein du bassin, croissent des bananiers, des letchis [20] et des orangers, dont le vert sombre et vigoureux tapisse l'intérieur de la gorge. C'est là que Ralph fuyait la chaleur et la société ; toutes ses promenades le ramenaient à ce but favori ; le bruit frais et monotone de la cascade endormait sa mélancolie. Quand son cœur était agité de ces secrètes angoisses si longtemps couvées, si cruellement méconnues, c'est là qu'il dépensait, en larmes ignorées, en plaintes silencieuses, l'inutile énergie de son âme et l'activité concentrée de sa jeunesse.

Pour que vous compreniez le caractère de Ralph, il faut peut-être vous dire qu'au moins une moitié de sa vie s'était écoulée au fond de ce ravin. C'est là qu'il venait, dès les jours de sa première enfance, endurcir son courage contre les injustices dont il était victime dans sa famille ; c'est là qu'il avait tendu tous les ressorts de son âme contre l'arbitraire de sa destinée, et qu'il avait pris l'habitude du stoïcisme au point d'en recevoir une seconde nature. Là aussi, dans son adolescence, il avait apporté sur ses épaules la petite Indiana ; il l'avait couchée sur les herbes du rivage pendant qu'il pêchait des camarous [21] dans les eaux limpides, ou qu'il essayait de gravir le rocher pour y découvrir des nids d'oiseaux.

Les seuls hôtes de ces solitudes étaient les goélands, les pétrels, les foulques et les hirondelles de mer [22]. Sans cesse, dans le gouffre, on voyait descendre ou monter, planer ou tournoyer ces oiseaux aquatiques, qui avaient choisi, pour établir leur sauvage couvée, les trous et les fentes de ces parois inaccessibles. Vers le soir, ils se rassemblaient en troupes inquiètes, et remplissaient la gorge sonore de leurs cris rauques et farouches. Ralph se plaisait à suivre leur vol majestueux, à écouter leur voix mélancolique. Il enseignait à sa petite élève leurs noms et leurs habitudes ; il lui montrait la belle sarcelle de Madagascar, au ventre orangé, au dos d'émeraude ; il lui faisait admirer le vol du paille-en-queue à brins rouges, qui s'égare quelquefois sur ces rivages et voyage en quelques heures de l'île de France à l'île Rodrigue, où, après des pointes de deux cents lieues en mer, il revient chaque soir coucher sous le veloutier[23] qui cache sa nichée. Le taille-vent, oiseau des tempêtes, venait aussi déployer ses ailes effilées sur ces roches ; et la reine des mers, la *grande-frégate*, à la queue fourchue, à la robe ardoisée, au bec ciselé, qui se pose si rarement, qu'il semblerait que l'air est sa patrie et le mouvement sa nature, y élevait son cri de détresse au-dessus de tous les autres. Ces hôtes sauvages s'étaient habitués apparemment à voir les deux enfants tourner autour de leurs demeures, car ils daignaient à peine s'effrayer de leur approche ; et, quand Ralph atteignait le rocher où ils venaient de s'établir, ils s'élevaient en noirs tourbillons pour aller s'abattre comme par dérision à quelques pieds au-dessus de lui. Indiana riait de leurs évolutions, et rapportait ensuite, avec précaution, dans son chapeau de paille de riz, les œufs que Ralph avait réussi à dérober pour elle, et que souvent il avait été forcé de disputer hardiment aux vigoureux coups d'aile des grands oiseaux amphibies[24].

Ces souvenirs revenaient en foule à l'esprit de Ralph, mais avec une extrême amertume ; car les temps étaient bien changés, et cette petite fille, qui avait toujours été sa compagne, avait cessé d'être son amie, ou du moins ne l'était plus alors, comme autrefois, dans tout l'abandon de son cœur. Quoiqu'elle lui eût rendu son affection, son dévouement et ses soins, il était un point qui s'opposait entre eux à la confiance, un souvenir sur lequel tournaient comme sur un pivot toutes les émotions de leur vie. Ralph sentait qu'il n'y

pouvait porter la main ; il l'avait osé une seule fois, un
jour de danger, et cet acte de courage n'avait rien
produit ; maintenant, y revenir n'eût été qu'un acte de
froide barbarie, et Ralph se fût décidé à excuser
Raymon, l'homme du monde qu'il estimait le moins,
plutôt que d'ajouter aux douleurs d'Indiana en le
condamnant selon sa justice.

Il se taisait donc, et même il la fuyait. Quoique
vivant sous le même toit, il avait trouvé le moyen de ne
la voir guère qu'aux heures des repas ; et cependant,
comme une mystérieuse providence, il veillait sur elle.
Il ne s'écartait de l'habitation qu'aux heures où la
chaleur la confinait dans son hamac ; mais, le soir,
lorsqu'elle était sortie, il laissait adroitement Delmare
sous la varangue, et allait l'attendre au pied des
rochers où il savait qu'elle avait l'habitude de s'asseoir. Il restait là des heures entières, la regardant
quelquefois à travers les branches que la lune commençait à blanchir, mais respectant le court espace qui
la séparait de lui, et n'osant abréger d'un instant sa
triste rêverie. Lorsqu'elle redescendait dans la vallée,
elle le trouvait toujours au bord d'un petit ruisseau
dont le sentier de l'habitation suivait le cours. Quelques larges galets autour desquels l'eau frissonnait en
filets d'argent lui servaient de siège. Quand la robe
blanche d'Indiana se dessinait sur la rive, Ralph se
levait en silence, lui offrait son bras, et la ramenait à
l'habitation sans lui adresser une parole, si, plus triste
et plus affaissée qu'à l'ordinaire, elle n'entamait pas
elle-même la conversation. Puis, quand il l'avait quit-
tée, il se retirait dans sa chambre, et attendait pour se
coucher que tout le monde fût endormi dans la maison.
Si la voix de Delmare s'élevait pour gronder, Ralph,
sous le premier prétexte qui lui venait à l'esprit, allait
le trouver et réussissait à l'apaiser ou à le distraire,
sans jamais laisser deviner que telle fût son intention.
Cette habitation, pour ainsi dire diaphane, comparée à

celles de nos climats, cette continuelle nécessité d'être toujours sous les yeux les uns des autres, imposaient au colonel plus de réserve dans ses emportements. L'iné- vitable figure de Ralph, qui venait au moindre bruit se placer entre lui et sa femme, le contraignait à se modérer ; car Delmare avait assez d'amour-propre pour se vaincre devant ce censeur à la fois muet et sévère. Aussi, pour exhaler l'humeur que ses contrarié- tés commerciales avaient amassées chez lui durant le jour, il attendait que l'heure du coucher l'eût délivré de son juge. Mais c'était en vain ; l'occulte influence veillait avec lui, et, à la première parole amère, au premier éclat de voix qui faisait retentir les moindres parois de sa demeure, un bruit de meubles ou un piétinement, parti comme par hasard de la chambre de Ralph, semblait lui imposer silence, et lui annoncer que la discrète et patiente sollicitude du protecteur ne s'endormait pas.

Quatrième partie

XXV

Or, il arriva que le ministère du 8 août, qui dérangea tant de choses en France, porta un rude coup à la sécurité de Raymon[1]. M. de Ramière n'était point de ces vanités aveugles qui triomphèrent d'un jour de victoire. Il avait fait de la politique l'âme de toutes ses pensées, la base de tous ses rêves d'avenir. Il s'était flatté que le roi, en entrant dans la voie des concessions adroites, maintiendrait longtemps encore l'équilibre qui assurait l'existence des familles nobles. Mais l'apparition du prince de Polignac détruisit cette espérance. Raymon voyait trop loin, il était trop répandu dans le monde *nouveau* pour ne pas se mettre en garde contre le succès du moment. Il comprit que toute sa destinée chancelait avec celle de la monarchie, et que sa fortune, sa vie peut-être ne tenaient plus qu'à un fil.

Alors il se trouva dans une position délicate et embarrassante. L'honneur lui faisait un devoir de se consacrer, malgré tous les périls du dévouement, à la famille dont les intérêts avaient été jusqu'alors étroitement liés aux siens. A cet égard, il ne pouvait guère donner le change à sa conscience et à la mémoire de ses proches. Mais cet ordre de choses, cette tendance vers le régime absolu, choquaient sa prudence, sa raison, et, disait-il, sa conviction intime. Elle compromettait toute son existence, elle faisait pis, elle le rendait ridicule, lui, publiciste renommé qui avait osé promettre tant de fois, au nom du trône, la justice pour tous et la fidélité au pacte juré. Maintenant, tous les actes du gouvernement donnaient un démenti formel aux assertions imprudentes du jeune éclectique ; tous les esprits calmes et paresseux, qui, deux jours plus tôt, ne demandaient qu'à se rattacher au trône constitutionnel, commençaient à se jeter dans l'opposition et à traiter de fourberies les efforts de Raymon et de ses pareils. Les plus polis les accusaient d'imprévoyance et d'incapacité. Raymon sentait qu'il était humiliant de passer pour dupe après avoir joué un rôle si brillant dans la partie. En secret, il commençait à maudire et à mépriser cette royauté qui se dégradait et qui l'entraînait dans sa chute ; il eût voulu pouvoir s'en détacher sans honte avant l'heure du combat. Il fit pendant quelque temps d'incroyables efforts d'esprit pour se concilier la confiance des deux camps. Les opposants de cette époque n'étaient pas difficiles pour l'admission de nouveaux partisans. Ils avaient besoin de recrues, et, grâce au peu de preuves qu'ils leur demandaient, ils en faisaient de considérables. Ils ne dédaignaient pas, d'ailleurs, l'appui des grands noms, et, chaque jour, d'adroites flatteries jetées dans leurs journaux tendaient à détacher les plus beaux fleurons de cette couronne usée. Raymon n'était pas dupe de ces démonstrations d'estime ; mais il ne les repoussait pas, certain qu'il était de leur utilité. D'autre part, les champions du trône se montraient plus intolérants à mesure que leur situation devenait plus désespérée. Ils chassaient de leurs rangs, sans prudence et sans égards, leurs plus utiles défenseurs. Ils commencèrent bientôt à témoigner leur mécontentement et leur méfiance à Raymon. Celui-ci, embarrassé, amoureux de sa réputation comme du principal avantage de son existence, fut très à propos atteint d'un rhumatisme aigu, qui le força de renoncer momentanément à toute

espèce de travail et de se retirer à la campagne avec sa
mère.

Dans cet isolement, Raymon souffrit réellement de
se trouver jeté comme un cadavre au milieu de l'activité dévorante d'une société prête à se dissoudre, de se
sentir empêché, par l'embarras de prendre une couleur
autant que par la maladie, de s'enrôler sous ces
bannières belliqueuses qui flottaient de toutes parts,
appelant au grand combat les plus obscurs et les plus
inhabiles. Les cuisantes douleurs de la maladie, l'abandon, l'ennui et la fièvre donnèrent insensiblement un
autre cours à ses idées. Il se demanda, pour la première
fois peut-être, si le monde méritait tous les soins qu'il
s'était donnés pour lui plaire, et, à le voir si indifférent
envers lui, si oublieux de ses talents et de sa gloire, il
jugea le monde. Puis il se consola d'en avoir été dupe,
en se rendant le témoignage qu'il n'y avait jamais
cherché que son bien-être personnel, et qu'il l'y avait
trouvé, grâce à lui-même. Rien ne nous confirme dans
l'égoïsme comme la réflexion. Raymon en tira cette
conclusion, qu'il fallait à l'homme, en état de société,
deux sortes de bonheur, celui de la vie publique et celui
de la vie privée, les triomphes du monde et les douceurs de la famille.

Sa mère, qui le soignait assidûment, tomba dangereusement malade : ce fut à lui d'oublier ses maux et
de veiller sur elle ; mais ses forces n'y suffirent pas. Les
âmes ardentes et passionnées font les santés tenaces et
miraculeuses aux jours du danger ; mais les âmes
tièdes et paresseuses n'impriment pas au corps de ces
élans surnaturels. Quoique Raymon fût un bon fils,
comme on l'entend dans la société, il succomba
physiquement sous le poids de la fatigue. Étendu sur
son lit de douleur, n'ayant plus à son chevet que des
mercenaires ou de rares amis pressés de retourner aux
agitations de la vie sociale, il se mit à penser à Indiana,
et il la regretta sincèrement, car alors elle lui eût été

nécessaire. Il se rappela les soins pieux qu'il lui avait
vu prodiguer à son vieil et maussade époux, et il se
représenta les douceurs et les bienfaits dont elle eût su
entourer son amant.

— Si j'eusse accepté son sacrifice, pensa-t-il, elle
serait déshonorée ; mais que m'importerait à l'heure
où je suis ? Abandonné d'un monde frivole et personnel, je ne serais pas seul ; celle que tous repousseraient
avec mépris serait à mes pieds avec amour ; elle
pleurerait sur mes maux, elle saurait les adoucir.
Pourquoi l'ai-je renvoyée, cette femme ? Elle m'aimait
tant, qu'elle aurait pu se consoler des outrages des
hommes en répandant quelque bonheur sur ma vie
intérieure.

Il résolut de se marier quand il serait guéri, et il
repassa dans son cerveau les noms et les figures qui
l'avaient frappé dans les salons des deux classes de la
société. De ravissantes apparitions passèrent dans ses
rêves ; des chevelures chargées de fleurs, des épaules de
neige enveloppées de boas de cygne, des corsages
souples [2] emprisonnés dans la mousseline ou le satin :
ces attrayants fantômes agitèrent leurs ailes de gaze
sur les yeux lourds et brûlants de Raymon ; mais il
n'avait vu ces péris [3] que dans le tourbillon parfumé du
bal. A son réveil, il se demanda si leurs lèvres rosées
avaient d'autres sourires que ceux de la coquetterie ; si
leurs blanches mains savaient panser les plaies de la
douleur, si leur esprit fin et brillant savait descendre à
la tâche pénible de consoler et de distraire un malade
chargé d'ennuis. Raymon était un homme d'intelligence exacte, et il se méfiait plus qu'un autre de la
coquetterie des femmes ; plus qu'un autre il haïssait
l'égoïsme, parce qu'il savait qu'il n'y avait là rien à
recueillir pour son bonheur. Et puis Raymon était
aussi embarrassé pour le choix d'une femme que pour
celui d'une couleur politique. Les mêmes raisons lui
imposaient la lenteur et la prudence. Il appartenait à

une haute et rigide famille qui ne souffrirait point de mésalliance, et pourtant la fortune ne résidait plus avec sécurité que chez les plébéiens. Selon toute apparence, cette classe allait s'élever sur les débris de l'autre, et, pour se maintenir à la surface du mouvement, il fallait être le gendre d'un industriel ou d'un agioteur. Raymon pensa donc qu'il était sage d'attendre de quel côté viendrait le vent pour s'engager dans une démarche qui déciderait de tout son avenir.

Ces réflexions positives lui montraient à nu la sécheresse de cœur qui préside aux unions de convenance, et l'espoir d'avoir un jour une compagne digne de son amour n'entrait que par hasard dans les chances de son bonheur. En attendant, la maladie pouvait être longue, et l'espoir de jours meilleurs n'efface point la sensation aiguë des douleurs présentes. Il revint à la pensée pénible de son aveuglement, le jour où il avait refusé d'enlever madame Delmare, et il se maudit d'avoir si mal compris ses véritables intérêts.

Sur ces entrefaites, il reçut la lettre qu'Indiana lui écrivait de l'île Bourbon. L'énergie sombre et inflexible qu'elle conservait, au milieu des revers qui eussent dû briser son âme, frappa vivement Raymon.

— Je l'ai mal jugée, pensa-t-il, elle m'aimait réellement, elle m'aime encore ; pour moi, elle eût été capable de ces efforts héroïques que je croyais au-dessus des forces d'une femme ; et maintenant, je n'aurais peut-être qu'un mot à dire pour l'attirer, comme un invincible aimant, d'un bout du monde à l'autre. S'il ne fallait pas six mois, huit mois peut-être pour obtenir ce résultat, je voudrais essayer !

Il s'endormit avec cette idée ; mais il fut réveillé bientôt par un grand mouvement dans la chambre voisine. Il se leva avec peine, passa une robe de chambre, et se traîna à l'appartement de sa mère ; elle était au plus mal.

Elle retrouva vers le matin la force de s'entretenir avec lui ; elle ne se faisait pas illusion sur le peu de temps qui lui restait à vivre ; elle s'occupa de l'avenir de son fils.

— Vous perdez, lui dit-elle, votre meilleure amie[4] ; que le ciel la remplace par une compagne digne de vous. Mais soyez prudent, Raymon, et ne hasardez point le repos de votre vie entière pour une chimère d'ambition. Je ne connaissais, hélas ! qu'une femme que j'eusse voulu nommer ma fille ; mais le ciel avait disposé d'elle. Cependant, écoutez, mon fils. M. Delmare est vieux et cassé ; qui sait si ce long voyage n'a pas épuisé le reste de ses forces ? Respectez l'honneur de sa femme tant qu'il vivra ; mais si, comme je le crois, il est appelé à me suivre de près dans la tombe, souvenez-vous qu'il y a encore au monde une femme qui vous aime presque autant que votre mère vous a aimé.

Le soir, madame de Ramière mourut dans les bras de son fils. La douleur de Raymon fut amère et profonde ; il ne pouvait y avoir, devant une semblable perte, ni fausse exaltation ni calcul. Sa mère lui était réellement nécessaire ; avec elle il perdait tout le bien-être moral de sa vie. Il versa sur son front livide, sur ses yeux éteints, des larmes désespérantes ; il accusa le ciel, il maudit sa destinée, il pleura aussi Indiana. Il demanda compte à Dieu du bonheur qu'il lui devait ; il lui reprocha de le traiter comme un autre et de lui arracher tout à la fois. Puis il douta de ce Dieu qui le châtiait ; il aima mieux le nier que de se soumettre à ses arrêts. Il perdit toutes les illusions avec toutes les réalités de sa vie ; et il retourna à son lit de fièvre et de souffrances, brisé comme un roi déchu, comme un ange maudit.

Quand il fut à peu près rétabli, il jeta un coup d'œil sur la situation de la France. Le mal empirait ; de toutes parts, on menaçait de refuser l'impôt. Raymon s'étonna de la confiance imbécile de son parti, et, jugeant à propos de ne pas se jeter encore dans la mêlée, il se renferma à Cercy avec le triste souvenir de sa mère et de madame Delmare.

A force de creuser l'idée qu'il avait d'abord légèrement conçue, il s'accoutuma à penser que cette dernière n'était pas perdue pour lui, s'il voulait se donner la peine de la rappeler. Il vit à cette résolution beaucoup d'inconvénients, mais plus d'avantages encore. Il n'entrait pas dans ses intérêts d'attendre qu'elle fût veuve pour l'épouser, comme l'avait entendu madame de Ramière. Delmare pouvait vivre vingt ans encore, et Raymon ne voulait pas renoncer pour toujours aux chances d'un mariage brillant. Il concevait mieux que cela dans sa riante et fertile imagination. Il pouvait, en se donnant un peu de peine, exercer sur son Indiana un ascendant illimité ; il se sentait assez d'adresse et de rouerie dans l'esprit pour faire de cette femme ardente et sublime une maîtresse soumise et dévouée. Il pouvait la soustraire au courroux de l'opinion, la cacher derrière le mur impénétrable de sa vie privée, la garder comme un trésor au fond de sa retraite, et l'employer à répandre sur ses instants de solitude et de recueillement le bonheur d'une affection pure et généreuse. Il ne faudrait pas remuer beaucoup pour éviter la colère du mari ; il ne viendrait pas chercher sa femme au-delà de trois mille lieues, quand ses intérêts le clouaient irrévocablement dans un autre monde. Indiana serait peu exigeante de plaisir et de liberté après les rudes épreuves qui l'avaient courbée au joug. Elle n'était ambitieuse que d'amour, et Raymon sentait qu'il l'aimerait par reconnaissance, dès qu'elle lui serait utile. Il se rappelait aussi la constance et la douceur qu'elle avait montrées pendant de longs jours de froideur et d'abandon. Il se promettait de conserver habilement sa liberté sans qu'elle osât s'en plaindre ; il se flattait de prendre assez d'empire sur sa conviction pour la faire consentir à tout, même à le voir marié ; et il appuyait cette espérance sur les nombreux exemples de liaisons intimes qu'il avait vues subsister en dépit des lois sociales, moyennant la prudence et l'habileté avec lesquelles on savait échapper aux jugements de l'opinion.

— D'ailleurs, disait-il encore, cette femme aura fait pour moi un sacrifice sans retour et sans bornes. Pour moi, elle aura traversé le monde et laissé derrière elle tout moyen d'existence, toute possibilité de pardon. Le monde n'est rigide que pour les fautes étroites et communes ; une rare audace l'étonne, une infortune éclatante le désarme ; il la plaindra, il l'admirera peut-être, cette femme qui pour moi aura fait ce que nulle autre n'oserait tenter. Il la blâmera, mais il n'en rira pas, et je ne serai pas coupable pour l'accueillir et la protéger après une si haute preuve de son amour. Peut-être, au contraire, vantera-t-on mon courage ; du moins j'aurai des défenseurs, et ma réputation sera soumise à un glorieux et insoluble procès. La société veut quelquefois qu'on la brave ; elle n'accorde pas son admiration à ceux qui rampent dans les voies battues. Au temps où nous sommes, il faut mener l'opinion à coups de fouet.

Sous l'influence de ces pensées, il écrivit à madame Delmare. Sa lettre fut ce qu'elle devait être entre les mains d'un homme si adroit et si exercé. Elle respirait l'amour, la douleur, la vérité surtout. Hélas ! quel roseau mobile est-ce donc que la vérité, pour se plier ainsi à tous les souffles ?

Cependant Raymon eut la sagesse de ne point exprimer formellement l'objet de sa lettre. Il feignait de regarder le retour d'Indiana comme un bonheur inespéré ; mais, cette fois, il lui parlait faiblement de ses devoirs. Il lui racontait les dernières paroles de sa mère ; il peignait avec chaleur le désespoir où le

réduisait cette perte, les ennuis de la solitude et le
danger de sa situation. Il faisait un tableau sombre et
terrible de la révolution qui grossissait à l'horizon de
la France, et, tout en feignant de se réjouir d'être seul
opposé à ses coups, il faisait entendre à Indiana que le
moment était venu pour elle d'exercer cette enthousiaste fidélité, ce périlleux dévouement dont elle s'était
vantée. Raymon accusait son destin, et disait que la
vertu lui avait coûté bien cher, que son joug était bien
rude, qu'il avait tenu le bonheur dans sa main et qu'il
avait eu la force de se condamner à un éternel isolement.

« Ne me dites plus que vous m'avez aimé, ajoutait-
il ; je suis alors si faible et si découragé, que je maudis
mon courage et que je hais mes devoirs. Dites-moi que
vous êtes heureuse, que vous m'oubliez, afin qu'il soit
en ma puissance de n'aller pas vous arracher aux liens
qui nous séparent. »

En un mot, il se disait malheureux : c'était dire à
Indiana qu'il l'attendait.

XXVI

Durant les trois mois qui s'écoulèrent entre le départ
de cette lettre et son arrivée à l'île Bourbon, la
situation de madame Delmare était devenue presque
intolérable, par suite d'un incident domestique de la
plus grande importance pour elle. Elle avait pris la
triste habitude d'écrire chaque soir la relation des
chagrins de la journée. Ce journal de ses douleurs
s'adressait à Raymon, et, quoiqu'elle n'eût pas l'intention de le lui faire parvenir, elle s'entretenait avec lui,
tantôt avec passion, tantôt avec amertume, des maux
de sa vie et des sentiments qu'elle ne pouvait étouffer.

Ces papiers tombèrent entre les mains de Delmare, c'est-à-dire qu'il brisa le coffre qui les recélait ainsi que les anciennes lettres de Raymon, et qu'il les dévora d'un œil jaloux et furieux. Dans le premier mouvement de sa colère, il perdit la force de se contenir, et alla, le cœur palpitant, les mains crispées, attendre qu'elle revînt de sa promenade[5]. Peut-être, si elle eût tardé quelques minutes, cet homme malheureux aurait eu le temps de rentrer en lui-même ; mais leur mauvaise étoile à tous deux voulut qu'elle se présentât presque aussitôt devant lui. Alors, sans pouvoir articuler une parole, il la saisit par les cheveux, la renversa, et la frappa au front du talon de sa botte.

A peine eut-il imprimé cette marque sanglante de sa brutalité à un être faible, qu'il eut horreur de lui-même. Il s'enfuit épouvanté de ce qu'il avait fait, et courut s'enfermer dans sa chambre, où il arma ses pistolets pour se brûler la cervelle ; mais, au moment d'accomplir ce dessein, il vit, sous la varangue, Indiana qui s'était relevée, et qui essuyait, d'un air calme et froid, le sang dont son visage était inondé. D'abord comme il croyait l'avoir tuée, il éprouva un sentiment de joie en la voyant debout, et puis sa colère se ralluma.

— Ce n'est qu'une égratignure, s'écria-t-il, et tu mériterais mille morts ! Non, je ne me tuerai pas ; car tu irais t'en réjouir dans les bras de ton amant. Je ne veux pas assurer votre bonheur à tous deux, je veux vivre pour vous faire souffrir, pour te voir dépérir de langueur et d'ennui, pour déshonorer l'infâme qui s'est joué de moi.

Il se débattait contre les tortures de la rage, lorsque Ralph entra par une autre porte de la varangue et rencontra Indiana échevelée, dans l'état où cette horrible scène l'avait laissée. Mais elle n'avait pas témoigné la moindre frayeur, elle n'avait pas laissé échapper un cri, elle n'avait pas élevé la main pour demander grâce.

Fatiguée de la vie, il semblait qu'elle eût éprouvé le désir cruel de donner à Delmare le temps de consommer un meurtre en n'appelant personne à son secours. Il est certain qu'au moment où cet événement avait eu lieu, Ralph était à vingt pas de là, et qu'il n'avait pas entendu le moindre bruit.

— Indiana ! s'écria-t-il en reculant d'effroi et de surprise, qui vous a blessée ainsi ?

— Vous le demandez ? répondit-elle avec un sourire amer ; quel autre que *votre ami* en a le *droit* et la volonté ?

Ralph jeta par terre le rotin qu'il tenait ; il n'avait pas besoin d'autres armes que ses larges mains pour étrangler Delmare. Il franchit la distance en deux sauts, enfonça la porte d'un coup de poing... Mais il trouva Delmare étendu par terre, le visage violet, la gorge enflée, en proie aux convulsions étouffées d'une congestion sanguine.

Il s'empara des papiers épars sur le plancher. En reconnaissant l'écriture de Raymon, en voyant les débris de la cassette, il comprit ce qui s'était passé ; et, recueillant avec soin ces pièces accusatrices, il courut les remettre à madame Delmare en l'engageant à les brûler tout de suite. Delmare ne s'était probablement pas donné le temps de tout lire.

Il la pria ensuite de se retirer dans sa chambre pendant qu'il appellerait les esclaves pour secourir le colonel ; mais elle ne voulut ni brûler les papiers ni cacher sa blessure.

— Non, lui dit-elle avec hauteur, je ne veux pas, moi ! Cet homme n'a pas daigné autrefois cacher ma fuite à madame de Carvajal ; il s'est empressé de publier ce qu'il appelait mon déshonneur. Je veux montrer à tous les yeux ce stigmate du sien qu'il a pris soin d'imprimer lui-même sur mon visage. C'est une étrange justice que celle qui impose à l'un de garder le secret des crimes de l'autre, quand celui-ci s'arroge le droit de le flétrir sans pitié !

Quand Ralph vit le colonel en état de l'entendre, il l'accabla de reproches avec plus d'énergie et de rudesse qu'on ne l'aurait cru capable d'en montrer. Alors Delmare, qui n'était certainement pas un méchant homme, pleura sa faute comme un enfant ; mais il la pleura sans dignité, comme on est capable de le faire quand on se livre à la sensation du moment sans en raisonner les effets et les causes. Prompt à se jeter dans l'excès contraire, il voulait appeler sa femme et lui demander pardon ; mais Ralph s'y opposa, et tâcha de lui faire comprendre que cette réconciliation puérile compromettrait l'autorité de l'un sans effacer l'injure faite à l'autre. Il savait bien qu'il est des torts qu'on ne pardonne pas et des malheurs qu'on ne peut oublier.

Dès ce moment, le personnage de ce mari devint odieux aux yeux de sa femme. Tout ce qu'il fit pour réparer ses torts lui ôta le peu de considération qu'il avait pu garder jusque-là. Sa faute était immense, en effet ; l'homme qui ne se sent pas la force d'être froid et implacable dans sa vengeance doit abjurer toute velléité d'impatience et de ressentiment. Il n'y a pas de rôle possible entre celui du chrétien qui pardonne et celui de l'homme du monde qui répudie. Mais Delmare avait aussi sa part d'égoïsme ; il se sentait vieux, les soins de sa femme lui devenaient chaque jour plus nécessaires. Il se faisait une terrible peur de la solitude, et si, dans la crise de son orgueil blessé, il revenait à ses habitudes de soldat en la maltraitant, la réflexion le ramenait bientôt à cette faiblesse des vieillards qui s'épouvante de l'abandon. Trop affaibli par l'âge et les fatigues pour aspirer à devenir père de famille, il était resté vieux garçon dans son ménage, et il avait pris une femme comme il eût pris une gouvernante. Ce n'était donc pas par tendresse pour elle qu'il lui pardonnait de ne l'aimer pas, c'était par intérêt pour lui-même ; et s'il s'affligeait de ne pas régner sur ses affections, c'était parce qu'il craignait d'être moins bien soigné sur ses vieux jours.

De son côté, quand madame Delmare, profondément blessée par les lois sociales, roidissait toutes les forces de son âme pour les haïr et le mépriser, il y avait bien aussi au fond de ses pensées un sentiment tout personnel. Mais peut-être ce besoin de bonheur qui nous dévore, cette haine de l'injustice, cette soif de liberté qui ne s'éteignent qu'avec la vie, sont-ils les facultés constituantes de l'*égotisme*[6], qualification par laquelle les Anglais désignent l'amour de soi, considéré comme un droit de l'homme et non comme un vice. Il me semble que l'individu choisi entre tous pour souffrir des institutions profitables à ses semblables doit, s'il a quelque énergie dans l'âme, se débattre contre ce joug arbitraire. Je crois aussi que plus son âme est grande et noble, plus elle doit s'ulcérer sous les coups de l'injustice. S'il avait rêvé que le bonheur doit récompenser la vertu, dans quels doutes affreux, dans quelles perplexités désespérantes doivent le jeter les déceptions que l'expérience lui apporte !

Aussi toutes les réflexions d'Indiana, toutes ses démarches, toutes ses douleurs, se rapportaient à cette grande et terrible lutte de la nature contre la civilisation. Si les montagnes désertes de l'île eussent pu la cacher longtemps, elle s'y serait infailliblement réfugiée le jour de l'attentat commis sur elle ; mais Bourbon n'avait pas assez d'étendue pour la soustraire aux recherches, et elle résolut de mettre la mer et l'incertitude du lieu de sa retraite entre elle et son tyran. Cette résolution prise, elle se sentit plus tranquille, et montra presque de l'insouciance et de la gaieté dans son intérieur. Delmare en fut si surpris et si charmé, qu'il fit à part soi ce raisonnement de brute, qu'il était bon de faire sentir un peu la loi du plus fort aux femmes.

Alors elle ne rêva plus que de fuite, de solitude et d'indépendance ; elle roula dans son cerveau meurtri et douloureux mille projets d'établissement romanesque dans les terres désertes de l'Inde ou de l'Afrique. Le soir, elle suivait de l'œil le vol des oiseaux qui s'en allaient coucher à l'île Rodrigue [7]. Cette île abandonnée lui promettait toutes les douceurs de l'isolement, premier besoin d'une âme brisée. Mais les mêmes motifs qui l'empêchaient de gagner l'intérieur des terres de Bourbon lui faisaient abandonner l'étroit asile des terres voisines. Elle voyait souvent chez elle de gros traitants de Madagascar qui avaient des relations d'affaires avec son mari ; gens épais, cuivrés, grossiers, qui n'avaient de tact et de finesse que dans les intérêts de leur commerce. Leurs récits captivaient pourtant l'attention de madame Delmare ; elle se plaisait à les interroger sur les admirables productions de cette île, et ce qu'ils racontaient des merveilles de la nature dans cette contrée enflammait de plus en plus le désir qu'elle éprouvait d'aller s'y cacher. L'étendue du pays et le peu d'espace qu'y occupaient les Européens lui faisaient espérer de ne jamais y être découverte. Elle s'arrêta donc à ce projet, et nourrit son esprit oisif des rêves d'un avenir qu'elle prétendait se créer à elle seule. Déjà elle construisait son ajoupa [8] solitaire sous l'abri d'une forêt vierge, au bord d'un fleuve sans nom ; elle se réfugiait sous la protection de ces peuplades que n'a point flétries le joug de nos lois et de nos préjugés. Ignorante qu'elle était, elle espérait trouver là les vertus exilées de notre hémisphère, et vivre en paix, étrangère à toute constitution sociale ; elle s'imaginait échapper aux dangers de l'isolement, résister aux maladies dévorantes du climat. Faible femme qui ne pouvait endurer la colère d'un homme, et qui se flattait de braver celle de l'état sauvage [9].

Au milieu de ces préoccupations romanesques et de ces projets extravagants, elle oubliait ses maux présents, elle se faisait un monde à part qui la consolait de celui où elle était forcée de vivre, elle s'habituait à penser moins à Raymon, qui bientôt ne devait plus rien être dans son existence solitaire et philosophique. A force de se bâtir un avenir selon sa fantaisie, elle laissait reposer un peu le passé ; et déjà, à sentir son cœur plus libre et plus courageux, elle s'imaginait recueillir d'avance les fruits de sa vie d'anachorète. Mais la lettre de Raymon arriva, et cet édifice de chimères s'évanouit comme un souffle. Elle sentit, ou elle crut sentir qu'elle l'aimait plus que par le passé. Pour moi, je me plais à croire qu'elle ne l'aima jamais de toutes les forces de son âme. Il me semble que l'affection mal placée diffère de l'affection partagée autant qu'une erreur diffère d'une vérité ; il me semble que, si l'exaltation et l'ardeur de nos sentiments nous abusent au point de croire que c'est là de l'amour dans toute sa puissance, nous apprenons plus tard, en goûtant les délices d'un amour vrai, combien nous nous en étions imposé à nous-mêmes.

Mais la situation où Raymon se disait jeté rallumait dans le cœur d'Indiana cet élan de générosité qui était un besoin de sa nature. Le voyant seul et malheureux, elle se fit un devoir d'oublier le passé et de ne pas prévoir l'avenir. La veille, elle voulait quitter son mari par haine et par ressentiment ; maintenant, elle regrettait de ne pas l'estimer, afin de faire à Raymon un véritable sacrifice. Tel était son enthousiasme, qu'elle craignait de faire trop peu pour lui, en échappant à un maître irascible au péril de ses jours et en se soumettant à l'agonie d'un voyage de quatre mois. Elle eût donné sa vie sans croire que ce fût assez payer un sourire de Raymon. La femme est faite ainsi.

Il ne s'agissait donc plus que de partir. Il était bien difficile de tromper la méfiance de Delmare et la clairvoyance de Ralph. Mais ce n'était pas là le principal obstacle ; il fallait échapper à la publicité que, selon les lois, tout passager est forcé de donner à son départ par la voie des journaux.

Parmi le peu d'embarcations ancrées dans la dangereuse rade de Bourbon, le navire *l'Eugène*[10] était en partance pour l'Europe. Indiana chercha longtemps l'occasion de parler au capitaine sans être observée de son mari ; mais, chaque fois qu'elle témoignait le désir de se promener sur le port, il affectait de la remettre à la garde de sir Ralph, et lui-même les suivait de l'œil avec une patience désespérante. Cependant, à force de recueillir avec une scrupuleuse attention tous les indices favorables à son dessein, Indiana apprit que le capitaine du bâtiment gréé pour la France avait une parente au village de la Saline[11], dans l'intérieur de l'île, et qu'il revenait souvent à pied pour aller coucher à son bord. Dès ce moment, elle ne quitta plus le rocher qui lui servait de point d'observation. Pour écarter les soupçons, elle s'y rendait par des sentiers détournés, et en revenait de même lorsqu'à la nuit close elle n'avait point découvert le voyageur qui l'intéressait sur le chemin de la montagne.

Il ne lui restait plus que deux jours d'espérance, car déjà le vent avait soufflé de terre sur la rade ; le mouillage menaçait de n'être plus tenable, et le capitaine Random était impatient de gagner le large.

Enfin elle adressa au Dieu des opprimés et des faibles une ardente prière, et elle alla s'asseoir sur le chemin même de la Saline, bravant le danger d'être vue et risquant sa dernière espérance. Il n'y avait pas une heure qu'elle attendait lorsque le capitaine Random descendit le sentier. C'était un vrai marin, toujours rude et cynique, qu'il fût sombre ou jovial ; son regard glaça d'effroi la triste Indiana. Cependant elle rassembla tout son courage, et marcha à sa rencontre d'un air digne et résolu.

— Monsieur, lui dit-elle, je viens mettre entre vos mains mon honneur et ma vie. Je veux quitter la

colonie et retourner en France. Si, au lieu de m'accorder votre protection, vous trahissez le secret que je
vous confie, je n'ai pas d'autre parti à prendre que de
me jeter à la mer.

Le capitaine répondit, en jurant, que la mer refuse-
rait de sombrer une si jolie goélette, et que, puisqu'elle
venait d'elle-même s'abattre sous le vent, il répondait
de la remorquer au bout du monde.

— Vous consentez donc, monsieur ? lui dit madame
Delmare avec inquiétude. En ce cas, vous accepterez
l'avance de mon passage.

Et elle lui remit un écrin contenant les bijoux que
madame de Carvajal lui avait donnés autrefois ; c'était
la seule fortune qu'elle possédât encore. Mais le marin
l'entendait autrement, et il lui rendit l'écrin avec des
paroles qui firent monter le sang à ses joues.

— Je suis bien malheureuse, monsieur, lui répondit-
elle en retenant les larmes de colère qui brillaient dans
ses longs cils ; la démarche que je fais auprès de vous
vous autorise à m'insulter, et cependant, si vous saviez
combien mon existence dans ce pays est odieuse, vous
auriez pour moi plus de pitié que de mépris.

La contenance noble et touchante d'Indiana imposa
au capitaine Random. Les êtres qui ne font pas abus de
leur sensibilité la retrouvent quelquefois saine et
entière dans l'occasion. Il se rappela aussitôt la figure
haïssable du colonel Delmare et le bruit que son
aventure avait fait dans la colonie. En couvant d'un œil
libertin cette créature si frêle et si jolie, il fut frappé de
son air d'innocence et de candeur ; il fut surtout
vivement ému en remarquant sur son front une marque blanche que sa rougeur faisait ressortir. Il avait eu
avec Delmare des relations de commerce qui lui
avaient laissé du ressentiment contre cet homme si
rigide et si serré en affaires.

— Malédiction ! s'écria-t-il, je n'ai de mépris que
pour l'homme capable de casser à coups de botte la

tête d'une si jolie femme. Delmare est un corsaire à qui
je ne serai pas fâché de jouer ce tour ; mais soyez
prudente, madame, et songez que je compromets ici
mon caractère. Il faut vous échapper sans éclat au
coucher de la lune, vous envoler comme une pauvre
pétrelle du fond de quelque récif bien sombre...

— Je sais, monsieur, répondit-elle, que vous ne me
rendrez pas cet important service sans transgresser les
lois ; vous courez peut-être le risque de payer une
amende ; c'est pourquoi je vous offre cet écrin, dont la
valeur contient au moins le double du prix de la
traversée.

Le capitaine prit l'écrin en souriant.

— Ce n'est pas le moment de régler nos comptes,
dit-il ; je veux bien être le dépositaire de votre petite
fortune. Vous n'avez pas sans doute, vu la circonstance, un bagage bien considérable ; rendez-vous la
nuit du départ dans les rochers de l'anse aux Lataniers [12] ; vous verrez venir à vous un canot armé de
deux bons rameurs, et l'on vous passera par-dessus le
bord entre une et deux heures du matin.

XXVII

Cette journée du départ s'écoula comme un rêve.
Indiana avait craint de la trouver longue et pénible ;
elle passa comme un instant. Le silence de la campagne, la tranquillité de l'habitation, contrastaient avec
les agitations intérieures qui dévoraient madame Delmare. Elle s'enfermait dans sa chambre pour y préparer le peu de hardes qu'elle voulait emporter ; puis elle
les cachait sous ses vêtements et les portait une à une
dans les rochers de l'anse aux Lataniers, où elle les
mettait dans un panier d'écorce enseveli sous le sable.

La mer était rude, et le vent grossissait d'heure en heure. Par précaution, le navire *l'Eugène* était sorti du port, et madame Delmare apercevait au loin ses voiles blanches que la brise enflait, tandis que l'équipage, pour se maintenir dans sa station, lui faisait courir des bordées. Son cœur s'élançait alors avec de vives palpitations vers ce bâtiment qui semblait piaffer d'impatience, comme un coursier [13] plein d'ardeur au moment de partir. Mais, lorsqu'elle regagnait l'intérieur de l'île, elle retrouvait dans les gorges de la montagne un air calme et doux, un soleil pur, le chant des oiseaux, le bourdonnement des insectes, et l'activité des travaux qui avait son cours comme la veille, indifférents aux émotions violentes qui la torturaient. Alors elle doutait de la réalité de sa situation, et se demandait si ce départ prochain n'était pas l'illusion d'un songe.

Vers le soir, le vent tomba. *L'Eugène* se rapprocha de la côte, et, au coucher du soleil, madame Delmare entendit du haut de son rocher le canon bondir sur les échos de l'île. C'était le signal du départ pour le jour suivant, au retour de l'astre qui se plongeait alors dans les flots.

Après le repas, M. Delmare se trouva incommodé. Sa femme crut que tout était désespéré, qu'il tiendrait la maison éveillée toute la nuit, que son projet allait échouer ; et puis il souffrait, il avait besoin d'elle ; ce n'était pas le moment de le quitter. C'est alors que le remords entra dans son âme et qu'elle se demanda qui aurait pitié de ce vieillard quand elle l'aurait abandonné. Elle frémit de penser qu'elle allait consommer un crime à ses propres yeux, et que la voix de la conscience s'élèverait plus haut peut-être que celle de la société pour la condamner. Si, comme à l'ordinaire, Delmare eût réclamé ses soins avec dureté, s'il se fût montré impérieux et fantasque dans ses souffrances, la résistance eût semblé douce et légitime à l'esclave opprimée ; mais, pour la première fois de sa vie, il supporta son mal avec douceur et témoigna à sa femme de la reconnaissance et de l'affection. A dix heures, il déclara qu'il se sentait tout à fait bien, exigea qu'elle se retirât chez elle, et défendit qu'on s'inquiétât de lui davantage, Ralph assura, en effet, que tout symptôme de maladie avait disparu et qu'un sommeil tranquille était désormais le seul remède nécessaire. Quand onze heures sonnèrent, tout était tranquille et silencieux dans l'habitation. Madame Delmare se jeta à genoux et pria en pleurant avec amertume ; car elle allait charger son cœur d'une grande faute, et de Dieu lui viendrait désormais le seul pardon qu'elle pût espérer. Elle entra doucement dans la chambre de son mari. Il dormait profondément ; son visage était calme, sa respiration égale. Au moment où elle allait se retirer, elle aperçut dans l'ombre une autre personne endormie sur un fauteuil. C'était Ralph, qui s'était relevé sans bruit, et qui était venu garder, en cas de nouvel accident, le sommeil de son mari.

— Pauvre Ralph ! pensa Indiana ; quel éloquent et cruel reproche pour moi !

Elle eut envie de le réveiller, de lui tout avouer, de le supplier de la préserver d'elle-même, et puis elle pensa à Raymon.

— Encore un sacrifice, se dit-elle, et le plus cruel de tous, celui de mon devoir.

L'amour, c'est la vertu de la femme ; c'est pour lui qu'elle se fait une gloire de ses fautes, c'est de lui qu'elle reçoit l'héroïsme de braver ses remords. Plus le crime lui coûte à commettre, plus elle aura mérité de celui qu'elle aime. C'est le fanatisme qui met le poignard aux mains du religieux.

Elle ôta de son cou une chaîne d'or qui lui venait de sa mère et qu'elle avait toujours portée ; elle la passa doucement au cou de Ralph, comme le dernier gage d'une amitié fraternelle, et pencha encore une fois sa lampe sur le visage de son vieil époux pour s'assurer qu'il n'était plus malade. Il rêvait en ce moment, et dit d'une voix faible et triste :

— Prends garde à cet homme, il te perdra...

Indiana frémit de la tête aux pieds et s'enfuit dans sa chambre. Elle se tordit les mains dans une douloureuse incertitude ; puis tout d'un coup elle s'empara de cette pensée, qu'elle n'agissait point en vue d'elle-même, mais de Raymon ; qu'elle n'allait point à lui pour chercher du bonheur, mais pour lui en porter, et que, dût-elle être maudite dans l'éternité, elle en serait assez dédommagée si elle embellissait la vie de son amant [14]. Elle s'élança hors de l'habitation et gagna l'anse aux Lataniers d'un pas rapide, n'osant se retourner pour regarder ce qu'elle laissait derrière elle.

Elle s'occupa aussitôt de déterrer sa valise d'écorce, et elle s'assit dessus, silencieuse, tremblante, écoutant le vent qui sifflait, la vague qui râlait en mourant à ses pieds, et la satanite [15] qui gémissait d'une voix aigre dans les grandes algues marines pendues aux parois des rochers ; mais tous ces bruits étaient dominés par les battements de son cœur, qui résonnaient dans ses oreilles comme le son d'une cloche funèbre.

Elle attendit longtemps ; elle fit sonner sa montre, et vit que l'heure était passée. La mer était si mauvaise, et en tout temps la navigation est si difficile sur les côtes de l'île, qu'elle commençait à désespérer de la bonne volonté des rameurs chargés de l'emmener, lorsqu'elle aperçut sur les flots brillants l'ombre noire d'une pirogue, qui essayait d'approcher. Mais la houle était si forte, la mer se creusait tellement, que la frêle embarcation disparaissait à chaque instant, et s'ensevelissait comme dans les sombres plis d'un linceul étoilé d'argent. Elle se leva et répondit plusieurs fois au signal qui l'appelait, par des cris que le vent emportait avant de les transmettre aux rameurs. Enfin, lorsqu'ils furent assez près pour l'entendre, ils se dirigèrent vers elle avec beaucoup de peine ; puis ils s'arrêtèrent pour attendre une lame. Dès qu'ils la sentirent soulever l'esquif, ils redoublèrent d'efforts, et la vague, en déferlant, les jeta avec le canot sur la plage.

Le terrain sur lequel Saint-Paul est bâti doit son origine aux sables de la mer et à ceux des montagnes que la rivière des Galets a charriés à des grandes distances de son embouchure, au moyen des remous de son courant. Ces amas de cailloux arrondis forment autour du rivage des montagnes sous-marines que la houle entraîne, renverse et reconstruit à son gré. Leur mobilité en rend le choc inévitable, et l'habileté du pilote devient inutile pour se diriger parmi ces écueils sans cesse renaissants. Les gros navires, stationnés dans le port de Saint-Denis, sont souvent arrachés de leurs ancres et brisés sur la côte par la violence des courants ; ils n'ont d'autre ressource, lorsque le vent de terre commence à souffler et à rendre dangereux le retrait brusque des vagues, que de gagner la pleine mer au plus vite ; et c'est ce que faisait le brick *l'Eugène.*

Le canot emporta Indiana et sa fortune au milieu des lames furieuses, des hurlements de la tempête et des imprécations des deux rameurs, qui ne se gênaient pas pour maudire tout haut le danger auquel ils s'exposaient pour elle. Il y avait deux heures, disaient-ils, que le navire eût dû lever l'ancre, et c'était à cause d'elle que le capitaine avait refusé obstinément d'en donner l'ordre. Ils ajoutaient à cet égard des réflexions insultantes et cruelles, dont la malheureuse fugitive dévorait la honte en silence ; et, comme l'un de ces deux hommes faisait observer à l'autre qu'ils pourraient être punis s'ils manquaient aux égards qu'on leur avait prescrits pour la *maîtresse du capitaine :*

— Laisse-moi tranquille ! répondit-il en jurant c'est avec les requins que nous avons des comptes à régler cette nuit. Si jamais nous revoyons le capitaine Random, il ne sera pas plus méchant qu'eux, j'espère.

— A propos de requins, dit le premier, je ne sais pas
si c'en est un qui nous flaire déjà, mais je vois dans
notre sillage une face qui n'est pas chrétienne.

— Imbécile ! qui prend la figure d'un chien pour
celle d'un loup de mer ! Holà ! mon passager à quatre
pattes, on vous a oublié à la côte ; mais, mille sabords !
vous ne mangerez pas le biscuit de l'équipage. Notre
consigne ne porte qu'une demoiselle, il n'est pas
question du bichon [16]...

En même temps, il levait son aviron pour en déchar-
ger un coup sur la tête de l'animal, lorsque madame
Delmare, jetant sur la mer ses yeux distraits et humides, reconnut sa belle chienne Ophélia, qui avait
retrouvé sa trace dans les rochers de l'île et qui la
suivait à la nage. Au moment où le marin allait la
frapper, la vague, contre laquelle elle luttait péniblement, l'entraîna loin du canot, et sa maîtresse entendit
ses gémissements de douleur et d'impatience. Elle
supplia les rameurs de la prendre dans l'embarcation,
et ils feignirent de s'y disposer ; mais, au moment où le
fidèle animal se rapprochait d'eux, ils lui brisèrent le
crâne, avec de grossiers éclats de rire, et Indiana vit
flotter le cadavre de cet être qui l'avait aimée plus que
Raymon [17]. En même temps, une lame furieuse
entraîna la pirogue comme au fond d'une cataracte, et
les rires des matelots se changèrent en imprécations de
détresse. Cependant, grâce à sa surface plate et légère,
la pirogue bondit avec élasticité comme un plongeon [18]
sur les eaux, et remonta brusquement au faîte de la
lame, pour se précipiter dans un autre ravin et remonter encore à la crête écumeuse du flot. A mesure que la
côte s'éloignait, la mer devenait moins houleuse, et
bientôt l'embarcation navigua rapidement et sans
danger vers le navire. Alors la bonne humeur revint
aux deux rameurs, et avec elle la réflexion. Ils s'efforcè-
rent de réparer leur grossièreté envers Indiana ; mais
leurs cajoleries étaient plus insultantes que leur colère.

— Allons, ma jeune dame, disait l'un, prenez courage, vous voilà sauvée ; sans doute, le capitaine nous fera boire le meilleur vin de la cambuse pour le joli ballot que nous lui avons repêché.

L'autre affectait de s'apitoyer sur ce que les lames avaient mouillé les vêtements de la jeune dame ; mais, ajoutait-il, le capitaine l'attendait pour lui prodiguer ses soins. Immobile et muette, Indiana écoutait leurs propos avec épouvante ; elle comprenait l'horreur de sa situation, et ne voyait plus d'autre moyen de se soustraire aux affronts qui l'attendaient que de se jeter dans la mer. Deux ou trois fois, elle faillit s'élancer hors de la pirogue ; puis elle reprit courage, un courage sublime, avec cette pensée :

— C'est pour lui, c'est pour Raymon que je souffre tous ces maux. Je dois vivre, fussé-je accablée d'ignominie !

Elle porta la main à son cœur oppressé, et y trouva la lame d'un poignard qu'elle y avait caché le matin par une sorte de prévision instinctive. La possession de cette arme lui rendit toute sa confiance ; c'était un stylet court et effilé que son père avait coutume de porter, une vieille lame espagnole qui avait appartenu à un Médina-Sidonia [19], dont le nom était gravé à jour sur l'acier du coutelas, avec la date de 1300. Elle s'était sans doute rouillée dans du sang noble, cette bonne arme ; elle avait lavé probablement plus d'un affront, puni plus d'un insolent. Avec elle, Indiana se sentit redevenir espagnole, et elle passa sur le navire avec résolution, en se disant qu'une femme ne courait aucun danger tant qu'elle avait un moyen de se donner la mort avant d'accepter le déshonneur. Elle ne se vengea de la dureté de ses guides qu'en les dédommageant avec magnificence de leur fatigue ; puis elle se retira dans la dunette, et attendit avec anxiété que l'heure du départ fût venue.

Enfin le jour se leva, et la mer se couvrit de pirogues

qui amenaient à bord les passagers. Indiana, cachée
derrière un sabord, regardait avec terreur les figures
qui sortaient de ces embarcations ; elle tremblait d'y
voir apparaître celle de son mari venant la réclamer.
Enfin le canon du départ alla mourir sur les échos de
cette île qui lui avait servi de prison. Le navire
commença à soulever des torrents d'écume, et le soleil,
en s'élevant dans les cieux, jeta ses reflets roses et
joyeux sur les cimes blanches des Salazes[20], qui
commençaient à s'abaisser à l'horizon.

A quelques lieues en mer, une sorte de comédie fut
jouée à bord pour éluder l'aveu de supercherie. Le
capitaine Random feignit de découvrir madame Delmare sur son bâtiment ; il joua la surprise, interrogea
les matelots, fit semblant de s'emporter, puis de
s'apaiser, et finit par dresser procès-verbal de la
rencontre à bord d'un *enfant trouvé ;* c'est le terme
technique en pareille circonstance[21].

Permettez-moi de terminer ici le récit de cette
traversée. Il me suffira[22] de vous dire, pour la justification du capitaine Random, qu'il eut, malgré sa rude
éducation, assez de bon sens naturel pour comprendre
vite le caractère de madame Delmare ; il hasarda peu
de tentatives pour abuser de son isolement, et il finit
par en être touché et lui servir d'ami et de protecteur.
Mais la loyauté de ce brave homme et la dignité
d'Indiana n'empêchèrent pas les propos de l'équipage,
les regards moqueurs, les doutes insultants, et les
plaisanteries lestes et incisives. Ce furent là les véritables tortures de cette infortunée durant le voyage, car,
pour les fatigues, les privations, les dangers de la mer,
les ennuis et le malaise de la navigation, je ne vous en
parle pas ; elle-même les compta pour rien.

XXVIII

Trois jours après le départ de la lettre pour l'île Bourbon, Raymon avait complètement oublié et cette lettre et son objet. Il s'était senti mieux portant, et il avait hasardé une visite dans son voisinage. La terre du Lagny, que M. Delmare avait laissée en payement à ses créanciers, venait d'être acquise par un riche industriel, M. Hubert, homme habile et estimable, non pas comme tous les riches industriels, mais comme un petit nombre d'hommes enrichis[23]. Raymon trouva le nouveau propriétaire installé dans cette maison qui lui rappelait tant de choses. Il se plut d'abord à laisser un libre cours à son émotion en parcourant ce jardin où les pas légers de Noun semblaient encore empreints sur le sable, et ces vastes appartements qui semblaient retentir encore du son des douces paroles d'Indiana ; mais bientôt la présence d'un nouvel hôte changea la direction de ses idées.

Dans le grand salon, à la place où madame Delmare se tenait d'ordinaire pour travailler, une jeune personne grande et svelte, au long regard à la fois doux et malicieux, caressant et moqueur, était assise devant un chevalet et s'amusait à copier à l'aquarelle les bizarres lambris de la muraille. C'était une chose charmante que cette copie, une fine moquerie tout empreinte du caractère railleur et poli de l'artiste. Elle s'était plu à outrer la prétentieuse gentillesse de ces vieilles fresques ; elle avait saisi l'esprit faux et chatoyant du siècle de Louis XV sur ces figurines guindées. En rafraîchissant les couleurs fanées par le temps, elle leur avait rendu leurs grâces maniérées, leur parfum de courtisanerie, leurs atours de boudoir et de bergerie si singulièrement identiques. A côté de cette œuvre de raillerie historique, elle avait écrit le mot *pastiche*[24].

Elle leva lentement sur Raymon ses longs yeux empreints d'une cajolerie caustique, attractive et perfide, qui lui rappela je ne sais pourquoi l'*Anna Page*[25] de Shakspeare. Il n'y avait dans son maintien ni timidité, ni hardiesse, ni affectation d'usage, ni méfiance d'elle-même. Leur entretien roula sur l'influence de la mode dans les arts.

— N'est-ce pas, monsieur, que la couleur morale de l'époque était dans ce pinceau ? lui dit-elle en lui montrant la boiserie chargée d'Amours champêtres, à la manière de Boucher. N'est-il pas vrai que ces moutons ne marchent pas, ne dorment pas, ne broutent pas comme des moutons d'aujourd'hui ? Et cette jolie nature fausse et peignée, ces buissons de roses à cent feuilles au milieu des bois, où de nos jours ne croissent plus que des haies d'églantiers, ces oiseaux apprivoisés dont l'espèce a disparu apparemment, ces robes de satin rose que le soleil ne ternissait pas ; n'est-ce pas qu'il y avait dans tout cela de la poésie, des idées de mollesse et de bonheur, et le sentiment de toute une vie douce, inutile et inoffensive ? Sans doute, ces ridicules fictions valaient bien nos sombres élucubrations politiques[26] ! Que ne suis-je née en ces jours-là ! ajouta-t-elle en souriant ; j'eusse été bien plus propre (femme frivole et bornée que je suis) à faire des peintures d'éventail et des chefs-d'œuvre de parfilage qu'à commenter les journaux et à comprendre la discussion des Chambres !

M. Hubert laissa les deux jeunes gens ensemble ; et peu à peu leur conversation dévia au point de tomber sur madame Delmare.

— Vous étiez très lié avec nos prédécesseurs dans cette maison, dit la jeune fille, et sans doute il y a de la générosité de votre part à venir voir de nouveau visages. Madame Delmare, ajouta-t-elle en attachan sur lui un regard pénétrant, était une personne remarquable, dit-on ; elle a dû laisser ici pour vous des souvenirs qui ne sont pas à notre avantage.

— C'était, répondit Raymon avec indifférence, une excellente femme, et son mari était un digne homme...

— Mais, reprit l'insouciante jeune fille, c'était, ce me semble, quelque chose de plus qu'une excellente femme. Si je m'en souviens bien, il y avait dans sa personne un charme qui mériterait une épithète plus vive et plus poétique. Je la vis, il y a deux ans, à un bal chez l'ambassadeur d'Espagne. Elle était ravissante, ce jour-là, vous en souvenez-vous ?

Raymon tressaillit au souvenir de cette soirée, où il avait parlé à Indiana pour la première fois. Il se rappela en même temps qu'il avait remarqué à ce bal la figure distinguée et les yeux spirituels de la jeune personne avec laquelle il parlait en ce moment ; mais il n'avait pas demandé alors qui elle était.

Ce ne fut qu'en sortant, et lorsqu'il félicitait M. Hubert des grâces de sa fille, qu'il apprit son nom.

— Je n'ai pas le bonheur d'être son père, répondit l'industriel ; mais je m'en suis dédommagé en l'adoptant. Vous ne savez donc pas mon histoire ?

— Malade depuis plusieurs mois, répondit Raymon, je ne sais de vous que le bien que vous avez déjà fait dans ce pays.

— Il est des gens, répondit M. Hubert en souriant, qui me font un grand mérite de l'adoption de mademoiselle de Nangy ; mais vous, monsieur, qui avez l'âme élevée, vous allez voir si j'ai fait autre chose que ce que la délicatesse me prescrivait. Veuf, sans enfants, je me trouvai, il y a dix ans, à la tête de fonds assez considérables, fruits de mon travail, que je cherchais à placer. Je trouvai à acheter en Bourgogne la terre et le château de Nangy, qui étaient des biens nationaux fort à ma convenance. J'en étais propriétaire depuis quelque temps, lorsque j'appris que l'ancien seigneur de ce domaine vivait retiré dans une chaumière avec sa petite-fille, âgée de sept ans, et que leur existence était misérable. Ce vieillard avait bien reçu des indemnités, mais il les avait consacrées à payer religieusement les dettes contractées dans l'émigration[27]. Je voulus adoucir son sort, et lui offrir un asile chez moi ; mais il avait conservé dans son infortune tout l'orgueil de son rang. Il refusa de rentrer comme par charité dans le manoir de ses pères, et mourut peu de temps après mon arrivée, sans vouloir accepter de moi aucun service. Alors je recueillis son enfant. Déjà fière, la petite patricienne agréa mes soins malgré elle ; mais, à cet âge, les préjugés ont peu de racine, et les résolutions peu de durée. Elle s'accoutuma bientôt à me regarder comme son père, et je l'ai élevée comme ma propre fille. Elle m'en a bien récompensé par le bonheur qu'elle répand sur mes vieux jours. Aussi, pour me l'assurer, ce bonheur, j'ai adopté mademoiselle de Nangy, et je n'aspire maintenant qu'à lui trouver un mari digne d'elle et capable de gérer habilement les biens que je lui laisserai.

Insensiblement, cet excellent homme, encouragé par l'intérêt que Raymon accordait à ses confidences, le mit bourgeoisement, dès la première entrevue, dans le secret de toutes ses affaires. Son auditeur attentif comprit qu'il y avait là une belle et large fortune établie avec l'ordre le plus minutieux, et qui n'attendait, pour paraître dans tout son lustre, qu'un consommateur plus jeune et de mœurs plus élégantes que le bon Hubert. Il sentit qu'il pouvait être l'homme appelé à cette tâche agréable, et il remercia la destinée ingénieuse qui conciliait tous ses intérêts en lui offrant, à l'aide d'incidents romanesques, une femme de son rang à la tête d'une belle fortune plébéienne. C'était un coup du sort à ne pas laisser échapper, et il y mit toute son habileté. Par-dessus le marché, l'héritière était charmante ; Raymon se réconcilia un peu avec sa providence. Quant à madame Delmare, il ne voulut pas y penser. Il chassa les craintes que lui inspirait de temps en temps sa lettre ; il chercha à se persuader que la pauvre Indiana n'en saisirait pas les intentions ou n'aurait pas le courage d'y répondre ; enfin il réussit à s'abuser lui-même et à ne se pas croire coupable, car Raymon eût eu en horreur de se trouver égoïste. Il n'était pas de ces scélérats ingénus qui viennent sur la scène faire à leur propre cœur la naïve confession de leurs vices. Le vice ne se mire pas dans sa propre laideur, car il se ferait peur à lui-même, et le Yago de Shakspeare, personnage si vrai dans ses actions, est faux dans ses paroles, forcé qu'il est par nos conventions dramatiques de venir dévoiler lui-même les replis secrets de son cœur tortueux et profond. L'homme met rarement ainsi de sang-froid sa conscience sous ses pieds. Il la retourne, il la presse, il la tiraille, il la déforme ; et, quand il l'a faussée, avachie et usée, il la porte avec lui comme un gouverneur indulgent et facile qui se plie à ses passions et à ses intérêts, mais qu'il feint toujours de consulter et de craindre.

Il retourna donc souvent au Lagny, et ses visites furent agréables à M. Hubert ; car, vous le savez, Raymon avait l'art de se faire aimer, et bientôt tout le désir du riche plébéien fut de l'appeler son gendre. Mais il voulait que sa fille adoptive le choisît elle-même, et que toute liberté leur fût laissée pour se connaître et se juger.

Laure de Nangy ne se pressait pas de décider le bonheur de Raymon ; elle le tenait dans un équilibre parfait entre la crainte et l'espérance. Moins généreuse que madame Delmare, mais plus adroite, froide et flatteuse, orgueilleuse et prévenante, c'était la femme qui devait subjuguer Raymon ; car elle lui était aussi supérieure en habileté qu'il l'avait été lui-même à Indiana. Elle eut bientôt compris que les convoitises de son admirateur étaient bien autant pour sa fortune que pour elle. Sa raisonnable imagination n'avait rien espéré de mieux en fait d'hommages ; elle avait trop de bon sens, trop de connaissance du monde actuel pour avoir rêvé l'amour à côté de deux millions. Calme et philosophe, elle en avait pris son parti, et ne trouvait point Raymon coupable ; elle ne le haïssait point d'être calculateur et positif comme son siècle ; seulement, elle le connaissait trop pour l'aimer. Elle mettait tout son orgueil à n'être point au-dessous de ce siècle froid et raisonneur ; son amour-propre eût souffert d'y porter les niaises illusions d'une pensionnaire ignorante ; elle eût rougi d'une déception comme d'une sottise ; elle faisait, en un mot, consister son héroïsme à échapper à l'amour, comme madame Delmare mettait le sien à s'y livrer.

Mademoiselle de Nangy était donc bien résolue à subir le mariage comme une nécessité sociale ; mais elle se faisait un malin plaisir d'user de cette liberté qui lui appartenait encore, et de faire sentir quelque temps son autorité à l'homme qui aspirait à la lui ôter. Point de jeunesse, point de doux rêves, point d'avenir brillant et menteur pour cette jeune fille condamnée à subir toutes les misères de la fortune. Pour elle, la vie était un calcul stoïque, et le bonheur une illusion puérile, dont il fallait se défendre comme d'une faiblesse et d'un ridicule.

Pendant que Raymon travaillait à établir sa fortune, Indiana approchait des rives de la France. Mais quels furent sa surprise et son effroi, en débarquant, de voir le drapeau tricolore flotter sur les murs de Bordeaux ! Une violente agitation bouleversait la ville : le préfet avait été presque massacré la veille[28] ; le peuple se soulevait de toutes parts ; la garnison semblait s'apprêter à une lutte sanglante, et l'on ignorait encore l'issue de la révolution de Paris.

— J'arrive trop tard ! fut la pensée qui tomba sur madame Delmare comme un coup de foudre.

Dans son effroi, elle laissa sur le navire le peu d'argent et de hardes qu'elle possédait, et se mit à parcourir la ville dans une sorte d'égarement. Elle chercha une diligence pour Paris ; mais les voitures publiques étaient encombrées de gens qui fuyaient ou qui allaient profiter de la dépouille des vaincus. Ce ne fut que vers le soir qu'elle trouva une place. Au moment où elle montait en voiture, un piquet de garde nationale improvisée vint s'opposer au départ des voyageurs et demanda à voir leurs papiers. Indiana n'en avait point. Tandis qu'elle se débattait contre les soupçons assez absurdes des triomphateurs, elle entendit assurer autour d'elle que la royauté était tombée, que le roi était en fuite et que les ministres avaient été massacrés avec tous leurs partisans. Ces nouvelles, proclamées avec des rires, des trépignements, des cris de joie, portèrent un coup mortel à madame Delmare. Dans toute cette révolution, un seul fait l'intéressait personnellement ; dans toute la France, elle ne connaissait qu'un seul homme. Elle tomba évanouie sur le pavé, et ne recouvra la connaissance que dans un hôpital... au bout de plusieurs jours.

Sans argent, sans linge, sans effets, elle en sortit, deux mois après, faible, chancelante, épuisée par une fièvre inflammatoire cérébrale qui avait fait plusieurs fois désespérer de sa vie. Quand elle se trouva dans la rue, seule, se soutenant à peine, privée d'appui, de ressources et de forces ; quand elle fit un effort pour se rappeler sa situation, et qu'elle se vit perdue et isolée dans cette grande ville, elle éprouva un indicible sentiment de terreur et de désespoir en songeant que le sort de Raymon était décidé depuis longtemps, et qu'il n'y avait pas autour d'elle un seul être qui pût faire cesser l'affreuse incertitude où elle se trouvait. L'horreur de l'abandon pesa de toute sa puissance sur son

âme brisée, et l'apathique désespoir qu'inspire la
misère vint peu à peu amortir toutes ses facultés. Dans
cet engourdissement moral où elle se sentait tomber,
elle se traîna sur le port, et, toute tremblante de fièvre,
elle s'assit sur une borne pour se réchauffer au soleil,
en regardant avec une indolente fixité l'eau qui coulait
à ses pieds. Elle resta là plusieurs heures, sans énergie,
sans espoir, sans volonté ; puis elle se rappela enfin ses
effets, son argent, qu'elle avait laissés sur le brick
l'Eugène, et qu'il serait possible peut-être de retrouver ;
mais la nuit était venue, et elle n'osa pas s'introduire
au milieu de ces matelots qui abandonnaient les
travaux avec une rude gaieté, et leur demander des
informations sur ce navire. Désirant, au contraire,
échapper à l'attention qui commençait à se fixer sur
elle, elle quitta le port et s'alla cacher dans les
décombres d'une maison abattue, derrière la vaste
esplanade des Quinconces. Elle y passa la nuit, blottie
dans un coin, une froide nuit d'octobre, amère de
pensers et pleine de frayeurs. Enfin le jour vint ; la faim
se fit sentir poignante et implacable. Elle se décida à
demander l'aumône. Ses vêtements, quoiqu'en assez
mauvais état, annonçaient encore plus d'aisance qu'il
ne convient à une mendiante ; on la regarda avec
curiosité, avec méfiance, avec ironie, et on ne lui donna
rien. Elle se traîna de nouveau sur le port, demanda
des nouvelles du brick *l'Eugène,* et apprit du premier
batelier qu'elle rencontra que ce bâtiment était toujours en rade de Bordeaux. Elle s'y fit conduire en
canot, et trouva Random en train de déjeuner.

— Eh bien, s'écria-t-il, ma belle passagère, vous
voici déjà revenue de Paris ? Vous faites bien d'arriver,
car je repars demain. Faudra-t-il vous reconduire à
Bourbon ?

Il apprit à madame Delmare qu'il l'avait fait chercher partout, afin de lui remettre ce qui lui appartenait. Mais Indiana n'avait sur elle, au moment où on

l'avait portée à l'hôpital, aucun papier qui pût faire connaître son nom. Elle avait été inscrite sous la désignation d'*inconnue* sur les registres de l'administration et sur ceux de la police ; le capitaine n'avait donc pu trouver aucun renseignement.

Le lendemain, malgré son état de faiblesse et de fatigue, Indiana partit pour Paris. Ses inquiétudes eussent dû se calmer en voyant la tournure que les affaires politiques avaient prise ; mais l'inquiétude ne raisonne pas, et l'amour est fécond en craintes puériles.

Le soir même de son arrivée à Paris, elle courut chez Raymon ; elle interrogea le concierge avec angoisse.

— Monsieur se porte bien, répondit celui-ci ; il est au Lagny.

— Au Lagny ! Vous voulez dire à Cercy ?

— Non, madame, au Lagny, dont il est actuellement propriétaire.

— Bon Raymon ! pensa Indiana, il a racheté cette terre pour m'y donner un asile où la méchanceté publique ne puisse m'atteindre. Il savait bien que je viendrais !...

Ivre de bonheur, elle courut, légère et animée d'une vie nouvelle, s'installer dans un hôtel garni ; elle donna la nuit et une partie du lendemain au repos. Il y avait si longtemps que l'infortunée n'avait dormi d'un sommeil paisible ! Ses rêves furent gracieux et décevants, et, quand elle s'éveilla, elle ne regretta point l'illusion des songes, car elle retrouva l'espérance à son chevet. Elle s'habilla avec soin ; elle savait que Raymon tenait à toutes les minuties de la toilette, et, dès le soir précédent, elle avait commandé une robe fraîche et jolie qu'on lui apporta à son réveil. Mais, quand elle voulut se coiffer, elle chercha en vain sa longue et magnifique chevelure ; durant sa maladie, elle était tombée sous les ciseaux de l'infirmière. Elle s'en

aperçut alors pour la première fois, tant ses fortes
préoccupations l'avaient distraite des petites choses.

Néanmoins, quand elle eut bouclé ses courts cheveux
noirs sur son front blanc et mélancolique, quand elle
eut enveloppé sa jolie tête sous un petit chapeau de
forme anglaise, appelé alors, par allusion à l'échec
porté aux fortunes, un *trois pour cent* [29], quand elle eut
attaché à sa ceinture un bouquet des fleurs dont
Raymon aimait le parfum, elle espéra qu'elle lui
plairait encore ; car elle était redevenue pâle et frêle
comme aux premiers jours où il l'avait connue, et
l'effet de la maladie avait effacé les traces du soleil des
tropiques.

Elle prit un remise dans l'après-midi et arriva vers
neuf heures du soir à un village sur la lisière de la forêt
de Fontainebleau. Là, elle fit dételer, donna ordre au
cocher de l'attendre jusqu'au lendemain, et prit seule,
à pied, un sentier dans le bois qui la conduisit en moins
d'un quart d'heure au parc du Lagny. Elle chercha à
pousser la petite porte, mais elle était fermée en
dedans. Indiana voulait entrer furtivement, échapper à
l'œil des domestiques, surprendre Raymon. Elle lon-
gea le mur du parc. Il était vieux ; elle se rappelait qu'il
s'y faisait des brèches fréquentes, et, par bonheur, elle
en trouva une qu'elle escalada sans trop de peine.

En mettant le pied sur une terre qui appartenait à
Raymon et qui allait devenir désormais son asile, son
sanctuaire, sa forteresse et sa patrie, elle sentit son
cœur bondir de joie. Elle franchit, légère et triom-
phante, les allées sinueuses qu'elle connaissait si bien.
Elle gagna le jardin anglais, si sombre et si solitaire de
ce côté-là. Rien n'était changé dans les plantations ;
mais le pont dont elle redoutait l'aspect douloureux
avait disparu, le cours même de la rivière était
déplacé ; les lieux qui eussent rappelé la mort de Noun
avaient seuls changé de face.

— Il a voulu m'ôter ce cruel souvenir, pensa

Indiana. Il a eu tort ; j'aurais pu le supporter. N'est-ce pas pour moi qu'il avait mis ce remords dans sa vie ? Désormais nous sommes quittes, car j'ai commis un crime aussi. J'ai peut-être causé la mort de mon mari. Raymon peut m'ouvrir ses bras, nous nous tiendrons lieu l'un à l'autre d'innocence et de vertu.

Elle traversa la rivière sur des planches qui attendaient un pont projeté, et franchit le parterre. Elle fut forcée de s'arrêter, car son cœur battait à se rompre ; elle leva les yeux vers la fenêtre de son ancienne chambre. Bonheur ! les rideaux bleus resplendissaient de lumière, Raymon était là. Pouvait-il habiter une autre pièce ? La porte de l'escalier dérobé était ouverte.

— Il m'attend à toute heure, pensa-t-elle ; il va être heureux, mais non surpris.

Au bout de l'escalier, elle s'arrêta encore pour respirer : elle se sentait moins de force pour la joie que pour la douleur. Elle se pencha et regarda par la serrure. Raymon était seul, il lisait. C'était bien lui, c'était Raymon plein de force et de vie ; les chagrins ne l'avaient pas vieilli, les orages politiques n'avaient pas enlevé un cheveu de sa tête ; il était là, paisible et beau, le front appuyé sur sa blanche main qui se perdait dans ses cheveux noirs.

Indiana poussa vivement la porte, qui s'ouvrit sans résistance.

— Tu m'attendais ! s'écria-t-elle en tombant sur ses genoux et en appuyant sa tête défaillante sur le sein de Raymon ; tu avais compté les mois, les jours ! tu savais que le temps était passé, mais tu savais aussi que je ne pouvais pas manquer à ton appel !... C'est toi qui m'as appelée, me voilà, me voilà ; je me meurs !

Ses idées se confondirent dans son cerveau ; elle resta quelque temps silencieuse, haletante, incapable de parler, de penser.

Et puis elle rouvrit les yeux, reconnut Raymon comme au sortir d'un rêve, fit un cri de joie et de

frénésie, et se colla à ses lèvres, folle, ardente et
heureuse. Il était pâle, muet, immobile, frappé de la
foudre.

— Reconnais-moi donc, s'écria-t-elle ; c'est moi,
c'est ton Indiana, c'est ton esclave que tu as rappelée
de l'exil et qui est venue de trois mille lieues pour
t'aimer et te servir ; c'est la compagne de ton choix qui
a tout quitté, tout risqué, tout bravé pour t'apporter
cet instant de joie ! tu es heureux, tu es content d'elle,
dis ? J'attends ma récompense ; un mot, un baiser, je
serai payée au centuple.

Mais Raymon ne répondait rien ; son admirable
présence d'esprit l'avait abandonné. Il était écrasé de
surprise, de remords et de terreur en voyant cette
femme à ses pieds ; il cacha sa tête dans ses mains et
désira la mort.

— Mon Dieu ! mon Dieu ! tu ne me parles pas, tu ne
m'embrasses pas, tu ne me dis rien ! s'écria madame
Delmare en étreignant les genoux de Raymon contre sa
poitrine ; tu ne peux donc pas ? Le bonheur fait mal ; il
tue, je le sais bien ! Ah ! tu souffres, tu étouffes, je t'ai
surpris trop brusquement ! Essaye donc de me regarder ; vois comme je suis pâle, comme j'ai vieilli,
comme j'ai souffert ! Mais c'est pour toi, et tu ne m'en
aimeras que mieux ! Dis-moi un mot, un seul, Raymon.

— Je voudrais pleurer, dit Raymon d'une voix
étouffée.

— Et moi aussi, dit-elle en couvrant ses mains de
baisers. Ah ! oui, cela ferait du bien. Pleure, pleure
donc dans mon sein, j'essuierai tes larmes avec mes
baisers ; je viens pour te donner du bonheur, pour être
tout ce que tu voudras, ta compagne, ta servante ou ta
maîtresse. Jadis j'ai été bien cruelle, bien folle, bien
égoïste ; je t'ai fait bien souffrir, et je n'ai pas voulu
comprendre que j'exigeais au-delà de tes forces. Mais
depuis, j'ai réfléchi, et, puisque tu ne crains pas de
braver l'opinion avec moi, je n'ai plus le droit de te

refuser aucun sacrifice. Dispose de moi, de mon sang, de ma vie ; je suis à toi corps et âme. J'ai fait trois mille lieues pour t'appartenir, pour te dire cela ; prends-moi, je suis ton bien, tu es mon maître.

Je ne sais quelle infernale idée traversa brusquement le cerveau de Raymon. Il tira son visage de ses mains contractées, et regarda Indiana avec un sang-froid diabolique ; puis un sourire terrible erra sur ses lèvres et fit étinceler ses yeux, car Indiana était encore belle.

— D'abord il faut te cacher, lui dit-il en se levant.

— Pourquoi me cacher ici ? dit-elle ; n'es-tu pas le maître de m'accueillir et de me protéger, moi qui n'ai plus que toi sur la terre, et qui, sans toi, serais réduite à mendier sur la voie publique ? Va, le monde même ne peut plus te faire un crime de m'aimer ; c'est moi qui ai tout pris sur mon compte... c'est moi !... Mais où vas-tu ? s'écria-t-elle en le voyant marcher vers la porte.

Elle s'attacha à lui avec la terreur d'un enfant qui ne veut pas être laissé seul un instant, et se traîna sur les genoux pour le suivre.

Il voulait aller fermer la porte à double tour ; mais il était trop tard. Elle s'ouvrit avant qu'il eût pu y porter la main, et Laure de Nangy entra ; elle parut moins étonnée que choquée, ne laissa pas échapper une exclamation, se baissa un peu pour regarder en clignotant la femme qui était tombée à demi évanouie par terre ; puis, avec un sourire amer, froid et méprisant :

— Madame Delmare, dit-elle, vous vous plaisez, ce me semble, à mettre trois personnes dans une étrange situation ; mais je vous remercie de m'avoir donné le rôle le moins ridicule, et voici comme je m'en acquitte. Veuillez vous retirer.

L'indignation rendit la force à Indiana ; elle se leva haute et puissante.

— Quelle est donc cette femme ? dit-elle à Raymon, et de quel droit me donne-t-elle des ordres chez vous ?

— Vous êtes ici chez moi, madame, reprit Laure.

— Mais parlez donc, monsieur ! s'écria Indiana en secouant avec rage le bras du malheureux ; dites-moi donc si c'est là votre maîtresse ou votre femme !

— C'est ma femme, répondit Raymon d'un air hébété.

— Je pardonne à votre incertitude, dit madame de Ramière avec un sourire cruel. Si vous fussiez restée où le devoir marquait votre place, vous auriez reçu un billet de faire part du mariage de monsieur. Allons, Raymon, ajouta-t-elle d'un ton d'aménité caustique, je prends pitié de votre embarras ; vous êtes un peu jeune ; vous sentirez, j'espère, qu'il faut plus de prudence dans la vie. Je vous laisse le soin de terminer cette scène absurde. J'en rirais si vous n'aviez pas l'air si malheureux.

En parlant ainsi, elle se retira, assez satisfaite de la dignité qu'elle venait de déployer, et triomphant en secret de la position d'infériorité et de dépendance où cet incident venait de placer son mari vis-à-vis d'elle.

Quand Indiana retrouva l'usage de ses sens, elle était seule dans une voiture fermée, et roulait avec rapidité vers Paris.

XXIX

A la barrière, la voiture s'arrêta ; un domestique, que madame Delmare reconnut pour l'avoir vu autrefois au service de Raymon, vint à la portière demander où il fallait descendre *madame*. Indiana jeta machinalement le nom de l'hôtel et de la rue où elle était descendue la veille. En arrivant, elle se laissa tomber sur une chaise et y resta jusqu'au lendemain matin, sans songer à se mettre au lit, sans vouloir faire un mouvement, désireuse de mourir, mais trop brisée, trop inerte pour avoir la force de se tuer. Elle pensait qu'il était impossible de vivre après de telles douleurs, et que la mort viendrait bien d'elle-même la chercher. Elle resta donc ainsi tout le jour suivant, sans prendre aucun aliment, sans répondre au peu d'offres de service qui lui furent faites.

Je ne sache pas qu'il soit rien de plus horrible que le séjour d'un hôtel garni à Paris, surtout lorsque, comme celui-là, il est situé dans une rue étroite et sombre, et qu'un jour terne et humide rampe comme à regret sur les plafonds enfumés et sur les vitres dépolies. Et puis il y a dans l'aspect de ces meubles étrangers à vos habitudes, et sur lesquels votre regard désœuvré cherche en vain un souvenir et une sympathie, quelque chose qui glace et qui repousse. Tous ces objets qui n'appartiennent pour ainsi dire à personne, à force d'appartenir à tous ceux qui passent ; ce local où nul n'a laissé de trace de son passage qu'un nom inconnu, quelquefois abandonné sur une carte dans le cadre de la glace ; cet asile mercenaire qui abrita tant de pauvres voyageurs, tant d'étrangers isolés ; qui ne fut hospitalier à aucun d'eux ; qui vit passer indifféremment tant d'agitations humaines et qui n'en sait rien raconter ; ce bruit de rue, discord et incessant, qui ne vous permet pas même de dormir pour échapper au chagrin ou à l'ennui ; ce sont là des sujets de dégoût et d'humeur pour celui même qui n'apporte point en ce lieu l'horrible situation d'esprit de madame Delmare. Pauvre provincial qui avez quitté vos champs, votre ciel, votre verdure, votre maison et votre famille, pour venir vous enfermer dans ce cachot de l'esprit et du cœur, voyez Paris, ce beau Paris, que vous aviez rêvé si merveilleux ! voyez-le s'étendre là-bas, noir de boue et de pluie, bruyant, infect et rapide comme un torrent de fange ! Voilà cette orgie perpétuelle, toujours brillante et parfumée, qu'on vous avait promise ; voilà ces plaisirs enivrants, ces surprises saisissantes, ces tré-

sors de la vue, de l'ouïe et du goût qui devaient se
disputer vos sens bornés et vos facultés impuissantes à
les savourer tous à la fois! Voyez là-bas courir, toujours pressé, toujours soucieux, le Parisien affable,
prévenant, hospitalier, qu'on vous avait dépeint! Fatigué avant d'avoir parcouru cette mouvante population
et ce dédale inextricable, vous vous rejetez, accablé
d'effroi, dans le riant local d'un hôtel garni, où, après
vous avoir installé à la hâte, l'unique domestique d'une
maison souvent immense vous laisse seul mourir en
paix, si la fatigue ou le chagrin vous ôte la force de
vaquer aux mille besoins de la vie.

Mais être femme et se trouver là repoussée de tous, à
trois mille lieues de toute affection humaine; se trouver là manquant d'argent, ce qui est bien pis que d'être
abandonné dans l'immensité d'un désert sans eau;
n'avoir pas, dans tout le cours de sa vie, un souvenir de
bonheur qui ne soit empoisonné ou tari, dans tout
l'avenir un espoir d'existence possible, pour se distraire de l'insipidité de la situation présente, c'est le
dernier degré de la misère et de l'abandon. Aussi
madame Delmaré, n'essayant pas de lutter contre une
destinée remplie, contre une vie brisée et anéantie, se
laissa ronger par la faim, par la fièvre et par la douleur,
sans proférer une plainte, sans verser une larme, sans
tenter un effort pour mourir une heure plus tôt, pour
souffrir une heure de moins.

On la trouva par terre, le lendemain du second jour,
raidie par le froid, les dents serrées, les lèvres bleues,
les yeux éteints; cependant elle n'était pas morte. La
maîtresse du logis examina l'intérieur du secrétaire, et,
le voyant si peu garni, délibéra si elle n'enverrait pas
à l'hôpital cette inconnue qui n'avait certainement pas
de quoi acquitter les frais d'une maladie longue et
dispendieuse. Cependant, comme c'était une femme
remplie d'humanité, elle la fit mettre au lit, et envoya

chercher un médecin, afin de savoir de lui si la maladie durerait plus de deux jours. Il s'en présenta un qu'on n'avait pas été chercher.

Indiana, en ouvrant les yeux, le trouva à son chevet. Je n'ai pas besoin de vous dire son nom.

— Ah! c'est toi! c'est toi! s'écria-t-elle en se jetant mourante dans son sein. Tu es mon bon ange, toi! Mais tu viens trop tard, je ne puis plus rien pour toi que mourir en te bénissant.

— Vous ne mourrez point, mon amie, répondit Ralph avec émotion; la vie peut encore vous sourire. Les lois qui s'opposaient à votre bonheur n'enchaîneront plus désormais votre affection. J'eusse voulu détruire l'invincible charme jeté sur vous par un homme que je n'aime ni n'estime; mais cela n'est point en mon pouvoir, et je suis las de vous voir souffrir. Votre existence a été affreuse jusqu'ici; elle ne peut pas le devenir davantage. D'ailleurs, si mes tristes prévisions se réalisent, si le bonheur que vous avez rêvé doit être de courte durée, du moins vous l'aurez connu quelque temps, du moins vous ne mourrez pas sans l'avoir goûté. Je sacrifie donc toutes mes répugnances. La destinée qui vous jette isolée entre mes bras m'impose envers vous les devoirs de tuteur et de père. Je viens vous annoncer que vous êtes libre, et que vous pouvez unir votre sort à celui de M. de Ramière. Delmare n'est plus.

Des larmes coulaient lentement sur les joues de Ralph tandis qu'il parlait. Indiana se redressa brusquement sur son lit, et, tordant ses mains avec désespoir :

— Mon époux est mort! s'écria-t-elle; c'est moi qui l'ai tué! Et vous me parlez d'avenir et de bonheur, comme s'il en était encore pour le cœur qui se déteste et se méprise! Mais sachez bien que Dieu est juste, et que je suis maudite! M. de Ramière est marié.

Elle retomba épuisée dans les bras de son cousin. Ils

ne purent reprendre cet entretien que plusieurs heures
après.

— Que votre conscience justement troublée se rassure, lui dit Ralph d'un ton solennel, mais doux et
triste. Delmare était frappé à mort quand vous l'avez
abandonné ; il ne s'est point éveillé du sommeil où
vous l'avez laissé, il n'a point su votre fuite, il est mort
sans vous maudire et sans vous pleurer. Vers le matin,
en sortant de l'assoupissement où j'étais tombé, auprès
de son lit, je trouvai sa figure violette, son sommeil
lourd et brûlant : il était déjà frappé d'apoplexie. Je
courus à votre chambre, je fus surpris de ne vous y
point trouver ; mais je n'avais pas le temps de chercher
les motifs de votre absence ; je ne m'en suis sérieusement alarmé qu'après la mort de Delmare. Tous les
secours de l'art furent inutiles, le mal fit d'effrayants
progrès ; une heure après, il expira dans mes bras sans
retrouver l'usage de ses sens. Cependant, au dernier
moment, son âme appesantie et glacée sembla faire un
effort pour se ranimer ; il chercha ma main, qu'il prit
pour la vôtre ; car les siennes étaient déjà roides et
insensibles ; il s'efforça de la serrer, et il mourut en
bégayant votre nom.

— J'ai recueilli ses dernières paroles, dit Indiana
d'un air sombre ; au moment où je le quittais pour
toujours, il me parla dans son sommeil : « Cet homme
te perdra », m'a-t-il dit. Ces paroles sont là, ajouta-
t-elle en portant une main à son cœur et l'autre à son
cerveau.

— Quand j'eus la force de distraire mes yeux et ma
pensée de ce cadavre, poursuivit Ralph, je songeai à
vous ; à vous, Indiana, qui désormais étiez libre et qui
ne pouviez pleurer votre maître que par bonté de cœur
ou par religion. J'étais le seul à qui sa mort enlevât
quelque chose, car j'étais son ami, et, s'il n'était pas
toujours sociable, du moins n'avais-je pas de rival dans
son cœur. Je craignis pour vous l'effet d'une trop

prompte nouvelle, et j'allai vous attendre à l'entrée de la case [30], pensant que vous ne tarderiez pas à revenir de votre promenade matinale. J'attendis longtemps. Je ne vous dirai pas mes angoisses, mes recherches, ma terreur, lorsque je trouvai le cadavre d'Ophélia, tout sanglant et tout brisé par les rochers ; les vagues l'avaient jeté sur la grève. Hélas ! je cherchai longtemps, croyant y découvrir bientôt le vôtre ; car je pensais que vous vous étiez donné la mort et, pendant trois jours, j'ai cru qu'il ne me resterait plus rien à aimer sur la terre. Il est inutile de vous parler de mes douleurs, vous avez dû les prévoir en m'abandonnant.

» Cependant le bruit se répandit bientôt dans la colonie que vous aviez pris la fuite. Un bâtiment qui entrait dans la rade s'était croisé avec le brick *l'Eugène* par le travers du canal de Mozambique ; l'équipage avait abordé votre navire. Un passager vous avait reconnue, et, en moins de trois jours, toute l'île fut informée de votre départ.

» Je vous fais grâce des bruits absurdes et outrageants qui résultèrent de la rencontre de ces deux circonstances dans la même nuit, votre fuite et la mort de votre mari. Je ne fus pas épargné dans les charitables inductions qu'on se plut à en tirer ; mais je ne m'en occupai point. J'avais encore un devoir à remplir sur la terre, celui de m'assurer de votre existence et de vous porter des secours s'il était nécessaire. Je suis parti peu de temps après vous ; mais la traversée a été horrible, et je ne suis en France que depuis huit jours. Ma première pensée a été de courir chez M. de Ramière pour m'informer de vous. Mais le hasard m'a fait rencontrer son domestique Carle, qui venait de vous conduire ici. Je n'ai pas fait d'autre question que celle de votre domicile, et je suis venu avec la conviction que je ne vous y trouverais pas seule.

— Seule, seule ! indignement abandonnée ! s'écria madame Delmare. Mais ne parlons pas de cet homme, n'en parlons jamais. Je ne veux plus l'aimer, car je le méprise ; mais il ne faut pas me dire que je l'ai aimé, c'est me rappeler ma honte et mon crime ; c'est jeter un reproche terrible sur mes derniers instants. Ah ! sois mon ange consolateur, toi qui viens, dans toutes les crises de ma déplorable vie, me tendre une main amie. Accomplis avec miséricorde ta dernière mission auprès de moi ; dis-moi des paroles de tendresse et de pardon, afin que je meure tranquille, et que j'espère le pardon du juge qui m'attend là-haut.

Elle espérait mourir ; mais le chagrin rive la chaîne de notre vie au lieu de la briser. Elle ne fut même pas dangereusement malade, elle n'en avait plus la force ; seulement, elle tomba dans un état de langueur et d'apathie qui ressemblait à l'imbécillité.

Ralph essaya de la distraire ; il l'éloigna de tout ce qui pouvait lui rappeler Raymon. Il l'emmena en Touraine ; il l'environna de toutes les aises de la vie ; il consacrait tous ses instants à lui en procurer quelques-uns de supportables ; et, quand il n'y réussissait point, quand il avait épuisé toutes les ressources de son art et de son affection sans avoir pu faire briller un faible rayon de plaisir sur ce visage morne et flétri, il déplorait l'impuissance de sa parole, et se reprochait amèrement l'inhabileté de sa tendresse.

Un jour, il la trouva plus anéantie, plus accablée que jamais. Il n'osa point lui parler, et s'assit auprès d'elle d'un air triste. Indiana, se tournant alors vers lui et lui pressant la main tendrement :

— Je te fais bien du mal, pauvre Ralph ! lui dit-elle, et il faut que tu aies bien de la patience pour supporter le spectacle d'une infortune égoïste et lâche comme la mienne ! Ta rude tâche est depuis longtemps remplie. L'exigence la plus insensée ne pourrait pas demander à l'amitié plus que tu n'as fait pour moi. Maintenant, abandonne-moi au mal qui me ronge ; ne gâte pas ta vie pure et sainte par le contact d'une vie maudite ;

essaye de trouver ailleurs le bonheur, qui ne peut pas
naître auprès de moi.

— Je renonce, en effet, à vous guérir, Indiana,
répondit-il ; mais je ne vous abandonnerai jamais,
même quand vous me diriez que je vous suis importun ; car vous avez encore besoin de soins matériels, et,
si vous ne voulez pas que je sois votre ami, je serai au
moins votre laquais. Cependant, écoutez-moi ; j'ai un
expédient à vous proposer que j'ai réservé pour la
dernière période du mal, mais qui certes est infaillible.

— Je ne connais qu'un remède au chagrin, répondit-
elle, c'est l'oubli ; car j'ai eu le temps de me convaincre
que la raison est impuissante. Espérons donc tout du
temps. Si ma volonté pouvait obéir à la reconnaissance
que tu m'inspires, dès à présent je serais riante et
calme comme aux jours de notre enfance ; crois bien,
ami, que je ne me plais pas à nourrir mon mal et à
envenimer ma blessure ; ne sais-je pas que toutes mes
souffrances retombent sur ton cœur ? Hélas ! je voudrais oublier, guérir ! mais je ne suis qu'une faible
femme. Ralph, sois patient et ne me crois pas ingrate.

Elle fondit en larmes. Sir Ralph prit sa main.

— Écoute, ma chère Indiana, lui dit-il, l'oubli n'est
pas en notre pouvoir ; je ne t'accuse pas ! je puis
souffrir patiemment ; mais te voir souffrir est au-
dessus de mes forces. D'ailleurs, pourquoi lutter ainsi,
faibles créatures que nous sommes, contre une destinée de fer ? C'est bien assez traîner ce boulet ; le Dieu
que nous adorons, toi et moi, n'a pas destiné l'homme à
tant de misères sans lui donner l'instinct de s'y
soustraire ; et ce qui fait, à mon avis, la principale
supériorité de l'homme sur la brute, c'est de comprendre où est le remède à tous ses maux. Ce remède, c'est
le suicide ; c'est celui que je te propose, que je te
conseille.

— J'y ai souvent songé, répondit Indiana après un
court silence. Jadis de violentes tentations m'y conviè-

rent, mais un scrupule religieux m'arrêta. Depuis, mes idées s'élevèrent dans la solitude. Le malheur, en s'attachant à moi, m'enseigna peu à peu une autre religion que la religion enseignée par les hommes [31]. Quand tu es venu à mon secours, j'étais déterminée à me laisser mourir de faim ; mais tu m'as priée de vivre, et je n'avais pas le droit de te refuser ce sacrifice. Maintenant, ce qui m'arrête, c'est ton existence, c'est ton avenir. Que feras-tu seul sur la terre, pauvre Ralph, sans famille, sans passions, sans affections ? Depuis les affreuses plaies qui m'ont frappée au cœur, je ne te suis plus bonne à rien ; mais je guérirai peut-être. Oui, Ralph, j'y ferai tous mes efforts, je te le jure ; patiente encore un peu ; bientôt, peut-être, pourrai-je sourire... Je veux redevenir paisible et gaie, pour te consacrer cette vie que tu as tant disputée au malheur.

— Non, mon amie, non, reprit Ralph, je ne veux point d'un tel sacrifice, je ne l'accepterai jamais. En quoi mon existence est-elle donc plus précieuse que la vôtre ? pourquoi faut-il que vous vous imposiez un avenir odieux pour m'en donner un agréable ? Pensez-vous qu'il me fût possible d'en jouir en sentant que votre cœur ne le partage point ? Non, je ne suis point égoïste jusque-là. N'essayons pas, croyez-moi, un héroïsme impossible ; c'est orgueil et présomption que d'espérer abjurer ainsi tout amour de soi-même. Regardons enfin notre situation d'un œil calme, et disposons des jours qui nous restent comme d'un bien commun que l'un de nous n'a pas le droit d'accaparer aux dépens de l'autre. Depuis longtemps, depuis ma naissance pourrais-je dire la vie me fatigue et me pèse ; maintenant, je ne me sens plus la force de la porter sans aigreur et sans impiété. Partons ensemble, Indiana, retournons à Dieu, qui nous avait exilés sur cette terre d'épreuves, dans cette *vallée de larmes*, mais qui sans doute ne refusera pas de nous ouvrir son sein quand, fatigués et meurtris, nous irons lui demander sa clémence et sa pitié. Je crois en Dieu, Indiana, et c'est moi qui, le premier, vous ai enseigné à y croire. Ayez donc confiance en moi ; un cœur droit ne peut pas tromper celui qui l'interroge avec candeur. Je sens que nous avons assez souffert l'un et l'autre ici-bas pour être lavés de nos fautes. Le baptême du malheur a bien assez purifié nos âmes : rendons-les à celui qui nous les a données.

Cette pensée occupa Ralph et Indiana pendant plusieurs jours, au bout desquels il fut décidé qu'ils se donneraient la mort ensemble. Il ne fut plus question que de choisir le genre de suicide.

— C'est une affaire de quelque importance, dit Ralph ; mais j'y avais déjà songé, et voici ce que j'ai à vous proposer. L'action que nous allons commettre n'étant pas le résultat d'une crise d'égarement momentané, mais le but raisonné d'une détermination prise dans un sentiment de piété calme et réfléchie, il importe que nous y apportions le recueillement d'un catholique devant les sacrements de son Église. Pour nous, l'univers est le temple où nous adorons Dieu. C'est au sein d'une nature grande et vierge qu'on retrouve le sentiment de sa puissance, pure de toute profanation humaine. Retournons donc au désert, afin de pouvoir prier. Ici, dans cette contrée pullulante d'hommes et de vices, au sein de cette civilisation qui renie Dieu ou le mutile, je sens que je serais gêné, distrait et attristé. Je voudrais mourir joyeux, le front serein, les yeux levés au ciel. Mais où le trouver ici ? Je vais donc vous dire le lieu où le suicide m'est apparu sous son aspect le plus noble et le plus solennel. C'est au bord d'un précipice, à l'île Bourbon ; c'est au haut de cette cascade qui s'élance diaphane et surmontée d'un prisme éclatant dans le ravin solitaire de Bernica. C'est là que nous avons passé les plus douces heures de notre enfance ; c'est là qu'ensuite j'ai pleuré les chagrins les plus amers de ma vie ; c'est là que j'ai appris à prier, à espérer ; c'est là que je voudrais, par une belle nuit de nos climats, m'ensevelir sous ces eaux pures, et descendre dans la tombe fraîche et fleurie qu'offre la profondeur du gouffre verdoyant. Si vous n'avez pas de prédilection pour un autre endroit de la terre, accordez-moi la satisfaction d'accomplir notre double sacrifice aux lieux qui furent témoins des jeux de notre enfance et des douleurs de notre jeunesse.

— J'y consens, répondit madame Delmare en mettant sa main dans celle de Ralph en signe de pacte. J'ai toujours été attirée vers le bord des eaux par une sympathie invincible, par le souvenir de ma pauvre Noun. Mourir comme elle me sera doux ; ce sera l'expiation de sa mort, que j'ai causée.

— Et puis, dit Ralph, un nouveau voyage en mer, fait cette fois dans d'autres sentiments que ceux qui nous ont troublés jusqu'ici, est la meilleure préparation que nous puissions imaginer pour nous recueillir, pour nous détacher des affections terrestres, pour nous élever purs de tout alliage aux pieds de l'Être par excellence. Isolés du monde entier, toujours prêts à quitter joyeusement la vie, nous verrons d'un œil ravi la tempête soulever les éléments, et déployer devant nous ses magnifiques spectacles. Viens, Indiana ; partons, secouons la poussière de cette terre ingrate. Mourir ici, sous les yeux de Raymon, ce serait en apparence une vengeance étroite et lâche. Laissons à Dieu le soin de châtier cet homme ; allons plutôt lui demander d'ouvrir les trésors de sa miséricorde à ce cœur ingrat et stérile.

Ils partirent. La goélette *la Nahandove*[32] les porta, rapide et légère comme un oiseau, dans leur patrie deux fois abandonnée. Jamais traversée ne fut si heureuse et si prompte. Il semblait qu'un vent favorable fût chargé de conduire au port ces deux infortunés si longtemps ballottés sur les écueils de la vie. Durant ces trois mois, Indiana recueillit le fruit de sa docilité aux conseils de Ralph. L'air de la mer, si tonique et si pénétrant, raffermit sa santé chétive ; le calme rentra dans son cœur fatigué. La certitude d'en avoir bientôt fini avec ses maux produisit sur elle l'effet des promesses du médecin sur un malade crédule. Oublieuse de sa vie passée, elle ouvrit son âme aux émotions profondes de l'espérance religieuse. Ses pensées s'imprégnèrent toutes d'un charme mystérieux, d'un parfum céleste. Jamais la mer et les cieux ne lui avaient paru si beaux. Il lui sembla les voir pour la première fois, tant elle y découvrit de splendeurs et de richesses. Son front redevint serein, et on eût dit qu'un rayon de la Divinité avait passé dans ses yeux bleus, doucement mélancoliques.

Un changement non moins extraordinaire s'opéra dans l'âme et dans l'extérieur de Ralph ; les mêmes causes produisirent à peu près les mêmes effets. Son âme, longtemps roidie contre la douleur, s'amollit à la chaleur vivifiante de l'espérance. Le ciel descendit aussi dans ce cœur amer et froissé. Ses paroles prirent l'empreinte de ses sentiments, et, pour la première fois, Indiana connut son véritable caractère. L'intimité sainte et filiale qui les rapprocha ôta à l'un sa timidité pénible, à l'autre ses préventions injustes. Chaque jour enleva à Ralph une disgrâce de sa nature, à Indiana une erreur de son jugement. En même temps, le souvenir poignant de Raymon s'émoussa, pâlit, et tomba pièce à pièce devant les vertus ignorées, devant la sublime candeur de Ralph. A mesure qu'Indiana voyait l'un grandir et s'élever, l'autre s'abaissait dans son opinion. Enfin, à force de comparer ces deux hommes, tout vestige de son amour aveugle et fatal s'éteignit dans son âme.

XXX

Ce fut l'an passé, par un soir de l'éternel été qui règne dans ces régions, que deux passagers de la goélette *la Nahandove* s'enfoncèrent dans les montagnes de l'île Bourbon, trois jours après le débarquement. Ces deux personnes avaient donné ce temps au repos, précaution en apparence fort étrangère au dessein qui les amenait dans la contrée. Mais elles n'en jugèrent sans doute point ainsi ; car, après avoir pris le *faham* ensemble sous la varangue, elles s'habillèrent avec un soin particulier, comme si elles avaient eu le projet d'aller passer la soirée à la ville, et, prenant le sentier de la montagne, elles arrivèrent après une heure de marche au ravin de Bernica.

Le hasard voulut que ce fût une des plus belles soirées que la lune eût éclairées sous les tropiques. Cet astre, à peine sorti des flots noirâtres, commençait à répandre sur la mer une longue traînée de vif-argent ; mais ses lueurs ne pénétraient point dans la gorge, et les marges du lac ne répétaient que le reflet tremblant de quelques étoiles. Les citronniers répandus sur le versant de la montagne supérieure ne se couvraient même pas de ces pâles diamants que la lune sème sur leurs feuilles cassantes et polies. Les ébéniers et les tamarins [33] murmuraient dans l'ombre ; seulement, quelques gigantesques palmiers élevaient à cent pieds du sol leurs tiges menues, et les bouquets de palmes placés à leur cime s'argentaient seuls d'un éclat verdâtre.

Les oiseaux de mer se taisaient dans les crevasses du rocher, et quelques pigeons bleus, cachés derrière les corniches de la montagne, faisaient seuls entendre au loin leur voix triste et passionnée. De beaux scarabées, vivantes pierreries, bruissaient faiblement dans les caféiers, ou rasaient, en bourdonnant, la surface du lac, et le bruit uniforme de la cascade semblait échanger des paroles mystérieuses avec les échos de ses rives.

Les deux promeneurs solitaires parvinrent, en tournant le long d'un sentier escarpé, au haut de la gorge, à l'endroit où le torrent s'élance en colonne de vapeur blanche et légère au fond du précipice. Ils se trouvèrent alors sur une petite plate-forme parfaitement convenable à l'exécution de leur projet. Quelques lianes suspendues à des tiges de raphia formaient en cet endroit un berceau naturel qui se penchait sur la cascade. Sir Ralph, avec un admirable sang-froid, coupa quelques rameaux qui eussent pu gêner leur élan, puis il prit la main de sa cousine et la fit asseoir sur une roche moussue où le délicieux aspect de ce lieu se déployait au jour dans toute sa grâce énergique et sauvage. Mais en cet instant l'obscurité de la nuit et la vapeur condensée de la cascade enveloppaient les objets et faisaient paraître incommensurable et terrible la profondeur du gouffre.

— Je vous fais observer, ma chère Indiana, lui dit-il, qu'il est nécessaire d'apporter un très grand sang-froid au succès de notre entreprise. Si vous vous élanciez précipitamment du côté que l'épaisseur des ténèbres vous fait paraître vide, vous vous briseriez infailliblement sur les rochers, et vous n'y trouveriez qu'une mort lente et cruelle ; mais, en ayant soin de vous jeter dans cette ligne blanche que décrit la chute d'eau, vous arriverez dans le lac avec elle, et la cascade elle-même prendra soin de vous y plonger. Au reste, si vous voulez attendre encore une heure, la lune sera assez haut dans le ciel pour nous prêter sa lumière.

— J'y consens d'autant plus, répondit Indiana, que nous devons consacrer ces derniers instants à des pensées religieuses.

— Vous avez raison, mon amie, reprit Ralph. Je

pense que cette heure suprême est celle du recueillement et de la prière. Je ne dis pas que nous devions
nous réconcilier avec l'Éternel, ce serait oublier la
distance qui nous sépare de sa puissance sublime ;
mais nous devons, je pense, nous réconcilier avec les
hommes qui nous ont fait souffrir, et confier à la brise
qui souffle vers le nord-est des paroles de miséricorde
pour les êtres dont trois mille lieues nous séparent.

Indiana reçut cette offre sans surprise, sans émotion.
Depuis plusieurs mois, l'exaltation de ses pensées avait
grandi en proportion du changement opéré dans
Ralph. Elle ne l'écoutait plus comme un conseiller
flegmatique ; elle le suivait en silence comme un bon
génie chargé de l'enlever à la terre et de la délivrer de
ses tourments.

— J'y consens, dit-elle ; je sens avec joie que je puis
pardonner sans effort, que je n'ai dans le cœur ni haine,
ni regret, ni amour, ni ressentiment ; à peine si, à
l'heure où je touche, je me souviens des chagrins de ma
triste vie et de l'ingratitude des êtres qui m'ont
environnée. Grand Dieu ! tu vois le fond de mon cœur ;
tu sais qu'il est pur et calme, et que toutes mes pensées
d'amour et d'espoir sont tournées vers toi.

Alors Ralph s'assit aux pieds d'Indiana, et se mit à
prier d'une voix forte qui dominait le bruit de la
cascade. C'était la première fois peut-être, depuis qu'il
était né, que sa pensée tout entière venait se placer sur
ses lèvres. L'heure de mourir était sonnée ; cette âme
n'avait plus ni entraves, ni mystères ; elle n'appartenait plus qu'à Dieu ; les fers de la société ne pesaient
plus sur elle. Ses ardeurs n'étaient plus des crimes, son
élan était libre vers le ciel qui l'attendait ; le voile qui
cachait tant de vertus, de grandeur et de puissance,
tomba tout à fait, et l'esprit de cet homme s'éleva du
premier bond au niveau de son cœur.

Ainsi qu'une flamme ardente brille au milieu ues
tourbillons de la fumée et les dissipe, le feu sacré qui

dormait ignoré au fond de ses entrailles fit jaillir sa vive lumière. La première fois que cette conscience rigide se trouva délivrée de ses craintes et de ses liens, la parole vint d'elle-même au secours de la pensée, et l'homme médiocre, qui n'avait dit dans toute sa vie que des choses communes, devint, à sa dernière heure, éloquent et persuasif comme jamais ne l'avait été Raymon. N'attendez pas que je vous répète les étranges discours qu'il confia aux échos de la solitude ; lui-même, s'il était ici, ne pourrait nous les redire. Il est des instants d'exaltation et d'extase où nos pensées s'épurent, se subtilisent, s'éthèrent en quelque sorte. Ces rares instants nous élèvent si haut, nous emportent si loin de nous-mêmes, qu'en retombant sur la terre nous perdons la conscience et le souvenir de cette ivresse intellectuelle. Qui peut comprendre les mystérieuses visions de l'anachorète ? Qui peut raconter les rêves du poète avant qu'il se soit refroidi à nous les écrire ? Qui peut nous dire les merveilles qui se révèlent à l'âme du juste à l'heure où le ciel s'entrouvre pour le recevoir ? Ralph, cet homme si vulgaire en apparence, homme d'exception pourtant, car il croyait fermement à Dieu et consultait jour par jour le livre de sa conscience, Ralph réglait en ce moment ses comptes avec l'éternité. C'était le moment d'être lui, de mettre à nu tout son être moral, de se dépouiller, devant le Juge, du déguisement que les hommes lui avaient imposé. En jetant le cilice que la douleur avait attaché à ses os, il se leva sublime et radieux comme s'il fût déjà entré au séjour des récompenses divines.

En l'écoutant, Indiana ne songea point à s'étonner ; elle ne se demanda pas si c'était Ralph qui parlait ainsi. Le Ralph qu'elle avait connu n'existait plus, et celui qu'elle écoutait maintenant lui semblait un ami qu'elle avait vu jadis dans ses rêves et qui se réalisait enfin pour elle sur les bords de la tombe. Elle sentit son âme pure s'élever du même vol. Une ardente sym-

pathie religieuse l'initiait aux mêmes émotions, des
larmes d'enthousiasme coulèrent de ses yeux sur les
cheveux de Ralph.

Alors la lune se trouva au-dessus de la cime du grand
palmiste, et son rayon, pénétrant l'interstice des lianes, enveloppa Indiana d'un éclat pâle et humide qui la
faisait ressembler, avec sa robe blanche et ses longs
cheveux tressés sur ses épaules, à l'ombre de quelque
vierge égarée dans le désert [34].

Sir Ralph s'agenouilla devant elle et lui dit :

— Maintenant, Indiana, il faut que tu me pardonnes
tout le mal que je t'ai fait, afin que je puisse me le
pardonner à moi-même.

— Hélas ! répondit-elle, qu'ai-je donc à te pardonner, pauvre Ralph ? Ne dois-je pas, au contraire, te
bénir à mon dernier jour, comme tu m'as forcée de le
faire dans tous les jours de malheur qui ont marqué ma
vie ?

— Je ne sais jusqu'à quel point j'ai été coupable,
reprit Ralph ; mais il est impossible que, dans une si
longue et si terrible lutte avec mon destin, je ne l'aie
pas été bien des fois à l'insu de moi-même.

— De quelle lutte parlez-vous ? demanda Indiana.

— C'est là, répondit-il, ce que je dois vous expliquer
avant de mourir ; c'est le secret de ma vie. Vous me
l'avez demandé sur le navire qui nous ramenait, et j'ai
promis de vous le révéler au bord du lac Bernica, la
dernière fois que la lune se lèverait sur nous.

— Le moment est venu, dit-elle, je vous écoute.

— Prenez donc patience ; car j'ai toute une longue
histoire à vous raconter, Indiana, et cette histoire est la
mienne.

— Je croyais la connaître, moi qui ne vous ai
presque jamais quitté.

— Vous ne la connaissez point ; vous n'en connaissez pas un jour, pas une heure, dit Ralph avec tristesse.
Quand donc aurais-je pu vous la dire ? Le ciel a voulu

que le seul instant propre à cette confidence fût le dernier de votre vie et de la mienne. Mais autant elle eût été naguère folle et criminelle, autant elle est innocente et légitime aujourd'hui. C'est une satisfaction personnelle que nul n'a le droit de me reprocher à l'heure où nous sommes, et que vous m'accorderez pour compléter la tâche de patience et de douceur que vous avez accomplie envers moi. Supportez donc jusqu'au bout le poids de mon infortune ; et, si mes paroles vous fatiguent et vous irritent, écoutez le bruit de la cataracte qui chante sur moi l'hymne des morts.

» J'étais né pour aimer ; aucun de vous n'a voulu le croire, et cette méprise a décidé de mon caractère. Il est vrai que la nature, en me donnant une âme chaleureuse, avait fait un singulier contre-sens ; elle avait mis sur mon visage un masque de pierre et sur ma langue un poids insurmontable ; elle m'avait refusé ce qu'elle accorde aux êtres les plus grossiers, le pouvoir d'exprimer mes sentiments par le regard ou par la parole. Cela me fit égoïste. On jugea de l'être moral par l'enveloppe extérieure, et, comme un fruit stérile, il fallut me dessécher sous la rude écorce que je ne pouvais dépouiller. A peine né, je fus repoussé du cœur dont j'avais le plus besoin. Ma mère m'éloigna de son sein avec dégoût, parce que mon visage d'enfant ne savait pas lui rendre son sourire. A l'âge où l'on peut à peine distinguer une pensée d'un besoin, j'étais déjà flétri de l'odieuse appellation d'égoïste.

» Alors il fut décidé que personne ne m'aimerait, parce que je ne savais dire mon affection à personne. On me fit malheureux, on prononça que je ne le sentais pas ; on m'exila presque du toit paternel ; on m'envoya vivre sur les rochers comme un pauvre oiseau des grèves. Vous savez quelle fut mon enfance, Indiana. Je passai mes longs jours au désert sans que jamais une mère inquiète vînt y chercher la trace de mes pas, sans qu'une voix amie s'élevât dans le silence des ravins

pour m'avertir que la nuit me rappelait au bercail. J'ai
grandi seul, j'ai vécu seul ; mais Dieu n'a pas permis
que je fusse malheureux jusqu'au bout, car je ne
mourrai pas seul.

» Cependant le ciel m'envoya dès lors un présent,
une consolation, une espérance. Vous vîntes dans ma
vie comme s'il vous eût créée pour moi. Pauvre enfant !
abandonnée comme moi, comme moi jetée dans la vie
sans amour et sans protection, vous sembliez m'être
destinée, du moins je m'en flattai. Fus-je trop présomp-
tueux ? Pendant dix ans, vous fûtes à moi, à moi sans
partage, sans rivaux, sans tourments. Alors je n'avais
pas encore compris ce que c'est que la jalousie.

» Ce temps, Indiana, fut le moins sombre que j'aie
parcouru. Je fis de vous ma sœur, ma fille, ma
compagne, mon élève, ma société. Le besoin que vous
aviez de moi fit de ma vie quelque chose de plus que
celle d'un animal sauvage ; je sortis pour vous de
l'abattement où le mépris de mes proches m'avait jeté.
Je commençai à m'estimer en vous devenant utile. Il
faut tout dire, Indiana : après avoir accepté pour vous
le fardeau de la vie, mon imagination y plaça l'espoir
d'une récompense. Je m'habituai (pardonnez-moi les
mots que je vais employer, aujourd'hui encore, je ne les
prononce qu'en tremblant), je m'habituai à penser que
vous seriez ma femme ; tout enfant, je vous regardai
comme ma fiancée ; mon imagination vous parait déjà
des grâces de la jeunesse ; j'étais impatient de vous voir
grande. Mon frère, qui avait usurpé ma part d'affection
dans la famille, et qui se plaisait aux soins domestiques, cultivait un jardin sur la colline qu'on voit d'ici
pendant le jour, et que de nouveaux planteurs ont
transformée en rizière. Le soin de ses fleurs remplissait
ses plus doux moments, et, chaque matin, il allait d'un
œil impatient épier leur progrès, et s'étonner, enfant
qu'il était, qu'elles n'eussent pas pu grandir dans une
nuit au gré de son attente. Pour moi, Indiana, vous

étiez toute mon occupation, toute ma joie, toute ma richesse ; vous étiez la jeune plante que je cultivais, le bouton que j'étais impatient de voir fleurir. J'épiais aussi au matin l'effet d'un soleil de plus passé sur votre tête ; car j'étais déjà un jeune homme et vous n'étiez encore qu'une enfant. Déjà fermentaient dans mon sein des passions dont le nom vous était inconnu ; mes quinze ans ravageaient mon imagination, et vous vous étonniez de me voir souvent, triste, partager vos jeux sans y prendre plaisir. Vous ne conceviez pas qu'un fruit, un oiseau, ne fussent plus pour moi comme pour vous des richesses, et je vous semblais déjà froid et bizarre. Cependant, vous m'aimiez tel que j'étais ; car, malgré ma mélancolie, je n'avais pas un instant qui ne vous fût consacré ; mes souffrances vous rendaient plus chère à mon cœur ; je nourrissais le fol espoir qu'il vous serait donné un jour de les changer en joies.

» Hélas ! pardonnez-moi la pensée sacrilège qui m'a fait vivre dix ans : si ce fut un crime à l'enfant maudit d'espérer en vous, belle et simple fille des montagnes, Dieu seul est coupable de lui avoir donné, pour tout aliment, cette audacieuse pensée. De quoi pouvait-il exister, ce cœur froissé, méconnu, qui trouvait partout des besoins et nulle part un refuge ? de qui pouvait-il attendre un regard, un sourire d'amour, si ce n'est de vous, dont il fut l'amant presque aussitôt que le père ?

» Et ne vous effrayez pas cependant d'avoir grandi sous l'aile d'un pauvre oiseau dévoré d'amour ; jamais aucune adoration impure, aucune pensée coupable ne vint mettre en danger la virginité de votre âme ; jamais ma bouche n'enleva à vos jours cette fleur d'innocence qui les couvrait, comme les fruits, au matin, d'une vapeur humide. Mes baisers furent ceux d'un père, et, quand vos lèvres innocentes et folâtres rencontraient les miennes, elles n'y trouvaient pas le feu cuisant d'un désir viril. Non, ce n'était pas de vous, petite fille aux yeux bleus, que j'étais épris. Telle que vous étiez là, dans mes bras, avec votre candide sourire et vos gentilles caresses, vous n'étiez que mon enfant, ou tout au plus ma petite sœur ; mais j'étais amoureux de vos quinze ans quand, livré seul à l'ardeur des miens, je dévorais l'avenir d'un œil avide.

» Quand je vous lisais l'histoire de Paul et Virginie, vous ne la compreniez qu'à demi. Vous pleuriez, cependant ; vous aviez vu l'histoire d'un frère et d'une sœur là où j'avais frissonné de sympathie en apercevant les angoisses de deux amants. Ce livre fit mon tourment, tandis qu'il faisait votre joie. Vous vous plaisiez à m'entendre lire l'attachement du chien fidèle, la beauté des cocotiers et les chants du nègre Domingue. Moi, je relisais seul les entretiens de Paul et de son amie, les impétueux soupçons de l'un, les secrètes souffrances de l'autre. Oh ! que je les comprenais bien, ces premières inquiétudes de l'adolescence, qui cherche dans son cœur l'explication des mystères de la vie, et qui s'empare avec enthousiasme du premier objet d'amour qui s'offre à lui ! Mais rendez-moi justice, Indiana, je ne commis pas le crime de hâter d'un seul jour le cours paisible de votre enfance ; je ne laissai pas échapper un mot qui pût vous apprendre qu'il y avait dans la vie des tourments et des larmes. Je vous ai laissée, à dix ans, dans toute l'ignorance, dans toute la sécurité dont vous étiez pourvue quand votre nourrice vous mit dans mes bras, un jour que j'avais résolu de mourir.

» Souvent seul, assis sur cette roche, je me suis tordu les mains avec frénésie en écoutant tous ces bruits de printemps et d'amour que la montagne recèle, en voyant les sucriers [35] se poursuivre et s'agacer, les insectes s'endormir voluptueusement embrassés dans le calice des fleurs, en respirant la poussière embrasée que les palmiers s'envoient, transports aériens, plaisirs subtils auxquels la molle brise de l'été sert de couche. Alors j'étais ivre, j'étais fou ; je deman-

dais l'amour aux fleurs, aux oiseaux, à la voix du
torrent. J'appelais avec fureur ce bonheur inconnu
dont l'idée seule me faisait délirer. Mais je vous
apercevais accourant à moi folâtre et rieuse, là-bas sur
le sentier, si petite au loin et si malhabile à franchir les
rochers, qu'on vous eût prise, avec votre robe blanche
et vos cheveux bruns, pour un pingouin des terres
australes ; alors mon sang se calmait, mes lèvres ne
brûlaient plus ; j'oubliais, devant l'Indiana de sept ans,
l'Indiana de quinze ans que je venais de rêver ; je vous
ouvrais mes bras avec une joie pure ; vos caresses
rafraîchissaient mon front ; j'étais heureux, j'étais
père.

» Que de journées libres et paisibles nous avons
passées au fond de ce ravin ! Combien de fois j'ai
baigné vos petits pieds dans l'eau pure de ce lac !
Combien de fois je vous ai regardée dormir dans ces
roseaux, ombragée sous le parasol d'une feuille de
latanier [36] ! C'est alors quelquefois que mes tourments
recommençaient. Je m'affligeais de vous voir si petite ;
je me demandais si, avec de telles angoisses, je vivrais
jusqu'au jour où vous pourriez me comprendre et me
répondre. Je soulevais doucement vos cheveux fins
comme la soie et les baisais avec amour. Je les
comparais avec d'autres boucles que j'avais coupées
sur votre front les années précédentes et que je gardais
dans mon portefeuille. Je m'assurais avec plaisir des
teintes plus foncées que chaque printemps leur avait
données. Puis je regardais sur le tronc d'un dattier
voisin divers signes que j'y avais gravés pour marquer
l'élévation progressive de votre taille durant quatre ou
cinq ans. L'arbre porte encore ces cicatrices, Indiana :
je les ai retrouvées la dernière fois que je suis venu
souffrir ici. Hélas ! en vain vous avez grandi ; en vain
votre beauté a tenu ses promesses ; en vain vos cheveux
sont devenus noirs comme l'ébène ; vous n'avez pas
grandi pour moi, ce n'est pas pour moi que vos

charmes se sont développés ; c'est pour un autre que votre cœur a battu pour la première fois.

» Vous souvenez-vous comme nous filions, légers comme deux tourterelles, le long des buissons de jamrosiers [37] ? Vous souvenez-vous aussi que nous nous égarions parfois dans les savanes qui s'étendent au-dessus de nous ? Une fois nous entreprîmes d'atteindre aux sommets brumeux des Salazes ; mais nous n'avions pas prévu qu'à mesure que nous montions, les fruits devenaient plus rares, les cataractes moins abordables, le vent plus terrible et plus dévorant.

» Quand vous vîtes la végétation fuir derrière nous, vous voulûtes retourner ; mais, quand nous eûmes traversé la région des capillaires [38], nous trouvâmes quantité de fraisiers, et vous étiez si occupée à remplir votre panier de leurs fruits, que vous ne songiez plus à quitter ce lieu. Il fallut renoncer à aller plus loin. Nous ne marchions plus que sur des roches volcaniques persillées comme du biscuit et parsemées de plantes laineuses ; ces pauvres herbes, battues des vents, nous faisaient penser à la bonté de Dieu, qui semble leur avoir donné un vêtement chaud pour résister aux outrages de l'air [39]. Et puis la brume devint si épaisse, que nous ne pouvions plus nous diriger et qu'il fallut redescendre. Je vous rapportai dans mes bras. Je descendis avec précaution les pentes escarpées de la montagne. La nuit nous surprit à l'entrée du premier bois qui fleurissait dans la troisième région. J'y cueillis des grenades pour vous, et, pour étancher ma soif, je me contentai de ces lianes dont la sève abondante fournit, quand on casse leurs rameaux, une eau pure et fraîche [40]. Nous nous rappelâmes alors l'aventure de nos héros favoris égarés dans le bois de la Rivière-Rouge. Mais, nous autres, nous n'avions ni mères tendres, ni serviteurs empressés, ni chien fidèle pour s'enquérir de nous. Eh bien, j'étais content, j'étais fier ;

j'étais seul chargé de veiller sur vous, et je me trouvais plus heureux que Paul.

» Oui, c'était un amour pur, un amour profond et vrai que déjà vous m'inspiriez. Noun, à dix ans, était plus grande que vous de toute la tête ; créole dans l'acception la plus étendue, elle était déjà développée, son œil humide s'aiguisait déjà d'une expression singulière, sa contenance et son caractère étaient ceux d'une jeune fille. Eh bien, je n'aimais pas Noun, ou bien je ne l'aimais qu'à cause de vous, dont elle partageait les jeux. Il ne m'arrivait point de me demander si elle était déjà belle, si elle le serait quelque jour davantage. Je ne la regardais pas. A mes yeux, elle était plus enfant que vous. C'est que je vous aimais. Je comptais sur vous : vous étiez la compagne de ma vie, le rêve de ma jeunesse...

» Mais j'avais compté sans l'avenir. La mort de mon frère me condamna à épouser sa fiancée. Je ne vous dirai rien de ce temps de ma vie ; ce ne fut pas encore le plus amer, Indiana, et cependant je fus l'époux d'une femme qui me haïssait et que je ne pouvais aimer. Je fus père, et je perdis mon fils ; je devins veuf, et j'appris que vous étiez mariée !

» Ces jours d'exil en Angleterre, cette époque de douleur, je ne vous les raconte pas. Si j'eus des torts envers quelqu'un, ce ne fut pas envers vous ; et, si quelqu'un en eut envers moi, je ne veux pas m'en plaindre. Là, je devins plus *égoïste*, c'est-à-dire plus triste et plus défiant que jamais. A force de douter de moi, on m'avait contraint à devenir orgueilleux et à compter sur moi-même. Aussi je n'eus, pour me soutenir dans ces épreuves, que le témoignage de mon cœur. On me fit un crime de ne pas chérir une femme qui ne m'épousa que par contrainte et ne me témoigna jamais que du mépris ! On a remarqué depuis, comme un des principaux caractères de mon égoïsme, l'éloignement que je semblais éprouver pour les enfants. Il est arrivé à Raymon de me railler cruellement sur cette disposition, en observant que les soins nécessaires à l'éducation des enfants cadraient mal avec les habitudes rigidement méthodiques d'un vieux garçon. Je pense qu'il ignorait que j'ai été père, et que c'est moi qui vous ai élevée. Mais aucun de vous n'a voulu comprendre que le souvenir de mon fils était, après bien des années, aussi cuisant pour moi que le premier jour, et que mon cœur ulcéré se gonflait à la vue des blondes têtes qui me le rappelaient. Quand un homme est malheureux, on craint de ne pas le trouver assez coupable, parce qu'on craint d'être forcé de le plaindre.

» Mais ce que nul ne pourra jamais comprendre, c'est l'indignation profonde, c'est le désespoir sombre, qui s'emparèrent de moi lorsqu'on m'arracha de ces lieux, moi pauvre enfant du désert, à qui personne n'avait daigné jeter un regard de pitié, pour me charger des liens de la société ; lorsqu'on m'imposa d'occuper une place vide dans ce monde qui m'avait repoussé ; lorsqu'on voulut me faire comprendre que j'avais des devoirs à remplir envers ces hommes qui avaient méconnu les leurs envers moi. Eh quoi ! nul d'entre les miens n'avait voulu être mon appui, et maintenant tous me convoquaient à l'assemblée de leurs intérêts pour me charger de les défendre ! On ne voulait pas même me laisser jouir en paix de ce qu'on ne dispute point aux parias [41], l'air de la solitude ! Je n'avais dans la vie qu'un bien, un espoir, une pensée, celle que vous m'apparteniez pour toujours ; on me l'enleva, on me dit que vous n'étiez pas assez riche pour moi. Amère dérision ! moi que les montagnes avaient nourri et que le toit paternel avait répudié ! moi à qui on n'avait pas laissé connaître l'usage des richesses, et à qui l'on imposait maintenant la charge de faire prospérer celles des autres !

» Cependant je me soumis. Je n'avais pas le droit d'élever une prière pour qu'on épargnât mon chétif bonheur ; j'étais bien assez dédaigné ; résister, c'eût été me rendre odieux. Inconsolable de la mort de son autre fils, ma mère menaçait de mourir elle-même si je n'obéissais à mon destin. Mon père, qui m'accusait de ne savoir pas le consoler, comme si j'étais coupable du peu d'amour qu'il m'accordait, était prêt à me maudire si j'essayais d'échapper à son joug. Je courbai la tête ; mais ce que je souffris, vous-même, qui fûtes aussi bien malheureuse, ne sauriez l'apprécier. Si, poursuivi, froissé, opprimé comme je l'ai été, je n'ai point rendu aux hommes le mal pour le mal, peut-être faut-il en conclure que je n'avais pas le cœur stérile, comme on me l'a reproché.

» Quand je revins ici, quand je vis l'homme auquel on t'avait mariée... pardonne, Indiana, c'est alors que je fus vraiment égoïste ; il y a toujours de l'égoïsme dans l'amour, puisqu'il y en eut même dans le mien ; j'éprouvai je ne sais quelle joie cruelle en pensant que ce simulacre légal te donnait un maître et non pas un époux. Tu t'étonnas de l'espèce d'affection que je lui témoignai ; c'est que je ne trouvai pas en lui un rival. Je savais bien que ce vieillard ne pouvait ni inspirer ni ressentir l'amour, et que ton cœur sortirait vierge de cet hyménée. Je lui fus reconnaissant de tes froideurs et de tes tristesses. S'il fût resté ici, je serais peut-être devenu bien coupable ; mais vous me laissâtes seul, et il ne fut pas en mon pouvoir de vivre sans toi. J'essayai de vaincre cet indomptable amour qui s'était ranimé dans toute sa violence en te retrouvant belle et mélancolique comme je t'avais rêvée dès tes jeunes ans. Mais la solitude ne fit qu'aigrir mon mal, et je cédai au besoin que j'avais de te voir, de vivre sous le même toit, de respirer le même air, de m'enivrer à toute heure du son harmonieux de ta voix. Tu sais quels obstacles je devais rencontrer, quelles défiances je devais combattre ; je compris alors quels devoirs je m'imposais ; je ne pouvais associer ma vie à la tienne sans rassurer ton époux par une promesse sacrée, et je n'ai jamais su ce que c'était que de me jouer de ma parole. Je m'engageai donc d'esprit et de cœur à n'oublier jamais mon rôle de frère, et dis-moi, Indiana, ai-je trahi mon serment ?

» J'ai compris aussi qu'il me serait difficile, impossible peut-être d'accomplir cette tâche rigide, si je dépouillais le déguisement qui éloignait de moi tout rapport intime, tout sentiment profond ; j'ai compris qu'il ne me fallait pas jouer avec le danger, car ma passion était trop ardente pour sortir victorieuse d'un combat. J'ai senti qu'il fallait élever autour de moi un triple mur de glace, afin de m'aliéner ton intérêt, afin de m'arracher ta compassion, qui m'eût perdu. Je me suis dit que, le jour où tu me plaindrais, je serais déjà coupable, et j'ai consenti à vivre sous le poids de cette affreuse accusation de sécheresse et d'égoïsme, que, grâce au ciel, vous ne m'avez pas épargnée. Le succès de ma feinte a passé mon espérance ; vous m'avez prodigué une sorte de pitié insultante, comme celle qu'on accorde aux eunuques ; vous m'avez refusé une âme et des sens ; vous m'avez foulé aux pieds, et je n'ai pas eu le droit de montrer même l'énergie de la colère et de la vengeance, car c'eût été me trahir et vous apprendre que j'étais un homme.

» Je me plains des hommes et non pas de toi, Indiana. Toi, tu fus toujours bonne et miséricordieuse ; tu me supportas sous le vil travestissement que j'avais pris pour t'approcher ; tu ne me fis jamais rougir de mon rôle, tu me tins lieu de tout, et quelquefois je pensai avec orgueil que, si tu me regardais avec bienveillance tel que je m'étais fait pour être méconnu, tu m'aimerais peut-être si tu pouvais me connaître un jour. Hélas ! quelle autre que toi ne m'eût repoussé ? quelle autre eût tendu la main à ce crétin sans intelligence et sans voix ? Excepté toi, tous se sont éloignés avec dégoût de l'*égoïste !* Ah ! c'est qu'il n'y avait au monde qu'un être assez généreux pour ne pas se rebuter de cet échange sans profit ; il n'y avait qu'une âme assez large pour répandre le feu sacré qui la vivifiait jusque sur l'âme étroite et glacée du pauvre abandonné. Il fallait un cœur qui eût de trop ce que je n'avais pas assez. Il n'était sous le ciel qu'une Indiana capable d'aimer un Ralph.

» Après toi, celui qui me montra le plus d'indulgence, ce fut Delmare. Tu m'as accusé de te préférer cet homme, de sacrifier ton bien-être au mien propre en refusant d'intervenir dans vos débats domestiques. Injuste et aveugle femme ! tu n'as pas vu que je t'ai servie autant qu'il a été possible de le faire, et surtout tu n'as pas compris que je ne pouvais élever la voix en ta faveur sans me trahir. Que serais-tu devenue si Delmare m'eût chassé de chez lui ? qui t'aurait protégée patiemment, en silence, mais avec la persévérante fermeté d'un amour impérissable ? Ce n'eût pas été Raymon. Et puis je l'aimais par reconnaissance, je l'avoue, cet être rude et grossier qui pouvait m'arracher le seul bonheur qui me restât et qui ne l'a pas fait, cet homme dont le malheur était de ne pas être aimé de toi, et dont l'infortune avait des sympathies secrètes avec la mienne ! Je l'aimais aussi par cela même qu'il ne m'avait jamais fait endurer les tortures de la jalousie...

» Mais me voici arrivé à vous parler de la plus effroyable douleur de ma vie, de ces temps de fatalité où votre amour tant rêvé appartint à un autre. C'est alors que je compris tout à fait l'espèce de sentiment que je comprimais depuis tant d'années. C'est alors que la haine versa des poisons dans mon sein, et que la jalousie dévora le reste de mes forces. Jusque-là, mon imagination vous avait gardée pure ; mon respect vous entourait d'un voile que la naïve audace des songes n'osait pas même soulever ; mais, quand j'eus l'horrible pensée qu'un autre vous entraînait dans sa desti-

née, vous arrachait à ma puissance et s'enivrait à longs
traits du bonheur que je n'osais pas même rêver, je
devins furieux ; j'aurais voulu, cet homme exécré, le
voir au fond de ce gouffre pour lui briser la tête à coups
de pierre.

» Cependant vos maux furent si grands, que j'oubliai les miens. Je ne voulus pas le tuer parce que vous
l'auriez pleuré. J'eus même envie vingt fois, que le ciel
me pardonne ! d'être infâme et vil, de trahir Delmare et
de servir mon ennemi. Oui, Indiana, je fus si insensé, si
misérable de vous voir souffrir, que je me repentis
d'avoir cherché à vous éclairer, et que j'aurais donné
ma vie pour léguer mon cœur à cet homme ! Oh ! le
scélérat ! que Dieu lui pardonne les maux qu'il m'a
faits ; mais qu'il le punisse de ceux qu'il a amassés sur
votre tête ! C'est pour ceux-là que je le hais ; car, pour
moi, je ne sais plus quelle a été ma vie quand je regarde
ce qu'il a fait de la vôtre. C'est lui que la société aurait
dû marquer au front dès le jour de sa naissance ! c'est
lui qu'elle aurait dû flétrir et repousser comme le plus
aride et le plus pervers ! Mais, au contraire, elle l'a
porté en triomphe. Ah ! je reconnais bien là les hommes, et je ne devrais pas m'indigner ; car, en adorant
l'être difforme qui décime le bonheur et la considération d'autrui, ils ne font qu'obéir à leur nature.

» Pardon, Indiana, pardon ! il est cruel peut-être de
me plaindre devant vous, mais c'est la première et la
dernière fois ; laissez-moi maudire l'ingrat qui vous
pousse dans la tombe. Il a fallu cette formidable leçon
pour vous ouvrir les yeux. En vain du lit de mort de
Delmare et de celui de Noun une voix s'est élevée pour
vous crier : « Prends garde à lui, il te perdra ! », vous
avez été sourde ; votre mauvais génie vous a entraînée,
et, flétrie que vous êtes, l'opinion vous condamne et
l'absout. Il a fait toutes sortes de maux, lui, et l'on n'y a
pas fait attention. Il a tué Noun, et vous l'avez oublié ;
il vous a perdue, et vous lui avez pardonné. C'est qu'il

savait éblouir les yeux et tromper la raison ; c'est que sa parole adroite et perfide pénétrait dans les cœurs ; c'est que son regard de vipère fascinait ; c'est que la nature, en lui donnant mes traits métalliques et ma lourde intelligence eût fait de lui un homme complet.

» Oh ! oui ! que Dieu le punisse, car il a été féroce envers vous ; ou plutôt qu'il lui pardonne, car il a été plus stupide que méchant peut-être ! Il ne vous a pas comprise, il n'a pas apprécié le bonheur qu'il pouvait goûter ! Oh ! vous l'aimiez tant ! il eût pu rendre votre existence si belle ! A sa place, je n'aurais pas été vertueux ; j'aurais fui avec vous dans le sein des montagnes sauvages, je vous aurais arrachée à la société pour vous posséder à moi seul, et je n'aurais eu qu'une crainte, c'eût été de ne vous voir pas assez maudite, assez abandonnée, afin de vous tenir lieu de tout. J'eusse été jaloux de votre considération, mais dans un autre sens que lui : c'eût été pour la détruire, afin de la remplacer par mon amour. J'eusse souffert de voir un autre homme vous donner une parcelle de bien-être, un instant de satisfaction, c'eût été un vol que l'on m'eût fait ; car votre bonheur eût été ma tâche, ma propriété, mon existence, mon honneur ! Oh ! comme ce ravin sauvage pour toute demeure, ces arbres de la montagne pour toute richesse, m'eussent fait vain et opulent, si le ciel me les eût donnés avec votre amour !... Laissez-moi pleurer, Indiana, c'est la première fois de ma vie que je pleure ; Dieu a voulu que je ne mourusse pas sans connaître ce triste plaisir. »

Ralph pleurait comme un enfant. C'était la première fois, en effet, que cette âme stoïque se laissait aller à la compassion d'elle-même ; encore y avait-il dans ces larmes plus de douleur pour le sort d'Indiana que pour le sien.

— Ne pleurez pas sur moi, lui dit-il en voyant qu'elle aussi était baignée de larmes ; ne me plaignez point ; votre pitié efface tout le passé, et le présent n'est plus amer. De quoi souffrirais-je maintenant ? vous ne l'aimez plus.

— Si je vous avais connu, Ralph, je ne l'eusse jamais aimé, s'écria madame Delmare ; c'est votre vertu qui m'a perdue.

— Et puis, dit Ralph en la regardant avec un douloureux sourire, j'ai bien d'autres sujets de joie ; vous m'avez fait, sans vous en douter, une confidence durant les heures d'épanchement de la traversée. Vous m'avez appris que ce Raymon n'avait pas été aussi heureux qu'il avait eu l'audace de le prétendre [42], et vous m'avez délivré d'une partie de mes tourments ; vous m'avez ôté le remords de vous avoir si mal gardée ; car j'ai eu l'insolence de vouloir vous protéger contre ses séductions ; et en cela je vous ai fait injure, Indiana ; je n'ai pas eu foi en votre force : c'est encore un de mes crimes qu'il faut me pardonner.

— Hélas ! dit Indiana, vous me demandez pardon ! à moi qui ai fait le malheur de votre vie, à moi qui ai payé un amour si pur et si généreux d'un inconcevable aveuglement, d'une féroce ingratitude ; c'est moi qui devrais ici me prosterner et demander pardon.

— Cet amour n'excite donc ni ton dégoût ni ta colère, Indiana !... O mon Dieu ! je vous remercie ! je vais mourir heureux ! Écoute, Indiana, ne te reproche plus mes maux. A cette heure, je ne regrette aucune des joies de Raymon, et je pense que mon sort devrait lui faire envie s'il avait un cœur d'homme. C'est moi maintenant qui suis ton frère, ton époux, ton amant pour l'éternité. Depuis le jour où tu m'as juré de quitter la vie avec moi, j'ai nourri cette douce pensée que tu m'appartenais, que tu m'étais rendue pour ne jamais me quitter ; j'ai recommencé à t'appeler tout bas ma fiancée. C'eût été trop de bonheur, ou pas assez peut-être, que de te posséder sur la terre. Dans le sein de Dieu m'attendent les félicités que rêvait mon enfance. C'est là que tu m'aimeras, Indiana ; c'est là que ton intelligence divine, dépouillée de toutes les fictions menteuses de cette vie, me tiendra compte de toute une existence de sacrifices, de souffrances et d'abnégation; c'est là que tu seras mienne, ô mon Indiana! car le ciel, c'est toi; et, si j'ai mérité d'être sauvé, j'ai mérité de te posséder. C'est dans ces idées que je t'ai priée de revêtir cet habit blanc; c'est la robe de noces; et ce rocher qui s'avance vers le lac, c'est l'autel qui nous attend.

Il se leva, alla cueillir dans le bosquet voisin une branche d'oranger en fleur, et vint la poser sur les cheveux noirs d'Indiana; puis, se mettant à genoux:

— Fais-moi heureux, lui dit-il; dis-moi que ton cœur consent à cet hymen de l'autre vie. Donne-moi l'éternité; ne me force pas à demander le néant.

Si le récit de la vie intérieure de Ralph n'a produit aucun effet sur vous, si vous n'en êtes pas venu à aimer cet homme vertueux, c'est que j'ai été l'inhabile interprète de ses souvenirs, c'est que je n'ai pas pu exercer non plus sur vous la puissance que possède la voix d'un homme profondément vrai dans sa passion. Et puis la lune ne me prête pas son influence mélancolique; le chant des sénégalis [43], les parfums du giroflier, toutes les séductions molles et enivrantes d'une nuit des tropiques ne vous saisissent pas au cœur et à la tête. Vous ne savez peut-être pas non plus, par expérience, quelles sensations fortes et neuves s'éveillent dans l'âme en face du suicide, et comme les choses de la vie apparaissent sous leur véritable aspect au moment d'en finir avec elles. Cette soudaine et inévitable lumière inonda tous les replis du cœur d'Indiana; le bandeau, qui depuis longtemps se détachait, tomba tout à fait de ses yeux. Rendue à la vérité, à la nature, elle vit le cœur de Ralph tel qu'il était; elle vit aussi ses traits tels qu'elle ne les avait jamais vus; car la puissance d'une si haute situation avait produit sur lui le même effet que la pile de Volta sur des membres engourdis ; elle l'avait délivré de cette paralysie qui chez lui enchaînait les yeux et la voix. Paré de sa franchise et de sa vertu, il était bien plus beau que Raymon, et Indiana sentit que c'était lui qu'il aurait fallu aimer.

— Sois mon époux dans le ciel et sur la terre, lui dit-elle, et que ce baiser me fiance à toi pour l'éternité !

Leurs lèvres s'unirent ; et sans doute il y a dans un amour qui part du cœur une puissance plus soudaine que dans les ardeurs d'un désir éphémère ; car ce baiser, sur le seuil d'une autre vie, résuma pour eux toutes les joies de celles-ci.

Alors Ralph prit sa fiancée dans ses bras, et l'emporta pour la précipiter avec lui dans le torrent...

Conclusion

A. J. NÉRAUD [1]

Au mois de janvier dernier, j'étais parti de Saint-Paul, par un jour chaud et brillant, pour aller rêver dans les bois sauvages de l'île Bourbon. J'y rêvais de vous, mon ami ; ces forêts vierges avaient gardé pour moi le souvenir de vos courses et de vos études ; le sol avait conservé l'empreinte de vos pas. Je retrouvais partout les merveilles dont vos récits magiques avaient charmé mes veillées d'autrefois, et, pour les admirer ensemble, je vous redemandais à la vieille Europe, où l'obscurité vous entoure de ses modestes bienfaits. Homme heureux, dont aucun ami perfide n'a dénoncé au monde l'esprit et le mérite !

J'avais dirigé ma promenade vers un lieu désert situé dans les plus hautes régions de l'île, et nommé le *Brûlé de Saint-Paul* [2].

Une large portion de montagne écroulée dans un ébranlement volcanique a creusé sur le ventre de la montagne principale une longue arène hérissée de rochers disposés dans le plus magique désordre, dans la plus épouvantable confusion. Là, un bloc immense pose en équilibre sur de minces fragments ; là-bas, une muraille de roches minces, légères, poreuses, s'élève dentelée et brodée à jour comme un édifice moresque ; ici, un obélisque de basalte, dont un artiste semble avoir poli et ciselé les flancs, se dresse sur un bastion crénelé ; ailleurs, une forteresse gothique croule à côté d'une pagode informe et bizarre[3]. Là se sont donné rendez-vous toutes les ébauches de l'art, toutes les esquisses de l'architecture ; il semble que les génies de tous les siècles et de toutes les nations soient venus puiser leurs inspirations dans cette grande œuvre du hasard et de la destruction. Là, sans doute, de magiques élaborations ont enfanté l'idée de la sculpture moresque. Au sein des forêts, l'art a trouvé dans le palmier un de ses plus beaux modèles. Le vacoa[4], qui s'ancre et se cramponne à la terre par cent bras partis de sa tige, a dû le premier inspirer le plan d'une cathédrale appuyée sur ses légers arcs-boutants[5]. Dans le *Brûlé de Saint-Paul,* toutes les formes, toutes les beautés, toutes les facéties, toutes les hardiesses ont été réunies, superposées, agencées, construites en une nuit d'orage. Les esprits de l'air et du feu présidèrent sans doute à cette diabolique opération ; eux seuls purent donner à leurs essais ce caractère terrible, capricieux, incomplet, qui distingue leurs œuvres de celles de l'homme ; eux seuls ont pu entasser ces blocs effrayants, remuer ces masses gigantesques, jouer avec les monts comme avec des grains de sable, et, au milieu de créations que l'homme a essayé de copier, jeter ces grandes pensées d'art, ces sublimes contrastes impossibles à réaliser, qui semblent défier l'audace de l'artiste, et lui dire par dérision : « Essayez encore cela. »

Je m'arrêtai au pied d'une cristallisation basaltique, haute d'environ soixante pieds, et taillée à facettes comme l'œuvre d'un lapidaire. Au front de ce monument étrange, une large inscription semblait avoir été tracée par une main immortelle. Ces pierres volcanisées offrent souvent le même phénomène. Jadis leur substance, amollie par l'action du feu, reçut, tiède et malléable encore, l'empreinte des coquillages et des lianes qui s'y collèrent. De ces rencontres fortuites sont résultés des jeux bizarres, des impressions hiéroglyphiques[6], des caractères mystérieux, qui semblent jetés là comme le seing d'un être surnaturel, écrit en lettres cabalistiques.

Je restai longtemps dominé par la puérile prétention de chercher un sens à ces chiffres inconnus. Ces inutiles recherches me firent tomber dans une méditation profonde pendant laquelle j'oubliai le temps qui fuyait.

Déjà des vapeurs épaisses s'amoncelaient sur les pics de la montagne et s'abaissaient sur ses flancs, dont elles mangeaient rapidement les contours[7]. Avant que j'eusse atteint la moitié du plateau, elles fondirent sur la région que je parcourais et l'enveloppèrent d'un rideau impénétrable. Un instant après s'éleva un vent furieux qui les balaya en un clin d'œil. Puis le vent tomba ; le brouillard se reforma, pour être chassé encore par une terrible rafale.

Je cherchai un refuge contre la tempête dans une grotte, qui me protégea ; mais un autre fléau vint se joindre à celui du vent. Des torrents de pluie gonflèrent le lit des rivières, qui toutes ont leurs réservoirs sur le sommet du cône. En une heure, tout fut inondé, et les flancs de la montagne, ruisselants de toutes parts, formaient une immense cascade qui se précipitait avec furie vers la plaine.

Après deux jours du plus pénible et du plus dangereux voyage, je me trouvai, conduit par la Providence sans doute, à la porte d'une habitation située dans un endroit extrêmement sauvage. La case simple, mais jolie, avait résisté à la tempête, protégée qu'elle était par un rempart de rochers qui se penchaient comme pour lui servir de parasol. Un peu plus bas, une cataracte furieuse se précipitait dans le fond d'un ravin, et y formait un lac débordé, au-dessus duquel des bosquets de beaux arbres élevaient encore leurs têtes flétries et fatiguées.

Je frappai avec empressement ; mais la figure qui se présenta sur le seuil me fit reculer trois pas. Avant que j'eusse élevé la voix pour demander asile, le patron m'avait accueilli par un signe muet et grave. J'entrai donc, et me trouvai seul, face à face avec lui, avec sir Ralph Brown.

Depuis près d'un an que le navire *la Nahandove* avait ramené M. Brown et sa compagne à la colonie, on n'avait pas vu trois fois sir Ralph à la ville ; et, quant à madame Delmare, sa retraite avait été si absolue, que son existence était encore une chose problématique pour beaucoup d'habitants. C'était à peu près vers la même époque que j'avais débarqué à Bourbon pour la première fois, et l'entrevue que j'avais en cet instant avec M. Brown était la seconde de ma vie.

La première m'avait laissé une impression ineffaçable ; c'était à Saint-Paul, sur le bord de la mer. Les traits et le maintien de ce personnage m'avaient d'abord faiblement frappé ; et puis, lorsque, par un sentiment d'oisive curiosité, j'avais questionné les colons sur son compte, leurs réponses furent si étranges, si contradictoires, que j'examinai avec plus d'attention le solitaire de Bernica.

— C'est un rustre, un homme sans éducation, me disait l'un ; un homme complètement nul, qui ne possède au monde qu'une qualité, celle de se taire.

— C'est un homme infiniment instruit et profond, me dit un autre, mais trop pénétré de sa supériorité, dédaigneux et fat, au point de croire perdues les paroles qu'il hasarderait avec le vulgaire.

— C'est un homme qui n'aime que soi, dit un troisième ; médiocre et non pas stupide, profondément égoïste, on dit même complètement insociable.

— Vous ne savez donc pas ? me dit un jeune homme élevé dans la colonie, et complètement imbu de l'esprit étroit des provinciaux : c'est un misérable, un scélérat, qui a lâchement empoisonné son ami pour épouser sa femme.

Cette réponse m'étourdit tellement, que je me retournai vers un autre colon, plus âgé, et que je savais doué d'un certain bon sens.

Comme mon regard lui demandait avidement la solution de tous ces problèmes, il me répondit :

— Sir Ralph était jadis un galant homme, que l'on n'aimait pas parce qu'il n'était pas communicatif, mais que l'on estimait. Voilà tout ce que je puis dire de lui ; car, depuis sa malheureuse histoire, je n'ai eu aucune relation avec lui.

— Quelle histoire ? demandai-je.

On me raconta la mort subite du colonel Delmare, la fuite de sa femme dans la même nuit, le départ et le retour de M. Brown. L'obscurité qui enveloppait toutes ces circonstances n'avait pu être éclaircie par les enquêtes de la justice ; nul n'avait pu prouver le crime de la fugitive. Le procureur du roi avait refusé de poursuivre ; mais on savait la partialité des magistrats pour M. Brown, et on leur faisait un crime de n'avoir pas du moins éclairé l'opinion publique sur une affaire qui laissait la réputation de deux personnes entachée d'un odieux soupçon.

Ce qui semblait confirmer les doutes, c'était le retour furtif des deux accusés et leur établissement mysté-rieux au fond du désert de Bernica. Ils s'étaient enfuis d'abord, disait-on, pour assoupir l'affaire ; mais l'opi-nion les avait tellement repoussés en France, qu'ils avaient été contraints de venir se réfugier dans la solitude pour y satisfaire en paix leur criminel attache-ment.

Mais ce qui réduisait au néant toutes ces versions, c'était une dernière assertion qui me sembla partir de gens mieux informés : madame Delmare, me disait-on, avait toujours eu de l'éloignement et presque de l'aversion pour son cousin M. Brown.

J'avais alors regardé attentivement, consciencieusement, pourrais-je dire, le héros de tant de contes étranges. Il était assis sur un ballot de marchandises, attendant le retour d'un marin avec lequel il était entré en marché pour je ne sais quelle emplette ; ses yeux, bleus comme la mer, contemplaient l'horizon avec une expression de rêverie, si calme, si candide ; toutes les lignes de son visage s'harmonisaient si bien ; les nerfs, les muscles, le sang, tout semblait si serein, si complet, si bien réglé chez cet individu sain et robuste, que j'aurais juré qu'on lui faisait une mortelle injure, que cet homme n'avait pas un crime dans la mémoire, qu'il n'en avait jamais eu dans la pensée, que son cœur et ses mains étaient purs comme son front.

Mais tout d'un coup le regard distrait du baronnet était venu tomber sur moi, qui l'examinais avec une avide et indiscrète curiosité. Confus comme un voleur pris sur le fait, j'avais baissé les yeux avec embarras ; car ceux de sir Ralph renfermaient un reproche sévère. Depuis cet instant, malgré moi j'avais pensé bien souvent à lui ; il m'était apparu dans mes rêves : j'éprouvais, en songeant à lui, cette vague inquiétude, cette inexprimable émotion, qui sont comme le fluide magnétique dont s'entoure une destinée extraordinaire.

Mon désir de connaître sir Ralph était donc très réel et très vif ; mais j'aurais voulu l'observer à l'écart et n'en être pas vu. Il me semblait que j'étais coupable envers lui. La transparence cristalline de ses yeux me glaçait de crainte. Il devait y avoir chez cet homme une telle supériorité de vertu ou de scélératesse, que je me sentais tout médiocre et tout petit devant lui.

Son hospitalité ne fut ni fastueuse ni bruyante. Il m'emmena dans sa chambre, me prêta des habits et du linge, puis me conduisit auprès de sa compagne, qui nous attendait pour prendre le repas.

En la voyant si belle, si jeune (car elle semblait avoir à peine dix-huit ans), en admirant sa fraîcheur, sa grâce, son doux parler, j'éprouvai une douloureuse émotion. Je songeai aussitôt que cette femme était bien coupable ou bien malheureuse : coupable d'un crime odieux, ou flétrie par une odieuse accusation.

Pendant huit jours, le lit débordé des rivières, les plaines inondées, les pluies et les vents, me retinrent à Bernica ; et puis vint le soleil, et je ne songeai plus à quitter mes hôtes.

Ils n'étaient brillants ni l'un ni l'autre ; ils avaient, je crois, peu d'esprit, peut-être même n'en avaient-ils pas du tout ; mais ils avaient celui qui fait dire des choses puissantes ou délicieuses ; ils avaient l'esprit du cœur. Indiana est ignorante, mais non pas de cette ignorance étroite et grossière qui procède de la paresse, de l'incurie ou de la nullité ; elle est avide d'apprendre ce que les préoccupations de sa vie l'ont empêchée de savoir ; et puis peut-être y eut-il un peu de coquetterie de sa part à questionner sir Ralph, afin de faire briller devant moi les immenses connaissances de son ami.

Je la trouvai enjouée, mais sans pétulance ; ses manières ont gardé quelque chose de lent et de triste qui est naturel aux créoles, mais qui, chez elle, me parut avoir un charme plus profond ; ses yeux ont surtout une douceur incomparable, ils semblent raconter une vie de souffrances ; et, quand sa bouche sourit, il y a encore de la mélancolie dans son regard, mais une mélancolie qui semble être la méditation du bonheur ou l'attendrissement de la reconnaissance.

Un matin, je leur dis que j'allais enfin partir.

— Déjà ! me dirent-ils.

L'accent de ce mot dans leur bouche fut si vrai, si touchant, que je me sentis encouragé. Je m'étais promis de ne pas quitter sir Ralph sans lui demander son histoire ; mais, à cause de l'affreux soupçon qu'on avait jadis jeté dans mon esprit, j'éprouvais une insurmontable timidité.

J'essayai de la vaincre.

— Écoutez, lui dis-je, les hommes sont de grands scélérats ; ils m'ont dit du mal de vous. Je ne m'en étonne pas, à présent que je vous connais. Votre vie doit être bien belle, puisqu'elle a été si calomniée...

Je m'arrêtai brusquement en voyant un étonnement plein de candeur se peindre sur les traits de madame Delmare. Je compris qu'elle ignorait les atroces méchancetés répandues contre elle, et je rencontrai sur le visage de sir Ralph une expression non équivoque de hauteur et de mécontentement. Je me levai alors pour les quitter, honteux et triste, accablé par le regard de M. Brown, qui me rappelait notre première entrevue et le muet entretien du même genre que nous avions eu ensemble sur le bord de la mer.

Désespéré de quitter pour toujours cet homme excellent dans de telles dispositions, repentant de l'avoir irrité et blessé en récompense des jours de bonheur qu'il venait de mettre dans ma vie, je sentis mon cœur se gonfler et je fondis en larmes.

— Jeune homme, me dit-il en me prenant la main, restez encore un jour avec nous ; je n'ai pas le courage de laisser partir ainsi le seul ami que nous ayons dans la contrée.

Puis, madame Delmare s'étant éloignée :

— Je vous ai compris, me dit-il ; je vous dirai mon histoire, mais pas devant Indiana. Il est des blessures qu'il ne faut pas réveiller.

Le soir, nous allâmes faire une promenade dans les bois. Les arbres, si frais et si beaux quinze jours auparavant, avaient été dépouillés entièrement de leurs feuilles, mais déjà ils se couvraient de gros bourgeons résineux. Les oiseaux et les insectes avaient repris possession de leur empire. Les fleurs flétries avaient déjà de jeunes boutons pour les remplacer. Les ruisseaux repoussaient avec persévérance le sable dont leur lit était comblé. Tout revenait à la vie, au bonheur, à la santé.

— Voyez donc, me disait Ralph, avec quelle étonnante rapidité cette bonne et féconde nature répare ses pertes ! Ne semble-t-il pas qu'elle ait honte du temps perdu, et qu'elle veuille, à force de vigueur et de sève, refaire en quelques jours l'ouvrage d'une année ?

— Et elle y parviendra, reprit madame Delmare. Je me souviens des orages de l'année dernière ; au bout d'un mois, il n'y paraissait plus.

— C'est, lui dis-je, l'image d'un cœur brisé par les chagrins ; quand le bonheur vient le retrouver, il s'épanouit et se rajeunit bien vite.

Indiana me tendit la main et regarda M. Brown avec une indéfinissable expression de tendresse et de joie.

Quand la nuit fut venue, elle se retira dans sa chambre, et sir Ralph, me faisant asseoir à côté de lui sur un banc dans le jardin, me raconta son histoire jusqu'à l'endroit où nous l'avons laissée dans le précédent chapitre.

Là, il fit une longue pause et parut avoir complètement oublié ma présence.

Pressé par l'intérêt que je prenais à son récit, je me décidai à rompre sa méditation par une dernière question.

Il tressaillit comme un homme qui s'éveille ; puis, souriant avec bonhomie :

— Mon jeune ami, me dit-il, il est des souvenirs qu'on déflore en les racontant. Qu'il vous suffise de savoir que j'étais bien décidé à tuer Indiana avec moi. Mais, sans doute, la ratification de notre sacrifice n'était pas encore enregistrée dans les archives du ciel. Un médecin vous dirait peut-être qu'un vertige très supposable s'empara de ma tête et me trompa dans la direction du sentier. Pour moi qui ne suis pas médecin

le moins du monde en ce sens-là, j'aime mieux croire
que l'ange d'Abraham et de Tobie, ce bel ange blanc,
aux yeux bleus et à la ceinture d'or, que vous avez vu
souvent dans les rêves de votre enfance, descendit sur
un rayon de la lune, et que, balancé dans la tremblante
vapeur de la cataracte, il étendit ses ailes argentées sur
ma douce compagne. La seule chose qu'il soit en mon
pouvoir de vous affirmer, c'est que la lune se coucha
derrière les grands pitons de la montagne sans qu'aucun bruit sinistre eût troublé le paisible murmure de la
cascade ; c'est que les oiseaux du rocher ne prirent leur
vol qu'à l'heure où une ligne blanche s'étendit sur
l'horizon maritime ; c'est que le premier rayon de
pourpre qui tomba sur le bosquet d'orangers m'y
trouva à genoux et bénissant Dieu.

» Ne croyez pourtant pas que j'acceptai tout d'un
coup le bonheur inespéré qui venait de renouveler ma
destinée. J'eus peur de mesurer l'avenir radieux qui se
levait sur moi ; et, lorsque Indiana souleva ses paupières pour me sourire, je lui montrai la cascade et lui
parlai de mourir.

» — Si vous ne regrettez pas d'avoir vécu jusqu'à ce
matin, lui dis-je, nous pouvons affirmer l'un et l'autre
que nous avons goûté le bonheur dans sa plénitude ; et
c'est une raison de plus pour quitter la vie, car mon
astre pâlirait peut-être demain. Qui sait si, en quittant
ce lieu, en sortant de cette situation enivrante où des
pensées de mort et d'amour m'ont jeté, je ne redevien-
rai pas la brute haïssable que vous méprisiez hier ? Ne
rougirez-vous pas de vous-même en me retrouvant tel
que vous m'avez connu ?... Ah ! Indiana, épargnez-moi
cette atroce douleur ; ce serait le complément de ma
destinée.

» — Doutez-vous de votre cœur, Ralph ? dit Indiana
avec une adorable expression de tendresse et de
confiance, ou le mien ne vous offre-t-il pas assez de
garanties ?

» — Vous le dirai-je ? Je ne fus pas heureux les premiers jours. Je ne doutais pas de la sincérité de madame Delmare, mais l'avenir m'effrayait. Méfiant de moi-même avec excès depuis trente ans, ce ne fut pas en un jour que je pus m'affermir dans l'espoir de plaire et d'être aimé. J'eus des instants d'incertitude, de terreur et d'amertume ; je regrettai parfois de ne m'être pas précipité dans le lac, lorsqu'un mot d'Indiana m'avait fait si heureux.

» Elle aussi dut avoir des retours de tristesse. Elle se défit avec peine de l'habitude de souffrir, car l'âme se fait au malheur, elle y prend racine et ne s'en détache qu'avec effort. Cependant je dois rendre au cœur de cette femme la justice de dire qu'elle n'eut jamais un regret pour Raymon ; elle ne s'est pas même souvenue de lui pour le haïr.

» Enfin, comme il arrive dans les affections profondes et vraies, le temps, au lieu d'affaiblir notre amour, l'établit et le scella ; chaque jour lui donna une intensité nouvelle, parce que chaque jour amena de part et d'autre l'obligation d'estimer et de bénir. Toutes nos craintes s'évanouirent une à une ; et, en voyant combien ces sujets de défiance étaient faciles à détruire, nous nous avouâmes en souriant que nous acceptions le bonheur en poltrons, et que nous ne nous méritions pas l'un l'autre. De ce moment, nous nous sommes aimés avec sécurité.

Ralph se tut ; puis, après quelques instants d'une méditation religieuse où nous restâmes absorbés tous les deux :

— Je ne vous parle pas de mon bonheur, dit-il en me pressant la main ; s'il est des douleurs qui ne se trahissent jamais et qui enveloppent l'âme comme un linceul, il est aussi des joies qui restent ensevelies dans le cœur de l'homme parce qu'une voix de la terre ne saurait les dire. D'ailleurs, si quelque ange du ciel venait s'abattre sur l'une de ces branches en fleur pour vous les raconter dans la langue de sa patrie, vous ne les comprendriez pas, vous, jeune homme, que la tempête n'a pas brisé et que n'ont pas flétri les orages. Hélas! que peut-elle comprendre au bonheur, l'âme qui n'a pas souffert ? Pour nos crimes..., ajouta-t-il en souriant.

— Oh! m'écriai-je les yeux mouillés de larmes.

— Écoutez, monsieur, interrompit-il aussitôt ; vous n'avez vécu que quelques heures avec les deux coupables de Bernica, mais une seule vous suffisait pour savoir leur vie tout entière. Tous nos jours se ressemblent ; ils sont tous calmes et beaux ; ils passent rapides et purs comme ceux de notre enfance. Chaque soir, nous bénissons le ciel ; nous l'implorons chaque matin, nous lui demandons le soleil et les ombrages de la veille. La majeure portion de nos revenus est consacrée à racheter de pauvres Noirs infirmes [8]. C'est la principale cause du mal que les colons disent de nous. Que ne sommes-nous assez riches pour délivrer tous ceux qui vivent dans l'esclavage ! Nos serviteurs sont nos amis ; ils partagent nos joies, nous soignons leurs maux. C'est ainsi que notre vie s'écoule, sans chagrins, sans remords. Nous parlons rarement du passé, rarement aussi de l'avenir ; nous parlons de l'un sans effroi, de l'autre sans amertume. Si nous nous surprenons parfois les paupières mouillées de larmes, c'est qu'il doit y avoir des larmes dans les grandes félicités ; il n'y en a pas dans les grandes misères.

— Mon ami, lui dis-je après un long silence, si les accusations du monde pouvaient arriver jusqu'à vous, votre bonheur répondrait assez haut.

— Vous êtes jeune, répondit-il ; pour vous, conscience naïve et pure que n'a pas salie le monde, notre bonheur signe notre vertu ; pour le monde, il fait notre crime. Allez, la solitude est bonne, et les hommes ne valent pas un regret.

— Tous ne vous accusent pas, lui dis-je ; mais ceux-là même qui vous apprécient vous blâment de mépriser l'opinion, et ceux qui avouent votre vertu vous disent orgueilleux et fier.

— Croyez-moi, me répondit Ralph, il y a plus d'orgueil dans ce reproche que dans mon prétendu mépris. Quant à l'opinion, monsieur, à voir ceux qu'elle élève, ne faudrait-il pas toujours tendre la main à ceux qu'elle foule aux pieds ? On la dit nécessaire au bonheur ; ceux qui le croient doivent la respecter. Pour moi, je plains sincèrement tout bonheur qui s'élève ou s'abaisse à son souffle capricieux.

— Quelques moralistes blâment votre solitude ; ils prétendent que tout homme appartient à la société, qui le réclame. On ajoute que vous donnez aux hommes un exemple dangereux à suivre.

— La société ne doit rien exiger de celui qui n'attend rien d'elle, répondit sir Ralph. Quant à la contagion de l'exemple, je n'y crois pas, monsieur ; il faut trop d'énergie pour rompre avec le monde, trop de douleurs pour acquérir cette énergie. Ainsi, laissez couler en paix ce bonheur ignoré qui ne coûte rien à personne, et qui se cache de peur de faire des envieux. Allez jeune homme, poursuivez le cours de votre destinée ; ayez des amis, un état, une réputation, une patrie. Moi, j'ai Indiana. Ne rompez point les chaînes qui vous lient à la société, respectez ses lois si elles vous protègent, prisez ses jugements s'ils vous sont équitables ; mais, si quelque jour elle vous calomnie et vous repousse, ayez assez d'orgueil pour savoir vous passer d'elle.

— Oui, lui dis-je, un cœur pur peut nous faire supporter l'exil ; mais, pour nous le faire aimer, il faut une compagne comme la vôtre.

— Ah ! dit-il avec un ineffable sourire, si vous saviez comme je plains ce monde qui me dédaigne !

Le lendemain, je quittai Ralph et Indiana ; l'un m'embrassa, l'autre versa quelques larmes.

— Adieu, me dirent-ils, retournez au monde ; si quelque jour il vous bannit, souvenez-vous de notre chaumière indienne [9].

DOSSIER

1777. Le financier Dupin de Francueil à l'âge de soixante-deux ans épouse Marie-Aurore de Saxe, fille naturelle du maréchal de Saxe, âgée de vingt-neuf ans. De ce mariage naît en 1778 Maurice Dupin, père de la romancière.

1793. Madame Dupin de Francueil acquiert la terre de Nohant.

1804. *5 juin* : Maurice Dupin régularise la liaison qu'il avait depuis 1800 avec Antoinette-Sophie-Victoire Delaborde, fille d'un oiselier parisien.
1er juillet : naissance à Paris d'Amandine-Aurore-Lucile Dupin, la future George Sand.

1808. Maurice Dupin, militaire de carrière, est aide de camp de Murat en Espagne. Comme Victor Hugo, la petite Aurore part pour Madrid avec sa mère. Maurice Dupin, en congé, revient à Nohant avec sa famille.
16 septembre : Maurice Dupin meurt d'une chute de cheval à la Châtre.

1808-1818. Aurore vit à Nohant. Le séjour est coupé de quelques voyages à Paris. Relations tendues entre la grand-mère et la mère. Celle-ci s'est installée à Paris en 1810, mais revient à Nohant chaque été. La petite Aurore a pour précepteur l'homme de confiance de Mme Dupin, ancien précepteur de son père, Deschartres. Elle est élevée avec un enfant naturel de Maurice, de cinq ans son aîné, Hippolyte Chatiron.

1817. Aurore, tardivement, fait sa première communion. Sa grand-mère décide de la conduire à Paris pour parfaire son éducation ; elle est mise en pension au couvent des Augustines anglaises (janvier 1818).

1819. Au couvent, Aurore traverse une crise mystique et veut se faire religieuse.

1820. Retour en Berry : Mme Dupin voudrait avant sa mort marier sa petite-fille.

1821. Aurore soigne sa grand-mère atteinte de paralysie et s'initie à la gestion du domaine.
26 décembre : mort de Mme Dupin de Francueil.

1822. René de Villeneuve est chargé de la tutelle, mais Aurore n'accepte pas de rompre avec sa mère, comme le voulait sa grand-mère paternelle. Elle va vivre à Paris avec sa mère et est en butte aux humeurs capricieuses de celle-ci.
19 avril : elle fait la connaissance de François-Casimir Dudevant, fils naturel d'un baron d'Empire, âgé de vingt-sept ans.
17 septembre : elle épouse à Paris Casimir Dudevant.
Octobre : départ pour Nohant des nouveaux mariés.

1823. *30 juin :* naissance à Paris de Maurice Dudevant (qui prendra le nom de Maurice Sand).

1824. Le mariage n'est pas heureux : les deux conjoints n'ont aucun goût commun.
Séjours au Plessis-Picard, à Ormesson, à Paris.

1825. *Juillet-août :* voyage aux Pyrénées. Aurore fait la connaissance d'Aurélien de Sèze. Liaison platonique et passionnée qui se poursuivra jusqu'en 1830.
Septembre : séjour à Guillery chez le père de son mari.
Séjours à Bordeaux.

1826. *Avril :* retour à Nohant. L'incurie de son mari oblige Aurore à s'occuper activement de la gestion de ses biens.

1827. A Nohant, Aurore se crée un cercle d'amis auxquels elle sera fidèle, Duteil, Duvernet, Néraud le Malgache...
Août : voyage en Auvergne. Départ pour Paris. Aurore devient la maîtresse de Stéphane Ajasson de Grandsagne qu'elle fréquentait depuis 1821.

1828. *13 septembre :* naissance de Solange Dudevant (fille de Stéphane, selon l'opinion reçue).

1829. *Mai-juin :* séjours à Bordeaux, à Guillery.
Septembre : Jules Boucoiran est engagé comme précepteur de Maurice.
Elle commence d'écrire : *Le Voyage de M. Blaise* (publié en 1877).

1830. Séjours à Paris, à Bordeaux, retour à Nohant en juin.
30 juillet : elle fait la connaissance de Jules Sandeau.

1831. Devenue sa maîtresse, elle le rejoint à Paris, laissant à Nohant son mari et ses enfants. Elle a obtenu de Casimir une pension. Elle trouve un protecteur en la personne du Berrichon Latouche, directeur du *Figaro*. Elle écrit en collaboration avec Sandeau une nouvelle, *La Prima Donna*, et deux romans, *Le Commissionnaire, Rose et Blanche*. Ces œuvres sont signées, tantôt Signol, tantôt J. Sand, tantôt J. S.

1832. Elle revient à Nohant puis repart pour Paris en emmenant sa fille. Se passant de la collaboration de Sandeau, elle publie *Indiana*, sous le pseudonyme de G. Sand.
Novembre : publication de *Valentine* sous le pseudonyme de George Sand (George sans s). Désormais elle parlera d'elle-même au masculin.
Décembre : elle signe un traité avec Buloz pour une collaboration régulière à la *Revue des Deux Mondes*.

1833. *Janvier :* elle fait la connaissance de Marie Dorval.
Avril : tentative de liaison avec Mérimée.
Relations avec Planche et Sainte-Beuve.
Juillet : début de la liaison avec Musset. Publication de *Lélia*.
Août : séjour avec Musset dans la forêt de Fontainebleau.
12 décembre : départ pour l'Italie. Voyage de Lyon à Avignon sur le Rhône : rencontre de Stendhal.
De Marseille à Gênes. Passage à Livourne, Pise et Florence.
Arrivée à Venise le 31 décembre.

1834. Les amants de Venise à l'*Albergo reale Danieli*. Tour à tour, George et Alfred tombent malades. Alfred est soigné par le docteur Pagello ; George s'éprend du médecin.
29 mars : départ de Musset pour la France.
A Venise, activité littéraire intense, George écrit *Leone Leoni, André, Jacques, Mattea*, les premières *Lettres d'un voyageur*.
24 juillet : départ de George avec Pagello. Par Milan, Chamonix, ils se rendent à Paris où ils arrivent le 14 août.
Séjour à Nohant sans Pagello, retour à Paris en octobre.
Octobre : Pagello repart pour l'Italie et George redevient la maîtresse de Musset.
De décembre à janvier : séjour à Nohant sans Musset.

1835. *6 mars :* fin de la liaison avec Musset, départ pour Nohant.
Avril : elle devient la maîtresse de l'avocat Michel de Bourges.
30 octobre : procédure en séparation contre son mari.

1836. *Avril :* elle devient la maîtresse de Charles Didier, menant de front les deux liaisons. Michel la pousse dans la politique.
Amitié avec Carlotta Mariani, femme du consul d'Espagne.
11 mai : séparation judiciaire des époux Dudevant confirmée en juillet.
Juillet : publication de *Simon*.
Août : voyage en Suisse en compagnie de Liszt et Marie d'Agoult ; retour à Paris.

1837. *Janvier :* départ pour Nohant.

Février-mai : publication dans *Le Monde,* journal de Lamennais, des *Lettres à Marcie.*

Avril : publication des *Lettres d'un voyageur.*

Séjours de Liszt et Marie d'Agoult à Nohant.

Rupture avec Charles Didier. Fin de la liaison avec Michel de Bourges. Elle devient la maîtresse de l'acteur Bocage puis de Mallefille, précepteur de Maurice.

Août : publication de *Mauprat.*

19 août : mort de Sophie-Victoire, mère de George Sand.

Octobre : en quête d'un directeur spirituel après Lamennais, elle découvre son « sauveur » en Pierre Leroux, qui exerce sur elle une influence religieuse, politique et sociale.

1838. *Février-mars :* séjour de Balzac à Nohant.

Publication de *La Dernière Aldini* et des *Maîtres mosaïstes.*

Juin : début de la liaison avec Chopin.

D'octobre à février 1839 : voyage en Espagne avec Chopin. De Port-Vendres à Barcelone, de Barcelone à Majorque.

15 décembre : installation dans la chartreuse de Valldemosa.

1839. Maladie de Chopin et départ pour Marseille en février.

Séjour à Marseille et retour à Nohant le 1er juin.

Février : publication de *Spiridion* et de *L'Uscoque.*

Septembre : publication de la nouvelle version de *Lélia.*

Octobre : installation à Paris rue Pigalle.

1840. *Janvier :* publication de *Gabriel* et des *Sept Cordes de la lyre.* Elle va désormais chercher le succès au théâtre.

29 avril : échec de *Cosima* au Théâtre-Français.

Mai : elle fait la connaissance d'Agricol Perdiguier qui lui inspire *Le Compagnon du tour de France.* Buloz ayant refusé de publier ce roman, elle rompt avec la *Revue des Deux Mondes.* Amitié pour Pauline Viardot, cantatrice, sœur de la Malibran. Elle l'accompagne en tournée à Cambrai.

1841. *Juin-octobre :* George Sand et Chopin à Nohant.

Juillet : procès avec Buloz.

1er novembre : début de *La Revue indépendante* fondée par G. Sand avec Leroux et Viardot, mari de Pauline. Elle va y publier régulièrement ses œuvres. Publication d'*Horace* dans *La Revue indépendante.*

1842. *Janvier :* publication d'*Un hiver à Majorque.*

Dans *La Revue indépendante : Dialogue familier sur la poésie des prolétaires,* et publication de la grande somme romanesque qui est à la fois un hommage à Pauline, à Mickiewicz et à Leroux *Consuelo.* A Nohant, Chopin et Delacroix se lient d'amitié Installation au square d'Orléans de George Sand, de Chopin e de Mme Marliani. *La Revue indépendante* se trouvant dans un situation précaire est cédée à une société.

1843. Publication de *La Comtesse de Rudolstadt*, suite de *Consuelo*.
Les beaux jours de Nohant avec Chopin, Delacroix et les
Viardot : fêtes et excursions. C'est alors qu'est célébré le
mariage de Françoise Meillant, cf. *La Mare au Diable* : appen-
dice, chap. III.
Juillet-août : enquête sur l'affaire Fanchette à la Châtre.

1844. *Avril* : publication de *Jeanne* dans *Le Constitutionnel*.
G. Sand avance des sommes à Leroux qui veut fonder à Boussac
une imprimerie.
Septembre : début de *L'Éclaireur de l'Indre*, journal d'inspiration
républicaine fondé par G. Sand et ses amis berrichons.

1845. *Janvier-mars* : publication du *Meunier d'Angibault* dans *La
Réforme*.
Août-septembre : publication de *Tévérino* dans *La Presse*.
Octobre-novembre : publication du *Péché de M. Antoine* dans
L'Époque.
1er octobre : elle achève *La Mare au Diable*, écrite en quatre
jours.
Octobre : début de *La Revue sociale*, revue mensuelle dirigée par
Leroux.
7 décembre : *La Revue sociale* publie le prologue de *La Mare au
Diable*.
G. Sand rentre à Paris après un séjour au château de Chenon-
ceaux chez ses cousins Villeneuve.

1846. *6-15 février* : publication de *La Mare au Diable* dans *Le Courrier
français*.
31 mars-2 avril : publication de *La Noce de campagne*, appendice
de *La Mare au Diable* dans *Le Courrier français*.
Mai : publication en volume de *La Mare au Diable* dédiée à
Chopin.
Juin-août : publication de *Lucrezia Floriani* dans *Le Courrier
français*.
Projets de mariage pour Solange : F. de Preaulx.
Novembre-décembre : publication de *La Vallée noire* dans
L'Éclaireur.
11 novembre : Chopin regagne Paris seul.
8 décembre : à Nohant, début des spectacles de Commedia
dell'Arte.
9 décembre : G. Sand intente un procès aux journaux qui ont
reproduit sans autorisation *La Mare au Diable*.

1847. *15 avril* : elle commence l'*Histoire de ma vie*.
19 mai : mariage de Solange avec le sculpteur Clésinger.
27 juillet : le mariage de Solange provoque la rupture avec
Chopin.
Automne : début des spectacles de marionnettes à Nohant.

31 décembre : début de *François le Champi* dans le *Journal des débats.*

1848. *Révolution de Février :* G. Sand accourt à Paris. Liée avec Ledru-Rollin, elle multiplie les lettres ouvertes : à la classe moyenne, au peuple, aux riches, fonde un journal, *La Cause du peuple,* qui n'aura que trois numéros, collabore au *Bulletin de la République.* Elle se mêle à la vie politique et lutte contre les éléments modérés.
De mai à juin : elle collabore à *La Vraie République,* mais, depuis le 17 mai, elle a quitté Paris, déçue et compromise. Elle restera à Nohant jusqu'à décembre 1849.
1ᵉʳ décembre : publication de *La Petite Fadette* dans le *Crédit.*

1849. Elle lance un journal démocratique, *Le Travailleur de l'Indre.*
Juillet : reprise de la rédaction de ses mémoires abandonnés en 1848.
17 octobre : mort de Chopin.
25 novembre : première représentation de *François le Champi* à l'Odéon.

1850. Début de la liaison avec le graveur Alexandre Manceau, ami de Maurice, la plus longue et la plus discrète de ses liaisons.

1851. *Janvier :* grand succès de *Claudie* à la Porte Saint-Martin (entre autres interprètes, Marie Daubrun, l'inspiratrice de Baudelaire).
9 février : inauguration du théâtre de Nohant.
Novembre : publication du *Château des Désertes.*
Novembre : grand succès du *Mariage de Victorine* au Gymnase. Après le coup d'État du 2 décembre, elle quitte Paris pour engager ses amis berrichons à reconnaître le nouveau pouvoir.

1852. Elle est reçue à deux reprises par le prince-président à qui elle conseille une amnistie générale. Certains amis l'accusent d'opportunisme.
Mars : échec des *Vacances de Pandolphe* au Gymnase. Elle s'attache à Jeanne, la fille de Solange.
Septembre : Le Démon du foyer au Gymnase.

1853. *Février :* publication du *Mont-Revêche.*
Juillet : publication des *Maîtres sonneurs.*
Novembre : succès de *Mauprat* à l'Odéon.

1854. *5 octobre :* début de la publication d'*Histoire de ma vie* dans *La Presse.*

1855. *13 janvier :* mort de Jeanne ; correspondance avec V. Hugo qui lui avait témoigné de la sympathie.
Février-mai : nouveau voyage en Italie avec Manceau et Maurice.
Septembre : succès de *Maître Favilla* à l'Odéon.

1856 *Février-avril* : intense activité théâtrale, mais sans grand succès : *Lucie* au Gymnase, *Françoise* au Gymnase, *Comme il vous plaira* au Théâtre-Français.

1857. *Mai* : publication de *La Daniella* dans *La Presse*.
Juin-juillet : excursion sur les bords de la Creuse. Manceau achète une maison à Gargilesse, où G. Sand séjourne régulièrement.
Octobre : publication du *Diable aux champs*.

1858. Publication des *Beaux Messieurs de Bois-Doré* dans *La Presse*. Réconciliée avec Buloz et la *Revue des Deux Mondes* ; elle lui donne de juin à septembre *L'Homme de neige*.

1859. Puis de janvier à mars : *Elle et Lui*, roman écrit à Gargilesse. *Elle et Lui* évoquant les rapports de Sand et de Musset, Paul, frère d'Alfred, réplique en avril en publiant *Lui et Elle*.
Mai-juin : voyage en Auvergne avec Manceau.
Relations avec Fromentin et Sainte-Beuve.

1860. *Juillet-septembre* : publication du *Marquis de Villemer* dans la *Revue des Deux mondes*.
Octobre-novembre-décembre : grave maladie de G. Sand.

1861. *Février-juin* : convalescence à Tamaris avec Manceau. Retour à Nohant par la Savoie et le Dauphiné.
Mars-juin : publication de *Valvèdre* dans la *Revue des Deux Mondes*.
Mai : refus d'une subvention exceptionnelle offerte par l'empereur.
Relations avec Dumas fils.

1862. *Février-mars* : publication de *Tamaris* dans la *Revue des Deux Mondes*.
17 mai : mariage de Maurice Sand avec Lina Calamatta.
Juin : Fromentin à Nohant.

1863. *28 janvier* : début de la correspondance avec Flaubert. Publication de *Mademoiselle La Quintinie* dans la *Revue des Deux Mondes*. Ce roman anticlérical fait scandale : cf. la réaction de Baudelaire.
14 juillet : naissance de Marc-Antoine, fils de Maurice.
Rapports difficiles entre Maurice et Manceau.

1864. *Février* : succès triomphal de *Villemer* à l'Odéon.
Juin : G. Sand et Manceau s'installent à Palaiseau.
21 juillet : mort de Marc-Antoine, fils de Maurice (il avait reçu le baptême protestant).
Août-novembre : publication de la *Confession d'une jeune fille* dans la *Revue des Deux Mondes*.
Septembre : séjour à Gargilesse avec le jeune peintre Marchal qui devient son amant.

1865. *Juin-août* : publication de *Monsieur Sylvestre* dans la *Revue des Deux Mondes*.
21 août : mort de Manceau âgé de quarante-huit ans Publication de *Laura*.
De Nohant à Paris ; G. Sand aux dîners Magny.

1866. *10 janvier* : naissance d'Aurore, fille de Maurice.
Juillet-août : publication de *Dernier Amour* dans la *Revue des Deux Mondes*. G. Sand séjourne deux fois à Croisset chez Flaubert en août et novembre. Maladie de G. Sand.

1867. Elle séjourne de plus en plus à Nohant.
Septembre-novembre : publication de *Cadio* dans la *Revue des Deux Mondes*.
Septembre : voyages en Normandie.

1868. *Janvier-mars* : séjour à Golfe-Juan.
Mars : naissance de Gabrielle, fille de Maurice.
Mai : séjour à Croisset chez Flaubert.
Retour à Nohant : comme vingt-cinq ans auparavant se multiplient les visites, les excursions et les spectacles, mais les visages ont changé : Juliette Adam.

1869. *Juin-septembre* : publication de *Pierre qui roule* dans la *Revue des Deux Mondes*.
Septembre-octobre : voyages en Champagne et dans les Ardennes.
Décembre : séjour de Flaubert à Nohant.

1870. *Février-mars* : publication de *Malgré tout* dans la *Revue des Deux Mondes*. Succès médiocre de *L'Autre* à l'Odéon.

1871. *8 mars* : mort de Casimir Dudevant.
Le Journal d'un voyageur pendant la guerre.
Juillet : elle ne renouvelle pas le traité qui la liait à la *Revue des Deux Mondes*. Elle collabore désormais au *Temps* : un feuilleton de variétés chaque quinzaine.

1872. *Mars-avril* : publication de *Nanon* dans *Le Temps*.
Juillet-août : séjour à Cabourg, retour par la Normandie.
Septembre : à Nohant, invitations et divertissements.

1873. *Jusqu'en avril* : continuation de la vie de fête.
Avril : Flaubert et Tourgueniev séjournent à Nohant.
Août : voyage en Auvergne, ascension du Sancy.

1874. *Janvier-mars* : publication de *Ma sœur Jeanne* dans la *Revue des Deux Mondes*.
Mai-juin : séjour à Paris.
Pendant l'été et l'automne : altération de sa santé.

1875. *Février-mai* : publication de *Flamarande* dans la *Revue des Deux Mondes*.

Décembre-janvier : publication de *La Tour de Percemont* dans la *Revue des Deux Mondes*.

1876. *Fin mai :* occlusion intestinale ; l'opération n'est pas possible.
   8 juin : mort de G. Sand à l'âge de soixante-douze ans.
   10 juin : obsèques religieuses à la demande de Solange. Elle est inhumée à Nohant.

NOTICE

Dates et circonstances de composition

Dans sa *Notice* de 1852, George Sand prétend avoir écrit *Indiana*
durant l'automne 1831 : « J'ai écrit *Indiana* durant l'automne de 1831.
C'est mon premier roman ; je l'ai fait sans aucun plan, sans aucune
théorie d'art et de philosophie dans l'esprit. » Premier roman certes, si
l'on compte pour rien les textes écrits en collaboration avec Jules
Sandeau, *Le Commissionnaire, Rose et Blanche ou la comédienne et la
religieuse* (1831). Mais les dates de composition avancées par George
Sand sont contestées par les sandiens. George fit un séjour à Nohant,
en effet, du 3 septembre au 15 ou peut-être 23 octobre. Six semaines,
c'est peu. Mais c'est assez pour écrire *La Chartreuse* ! et George Sand
avait une facilité de plume qui ne lui aurait pas donné à envier
Stendhal. Ce n'est donc pas exactement la brièveté de ce séjour à
Nohant qui constitue une objection. Mais George Sand est alors
occupée, Pierre Reboul l'a fort précisément montré, et jusqu'à la fin
d'octobre, par d'autres tâches : il faut terminer en toute hâte *Le
Commissionnaire* et *Rose et Blanche* et c'est peut-être parce qu'elle
n'aimait pas évoquer cette collaboration qu'elle a eu tendance à
avancer la date de composition d'*Indiana*.
  En tout cas, la publication complète de la *Correspondance* par
Georges Lubin n'a fait que confirmer ce que d'autres avaient déjà
avancé : *Indiana* a été écrit au début de 1832. Après avoir séjourné à
Paris du 1er au 11 janvier, George est arrivée à Nohant le 14, et y
restera jusqu'au 1er avril. En février, elle est en plein travail, comme le
prouve la lettre à Émile Regnault datée du 27 février 1832. Le nom du
roman n'est pas encore déterminé : « Jules vous a donc dit le sujet de
mon livre ? Tant mieux, cela m'épargnera l'ennui de vous l'expliquer,
car je ne connais pas de sujet plus difficile à exposer en peu de mots, et
plus ennuyeux à la première vue. » « C'est de la vie ordinaire, c'est de
la vraisemblance bourgeoise. » Du Flaubert avant l'heure ? Et ce qui

est un peu troublant, c'est que, dans cette lettre, le livre semble déjà très avancé : « Mon livre est déjà jugé par moi. Il plaira à peu de gens. Il est d'une exécution trop sévère (...) Ce sont quatre volumes sur quatre caractères (...) J'ai peur d'ennuyer souvent, d'ennuyer comme la vie ennuie. » Les personnages sont nommés : Raymon, Ralph (noms que l'on retrouvera dans la version imprimée), Noémi ; ce nom disparaîtra au profit de celui d'Indiana, mais le caractère du personnage est déjà là : « Ma Noémi c'est la femme typique, faible et forte, fatiguée du poids de l'air, et capable de porter le ciel, timide dans le courant de la vie, audacieuse les jours de bataille. » La suite de la lettre confirme qu'il y a encore du travail à faire : « Que deviendra ce beau et profond sujet entre mes mains, je ne sais pas, je suis incapable de me bien juger avant la fin et quand c'est fini, il n'est plus temps[1]. »

La lettre du 2 mars apporte des précisions intéressantes : « Je suis forcée de travailler. Je suis bien moins avancée que je ne m'en flattais. J'ai refait mon second volume presque en entier et je ne suis qu'à la moitié du troisième. Je travaille sur un sujet dur comme le fer et malléable comme du moellon[2]. » Quand elle repart pour Paris, le livre n'en est pas moins terminé, et l'on ne peut qu'admirer la rapidité et l'efficacité du travail de G. Sand. Le livre paraît en deux volumes, sous la signature de « G. Sand », chez J.-P. Roret et H. Dupuy. C'est le premier livre que G. Sand signe de son nom, de ce nom qu'elle est fière de s'être fait, par son travail, et qu'elle gardera désormais. Le livre avait été imprimé à 750 exemplaires ; pour l'époque, c'était un tirage tout à fait normal. Dupuy l'avait déclaré le 2 mai, il fut signalé dans la *Bibliographie de la France* le 19 mai. 400 exemplaires supplémentaires paraissent alors, et dès le 11 septembre une « troisième édition », qui est, en fait, la seconde.

La lettre du 21 mai à Charles Duvernet à qui elle avait envoyé *Indiana* fait état à la fois du travail des derniers jours et d'une certaine satisfaction : « J'étais trop occupée avec le brocheur, le satineur, l'imprimeur, l'éditeur, le compositeur, le prote et les journalistes, pour avoir un instant de loisir et de bien-être. Enfin j'en ai fini avec ces corvées et je touche mon modeste salaire sans trop m'occuper de ma gloire ou de ma honte, de mon succès ou de ma chute[3]. »

Cette lettre évoque aussi les scènes que lui fait Latouche. On sait le rôle qui fut le sien dans les débuts littéraires de George Sand. Il se trouve très lié à l'histoire d'*Indiana*. En effet, dans son autobiographie, George Sand racontera qu'il l'avait en quelque sorte découragée à l'avance, et ce serait sa sévérité même qui aurait été cause de sa retraite provisoire à Nohant : « Je retournais à Nohant, décidée à faire des boîtes à thé et des tabatières de Spa[4]. » Et la voilà revenue avec un

---

1. *Correspondance*, éd. Lubin, t. II, p. 46-48.
2. *Ibid.*, p. 50.
3. *Ibid.*, p. 87-88.
4. *Histoire de ma vie*, Pléiade, t. II, p. 160.

roman qui est un chef-d'œuvre et qui devient vite célèbre. Il y eut probablement quelque jalousie de la part de Latouche, non pas exactement à l'égard du succès de son élève, mais du fait qu'elle volait de ses propres ailes : elle aurait pu faire un « livre admirable », lui aurait-il dit, « avec du temps, et ses conseils ». George se montre quelque peu sceptique sur les jugements des critiques : « Je ne sais pas encore ce qu'il pense d'*Indiana* vu qu'il ne l'a pas encore lu. Janin dit que c'est admirable et il ne le lit pas. Balzac prétend que c'est sublime et ne le lira jamais[5]. » Mais Latouche ne tarda pas à le lire, et honnêtement, fit « amende honorable ». « Oubliez les niaiseries que je vous ai dites hier soir sur le commencement de votre livre ; votre livre est un chef-d'œuvre. Je passé (*sic*) la nuit à le lire et je ressens tout l'orgueil de l'amitié, hors la présence de l'auteur à travers le drame (imitation de la manière de Diderot) tout est bien, sujet, ordre des événements, poésie, intime et admirable connaissance de l'âme ; la simplicité, l'éclat et la fermeté du style vous placent, du premier bond, à la tête des écrivains contemporains, aucune femme vivante ne peut vous faire subir l'insolence d'un parallèle. Vous êtes réservée à un succès pareil à ceux de Lamartine, croyez votre vieux et grondeur camarade. Balzac et Mérimée sont morts sous *Indiana*. Ah ! mon enfant, que je suis heureux[6] ! »

George Sand restera longtemps sensible au jugement de son mentor littéraire, et elle rappellera l'épisode dans l'*Histoire de ma vie*. Si les termes sont un peu différents, l'esprit est bien le même : Latouche monte dans la « mansarde » (qui nous semblerait un merveilleux appartement) qu'habitait alors George Sand, 25, quai Saint-Michel, y trouve *Indiana*. « Il le prit, le flaira, le retourna, curieux, inquiet, railleur surtout ce jour-là (...) et à chaque page il s'écriait : " Allons ! c'est un pastiche ; école de Balzac ! Pastiche, que me veux-tu ? Balzac que me veux-tu ? " Il vint sur le balcon, le volume à la main, me critiquant mot par mot, me démontrant par *a* plus *b* que j'avais copié la manière de Balzac, et qu'à cela je n'avais gagné que de n'être ni Balzac ni moi-même (...) Le lendemain matin, à mon réveil, je reçus ce billet : " George, je viens faire amende honorable, je suis à vos genoux. Oubliez mes duretés d'hier au soir, oubliez toutes les duretés que je vous ai dites depuis six mois. J'ai passé la nuit à vous lire. O mon enfant, que je suis content de vous ![7] ". »

La gloire

Le succès fut immédiat, éclatant. Si le *Journal des débats* du 16 mai 1832 se limite à : « M. G. Sand vient de publier un roman intitulé

5. *Correspondance*, éd. Lubin, t. II, p. 89 (lettre du 21 mai 1832).
6. Lettre citée par G. Lubin dans la *Correspondance*, t. II, p. 88, n. 1.
7. *Histoire de ma vie*, t. II, p. 173.

Indiana. C'est un récit chaleureux et plein d'intérêt, qui est empreint de tous les défauts et aussi de toutes les qualités de l'école moderne », L'article du *Figaro*, le 31 mai 1832, est enthousiaste. Il est anonyme ; mais on peut l'attribuer, selon toute vraisemblance, à Henri de Latouche — façon publique de faire « amende honorable » : « *Indiana*, c'est l'histoire de la passion moderne, véritable histoire du cœur de la femme (...) C'est l'histoire du profond isolement dans lequel elle se trouve plongée tout à coup, quand elle reconnaît que tout est égoïsme autour d'elle, amour, passion, plaisir, volupté, bonheur (...) Toutes les émotions douces et vraies, tout l'intérêt haletant d'un récit bien fait et bien conduit, toute la vivacité d'impressions jeunes et senties, tout ce qui fait un livre qui parle à l'âme et au cœur, vous le trouverez dans ce livre en deux volumes qui a pour titre *Indiana*. » Le 27 mai, *L'Artiste* publie un article de Félix Pyat consacré au roman. Le 31 mai, *La Caricature*, à son tour, publie un article (cf. *infra Bibliographie*). Le même jour encore, Jacques Lerond, dans la *Chronique de la Quinzaine*, découvre dans *Indiana* « tout à la fois un amour sensuel, une volupté fougueuse et une exquise délicatesse de sentiments ». Pour expliquer cette contradiction, ou du moins ce qui lui paraît en être une, il suppose « que cette étoffe brillante mais sans harmonie est l'œuvre de deux ouvriers bien distincts ». Probablement, selon les clichés psychologiques les plus établis, pense-t-il que la délicatesse des sentiments vient de la romancière, et la « volupté fougueuse » d'un homme, peut-être encore Jules Sandeau. Quoi qu'il en soit, il fait erreur et *Indiana* est bien de George Sand et d'elle seule.

Le 14 juin *Le Temps* publie un article que l'on a longtemps attribué à Musset, à tort, semble-t-il. C'est un article nuancé, élogieux qui, s'il reconnaît « quelques invraisemblances dans la suite des événements », admire chez l'auteur « un talent d'observation et d'analyse très distingué ». Certes Musset se fera aussi le critique d'*Indiana*, mais à titre privé, si l'on peut dire. Il corrigera systématiquement un exemplaire du roman (conservé à la Bibliothèque nationale), où il supprime les adjectifs et tout ce qui lui semblait superflu. Le 24 juin, *Le Cabinet de lecture*, sous la plume de Henri Boussage, propose une comparaison entre *Indiana* et *Le Rouge et le Noir*, et dans un sens qui est favorable à la romancière : « La physionomie de Raymon, énergique, originale, est plus naturelle que celle de Julien qui, à vrai dire, n'est qu'une nature exceptionnelle, tandis que Raymon est la formule la plus exactement calquée de cette société mourante qui n'a plus d'esprit que dans le cœur, qui se fait du cœur avec de l'esprit. »

C'est assez d'articles déjà pour que George Sand devienne brusquement célèbre, avec les inconvénients de la célébrité qu'elle retrace de façon fort pittoresque dans une lettre à Laure Decerfz : « *La littérature est sur mon escalier comme les anges sur l'échelle de Jacob.* Ce ne sont que romanciers, journalistes, faiseurs d'esprit et dispensateurs de gloire qui montent et descendent. Cela m'embête cruellement. L'un vient m'embrasser à titre de compatriote. — Ah fort bien, Monsieur est de la Châtre ? — Non pas, Madame, je suis de l'île Bourbon comme vous, et votre ouvrage m'a rappelé ma patrie (...) A peine débarrassée de celui-là un autre arrive. — *Mr Georges Sand ?* — C'est ici. — Peut-on lui parler ? — Il est à vos ordres. — Où est-il ? — Devant vous. — Quoi, Madame, c'est vous qui êtes Mr G. Sand ? — Avec votre permission. — Je viens vous remercier d'avoir fait *Indiana.* — Mr, cela regarde mon éditeur. — Du tout, Madame. Ce livre m'a fait un immense plaisir. — Pourquoi, Monsieur ? — C'est que j'en suis le héros[8]. » Vient ensuite la surenchère des éditeurs : Lavocat, Levasseur.

Cette lettre est curieuse aussi en ce qu'elle fait mention d'un article de Jules Janin sur *Indiana* que G. Lubin, malgré toute sa science, n'est pas parvenu à retrouver. Il aurait paru dans le *Journal des débats.* Jules Janin y aurait dit que *Indiana* était « le plus beau livre de mœurs » de l'époque, ce qui aurait suscité une violente fureur de Victor Hugo qui serait venu le voir : « Comment, polisson, dit-il, tu prétends qu'*Indiana* est le meilleur des livres ? Et le mien donc ? Prends-tu *Notre Dame de Paris* pour une p..? » Cette anecdote, on aimerait bien savoir quel est son fondement historique.

Quoi qu'il en soit les interprétations vont bon train : « On prétend que les saint-simoniens vont m'offrir le titre de papesse et la survivance de la mère Bazar parce que mon livre est *selon leur esprit* » : c'est que l'institution du mariage était sérieusement remise en cause par *Indiana*. La vogue du livre a quelque chose de semblable, toutes proportions gardées, à celle que connut *La Nouvelle Héloïse.* Elle suscite un phénomène d'identification chez les lecteurs. Une femme signe une lettre à son amant « Indiana » ; il lui répond en signant « Ralph ». Mais la plus remarquable des confidences que fait George Sand à Laure Decerfz est peut-être celle de sa métamorphose : « *A Paris Mme Dudevant est morte. Mais George Sand est connu pour un vigoureux gaillard.* »

Les articles continuaient à paraître. En juin, peut-être sous la plume d'Edouard d'Anglemont, un article signé E. D., dans *La France littéraire.* Le 21 juillet, dans le *Journal des débats,* un article de Victor Charlier (signé C). Et le travail se poursuit ; dès le 26 juillet, George Sand signe un contrat avec l'éditeur Dupuy pour la publication de *Valentine ;* elle passe l'été à Nohant à y travailler. La *Bibliographie de la France* annonce le 22 septembre la « troisième » édition d'*Indiana.*

Sainte-Beuve avait mis un certain temps à méditer son article qui ne parut dans *Le National* que le 5 octobre 1832. Il a aimé dans *Indiana* « un monde vrai, vivant, nôtre, à cent lieues des scènes historiques et des lambeaux de Moyen Age dont tant de faiseurs nous ont rompus jusqu'à satiété ». Il est heureux, au contraire, d'y avoir trouvé « des

---

8. *Correspondance,* t. II, p. 118. Pour l'accueil fait au livre, voir également les notes de G. Lubin dans la *Correspondance,* p. 115-116.

mœurs, des personnages comme il en existe autour de nous, un langage naturel, des scènes d'un encadrement familier, des passions violentes, non communes, mais sincèrement éprouvées ou observées, telles qu'il s'en développe encore dans bien des cœurs sous l'uniformité apparente et la régularité frivole de notre vie ». Pourtant Sainte-Beuve n'est pas uniquement élogieux ; il apprécie moins la seconde partie : « *Indiana* n'est pas un chef-d'œuvre ; il y a dans le livre un endroit, après la mort de Noun, après la découverte fatale qui traverse l'âme d'Indiana, après cette matinée de délire où elle arrive jusque dans la chambre de Raymon qui la repousse, — il y a là un point, une ligne de démarcation où la partie vraie, sentie, observée du roman se termine ; le reste, qui semble d'invention presque pure, renferme encore de beaux développements, de grandes et poétiques scènes ; mais la fantaisie s'efforce de continuer la réalité, l'imagination s'est chargée de couronner l'aventure. »

Un article de Sainte-Beuve équivaut à une consécration officielle. Désormais les personnalités les plus respectables prennent au sérieux *Indiana*. Pierre-François Tissot, professeur au Collège de France qui, révoqué pour libéralisme, avait repris ses cours seulement en 1830 et qui sera de l'Académie française en 1833, invite George Sand à venir à sa leçon de rentrée au Collège de France et accompagne cette invitation (à laquelle d'ailleurs elle ne se rendra pas) d'une lettre enthousiaste : « Madame, je viens de lire *Indiana* et je suis si charmé de cet ouvrage que je ne puis résister au besoin de vous exprimer tout le plaisir qu'il m'a causé. Continuez, Madame, vous êtes dans la route du vrai et du beau. » *Indiana* « vient confirmer ce que je répète sans cesse au Collège de France : la mine n'est point épuisée ; interrogez le cœur humain en commençant par le vôtre, et vous y trouverez des choses nouvelles[9] ».

Le 17 novembre, *Valentine* est annoncé dans la *Bibliographie de la France* ; à partir de là paraissent des articles où les deux romans vont être confrontés, ainsi, en novembre, par Ed. d'Anglemont dans *La France littéraire*, et, comme l'a bien vu P. Salomon[10], la lecture de *Valentine* éclaire les aspects plus audacieux, plus idéologiques d'*Indiana*. La portée sociale du livre n'avait certes pas échappé à Jules Janin qui note dans le *Journal des débats* du 4 novembre 1832 que « l'auteur s'élève avec toute la puissance et toute la verve d'une indignation personnelle contre le mariage ». Mais c'était là encore ramener le roman à un règlement de compte individuel. Tandis que Gustave Planche, dans la *Revue des Deux Mondes* du 30 novembre 1832, saisit mieux la portée générale du livre : « L'idée mère de *Valentine* est, comme dans *Indiana*, la lutte de l'amour contre la loi, le

9. Lettre publiée par G. Lubin, *Correspondance*, t. II, p. 200, n. 2.
10. Sur ce point et sur les réactions de la critique, voir son édition d'*Indiana* dans les classiques Garnier, p. XLV-LI.

duel de la passion contre la société. » Pourtant Planche, comme Sainte-Beuve, n'est pas satisfait par la fin du roman : « Le livre devait finir au mariage de Raymon. C'était un dénouement sombre, impitoyable, à la manière d'Eschyle ; l'expiation pour le crime voulu, le châtiment terrible pour une faute à laquelle le temps seul avait manqué : le bonheur est de trop dans les dernières pages. »

La critique d'*Indiana* se poursuit donc et se transforme, à mesure que d'autres œuvres paraissent : *Lélia* (1833), *Jacques* (1834). George Sand apparaît alors comme une ennemie systématique du mariage et comme une interprète du saint-simonisme. Dans la *Revue de Paris* (1834, t. X), Granier de Cassagnac dénonce le danger de telles théories : « La famille telle qu'elle est constituée, avec ses gênes pour la femme et ses odieuses préférences pour l'homme, voilà le thème général sur lequel Mme George Sand paraît déterminée à moduler désormais toutes ses pensées secondaires », revendiquant pour les femmes « une satisfaction générale, dans laquelle paraissent jusqu'à présent en première ligne l'indépendance personnelle et surtout les libres amours, des amours infinis, mobiles et imprévus. Il faut de plus, et ceci est un va-sans-dire, que les mœurs domestiques et sociales soient radicalement réformées et mises en harmonie avec cette position nouvelle des femmes ».

La critique peut, inversement, se montrer favorable à ces audaces sociales, par exemple J. Chaudes-Aigues qui, dans *Les Écrivains modernes de la France*, conclut : « Une pareille connaissance des passions, une telle expérience de la vie ne conduit-elle pas naturellement à la révolte contre les institutions qui ne semblent faites que pour corrompre la nature de l'homme en la contrariant ? » En 1840 encore, Loménie (*Galerie des contemporains illustres*, p. 35-36) revient à la question de la signification morale des romans de George Sand : « Presque tous renferment au dénouement une sorte de moralité de malheur qui, jusqu'à un certain point, remplace l'autre. S'il y a des passions et des fautes, il y a aussi des remords, et surtout il n'y a généralement pas de vice ; ils peuvent tourmenter et égarer les âmes ; mais ils ne les dégradent ni ne les corrompent. »

Un signe de la gloire d'*Indiana* est que le roman donna lieu, dès l'année qui suivit sa parution, à des adaptations théâtrales. Scribe en tira *Le Gardien* qui fut joué au Gymnase ; Léon Halévy et Francis firent jouer une *Indiana*, avec « musique de M. Paris », en conservant le titre même du roman, au théâtre de la Gaieté. Commentées dans la presse, les deux pièces furent, l'une et l'autre, publiées.

Le succès d'*Indiana* est d'autant plus étonnant que, comme le rappellera Mme de Girardin dans ses *Lettres parisiennes*, l'atmosphère de cette année 1832 n'était guère propice à la littérature : « Notre littérature vit surgir un chef-d'œuvre et le nom d'*Indiana* retentit dans toute la France malgré le choléra, malgré les émeutes qui, à cette époque, se disputaient nos loisirs. » Curieuse façon d'envisager les loisirs ! Mais peut-être n'y a-t-il pas une contradiction si grande entre les mouvements de révolte qui se manifestent alors contre le régime de Louis-Philippe, et le vent de révolte qui souffle dans *Indiana*.

Études des sources

Des générations de critiques se sont attachées à identifier les sources d'*Indiana*, en insistant peut-être davantage sur les parentés de tel caractère, de telle situation avec l'expérience de la vie qu'avait alors la jeune romancière, et moins sur les sources livresques qui me semblent tout aussi importantes, sinon davantage : on fait un livre avec d'autres livres. Et cela est vrai pour les écrivains femmes comme pour les écrivains hommes, n'en déplaise à certains, avides de confidences féminines, qui ne conçoivent le roman d'une femme que comme une confession à peine dissimulée.

On a d'abord voulu identifier George Sand avec Indiana. On n'a pas manqué de rappeler qu'elle entretenait avec son héroïne des ressemblances incontestables. L'écrivain, comme l'héroïne, aime la lecture, les courses à cheval, joue de la harpe. On est même allé jusqu'à retrouver dans l'existence de George Sand la source de la scène pathétique de la chevelure coupée, et la description de ses malaises que donne George Sand dans sa correspondance est bien proche de la nosologie d'Indiana. Ainsi dans cette lettre à Émile Regnault du 23 janvier 1832 : « J'étouffe continuellement, je ne peux pas faire le tour de ma chambre sans défaillir, ni me tenir debout sans que les jambes me manquent (...) Cette faiblesse, ce malaise, cette suffocation continuelle m'effrayent plus que les vives souffrances. J'ai vécu jusqu'ici en souffrant, ce que j'éprouve maintenant ressemble à la désorganisation. Ne me laissez pas mourir (...) Quand je me suis laissé ravager par la fatigue et le chagrin, je n'aimais pas la vie, mais à présent que je suis heureuse, maintenant que je suis aimée je ne voudrais pas en finir de sitôt [11]. »

On n'a pas manqué surtout de voir dans *Indiana* l'exposé des griefs conjugaux de George Sand. La mésentente qui fut celle des époux dans la réalité serait reproduite dans le roman. Casimir Dudevant est un ancien militaire. Il est bourru et brutal comme Delmare. Et Indiana réagit devant son tyran, d'une façon fort semblable à l'attitude que, d'après les témoignages que l'on recueillit lors du divorce, Aurore Dudevant avait adopté à l'égard de son mari : « Tous les témoins appelés à déposer au procès en séparation des époux Dudevant sont unanimes à le reconnaître. Indiana réagit aux prétentions de Delmare à dominer sa volonté exactement comme faisait Aurore en face de Casimir. Elle ne s'abaisse pas à entrer en lutte avec lui. Elle adopte une

11. *Correspondance*, t. II, p. 12-13.

attitude de soumission passive. Mais cette soumission apparente cache une révolte muette, l'affirmation secrète et obstinée d'une indépendance irréductible, un esprit de décision qui n'attend que le moment d'agir [12]. »

On a vu aussi des ressemblances entre Ralph et Hippolyte Chatiron, ce demi-frère d'Aurore qui vivait à Nohant et qui se tenait à l'écart des luttes conjugales de sa sœur et de son beau-frère. Il est possible qu'Aurore lui ait reproché de ne pas prendre davantage son parti, Hippolyte et Casimir semblant en effet s'entendre assez bien. Ralph aime les sciences naturelles, mais c'est le cas d'un autre Berrichon, Jules Néraud, dit le Malgache, qui avait fait, dans sa jeunesse, un voyage à Madagascar et à l'île Bourbon, et en avait écrit des Mémoires qui ont servi à la rédaction d'*Indiana.* Il fut amoureux de George Sand, pour laquelle il ne fut qu'un ami, l'ami indéfectible auquel elle a rendu hommage dans les *Lettres d'un voyageur.*

On imagine bien que les critiques ont mis encore plus d'ardeur à découvrir le modèle de Raymon... Il est d'usage d'éliminer dans la galerie des possibles Jules Sandeau qui était, lors de la rédaction, l'amant en titre. Dans la lettre déjà citée à Émile Regnault où elle énumère ses malaises, George ne disait-elle pas aussi : « N'est-ce pas qu'il mérite bien que je l'aime avec passion ? N'est-ce pas qu'il m'aime de toute son âme et que je fais bien de lui sacrifier tout, fortune, réputation, enfants ? Tout cela n'est-il pas compensé par un amour si vrai ? Ah ! s'il fallait mourir maintenant, ce serait bien cruel [13]. » Ce dernier cri est celui d'*Indiana* ; mais on peut, comme le fait avec sagacité G. Lubin, penser que ce désir de chercher une confirmation, une justification, en interrogeant Regnault est un signe que la passion pour Sandeau n'est plus ce qu'elle a été.

Il faut donc remonter plus haut dans l'histoire de la jeune femme. Sa liaison avec Stéphane Ajasson de Grandsagne lui a peut-être fourni une certaine atmosphère qui préside à celle d'*Indiana* : « passion plus rêvée que vécue, contraste douloureusement senti entre ce que l'imagination promet et ce que la réalité apporte [14] ». Mais la plupart des critiques s'accordent à trouver le modèle de Raymon en la personne d'Aurélien de Sèze qui fut une de ses grandes passions. En juillet 1825, comme Aurore était malade, son mari crut bon de l'emmener pour une saison d'eaux dans les Pyrénées. On passa par Bordeaux ; là elle fit connaissance de ce jeune avocat, qu'elle retrouva ensuite à Cauterets. Ils se séparèrent en août, se revirent à Bordeaux en octobre. Malgré la jalousie de Casimir et le caractère passionné de leur correspondance, les rapports d'Aurore et d'Aurélien semblent avoir été à peu près platoniques. Mais, en 1827, Aurore devint la maîtresse d'Ajasson de Grandsagne, et Solange, qui est probablement sa fille, naquit en

12. P. Salomon, *op. cit.,* p. XIX.
13. *Correspondance,* t. II, p. 12.
14. P. Salomon, *op. cit.,* p. XX, n. 1.

septembre 1828. Aurélien, de son côté, se mariera en 1833. Cette
passion pour Aurélien, qui fut la première grande passion d'Aurore, l'a
certainement marquée, et l'on en trouve la preuve dans ses premières
œuvres. « Les descriptions des Pyrénées dans *Rose et Blanche* évoquent
directement l'idylle de 1825. *Lavinia* (1833) est le récit imaginaire de
l'explication décisive par laquelle auraient pu se terminer les relations
d'Aurore et d'Aurélien. *Indiana* fait également partie de ce que l'on
pourrait appeler le cycle d'Aurélien[15] ».

Pierre Salomon, à partir d'une indication du vicomte de Lovenjoul[16], a éclairé la personnalité de la sœur d'Aurélien qui précisément
s'appelait Indianna ; nom que la romancière ne donnera à son
personnage qu'après un temps d'hésitation. Bathilde Indianna de Sèze
était née en 1797 (ou 1798) ; elle était mariée à Jules Doazan, ancien
sous-lieutenant des hussards de Masséna. Il avait été fait prisonnier
par les Anglais et était resté malade des suites de sa captivité.
P. Salomon a retrouvé dans le fonds Lovenjoul de Chantilly des lettres
d'Aurélien qui abondent en détail sur l'état de santé de Jules Doazan et
la triste situation d'Indianna : « Je dois vous exprimer, écrit-il à Aurore,
toute ma reconnaissance pour l'intérêt que vous portez à la déplorable
situation de ma pauvre Indianna. Jules est toujours dans le même état
(...) Les remèdes échouent tous (...) Ma pauvre sœur mène la vie que
vous pouvez concevoir entre deux enfants en bas âge (...) et un homme
qu'il faut soigner soi-même à peu près comme les deux petites filles. »
Indianna ne va pas tarder à tomber malade : « Elle vient d'avoir une
espèce de fluxion de poitrine, de cracher le sang ; elle a des douleurs,
une grande faiblesse, toutes les misères de la vie humaine ; le chagrin,
les inquiétudes la dévorent et sa santé, si faible depuis longtemps n'a
pas pu résister à tant de secousses[17]. » Jules Doazan meurt en février
1827, et Indianna en mai 1831. Le nom même d'Indiana que George
Sand n'adopte pour son héroïne qu'après février 1832, s'il pouvait
évoquer le sort d'une jeune femme dont la vie avait été tragiquement
gâchée, convenait aussi parfaitement à l'origine que la romancière
avait décidé de donner à son personnage : l'île Bourbon. Indiana est
fort brune — comme l'était d'ailleurs aussi George Sand.

P. Salomon a trouvé d'autres éléments qui permettent de voir dans
la famille de Sèze une des sources du roman. En effet Aurélien avait un
demi-frère : Amédée de Raymon. Et, là encore, les lettres d'Aurélien
sont précieuses : « Je suis convaincu qu'Amédée, fier, indocile, récalci-
trant, ardent comme la fournaise, tout feu en un mot, aurait été
emporté par ses passions aux plus graves excès sans son amour pour
ma mère et sans la respectueuse crainte qu'elle lui avait inspirée[18]. »

15. *Ibid.*, p. XXI.
16. Spoelberch de Lovenjoul, *Étude bibliographique sur l'œuvre de George Sand.*
17. P. Salomon, *op. cit.*, p. XXII.
18. *Ibid.*, p. XXIV.

Or on sait l'influence que la mère de Raymon a sur lui et l'on peut voir dans Mme de Sèze le modèle de Mme de Ramière.

Venons-en à Aurélien lui-même. Sa jeunesse avait été marquée par de nombreuses liaisons, et Aurore savait fort bien qu'il pourrait difficilement se contenter longtemps d'une liaison platonique. Du moins, c'est ce qu'elle explique, avec une remarquable lucidité rétrospective, dans l'*Histoire de ma vie :* « Ses passions avaient besoin d'un autre aliment que l'amitié enthousiaste et la vie épistolaire [19]. » Entre le personnage de Raymon et Aurélien, on peut trouver d'autres ressemblances : Aurélien était un légitimiste de tendances libérales. « Par fidélité aux Bourbons, il démissionne en 1830 de son poste d'avocat général à Bordeaux et reprend son ancienne profession d'avocat (...) S'il avait un certain sens de la justice sociale, il était surtout ami de l'ordre, partisan d'une société fortement hiérarchisée. Il se méfiait des audaces de pensée. Il avait le respect de l'opinion, l'horreur du scandale [20]. » Sur ce point, Raymon n'est pas seulement proche d'Aurélien, mais aussi de nombreux royalistes que G. Sand a pu connaître, et la réserve qu'elle a toujours manifestée à l'égard des opinions d'Aurélien devient franche sévérité lorsque a cessé l'illusion de l'amour. Elle a d'ailleurs d'autres griefs à l'encontre d'un homme dont l'attitude platonique était vraisemblablement inspirée par la prudence, la crainte de se compromettre et de nuire à sa carrière, et auquel elle reprochera toujours de ne l'avoir pas assez aimée. Cela dit, il est de mauvaise méthode d'interpréter une œuvre romanesque comme une sorte de règlement de compte, et nous aurons l'occasion de constater que bien d'autres éléments sont intervenus dans l'alchimie de la création.

Pour en finir avec Aurélien de Sèze, G. Sand a pris soin de donner à Raymon des traits qui ne permettent pas l'identification des deux personnages. Ainsi son personnage a des traits qui n'appartiennent pas à cet avocat bordelais, lorsque, prenant à partie le lecteur, elle écrit : « Vous avez dévoré ses brochures politiques, et souvent vous avez été entraîné, en lisant les journaux du temps, par le charme irrésistible de son style, et les grâces de sa logique courtoise et mondaine [21]. » Selon Sainte-Beuve, Raymon ferait ici plutôt penser à Salvandy [22], qui fut un des plus brillants publicistes de la Restauration.

Un roman n'est pas fait que de personnages ; les lieux aussi ont leur importance, et là encore la romancière a puisé dans la réalité. Le petit château perdu dans la Brie est probablement inspiré par le château du Plessis où elle avait elle-même vécu à plusieurs reprises. Mais bien des descriptions de nature, de brumes d'hiver viennent du Berry, de ces environs de Nohant que George Sand aimait tant parcourir à pied ou à

19. *Histoire de ma vie*, Pléiade, t. II, p. 99.
20. P. Salomon, *op. cit.*, p. XXVII.
21. *Indiana*, p. 128.
22. Sainte-Beuve, *Portraits contemporains*, t. I, p. 480-481.

cheval. Il n'était pas difficile d'amalgamer la Brie et le Berry, guère difficile non plus d'évoquer Paris et sa vie mondaine que la romancière connaissait fort bien.

En revanche, il était plus délicat de décrire l'île Bourbon où elle n'était jamais allée. Des réminiscences littéraires lui furent utiles et nous allons y revenir, mais elle sut aussi se servir des renseignements que lui donnèrent certains de ses amis. On peut, une dernière fois, penser à Aurélien et à Bordeaux. Le trafic maritime avec l'île Bourbon se faisait à partir du port de Bordeaux. Et c'est bien par Bordeaux que passe Indiana pour se rendre à l'île Bourbon et pour en revenir. Mais, curieusement, c'est peut-être dans le Berry que George Sand entendit le plus souvent parler de l'île Bourbon, par son ami Jules Néraud, le « Malgache » que nous évoquions à propos de Ralph. En 1814, il s'était embarqué pour les Indes et avait visité l'île Maurice, l'île Bourbon, Madagascar. Là encore l'*Histoire de ma vie* est une source d'informations précieuse : « J'ai retrouvé la vision qu'il m'avait donnée de l'île de France en écrivant le roman d'*Indiana* et, pour ne pas copier les cahiers qu'il avait rassemblés pour moi, je n'ai pas su faire autre chose que de gâter ses descriptions en les appropriant aux scènes de mon livre[23]. » Georges Lubin a retrouvé ce journal de Néraud dans les trésors du fonds Lovenjoul à Chantilly, ainsi que plusieurs lettres à George Sand où l'on voit Néraud autoriser libéralement la romancière à puiser dans ses papiers : « Faites de mes paperasses ce que vous voudrez, ma toute bonne, je doute que vous en tiriez jamais rien de passable[24]. » P. Salomon, avec beaucoup d'érudition et de perspicacité, a retrouvé dans le chapitre XXIV d'*Indiana*, en particulier dans la description de Bernica, des phrases entières empruntées par G. Sand à Néraud[25]. Ayant d'autre part consulté un écrivain réunionnais, Hippolyte Foucque, Pierre Salomon en arrive à cette conclusion : « George Sand s'est renseignée sur l'île Bourbon avec beaucoup de conscience. S'il lui arrive de se tromper, c'est qu'elle évalue mal les distances ou qu'elle ignore un accident du relief ou que le véritable sens d'un terme lui échappe. Mais elle commet peu d'erreurs. Elle a une idée juste du pays, de sa configuration générale : montagnes, rivières, côtes. Elle en connaît le climat, la végétation, les cultures. Elle a cherché à comprendre le régime des vents. Elle a été vivement frappée par les difficultés de la navigation. Elle cite des termes proprement réunionnais. C'est sur le détail des mœurs que son information est le plus superficielle. Mais au total elle a su, grâce aux récits de Néraud et par la magie de son art, dessiner un tableau évocateur et véridique de l'île Bourbon[26]. »

23. *Histoire de ma vie*, Pléiade, t. II, p. 108.
24. P. Salomon, *op. cit.*, p. XL, n. 2.
25. *Ibid.*, p. XL-XLI.
26. *Ibid.*, p. XLI-XLII.

La vie donc, les rencontres, les amitiés, les liaisons, l'expérience conjugale apportaient à la romancière une moisson déjà fort riche. Pourtant la part de transposition est grande, et les lectures de George Sand ont beaucoup contribué à la création de l'œuvre. On sait qu'Aurore était grande lectrice, dès l'époque de l'adolescence, et que sa grand-mère, fleur de la culture du xviii⁰ siècle, fut sa première éducatrice. On sait aussi à quel point le romantisme fut marqué par l'influence de Rousseau, aussi bien dans la description de la nature et l'analyse des sentiments, que sur le plan de la structure romanesque. En particulier dans la situation type du trio. Certes on peut y voir un schéma généralement nécessaire à l'organisation de l'intrigue, mais le modèle de *La Nouvelle Héloïse* est ici particulièrement présent. Trois personnages : le mari, M. de Wolmar, la jeune femme sensible, Julie, et un autre homme qui est intégré au ménage et qui, au moins en principe, devrait être un admirateur assagi, converti par la sagesse du mari. C'est exactement notre trio : M. Delmare, Indiana et Ralph, qui tient de Saint-Preux en ce qu'il a été le professeur d'Indiana, professeur que l'on devine amoureux, mais qui s'en distingue dans la mesure où sa passion n'a pas été partagée, et où il fait preuve d'un flegme britannique dont Saint-Preux est bien incapable. C'est qu'il renvoie à un autre personnage de la *Nouvelle Héloïse* : Milord Edouard. Comme lui, et sans que cela semble bien nécessaire dans cette atmosphère réunionnaise, il a vécu en Angleterre un passé malheureux, qui pèse encore sur lui et l'a durement conduit à la sagesse. Il a donc à l'égard d'Indiana un rôle de mentor, assez semblable à celui que remplit Milord Edouard vis-à-vis de Saint-Preux.

D'autres influences sont évidentes, celle en particulier de Bernardin de Saint-Pierre, et *Paul et Virginie* a sans doute joué dans la genèse de l'œuvre un rôle aussi important que les récits de Néraud. Lorsque Indiana évoque son enfance devant Raymon, elle raconte presque l'enfance de Paul et de Virginie : « Vous ne savez donc pas que sa mère était la sœur de la mienne ; que nous sommes nés dans la même vallée ; que son adolescence a protégé mes premiers ans ; qu'il a été mon seul appui, mon seul instituteur, mon seul compagnon à l'île Bourbon ; qu'il m'a suivie partout [27]. » George Sand n'étant pas de ces ingrats qui cachent soigneusement leurs sources, elle cite, au contraire, à plusieurs reprises Bernardin. Indiana n'est pas seule à tenir de Virginie. Noun en est une réplique plus naïve et primitive et, à propos d'une lettre qu'elle envoie à Ralph, George Sand écrit « C'était peut-être un chef-d'œuvre de passion naïve et gracieuse ; Virginie n'en écrivit peut-être pas une plus charmante à Paul lorsqu'elle eut quitté sa patrie [28]. » Quand elle l'introduit dans la chambre d'Indiana, Raymon y découvre des « gravures qui représentaient les pastorales amours de Paul et

27. *Indiana*, p. 155.
28. *Indiana*, p. 77.

Virginie, les cimes de l'île Bourbon et les rivages bleus de Saint-
Paul [29] ».

George Sand connaissait peut-être aussi les *Études de la nature* de
Bernardin. D'une façon générale la description romantique a large-
ment bénéficié des récits des voyageurs, géographes, naturalistes de la
fin du xviiie siècle. Et si nous sommes moins sensibles (parce que nous
le connaissons moins) à l'influence de Buffon qu'à celle de Bernardin,
celle-ci n'en est pas moins réelle. Certes Néraud, qui fut le professeur
de botanique d'Aurore, a pu lui faire connaître Buffon, mais il est plus
que vraisemblable qu'elle l'avait déjà lu et qu'elle avait, dès son
adolescence, admiré les planches de l'*Histoire naturelle* dans la
bibliothèque de sa grand-mère à Nohant. L'érudition de P. Salomon ne
s'y est pas trompée : « Nous avons eu la curiosité de nous reporter à
l'*Histoire naturelle des oiseaux* de Buffon, dont elle possédait une
édition en dix volumes de l'Imprimerie royale (1771-1786), enrichie de
nombreuses planches en couleurs, et nous avons constaté des ressemblances frappantes entre son texte et celui de Buffon [30]. » Il s'agit de la
description d'un oiseau, le « paille-en-queue », mais l'influence de
Buffon va bien au-delà.

Autre influence : celle de la génération littéraire qui précède
immédiatement George Sand : Mme de Staël, Chateaubriand, Senancour. *Delphine* et *Corinne* avaient immortalisé le type de la femme
incomprise, étouffée par la société et par le mariage. George Sand
connaissait bien ces romans et Ralph, quoiqu'il soit beaucoup plus
sympathique, n'est pas sans parenté avec Oswald ; il reproduit le
même type d'Anglais apparemment lymphatique et insensible, attaché
au respect d'un certain ordre et peu prodigue de confidences.

Quant à l'influence de Chateaubriand, elle pose quelques problèmes
d'histoire littéraire. L'empreinte de *René* sur *Indiana* est aussi évidente
que normale. Qu'Indiana soit, à certains égards, une réplique féminine
du plus célèbre des héros romantiques n'a rien d'étonnant et que dans
ses errances dans la campagne déserte elle suive les pas de son aîné,
rien de plus attendu : les campagnes désertes sont alors encombrées
par ce genre de solitaires. Mais il y a plus curieux : des ressemblances
très frappantes avec les *Mémoires d'outre-tombe*. Dans les soirées
mornes et même sinistres qu'Indiana passe avec son mari, la romancière reprend presque mot pour mot la célèbre description des soirées
à Combourg : « A chaque tour de sa promenade, M. Delmare, en
passant devant le feu, apparaissait comme une ombre et se perdait
aussitôt dans les mystérieuses profondeurs du salon [31]. » On rappro-
chera évidemment ce texte de celui de Chateaubriand : « Lorsqu'en se
promenant, il s'éloignait du foyer, la vaste salle était si peu éclairée

29. *Ibid.*, p. 101.
30. P. Salomon, *op. cit.*, p. XLI
31. *Indiana*, p. 52.

par une seule bougie qu'on ne le voyait plus ; on l'entendait seulement encore marcher dans les ténèbres ; puis il revenait lentement vers la lumière et émergeait peu à peu de l'obscurité, comme un spectre, avec sa robe blanche, son bonnet blanc, sa figure longue et pâle [32]. »

Le père de Chateaubriand sert encore de modèle à M. Delmare dans une autre scène, lorsque celui-ci « assis sur les marches du perron, le fusil à la main, s'exerce à tuer les hirondelles au vol [33] ». De même Mme de Chateaubriand, pâle, résignée et silencieuse, annonce le personnage et l'attitude d'Indiana. Et si l'on avance que les *Mémoires d'outre-tombe* ne sont pas encore parus lorsque George Sand écrit *Indiana*, on peut répondre que le texte de Chateaubriand est écrit depuis longtemps, que Mme Récamier a lu dès 1822 le manuscrit des trois premiers livres, et qu'en 1826 ont commencé les célèbres lectures de l'Abbaye-aux-Bois. Le texte donc commence à être connu dans les milieux littéraires. Certes, G. Sand n'a pas assisté aux lectures de l'Abbaye-aux-Bois et le 1er avril 1833, elle écrit à Laure Decerfz : « Je dois voir Mme Récamier dans quelques jours. Depuis longtemps elle demande à me rencontrer, et je résiste parce que je crains l'approche des célébrités [34]. » Mais des amis ont pu lui parler des *Mémoires*, ainsi Hortense Allart, Sainte-Beuve, Charles Didier, Antoinette Dupin, Latouche, Planche, et de toute manière le texte des *Mémoires d'outre-tombe* a été connu bien avant sa publication [35].

Pourtant *Indiana* me semble plus renvoyer à Senancour, que George Sand n'a pas encore rencontré, mais qu'elle a déjà beaucoup lu. L'article de Sainte-Beuve sur *Oberman* paru dans la *Revue de Paris* le 22 janvier 1832, au moment même où George Sand travaille à *Indiana*, a certainement provoqué la relecture du roman et le 30 mars, lorsque Charles Didier lui rend visite, il la trouve plongée dans *Oberman*, que Latouche et Gustave Planche lui avaient déjà fait connaître. Planche lui soufflera mainte phrase de l'article sur Senancour qu'elle fera paraître dans la *Revue des Deux Mondes* du 15 juin 1833 et c'est en sa compagnie qu'elle lui rendra visite le 21 juin 1833.

Indiana s'appelle Mme Delmare, comme la femme qu'aime Oberman et dont Senancour abrège le nom en Mme Del... Certes, ce patronyme fait partie de l'onomastique romanesque de l'époque. Mais dans les deux cas il s'agit d'une femme dont la vie est gâchée par un mariage qui ne lui apporte aucun bonheur. Mme Del... « n'a pas vingt-cinq ans, et [...] elle est bien changée ; mais elle parle avec la même grâce simple et parfaite ; ses yeux ont une expression plus douloureuse et non moins belle. Nous n'avons rien dit de son mari ; vous vous rappelez qu'il a trente ans de plus qu'elle, et que c'est une sorte de

---

32. Éd. du centenaire, t. I, p. 110. Le rapprochement a déjà été fait par P. Salomon, p. 27, n. 1.
33. *Indiana*, p. 120, cf. n. 1, p. 27 de l'édition Salomon.
34. *Correspondance*, t. II, p. 290.
35. Cf. P. Reboul, *Bulletin de la Société Chateaubriand*, 1961, n° 5.

financier fort instruit quand il s'agit de l'or, mais nul dans tout le reste.
Femme infortunée ! » (Lettre XL). Si le thème de la vie gâchée est un
leitmotiv du romantisme, George Sand ne pouvait en trouver une
meilleure illustration que dans *Oberman*, et l'on n'oubliera pas non
plus que Senancour est un de nos grands paysagistes. En tout cas,
George Sand, elle, n'a garde de l'oublier quand elle évoque les
paysages dans lesquels elle fait vivre son héroïne [36]. Enfin la retraite
finale d'Indiana et de Ralph dans leur vallon de la Réunion n'est pas
sans rappeler la retraite philosophique d'Oberman dans la vallée
d'Imenström.

Sans vouloir nous perdre dans une fastidieuse énumération des
sources, nous pouvons relever que Sand a pratiqué aussi les œuvres de
ses contemporains. A commencer par Balzac, que Latouche l'accusait
d'avoir pastiché — avant même qu'il ait lu *Indiana*. Si le mot de
pastiche est injuste, Latouche en conviendra, il est bien évident que
l'influence de Balzac se fait sentir dans les descriptions d'intérieur du
castel de Brie, dans le souci de réalisme dont fait preuve la romancière,
probablement aussi dans le personnage de Raymon et dans celui de
Laure de Nangy. Le réalisme fait contrepoids à une tendance bien
romantique aussi, qui est celle du fantastique, et l'on remarquera avec
quel art, quel souci des nuances, G. Sand évite de tomber dans les
excès du romantisme frénétique. L'obsession de Noun est tout intérieure, elle est le remords d'Indiana et de Raymon. La scène de la
chevelure reste d'une belle sobriété et ne tombe pas dans les facilités
du genre macabre dont un certain romantisme a parfois abusé.

Il est un autre contemporain dont il est probable que G. Sand s'est
souvenu : Stendhal. Certes elle ne l'a pas encore rencontré, si tant est
que la première rencontre ait eu lieu sur le bateau qui emmenait à la
fois les amants de Venise et le consul de Civitavecchia vers l'Italie.
Mais *Le Rouge et le Noir* est paru, en 1830, et, lorsqu'elle décrit la
fabrique de M. Delmare, George Sand a pu penser aux opérations
financières de M. de Rênal. Le personnage de Raymon a aussi, malgré
la différence des origines sociales, certains traits de Julien Sorel, le
cynisme en particulier : Indiana et Mme de Rênal sont deux femmes
mariées, et mal mariées, qui rêvent de pouvoir vivre une affection
passionnée, et qui resterait platonique.

Arrêtons ici l'évocation des sources : car c'est une voie qui ne
manque pas d'entraîner toujours plus loin [37]. Et il est bien vrai qu'une

---

36. Cf. mon article « George Sand et Senancour », *Revue des sciences humaines*,
oct.-déc. 1959, et ma thèse, *L'Imaginaire chez Senancour*, Corti, 1966.
37. Nous voudrions cependant nous permettre une dernière suggestion. Le
suicide de deux amants est certes un thème éternel et que le romantisme a remis à
l'honneur. Vigny l'illustre dans le poème des *Amants de Montmorency*, qui est
presque contemporain d'*Indiana*. Il a été écrit, assure Vigny, « le 27 avril 1830 »,
mais il est publié en 1832 dans les *Annales romantiques* et dans *L'Émeraude*. Et
Vigny en donne une troisième version, qui désavoue les deux premières, dans la
Revue des Deux Mondes (1832, t. V, p. 81-85). George Sand l'a-t-elle vu dans les

œuvre est faite sinon de toutes celles qui l'ont précédée, du moins d'une grande partie d'entre elles, surtout quand le créateur (comme c'est souvent le cas), avant même d'être écrivain, a été et demeure un lecteur presque boulimique. Ce qui importe, c'est la façon dont l'écrivain parvient à être original, non pas malgré ces influences, mais à partir d'elles et à cause d'elles.

---

bureaux de la revue, avant même sa publication ? Ce n'est pas impossible. Elle avait sans doute entendu parler du tragique fait divers dont Vigny était parti et que la presse avait répandu au point qu'une romance s'en inspira. Le suicide dans une chambre d'hôtel de Montmorency et la tentative de suicide dans une vallée de l'île Bourbon semblent bien différents. Cependant *Indiana* ressemble à l'héroïne de Vigny quand celle-ci se promène dans « la riche vallée », cueillant des fleurs, comme une « enfant ». Ce n'est peut-être là qu'une coïncidence.

BIBLIOGRAPHIE

I

LES MANUSCRITS

Manuscrit autographe d'*Indiana*, collection Pierre Reboul, deux pages (121 et 122) reproduites dans l'édition de P. Salomon (voir *infra*).
Notices, préfaces et prospectus de George Sand. (Collection Lovenjoul, à la bibliothèque de Chantilly, E. 830.)
Journal intime de George Sand sous forme de lettres à Aurélien de Sèze (1825) (*ibid.*, E. 902-903).
Lettres d'Aurélien de Sèze à George Sand, copies (*ibid.*, E. 905).
Exemplaire d'*Indiana* annoté par Musset, Bibliothèque nationale, Réserve P. Y² 1355.

LES ÉDITIONS

Indiana, Paris, J.-P. Roret et H. Dupuy, 1832, 2 vol. in-8°.
Indiana, Paris, H. Dupuy et J.-P. Roret, 3ᵉ édition, 1832, 2 vol. in-8°.
Indiana, 4ᵉ édition, Paris, Gosselin, 1833, 2 vol. in-8°.
Indiana, Paris, F. Bonnaire, 1838, 2 vol. (in *Œuvres de George Sand*.
Œuvres de George Sand, nouvelle édition revue par l'auteur et accompagnée de morceaux inédits, t. I : *Indiana*, Paris, Perrotin, 1842, 1 vol. in-18.
Œuvres illustrées de George Sand, préfaces et notices nouvelles par l'auteur. Dessins de Tony Johannot, Paris, Hetzel, in-4° (*Indiana*, t. III, 1853).
Œuvres de George Sand, Indiana, Melchior, Paris, Hetzel et Lecou, 1853, 1 vol. in-18.

Indiana, Paris, Hetzel et Cie, Michel Lévy frères, 1856, 1 vol. in-18.
Indiana, Paris, Michel Lévy, 1857, 1 vol. in-18.
Indiana, Paris, Michel Lévy, 1861, 1 vol. in-18. Rééditions chez Michel-
　　Lévy, puis Calmann-Lévy. Édition reproduite ici.
Indiana, texte établi, avec introduction, notes et relevé de variantes
　　par Pierre Salomon, classiques Garnier, 1962.
Indiana, présentation par G. Lubin, Les Introuvables, 1976.
Autres œuvres de George Sand (choix d'éditions modernes) :
Correspondance, éd. G. Lubin, Garnier, 1964, t. 1 : *1821-1831*, 2ᵉ éd.,
　　Garnier, 1980 (contient les lettres à Aurélien de Sèze).
Œuvres autobiographiques, texte établi, présenté et annoté par Georges
　　Lubin, Gallimard, Pléiade, 2 vol., 1971.
Lélia, texte établi, présenté et annoté par P. Reboul, classiques
　　Garnier, 1960.
Journal intime, présenté par S. Balayé, coll. Ressources, Paris-Genève,
　　Slatkine.
Le Roman d'Aurore Dudevant et d'Aurélien de Sèze, publié par A. Stand,
　　Aubier, 1928.
De nombreuses œuvres de George Sand ont été rééditées en Folio :
La Mare au diable, François le Champi, Mauprat, Les Maîtres Sonneurs.
D'autre part deux éditeurs ont entrepris une édition systématique des
œuvres plus rares, ce sont « Les Introuvables », Éditions d'aujour-
d'hui, Plan-de-la-Tour, et les éditions de l'Aurore (Grenoble).

II

ÉTUDES SUR GEORGE SAND

Barry (J.), *George Sand ou le scandale de la liberté*, Seuil, 1982.

Bonsirven-Fontana (M.-L.), *Dans l'ombre de George Sand*, Monte-
　　Carlo, Pastorelly, 1976.

Chonez (Cl.), *George Sand*, Seghers, 1973.

Didier (B.), *L'Écriture-femme*, P.U.F., 1981, (p. 131 à p. 207).

Galzy (J.), *George Sand*, Julliard, 1950 ; rééd. cercle du Bibliophile,
　　1970.

Karénine (W.), *George Sand, sa vie et ses œuvres*, 3 vol. Ollendorf, Plon
　　et Nourrit, 1899 et 1912.

Lacassagne (J.-P.), *Histoire d'une amitié, Pierre Leroux et George Sand*,
　　Klincksieck, 1973.

Lubin (Georges), *Album Sand*, Gallimard, 1973.

Mallet (Fr.), *George Sand*, Grasset, 1976.

Marix-Spire (Th.), *Les Romantiques et la musique, le cas G. Sand
　　(1804-1838)* ; Nouvelles Éditions latines, 1955.

MICHEL (A.), « Structures romanesques et problèmes du mariage chez G. Sand », *Romantisme*, 1977, n° 16.

MAUROIS (A.), *Lélia ou la vie de George Sand*, Hachette, 1952, 1976. Rééd. Marabout, 1980.

PAILLERON (M.-L.), *George Sand. Histoire de sa vie*, Paris, Grasset, 1938-1953, 3 vol.

SALOMON (P.), *George Sand*, Connaissance des lettres, Boivin, 1953, nouv. éd., Grenoble, éd. de l'Aurore, 1984.

SCHAEFFER (G.), *Espace et temps chez G. Sand*, La Baconnière, 1981.

NUMÉROS SPÉCIAUX CONSACRÉS À GEORGE SAND. OUVRAGES COLLECTIFS

Cahiers de l'Association internationale des études françaises, mai 1976.

Europe, juin-juillet 1954, mars 1978.

Hommage à George Sand, par H. Bonnet, R. Bourgeois, V. Del Litto, B. Didier, P.U.F. 1969.

Présence de George Sand, Grenoble, éd. de l'Aurore, cahiers périodiques.

Revue d'histoire littéraire de la France, juillet-août 1976.

George Sand, Colloque Cerisy, dir. S. Vierne, S.E.D.E.S., 1983.

ÉTUDES SUR INDIANA

a) *Articles contemporains* :

BOUSSAGE (H.), *Le Cabinet de lecture*, 24 juin 1832.

C. (Victor Charlier), *Journal des débats*, 21 juillet 1832.

E. D. (Edouard d'Anglemont ?), *La France littéraire*, juin 1832.

JANIN (J.), *Journal des débats*, 4 nov. 1832.

LATOUCHE (H. de), *Figaro*, 31 mai 1832.

LEROND (J.), *Chronique de la quinzaine*, 31 mai 1832.

La Caricature, 31 mai 1832 (cf. l'article de G. Lubin, *infra*).

MUSSET (article attribué à tort à), *Le Temps*, 14 juin 1832.

PLANCHE (G.), *Revue des Deux Mondes*, 30 nov. 1832.

PYAT (F.), *L'Artiste*, 27 mai 1832.

SAINTE-BEUVE, *Le National*, 5 oct. 1832.

b) *Études modernes*

DABY (P.), « The problem of language in George Sand's *Indiana* », in *George Sand Conference*, West Virginia G. S. Papers, West Virginia University, 1981.

DIDIER (B.), « Ophélie dans les chaînes, étude de quelques thèmes
    d'*Indiana* », in *Hommage à George Sand*, P.U.F., 1969, repris dans
    Sade, Denoël, 1976.
    « George Sand et Senancour », *Revue des Sciences humaines*, oct.
    déc. 1959.

FOUCQUE (H.), « George Sand et l'île Bourbon », *Annales de la faculté
    des lettres et sciences humaines d'Aix*, t. XXXIV, 1960.

FOURCASSIÉ (J.), *Lavinia. Le Géant Yéous*. Récits pyrénéens par G. Sand
    avec une étude et des notes, Toulouse, 1940.

GORSSE (P. de), *Le Roman pyrénéen de G. Sand*, Tarbes, 1939.

GAULMIER (J.), « George Sand, Balzac et Émile Regnault », *Bulletin de
    la faculté des lettres de Strasbourg*, mai-juin 1954.

HAIG (S.), « La chambre circulaire d'*Indiana* », *Neophilologus*, oct.
    1978.

HIRSCH (M.), « Questions à *Indiana* », *Revue des Sciences humaines*,
    janv.-mars 1977.

LUBIN (G.), « De qui ce compte rendu d'*Indiana* (L. Desnoyers dans la
    Caricature) », *Présence de George Sand*, n° 13, 1982.
    « George Sand et la révolte des femmes contre les institutions »,
    Roman et société, A. Colin, 1973.
    « G. Sand et son " Malgache " : une source d'*Indiana* », *R.H.L.F.*
    janv.-mars 1963.

MAURIN (M.), « Un modèle d'*Indiana* (La *Princesse de Clèves*), *French
    review*, déc. 1976.

MICHEL (A.), « Structures romanesques et problèmes du mariage
    d'*Indiana* à *La Comtesse de Rudolstadt* » *Romantisme*, 1977, n° 16.

NICOLAS (A.), *M. A. de Sèze, Notice biographique*, Paris, 1870 (extrait du
    Correspondant).

VAN ROSSUM-GUYON (Fr.), « A propos d'*Indiana* : la préface de 1832.
    Problèmes du métadiscours », *George Sand*, S.E.D.E.S., 1983.

SALOMON (P.), Introduction à l'édition d'*Indiana*, classiques Garnier,
    1962.

SILVER (M.), *Jules Sandeau. L'homme et la vie*, Paris, Boivin, s. d.

NOTES ET VARIANTES

Notice (mai 1852).

Page 35.

1. Sur la date de composition de l'œuvre, voir notre *Notice*, p. 356.
2. Sur les significations successives que George Sand a elle-même
données à son œuvre, voir notre *Préface*.

Préface de 1832.

Page 39.

1. Marmontel (1723-1799) avait publié des *Contes moraux* (1761 et
1789-1792). Il est également l'auteur des *Mémoires d'un père pour
servir à l'instruction de ses enfants* (1807).

Page 40.

2. Avec beaucoup de science, Maurice Regard a relevé dans ce
passage la marque du style de Gustave Planche. (*L'Adversaire des
romantiques, Gustave Planche*, p. 100). Ainsi s'expliquerait le caractère
un peu maladroit de ce paragraphe. La romancière a fait la connaissance de Planche en novembre 1831. Son influence sur *Lélia* sera
beaucoup plus nette.

Préface à l'édition de 1842.

Page 42.

1. George Sand décrit cette nouvelle préface pour l'édition Perrotin.
A cette date, elle a subi diverses influences, celles de Michel de
Bourges, de Lamennais, de Pierre Leroux ; elle est attirée par le

socialisme et par un féminisme militant. La révolution de 1848 la décevra et marquera un temps d'arrêt dans l'évolution de sa pensée

Page 45.

2. Allusion directe à Lamennais et peut-être à Pierre Leroux.

Page 46.

3. P. Salomon a étudié minutieusement, et avec toute sa science de sandien, les modifications que George Sand a apportées à l'édition de 1842. Elle (...) a « supprimé les maladresses et les fautes de goût ». Quelques corrections sont plus importantes. Indiana n'est plus « presque nue » dans les bras de Raymon, lors de l'épisode où il se cache dans sa chambre. Le préfet de Bordeaux, en 1830, n'est plus « assassiné », mais « massacré » ce qui révèle l'évolution politique de G. Sand et sa nouvelle manière d'interpréter la révolution de Juillet. « Au total, conclut P. Salomon, le texte de l'édition Perrotin représente un réel progrès par rapport à celui de l'édition Gosselin, qui est lui-même supérieur à la version originale. On notera pourtant que, sur certains points, George Sand est revenue en 1842 à son premier texte » (P. Salomon, *op. cit.* p. VIII).

Première partie.

Page 49.

1. On peut rapprocher le petit castel de la Brie où habitent les époux Delmare du château du Plessis-Picard qui appartenait à ses amis Roettiers du Plessis, où George Sand alla souvent à partir de 1822, et en particulier après la mort de sa grand-mère, lorsqu'elle se trouva en conflit avec sa mère. Dans l'*Histoire de ma vie* elle évoquera ces séjours. L'atmosphère y était autrement gaie que chez Indiana, mais il y a quelques ressemblances géographiques et architecturales. « Le château était une grande villa du temps de Louis XVI, jetée en pleine Brie, à deux lieues de Melun » (IVᵉ partie, ch. 8, Pléiade, t. II, p. 13 et suivantes).

2. Les demi-soldes étaient les anciens officiers de l'armée impériale. Le colonel Delmare représente les nostalgiques de l'Empire, tandis que Ralph est républicain et Raymon légitimiste : toutes les opinions de l'époque sont ainsi évoquées dans le roman. Si l'on veut voir dans Casimir Dudevant le modèle de M. Delmare, il faut cependant remarquer que la romancière l'a considérablement vieilli, et que la différence d'âge qui séparait les époux Dudevant n'avait rien d'excessif, selon les normes de l'époque.

Page 54.

3. Indiana répond bien à la typologie de l'héroïne romantique par sa pâleur. Elle ressemble aussi à George Sand par ses cheveux noirs ;

mais la romancière lui a donné des yeux bleus, tandis qu'elle avait des yeux noirs. Désir de différenciation, de distanciation entre le créateur et sa créature, volonté de créer un contraste piquant ? Les yeux bleus appartiennent au registre de l'innocence, et George attribue à Indiana plus de naïveté qu'elle n'en avait elle-même. Enfin, la Virginie de Bernardin de Saint-Pierre a aussi les yeux bleus.

Page 56.

4. P. Salomon fait fort justement remarquer que l'*Andrea del Sarto* de Musset « commence par un épisode semblable, qui tourne au tragique » (*op. cit.*, p. 31, n. 1). On sait que Musset est souvent redevable à George, et que son chef-d'œuvre, *Lorenzaccio*, s'inspire également d'un texte de George Sand, *Une conspiration en 1537.*

A noter aussi que l'édition originale comportait une variante importante, à partir « du régiment de M. Delmare », et qui était une présentation de ce Lelièvre « personnage usé jusqu'à la corde, et dont le narrateur de cette histoire jure sur l'honneur de ne pas lasser la patience de son lecteur bénévole. En conséquence de quoi il s'abstiendra de décrire le susdit grognard, de raconter ses campagnes, de répéter ses lazzis, de copier religieusement ses fautes de français ». Cette adresse au lecteur « bénévole » n'est pourtant pas sans intérêt.

Page 58.

5. Sur cette évocation de Bernica, cf. notre *Notice, sources*, p. 367.

Page 64.

6. P. Salomon remarque que ce passage est probablement riche de souvenirs personnels, dans la mesure où Jules Sandeau s'introduisait également par effraction dans la maison des Dudevant où il risquait d'être accueilli par le fusil du mari. D'autre part George Sand avait une vocation d'infirmière ; elle en donnera les preuves en soignant Chopin à Majorque, et aussi en tant que médecin de campagne bénévole à Nohant (*Histoire de ma vie*, Pléiade, t. II, p. 103).

Page 65.

7. Rubelles se trouve près de Melun, ce qui confirme encore l'identification du château des Delmare à celui du Plessis-Picard. Dans les pages qui suivent de nombreuses analogies apparaîtront encore : la présence d'une orangerie, d'une « usine » dont s'occupait le maître de maison.

Page 71.

8. Allusion évidente au *Barbier de Séville* de Rossini où le comte Almaviva se déguise pour s'introduire auprès de Rosine.

Page 73.

9. Encore un passage dans l'édition originale que G. Sand a supprimé et qui était une adresse au lecteur : « Nous ne vous invitons point à vous prendre d'affection ou de haine pour ce personnage, pas plus que pour tel ou tel autre de cette chronique. C'est à nous de les faire passer devant vous, c'est à vous de vous prononcer sur eux et de donner raison à celui qui vous offrira le plus d'analogie avec vous-même. Vous voyez que nous sommes narrateur sans prévention, et moraliste sans pédanterie. M. de Ramière était donc amoureux... »

Page 76.

10. Sur les ressemblances qui existent entre la mère de Raymon et la mère d'Aurélien de Sèze, cf. notre *Notice, sources,* p. 365-366. Le personnage, riche et relativement complexe, tient aussi de la grand-mère de George Sand.

11. L'ignorance de Noun peut rappeler celle de la Virginie de Bernardin de Saint-Pierre. Elle appartient aussi au registre de l'idylle, au mythe de l'île sauvage où les habitants ne connaissent pas les dépravations de la civilisation. Noun est une victime de la transplantation qui brusquement la plonge dans une société où elle ne sait pas vivre.

Page 79.

12. C'est le personnage du séducteur, une sorte de Valmont anglais (mais dans un tout autre cadre), et qui est le héros de *Clarissa Harlowe,* roman de Richardson dont on sait la vogue en France. Diderot, dont G. Sand se souvient plus d'une fois, a écrit un *Éloge de Richardson.*

13. Encore une importante variante de l'édition originale, supprimée par G. Sand : « Il est de mode pour le moment de vous peindre un héros de roman tellement idéal, tellement supérieur à l'espèce commune, qu'il ne fasse que bâiller là où les autres s'amusent, que philosopher quand il est séant d'être enjoué. Ces héros-là vous ennuient, j'en suis sûr, parce qu'ils ne vous ressemblent pas, et qu'à force de lever la tête pour les regarder planer, vous en avez des éblouissements. Je vous place le mien terre à terre et vivant de la même vie que vous. C'est un homme aimable, gai sans effort, grave sans pesanteur, agissant dans la société comme dans sa famille, sachant se modifier selon les goûts d'autrui, non par hypocrisie mais par bonté de cœur. C'est l'homme éminemment sociable. Cependant ce soir-là Raymon se débattait... » Ces protestations de réalisme comportent aussi une critique de certains excès du romantisme, dont G. Sand, d'ailleurs, ne se gardera pas toujours. Son Sténio, dans *Lélia,* a bien des traits du héros ici ridiculisé.

Page 81.

14. Joséphin désigne un partisan de Joseph Bonaparte, roi d'Espagne sous l'Empire.

Page 83.

15. Réunion mondaine à nombreux participants. On écrit plus souvent : raout.

Page 84.

16. Variante de l'édition originale : « Je vous demande pardon de ces développements de caractère un peu longs. Mais comme je me suis interdit les réflexions, je suis forcé d'entrer dans la peinture de détail. Cela vous importe autant qu'à moi, puisque c'est à vous de tirer de ce conte la morale que vous pourrez. Je ne sais... » On songe encore à Diderot, jusque dans l'utilisation du mot « conte ».

Page 86.

17. Jeu de cartes, d'origine espagnole.

Page 87.

18. Faut-il voir là une sorte d'attendrissement de la romancière sur elle-même, et sur l'héroïne naïve qu'elle avait été ?

Page 88.

19. Il se peut qu'il y ait là aussi une confidence : les rapports de G. Sand avec sa mère furent difficiles ; elle l'aimait passionnément et fut déçue dans sa passion.

Page 89.

20. Sur les malaises d'Aurore Dudevant et leur ressemblance avec ceux d'Indiana, cf. *Notice, sources,* p. 363.

Page 96.

21. Dans la version originale et dans l'édition Gosselin, il y avait : « ta robe », plus prosaïque. Le « voile » a quelque chose du style noble et irréalise la scène.

Page 103.

22. L'édition originale et l'édition Gosselin portaient : « le délire de ses sensations », ce qui est plus précis et plus fort.

Page 105.

23. On comprend que cette scène ait fasciné Musset à qui elle inspira le poème qu'il adresse à Sand dès le 24 juin 1833 : « Sand, quand tu l'écrivais, où donc l'avais-tu vue... » On peut se poser la même question que Musset : ce qu'il y a de sûr, c'est que, imaginaire

ou reflet de souvenirs, le thème de l'orgie amoureuse réapparaît dans d'autres œuvres de George Sand, ainsi dans *Lélia*.

Page 106.

24. C'est la fameuse tunique donnée par Déjanire à Héraclès. Cette tunique magique fournie par le centaure Nessus était supposée être un talisman amoureux. En fait, elle s'attacha à la peau d'Héraclès, le brûla et causa sa mort. Comme plus haut avec Ixion, la présence de ces références à l'Antiquité donne à l'expression un caractère « noble », presque néo-classique.

Page 108.

25. On notera l'habileté de cette seconde présentation de Ralph, dans le cours du récit. Le thème du portrait, issu d'ailleurs de la tradition du roman précieux (et de Mme de La Fayette), est important dans la littérature romantique, et en particulier fantastique (ainsi chez Nodier).

Page 113.

26. Manteau de fourrure. Le nom est polonais et la Pologne plaît aux romantiques.

Page 114.

27. On lit dans l'édition originale et dans celle de 1833 : « ... sonner, il s'aperçut qu'elle était presque nue. Noun... » Cette suppression, peut-être regrettable, fait partie de ces retouches de décence que la romancière a infligées à son texte.

Page 116.

28. Là encore une variante du même type : « ... la regarder, car elle était presque nue, et sa fierté... »

Page 119.

29. L'image d'Ophélie circule dans toute l'œuvre, comme un fantasme masochiste, cf. mon article, « Ophélie dans les chaînes. Étude de quelques thèmes d'*Indiana* », *Hommage à George Sand*, P.U.F., 1969.

Deuxième partie.

Page 120.

1. L'édition originale comporte ici une très longue variante, qui est une justification de la fin de la première partie, justification non dépourvue d'intérêt : « Ne me reprochez pas d'avoir, contre toutes les règles, placé le dénouement du drame à la fin du premier acte. S'il y a

eu par hasard drame ou roman dans les faits que je viens de vous rapporter, c'est bien malgré moi, car avec vous je ne vise point à l'effet. » Après quelques considérations sur son époque, la romancière continue sur un ton qui rappelle de très près *Jacques le Fataliste*. « Je pourrais, pour peu que je fusse à la hauteur de mon siècle, exploiter avec fruit la catastrophe qui se trouve si agréablement sous ma main, vous faire assister aux funérailles, vous exposer le cadavre d'une femme noyée, avec ses taches livides, ses lèvres bleues, et tous ces menus détails de l'horrible et du dégoûtant qui sont en possession de vous récréer par le temps qui court. » A tout cela George Sand préfère une horreur toute psychologique, thème qu'elle développe magnifique- ment en reprenant d'ailleurs presque mot pour mot Senancour : « C'est l'oubli qui est le véritable linceul des morts, c'est celui-là qui fait dresser les cheveux, c'est celui-là qui glace mon sang et me serre le cœur ; ce n'est pas l'église avec son deuil et ses cierges, ce n'est pas le fossoyeur avec sa puanteur et sa bêche qui ont pour moi des émotions profondes et de pâles frayeurs, c'est le lendemain tranquille, la vie qui reprend son cours sur la tombe à peine fermée, le repas où la famille s'assemble comme de coutume en sortant du cimetière. » Suit enfin l'évocation de l'exemple de Shakespeare. Cette suppression est à rattacher à beaucoup d'autres que nous avons signalées, et qui tendent à faire disparaître à la fois le côté Diderot de ces insertions d'auteur, et l'appel au lecteur.

Page 123.

2. Souvenir de La Rochefoucauld ou d'une observation person- nelle ? Les deux sans doute.

Page 126.

3. Bien entendu on songe à Valmont, à Don Juan et à leurs victimes ; mais, dans une lettre à Musset, G. Sand a bien montré à la fois les limites de son personnage et sa propre originalité : « Don Juan n'est-il pas misérablement travesti sous l'habit de Raymon ? Au lieu qu'on le retrouve dans son éclat, dans sa poésie, dans sa grandeur sous les traits que vous lui donnez. Vos peintures appartiennent à la jeunesse de l'âme. Les années, l'oubli, la moquerie peut-être ont effacé la vigueur et abâtardi la physionomie des miennes » (lettre du 24 juin 1833, en réponse au poème sur Noun), *Correspondance*, t. II, p. 340).

Page 128.

4. Il se peut qu'ici, comme le suppose Sainte-Beuve, G. Sand ait songé à Salvandy (cf. *Notice, sources*, p. 366).

5. Martignac, royaliste modéré, succéda à Villèle comme ministre de l'Intérieur (1828-1829) et tenta de réconcilier la noblesse d'Ancien Régime et la bourgeoisie libérale. Martignac s'appuya en effet sur le groupe des doctrinaires qui siégeaient, avec les libéraux, à la gauche de

l'Assemblée Le porte-parole du groupe était Royer-Collard et sa plus brillante illustration Guizot, promis à une si remarquable longévité ministérielle sous le règne de Louis-Philippe George Sand n'a pas tout à fait tort de dire que les doctrinaires sont à l'origine de « l'étrange issue » de la révolution de Juillet, révolution populaire que la bourgeoisie confisqua à son profit.

Page 129.

6. Aurélien de Sèze était partisan de la Charte, octroyée par Louis XVIII le 4 juin 1814, et selon laquelle le pouvoir législatif appartenait à deux Chambres, la Chambre des pairs et celle des députés. La Charte tentait de renouer avec l'Ancien Régime, tout en maintenant certains acquis de la Révolution, et en conservant les structures administratives de l'Empire.

Page 132.

7. Entre ce paragraphe et le suivant, l'édition originale comportait ce passage : « Et d'abord, pardon si je touche d'une main indiscrète et profane à quelque objet de votre culte, si j'ose sans clignoter contempler au travers de son auréole de gloire un de ces colosses que respecta le canon de Waterloo. Peintre fidèle, mais sans génie, je ne sais rien poétiser, et loin de m'éprendre de mon modèle, je le reflète sur la toile avec toutes ses taches, toutes ses incorrections de nature. » Reprise du thème du romancier-miroir de la préface de 1832 : « L'écrivain n'est qu'un miroir... » On songe, bien entendu, à la même métaphore utilisée par Stendhal. *Indiana* est à sa façon une chronique des années qui précèdent 1830.

8. Les commentateurs, et en particulier P. Salomon, ont vu ici une allusion au mari de George Sand : Casimir Dudevant. Il était maire de Nohant, et songea même, en 1831, à la députation. Sur le plan familial, Dudevant pouvait être fort violent, comme en témoigne le procès de séparation.

Page 134.

9. George Sand a conservé dans les éditions successives ces insertions d'auteur qui lui permettent de préciser sa position politique, et son hostilité à l'Empire.

Page 135.

10. Faut-il voir là des circonstances atténuantes pour Casimir ? L'incompatibilité des caractères, l'institution oppressante du mariage sont peut-être plus responsables que les individus eux-mêmes. Mais surtout la romancière sait bien que, dans un roman, à moins de tomber dans un manichéisme simpliste, tous les personnages doivent pouvoir intéresser le lecteur.

11. Forme écossaise de « lord ».

Page 137.

12. P. Salomon pense qu'ici l'image de Stéphane Ajasson de Grand-sagne se superpose à celle d'Aurélien de Sèze. C'est l'alchimie de toute création romanesque.

Page 141.

13. Il se peut qu'il y ait là aussi l'écho d'un souvenir personnel. Certes, George Sand avait bien connu sa mère, mais avait eu le sentiment d'en être mal aimée, et Mme de Sèze était une femme qui avait de la personnalité et du charme.

Page 150.

14. Le magnétisme a beaucoup excité la curiosité des hommes de la fin du XVIIe siècle, et encore des romantiques. Voir les références à Mesmer chez Senancour, Balzac, etc.

Page 162.

15. George Sand aimait beaucoup la chasse (cf. *Histoire de ma vie*, Pléiade, t. II, p. 74 et son *Journal pour Aurélien*), ce qui semble avoir étonné Aurélien de Sèze et Jules Sandeau : il est toujours difficile d'être l'amant de Diane. L'édition originale comportait une remarque intéressante qui a été supprimée : « ... chez les femmes. Et puis le cœur humain a des secrets qu'un romancier ne devrait peut-être pas pénétrer pour la beauté de ses caractères et la poésie de ses portraits. Pour moi, qui ai promis de vous dire tout, je vous avouerai que Raymon... »

Page 163.

16. Édition originale : « ... trop tard ; emmenez sir Ralph. Et ces amis officieux, sans respect pour ses anxiétés mortelles, voulurent le retenir et firent autour de Raymon et de lui une résistance désespérante. Dans cet instant... »
On notera que l'accident à la chasse fait partie des « topoi » romanesques hérités du XVIIe siècle et du roman précieux : l'intensité de l'émotion provoquée par l'accident amène la révélation des sentiments.

Page 165.

17. Variante de l'édition originale : « ... du mari. Vous voyez que je vous raconte une histoire extrêmement vraisemblable et que confirme l'expérience de tous les jours. Dans ce rapprochement... »

Page 166.

18. Les discussions politiques étaient très vives entre Aurélien de Sèze et George Sand, comme le montrent leurs lettres (voir le tome I,

passim, de la *Correspondance*). George Sand a pris violemment parti contre la peine de mort.

Page 168.

19. Ici commence le fragment du manuscrit découvert par P. Reboul et repris par P. Salomon. Les variantes avec l'édition originale sont nombreuses, et prouvent que, contrairement à ce que l'on a trop souvent dit, George Sand travaillait très soigneusement son écriture. Malheureusement, la découverte de P. Reboul se limite à deux pages du manuscrit.

Page 169.

20. Franchet fut directeur de la police durant le ministère Villèle, et Fouché, ministre de la police sous le Directoire, le Consulat et l'Empire.

21. Variante de l'édition originale : « ... Ralph marchait de plain-pied sur les fleurs de son éloquence, et sa parole acerbe et rude en faisait crouler le frêle édifice, comme la pierre qui brise un fragile cristal. Le colonel... » On voit que George Sand a simplifié la métaphore.

Troisième partie

Page 188.

1. Dans les éditions en deux volumes, le tome II commence ici, et la numérotation des chapitres repart à I.

Page 191.

2. Ce passage illustre bien le désir de George Sand d'intérioriser la terreur, de préférer le registre psychologique au fantastique.

Page 193.

3. Les catégories des « tempéraments », bilieux, sanguin, etc. apportent un fondement scientifique aux analyses des romanciers. Les médecins du début du siècle, en particulier Cabanis, ont systématisé ces analyses, que connaissaient bien Stendhal, G. Sand et Balzac.

Page 194.

4. Variante de l'édition originale : « ... je te pardonne. » Entendez-vous ? Raymon offrit sa miséricorde à Indiana, et elle se trouva heureuse de l'accepter. Avis à vous, cerveaux faibles, esprits étroits, qui perdez courage après un revers et qui cessez de vous estimer après une faute. Raymon est le modèle des héros de roman ; c'est en vain que la justice céleste poursuit un tel homme. » On lit ensuite une analyse du

caractère de Raymon, très critique, polémique même, et qui conclut par : « C'est l'homme de la société actuelle, c'est l'homme le mieux pénétré de ce qu'elle lui doit et le plus déterminé à lui donner raison pour s'acquitter envers elle. »

Page 207.

5. Toute cette analyse des sentiments respectifs d'Indiana, Raymon et Delmare doit probablement beaucoup à la réalité. Aurélien écrivait le 10 novembre 1825 à Aurore : « Un des premiers besoins de mon cœur, Aurore, c'est de vous exprimer ma reconnaissance et mon admiration pour Casimir. Jamais cœur plus délicat, jamais âme plus noble ne fut formée » (voir à ce sujet P. Salomon, *op. cit.* p. 198, n. 1). Loin de pousser Aurore à se détacher de Casimir, Aurélien semble avoir fort bien admis une situation matrimoniale qui lui permettait de ne pas s'engager dans une passion dont il semble avoir été lassé plus tôt que la jeune femme.

Page 210.

6. Ce passage est l'écho des difficultés que connut George Sand. Parmi ses amis, certains prirent le parti de Casimir, tels Hyppolite Chatiron et Alexis Duteil. « Le clan de la jeune femme, écrit P. Salomon, comprenait Fleury, Delavau, Duvernet, Papet, Planet, Néraud, Rollinat » (*op. cit.* p. 201, note 2). On consultera aussi Louise Vincent, *George Sand et le Berry*, qui montre bien dans quelle atmosphère provinciale, pleine de préjugés, eut à vivre la jeune femme. On se reportera enfin à l'*Histoire de ma vie*.

Page 215.

7. Il s'agit de la dauphine Marie-Thérèse Charlotte, belle-fille de Charles X. L'hypocrisie de la Restauration est bien stigmatisée par George Sand dans un roman dont l'aspect politique ne doit jamais être négligé.

Page 220.

8. Variante de l'édition originale : « ... brûlante ; il l'accabla de ces ardentes caresses qu'un homme jeune trouve toujours suaves et pénétrantes sur le sein d'une belle femme, sans être obligé de l'aimer au-delà de l'accès de fièvre morale qu'elle lui inspire. Il fut... »

Page 221.

9. Un passage parmi d'autres, où la romancière est assez sévère à l'endroit de son héroïne.

Page 222.

10. On remarquera l'habileté de la romancière qui, tout en éclairant encore une fois la psychologie de Raymon, opère un rappel de la première partie de l'œuvre, et ainsi renforce sa cohérence.

Page 227.

11. Toujours cette obsession du suicide par noyade qui circule dans tout le roman et que George Sand connut pour son propre compte, comme elle le confie dans *Histoire de ma vie* (IV, 6, Pléiade, t. I, p. 1094).

Page 232.

12. L'énergie et la fermeté d'Indiana constituent un des aspects les plus frappants d'un personnage dont, par ailleurs, la romancière souligne la fragilité physique. C'est qu'elle l'a chargée de défendre une cause qui lui est chère : la lutte contre l'esclavage des femmes.

Page 240.

13. Le « vieil homme », selon saint Paul, c'est le pécheur, l'homme de la chair.

Page 245.

14. Quoique ce soit toujours ici la suite de la troisième partie, G. Sand (et son lecteur) ont le sentiment qu'une nouvelle étape est franchie dans le déroulement du récit. Dans l'édition originale, elle avait éprouvé alors le besoin (comme à la fin de la première partie) de se justifier. D'où une longue variante qui précède la lettre et va disparaître des éditions suivantes : « Si vous n'avez vu jusqu'ici, dans cette véridique histoire, qu'une œuvre de caprice et d'imagination, vous allez me reprocher de n'avoir pas jeté dans cet aride récit un peu de poésie et de grâce ; car l'occasion se présente, et pourtant je la néglige. Je m'abstiens des richesses de mon sujet. J'ai refusé de vous faire l'autopsie d'une femme noyée, je me refuse maintenant à vous peindre la mer des Indes et les montagnes bleues de l'île Bourbon, la plus belle mer, la plus belle contrée du monde sous le ciel le plus pur et le plus beau ; c'est que, voyez-vous, je n'ai pas le temps. » Suit une description par prétérition, brève, mais évocatrice, puis une affirmation du devoir que la romancière a choisi, en tant qu' « historien du cœur ». « Il faut, misérable conteur, qu'au lieu d'égarer vos rêveries et les miennes sur cette terre nouvelle où le repos et l'oubli semblent attendre l'exilé, je vous entretienne du souvenir maudit de la vieille Europe. Il faut que je déflore cette nature virginale pour y poursuivre l'examen de l'esprit de l'homme, arrivé au dernier degré de savoir, de douleur et d'obscurité. Il faut que, par un monstrueux contraste, j'amène dans ces lieux enchantés des cœurs brisés, tristes débris que la société, trop pleine, rejette comme son écume et envoie mourir au désert. » La romancière s'attachera aux « misères sociales » et montrera « les besoins, les désirs et les passions humaines aux prises avec les nécessités de la vie légale ».

Page 253.

15. La version originale comportait cette variante : « ... montagnes. Quoique je me sois rigidement interdit tout accessoire de luxe descriptif, je serai forcé à propos de mes personnages, de vous dire en passant quelques mots sur la nature de ce pays. Vous me permettrez d'être à cet égard concis autant que possible, afin de ne point perdre de vue un seul instant le but de ce récit authentique... »

16. On sait quelles ont été les sources d'information essentielles de G. Sand qui ne mit jamais les pieds à la Réunion : les notes de Néraud et Bernardin de Saint-Pierre, évidemment. Voir à ce sujet, *supra*, *Notice, sources*, p. 367-368. Les détails géographiques qu'elle donne ici sont assez exacts. On se reportera à H. Foucque, *George Sand et l'île Bourbon*.

17. La varangue, c'est une sorte de vestibule ou de véranda. Le faham est une orchidée sauvage.

18. La rivière Saint-Gilles passe assez près de la demeure d'Indiana, on l'appelle plutôt ravine Saint-Gilles.

Page 255.

19. Jules Néraud décrit ainsi Bernica : « Un petit ruisseau coule en suivant la cannelure occasionnée par la rencontre des deux pans ; au point où leur écartement cesse, il tombe d'une hauteur effrayante et forme au lieu de sa chute un petit lac entouré de roseaux et couvert d'une fumée humide (...) De chaque côté d'un filet d'eau alimenté par le trop-plein du lac, croissent comme naturellement de superbes légumes entremêlés de quelques fleurs de parterres. Les orangers et les bananiers n'y sont pas moins beaux » (P. Salomon, *op. cit.*, p. XL). Le journal de Néraud a été découvert par Georges Lubin à Chantilly, dans le fonds Lovenjoul.

Page 256.

20. Arbre aux fruits rouges d'un goût délicieux. Son bois est utilisé en ébénisterie.

21. H. Foucque pense qu'il s'agit de grosses crevettes ; *camarao* signifie crevette en portugais.

22. George Sand connaît ces oiseaux par Buffon (cf. *Notice, sources*, p. 369). On n'oubliera pas non plus que G. Sand portait une affection, en quelque sorte héréditaire, aux oiseaux. Sa famille maternelle — elle y insiste dans l'*Histoire de ma vie* — était une famille d'oiseliers.

Page 257.

23. Cf. *Paul et Virginie* : « Quelquefois, assis sur un rocher, à l'ombre d'un veloutier, nous voyions les flots du large venir se briser à nos pieds avec un horrible fracas » (éd. Folio, p. 149). Le veloutier, c'est « le nom vulgaire, à l'île de France et à l'île Bourbon, des différentes espèces du genre *tournefortia*, borraginées » (Littré).

24. Il se peut fort bien, comme l'a senti P. Salomon, qu'ici G. Sand
se souvienne — une fois de plus — de son cher Bernardin : « Du haut
de l'escarpement de la montagne, pendaient des lianes semblables à
des draperies flottantes, qui formaient sur les flancs des rochers de
grandes courtines de verdure. Les oiseaux de mer, attirés par ces
retraites paisibles, y venaient passer la nuit » (éd. Folio, p. 144). Paul y
apporte à Virginie des nids pris dans la forêt.

Quatrième partie

Page 260.

1. Après le monde intemporel de l'île, le retour à la réalité politique.
Il s'agit ici du durcissement du régime sous Charles X qui, le 6 août
1829, avait congédié ses ministres, pour les remplacer par le ministère
Polignac qui signifia le renforcement de l'absolutisme et fut une des
causes de la révolution de Juillet. Le drame de conscience de Raymon
est celui des royalistes attachés à la monarchie légitime, mais effrayés
par un absolutisme qui ne pouvait qu'être catastrophique. Tels furent
les sentiments de Chateaubriand lorsqu'il démissionna de son poste
d'ambassadeur à Rome, le 28 août 1829. Aurélien, en 1830, démissionna, lui aussi, de sa charge d'avocat général.

Page 263.

2. Dans une variante de l'édition originale, G. Sand évoquait les
dessins de Johannot qu'elle aimait beaucoup et qui illustrera plusieurs
de ses œuvres : « ... des corsages souples, tels que le crayon des
Johannot a seul le secret d'en reproduire la grâce ». Il y eut plusieurs
Johannot : celui de l'époque romantique, c'est Tony. Il illustrera
Indiana. Son frère aîné, Charles, avait illustré *Paul et Virginie*.

3. Génies des contes persans. Ici au féminin. « Des péris je suis la
plus belle » (V. Hugo, « La Fée et le Péri », *Odes et ballades*, XV).

Page 265.

4. Dans l'*Histoire de ma vie* (IV, 6, Pléiade, t. I, p. 1106), George
Sand relate les dernières paroles que sa grand-mère lui adressa : « Tu
perds ta meilleure amie. » On sait que la grand-mère de George entre
en composante avec la mère d'Aurélien dans le personnage de la mère
de Raymon.

Page 269.

5. On n'a pas manqué de rapprocher ce passage d'un événement très
semblable de la vie d'Aurore Dudevant. En effet, elle avait tenu un
journal intime qui s'adressait à Aurélien de Sèze. Casimir découvrit le
27 octobre 1825 ce journal commencé le 13 octobre (cf. le *Journal pour
Aurélien* publié dans *Le Roman d'Aurore Dudevant et d'Aurélien de
Sèze*).

Page 272.

6. On est un peu étonné de retrouver ce mot qui semble, à tort, spécifiquement stendhalien, sous la plume de George Sand. D'autant plus que, les *Souvenirs d'égotisme* étant restés inédits jusqu'à la fin du XIXᵉ siècle, George Sand ne pouvait les avoir lus. Stendhal avait utilisé ce mot bien avant les *Souvenirs*, dès 1823, mais il est fort peu vraisemblable que la romancière ait trouvé le mot chez lui. Le mot est alors un anglicisme qui apparaît dans le *Spectator* d'Addison, et dans le titre d'un ouvrage de William Hazlitt, *On egotism* (1824). En 1824 justement, F. Raymond, dans le *Dictionnaire des mots nouveaux*, le définit ainsi : « Défaut de parler de soi, habitude blâmable de parler de soi » (voir notre édition des *Souvenirs d'égotisme*, Folio, 1983, préface et p. 203). On notera qu'ici George Sand l'emploie explicitement, comme un anglicisme, et en lui donnant un sens probablement plus favorable que ne le fait Stendhal dont le titre — on l'oublie trop souvent — est fortement ironique.

Page 273.

7. Cette île qui avait été peuplée d'esclaves noirs, sans être absolument déserte à l'époque d'*Indiana*, ne comportait plus que quelques habitants.

8. D'après Littré, ce mot désigne une « espèce de hutte portée sur des pieux et qu'on recouvre promptement de feuilles de ramée ». On le trouve, bien entendu, dans *Paul et Virginie*.

9. Bon exemple de la distanciation qui s'établit entre la romancière et son personnage. Du même coup George Sand stigmatise la naïveté des rêves de retour à la nature primitive.

Page 275.

10. P. Salomon fait remarquer que c'est justement le nom du bateau sur lequel Néraud partit pour les Indes en 1815

11 Village à une dizaine de kilomètres de Saint-Paul.

Page 277.

12. Le site décrit par George Sand correspondrait, selon P. Salomon, plutôt à la Petite Anse, à l'ouest de la baie de Saint-Paul.

Page 278.

13. Métaphore usée et néo-classique, mais que l'on retrouve en plein romantisme, et pas seulement chez George Sand.

Page 280.

14. *Indiana* dénonce aussi bien l'aliénation de la femme par rapport à l'amant qu'au mari.

15. Il s'agirait ici du pétrel (cf. P. Salomon, *op. cit.* p. 282, n. 1) et le terme serait d'origine bretonne : les Bretons ayant toujours été de

solides marins ont laissé des traces de leur langage sur les rivages les plus lointains. La satanite est un oiseau marin aux pattes palmées (et aussi incapable de marcher que l'albatros !), au plumage en partie blanc.

Page 282.

16. Buffon le définit comme « un double métis qui vient du petit épagneul et du petit barbet ». Ici, façon familière de dire chien.

17. Résurgence du thème si important de la noyade et du cadavre de Noun flottant sur l'eau. Le nom de la chienne fait explicitement référence à l'Ophélie shakespearienne.

18. « Genre d'oiseaux aquatiques qu'on appelle aussi colombes, et qui plongent souvent dans l'eau, ordre des palmipèdes » (Littré).

Page 283.

19. Le commandant de l'Invincible Armada était un duc de Medina Sidonia (commune de la province de Cadix).

Page 284.

20. P. Salomon fait remarquer que ces monts sont rarement couverts de neige, quoiqu'ils culminent à 3 000 mètres ; mais c'est là un effet de paysagiste.

21. Cette assimilation de la femme à l'enfant mineur est bien caractéristique de la législation de cette époque.

22. Importante variante de l'édition originale : « ... de cette traversée. Vous savez que la partie pittoresque est tout à fait en dehors de mon sujet. Ma tâche envers vous n'est pas si douce que je puisse m'arrêter à des riches tableaux. La belle nature est un trésor dont je me suis interdit la jouissance avec vous. Allez-y sans moi. Imaginez ou rappelez-vous ; vos rêveries vaudront mieux que mes descriptions. Faites le tour du monde, et, si vous m'en croyez, fermez le livre ; laissez là cette sombre et déplaisante histoire, oubliez le genre humain, allez aborder à quelque terre déserte où la nature n'aura pour vous que des fruits, des eaux, de la mousse et des fleurs. Pour moi, c'est à regret que je poursuis le récit de la destinée humaine. » Après avoir promis d'abréger la relation des sensations et des sentiments d'Indiana, G. Sand reprend : « Il me suffira de vous dire... »

Page 285.

23. Il y a chez George Sand, comme chez beaucoup de romantiques, une certaine admiration devant l'expansion industrielle. On sait que les saint-simoniens, qui ne tarderont pas à devenir ses amis, font l'éloge de l'industrie.

Page 286.

24. G. Sand place ici un des mots favoris de Latouche qui lui reprochait de faire des pastiches de Balzac, et c'est d'autant plus

amusant que Laure de Nangy est un personnage très balzacien, aussi bien par son nom que par son caractère et sa situation sociale. Coup d'œil ironique de la jeune romancière à celui qui fut son sévère pédagogue et le mentor de ses débuts littéraires ?

25. Personnage des *Joyeuses commères de Windsor*. Les romantiques orthographient souvent « Shakspeare ».

26. Il y a chez George Sand une nostalgie de ce XVIIIᵉ siècle qu'elle a connu par sa grand-mère et par ses lectures. Nous avons eu l'occasion d'étudier l'importance de l'image du XVIIIᵉ siècle dans *Consuelo* (cf. *Mélanges à la mémoire de Léon Cellier*, P.U.G.).

Page 288.

27. Les nobles qui avaient été dépouillés par la Révolution et dont les terres étaient devenues alors des « biens nationaux », reçurent des indemnités sous la Restauration : ce fut le fameux, et si contesté, « milliard des émigrés ».

Page 290.

28. Dans les premières éditions : « assassiné ». La modification est évidemment significative de l'évolution de la pensée politique de G. Sand. Le préfet, vicomte de Curzay, fut gravement blessé, mais non tué par la foule.

Page 294.

29. Les rentes avaient baissé depuis 1825, et les chapeaux avaient aussi diminué de taille. Le rapprochement ne manque pas d'être amusant.

Page 303.

30. G. Sand aime émailler son texte de mots qui font « couleur locale ». Mais la maison des Delmare est plus vaste et confortable que pourrait le faire croire le mot « case », pris ici dans son sens originel de maison.

Page 306.

31. G. Sand est partie du catholicisme de son enfance, mais elle est en train d'élaborer une religion personnelle, plus libre.

Page 308.

32. On peut se demander d'où vient ce nom. Nahanda est un nom de femme réunionnais. Parny l'avait chanté dans des vers que, bien plus tard, Ravel mettra en musique dans ses *Chansons madécasses*.

Page 310.

33. Le Littré signale l'emploi du mot « tamarin » (fruit du tamarinier) dans le sens de tamarinier, grand arbre d'origine indienne.

Page 314.

34. Le souvenir de Chateaubriand est ici sensible : on voit que G. Sand a lu *Atala* et *Les Natchez*.

Page 318.

35. Il s'agit d'un oiseau qui vit dans les cannes à sucre.

Page 319.

36. Sorte de palmier.

Page 320.

37. Arbre de l'île de France, dont le fruit a une odeur de rose.

38. « Fougère au long pétiole noir, aux petites folioles en éventail, dite aussi cheveu de Vénus » (Larousse).

39. On peut sentir ici une influence du finalisme de Bernardin de Saint-Pierre.

40. P. Salomon cite ce passage du journal de Néraud : « Il existe dans les forêts de l'île Maurice une espèce d'ortie dont les tiges, pareilles à de gros câbles, grimpent jusqu'à la cime des grands arbres. Lorsqu'on les coupe il en sort une eau très bonne à boire et assez abondante pour étancher une soif ordinaire » (*Botanique de ma fille*). On sait que Jules Néraud fut le professeur de botanique de George Sand.

Page 322.

41. Peut-être allusion à *La Chaumière indienne* dont il sera question plus loin.

Page 328.

42. Raymon n'aurait donc pas possédé Indiana.

Page 329.

43. Oiseau apparenté au passereau.

Conclusion

Page 331.

1. En adressant cette conclusion à Jules Néraud, la romancière exprime ainsi une dette de reconnaissance. Dans l'édition originale et dans celle de 1833, il n'y avait qu'un numéro de chapitre.

2. Le Brûlé de Saint-Paul est à 12 kilomètres de Saint-Paul et atteint 2 000 mètres. P. Salomon fait remarquer que la promenade « est en réalité une longue ascension » (*op. cit.* n. 4, p. 338).

Page 332.

3. George Sand a toujours été fascinée par les terrains volcaniques ; en particulier ceux du Massif central.

4. Sorte de palmier.

5. Réminiscence évidente du *Génie du Christianisme.*

Page 333.

6. Les hiéroglyphes ont intrigué pendant longtemps, et le XVIIIe siècle (en particulier Diderot) emploie le mot dans ce sens de chiffre mystérieux. Mais quand G. Sand publie *Indiana,* l'année de la mort de Champollion, les hiéroglyphes ont été déchiffrés.

7. Peut-être G. Sand se souvient-elle ici des ascensions racontées dans *Oberman,* quoique la plus pathétique, celle du Saint-Bernard, ne figure que dans l'édition de 1833.

Page 342.

8. On peut voir encore ici un souvenir de *Paul et Virginie.* La traite des Noirs, théoriquement abolie par la Révolution française, puis par la Restauration, ne prit fin sur les territoires français qu'en 1848.

Page 344.

9. Référence explicite au roman de Bernardin de Saint-Pierre intitulé *La Chaumière indienne* (1791).

Toute cette *Conclusion* qui permet un « happy end » peut rassurer le lecteur sensible qui eût été attristé par la mort d'Indiana et de Ralph. Elle a été critiquée par Sainte-Beuve : « Je ne puis concevoir qu'Indiana guérisse si facilement, qu'elle recouvre un front serein, un sourire purement heureux, une félicité presque virginale sous les palmiers de sa chaumière » (*Portraits contemporains,* p. 479). Il est certain qu'il y a une rupture du ton romanesque dans cette fin : on débouche en plein mythe.

COLLECTION FOLIO

Dernières parutions

1802. Dashiell Hammett	*Le dixième indice* et autres enquêtes du Continental Op.
1803. Chester Himes	*Imbroglio negro.*
1804. William Irish	*J'ai épousé une ombre.*
1805. Simone de Beauvoir	*La cérémonie des adieux,* suivi de Entretiens avec Jean-Paul Sartre (août-septembre 1974).
1806. Sylvie Germain	*Le Livre des Nuits.*
1807. Suzanne Prou	*Les amis de Monsieur Paul.*
1808. John Dos Passos	*Aventures d'un jeune homme.*
1809. Guy de Maupassant	*La Petite Roque.*
1810. José Giovanni	*Le musher.*
1811. Patrick Modiano	*De si braves garçons.*
1812. Julio Cortázar	*Livre de Manuel.*
1813. Robert Graves	*Moi, Claude.*
1814. Chester Himes	*Couché dans le pain.*
1815. J.-P. Manchette	*Ô dingos, ô châteaux! (Folle à tuer).*
1816. Charles Williams	*Vivement dimanche!*
1817. D. A. F. de Sade	*Les Crimes de l'amour.*
1818. Annie Ernaux	*La femme gelée.*
1819. Michel Rio	*Alizés.*
1820. Mustapha Tlili	*Gloire des sables.*
1821. Karen Blixen	*Nouveaux contes d'hiver.*
1822. Pablo Neruda	*J'avoue que j'ai vécu.*
1823. Mario Vargas Llosa	*La guerre de la fin du monde.*
1824. Alphonse Daudet	*Aventures prodigieuses de Tartarin de Tarascon.*
1825. James Eastwood	*Bas les masques.*
1826. David Goodis	*L'allumette facile.*
1827. Chester Himes	*Ne nous énervons pas!*
1828. François-Marie Banier	*Balthazar, fils de famille.*
1829. Pierre Magnan	*Le secret des Andrônes.*
1830. Ferdinando Camon	*La maladie humaine.*
1831. Milan Kundera	*Le livre du rire et de l'oubli.*
1832. Honoré de Balzac	*Physiologie du mariage.*
1833. Reiser	*La vie des bêtes.*
1834. Jean Diwo	*Les Dames du Faubourg.*
1835. Cesare Pavese	*Le camarade.*
1836. David Shahar	*L'agent de Sa Majesté.*

Impression Bussière à Saint-Amand (Cher),
le 17 novembre 1987.
Dépôt légal : novembre 1987.
1ᵉʳ dépôt légal dans la collection : octobre 1984.
Numéro d'imprimeur : 2844.
ISBN 2-07-037604-4./Imprimé en France.